U0810745

无声处

现代散文网精选集之

主　编　李少贤
副主编　李灵英　梁丰钿

中国出版集团
现代出版社

图书在版编目（CIP）数据

现代散文网精选集之无声处 / 李少贤主编. -- 北京：现代出版社，2017.7

ISBN 978-7-5143-6360-9

Ⅰ. ①现… Ⅱ. ①李… Ⅲ. ①散文集－中国－当代 Ⅳ. ①I267

中国版本图书馆CIP 数据核字（2017）第197561 号

现代散文网精选集之无声处

主　　编　李少贤
责任编辑　李　鹏
出版发行　现代出版社
地　　址　北京市安定门外安华里504号
邮政编码　100011
电　　话　010-64267325　010-64245264（兼传真）
网　　址　www.1980xd.com
电子邮箱　xiandai@vip.sina.com
印　　刷　三河市京兰印务有限公司
开　　本　710×1000　1/16
印　　张　16
字　　数　296千
版　　次　2017年7月第1版　2020年6月第2次印刷
书　　号　ISBN 978-7-5143-6360-9
定　　价　56.00元

版权所有，翻印必究；未经许可，不得转载

编委会名单

主　　编： 李少贤

副 主 编： 李灵英　梁丰钿

编委成员： 许道连　王安礼　艾十水

毕清静　王云丽　陈仙玲

张　洁　陆梦雪　黄晓洁

感谢

韩　芳　女士

谢丽梅　女士

序

所有的故事，终将成为历史，如此书记载那般。

——李少贤

CONTENTS

目录

湖南省

江苏省

江西省

辽宁省

内蒙古自治区

宁夏回族自治区

山东省

山西省

陕西省

四川省

新疆维吾尔自治区

云南省

浙江省

评委老师稿件

山河简静，不曾扰青城

杨清墨*（安徽省）

十年前，来到这座小城，它依稀黛瓦青墙。

十年后，离开这座小城，它信守世事沧桑。

这短短的十年，也让我见证了小城的成长。

为什么把它叫作青城，或许我也不知晓。只记得曾离开一座城，它泛着苏韵，不矫揉却也清婉宜人。是后来，走入一座城。它透着徽情，虽栖居皖央，却始终露着青灰色，在我的记忆。

所以，这一唤，便是十年，叫青城。

以前，青城的街道很窄，非柏油大道，却也会有几座巷弄，铺上石板，一块连着一块，偶尔的间隙，也会生出野草，稀朗的清雅。石板路两旁依然立着几株梧桐，好不雅气。

那时，我喜欢初秋，霜降未至。早起，跑到石板路上来回转两遭，路两旁还经常有穿着宽松的白衣的花胡子老头在打拳，望着他们神态自若的苍颜，和蔼、温和。我也会不自然地跟着他们比画，自此，经常被他们叫作欢脱的小姑娘。

在这条石板路上，还会经常碰到一只流浪的小白猫。它白净细冗的毛覆盖娇小的身躯。第一次见到它，突然一声“喵喵——”，透着虚弱的气息，吓了我一大跳。循着声音才发现它原来躲在一棵梧桐树的后面，两只眼睛泛着可怜的余光紧紧盯住我，让我竟也忍不住怜惜起这个小家伙。

自此以后，我每天早上都会穿过早餐店给它顺两个香喷喷的小笼包，看着它贪恋又欣喜地吃着早点，总会抚摸着它的小头，自言自语：“小白，好好吃吧。等我以后长大了啊，就带你回家，好不好……”每每这时，它总会在我手掌上使劲蹭两下，再喵喵叫几声，不知道是对食物的好感还是在回答我的话。总之，温凉的暖阳下，女孩和猫的身影在那一刻竟是如此的温馨。

……

当秋阳高升，细碎的光线透过青黄的梧桐叶，泻落在石板上，氤氲成轻轻

---

*作者简介：杨清墨，曾用笔名苏城皖央。憧憬灵魂自由，对梦想，诗意，情怀和美等高蹈之物怀着热爱之心。坚信书籍和文字可以提升灵魂的内涵。

的暖意。然而，也不失清凉。

而我就在那条石板路上，寻着光阴，一起成长。

只是，后来，我要带回家的小白早已不知所踪。即使我大街小巷地去寻找它，再也不会有“喵——喵——”的声音回应我。所以，我宁愿相信一定是好心人替我把小白带回了家，或者已经成年的小白找到了它的喵星家族，一起启程去了有诗意的远方。只是，没来得及和我告别而已。

后来，随着年龄增长，去石板路的时间开始换成傍晚。

春季和秋季的傍晚时常携一本琼瑶小说或舒婷诗歌，就着夕阳映空的光晕，静坐梧桐树下。

真希望那时人与物，物与景就此定格。那我就可以活在那条巷弄，从一百年前候到一百年后，这中间的岁月，叫作诗意。

接着，后来又渐渐恋上写诗。不刻意追求格律韵调，对我来说感觉与意境最为动人。于是，几句打油诗便在纸上晕结开来：“在你最爱的巷弄，我牵着你的笑容，那时候时光悠悠夕阳重重，再回到那个巷弄，老树还郁郁葱葱，只是那花鸟依旧人已不同”……

时光一直从容有序，在我的印象中，初秋也是喜欢落雨的季节。这雨是从南方穿山越岭而来，自然少不了几多温婉，落在小城内，无论是高楼瓦砾，还是那条石板路，甚至是行人的衣衫，都会在这凉雨中泛着朦胧的青灰色，只一点点，却足够我把它记成青灰色。

难怪，我一直唤它青城。

十年的时间不漫长，也不是太短暂。却足够让小城山河变迁。

曾经的黛瓦青墙，烟水人家，城中流淌的千百年来的风流雅逸，终敌不过岁月的轮回。它的繁华掩饰了古旧巷弄的落寞，它浓厚的西方气息早已湮没了纯朴意韵的皖央风雅。

好像小城不再是青城。

可是，令人欣慰的是，那条石板路还静静在那候着，路旁的青梧桐不改当年模样。虽然我不会每天再去转两遭，但是依旧多了不少欢脱的小姑娘。

所以，它还是青城，只是我一直叫着。

我总跟人说，我喜欢小城的秋。在清秋的长廊里，我会偶尔捧着书走到石板路。看着书，可以闻到秋风的味道，那是一种妙处难以与君说的气息，带着淡淡的清凉，微微的明净，还有浅浅的感伤。偶尔会再碰到几位花胡子老头，便会对他们淡淡一笑。只是我知道，这一个十年的轮回，他们一拨一拨的老去，一拨一拨的再由花甲之年赶到耄耋岁月。而这条石板路陪着他们一起走过漫长光阴，不言不语，等待每一次际遇，迎接每一个归人，目送每一个过客。纵使，青苔蔓延，风尘削去往日棱角，这条巷弄，能做的，只有保持初心，不被时光惊扰。

而青城与人有何不同，我时常幻想自己可以是一座小城，不要太大，但足够古朴。无论经历多少人事沧桑，都可以认清自己的初心，不焦不缓，静待来日方长。

记得以前立于梧桐树下，捧一本《宋词》，为赋新词强说愁。

后来岁月渐长，也品尝不少人世况味，愈觉秋风寒凉。亦如红尘，多少擦肩而过的相逢，亦瘦如秋风，明如秋水。那些离了多年的故土、故景、故人，只觉近在咫尺，而来往于身边的过客，则陌生又遥远。

再后来，一直对文字情有独钟。那种感觉就是，纸上缘分，让我不再孤独。而我记忆中一直觅着青石板与老梧桐，很清凉也很温馨。

最后一次去石板路散步，已近黄昏。

石板上裸着稀稀朗朗的梧桐叶，在斜阳中，竟觉得如此孤寂。此时行人不多，恐怕这次只有我一人。我从路的头端走到末端，再折回。望着自己的身影被夕阳拉得细长，映在石板路上。真想就那样定格，一如小城的灵魂，自由、古朴、不受岁月指染。

这或许是这个十年里最后一次去看石板路。

竟想到龙应台的《目送》：“我慢慢地，慢慢地了解到，所谓父女母子一场，只不过意味着你和他的缘分就是今生今世不断地目送他的背影渐行渐远，你站立在小路的这一端，看着他逐渐消失在小路转弯的地方，而且，他的背影告诉你：不必追。”

或许，小城与我们每个行人都是这般，我们用背影告诉它，不必追。但是，小城依旧是十年前的典雅不变，石板路就是它的灵魂，无论时光如何变迁，依旧山河简静，不曾惊扰我的青城。

离开时不期然又落起了秋雨。回首小城一片烟青色，而我也终将是过客，于青城。

或许，明天就会回来，或许，永远也不会再来。

留一座庭院，守一墙花开

王微*（安徽省）

小时候，住在老式的住宅楼。楼前通常会有片空地儿，或南或北，可以自选材料，自搭小院。有砖墙的，水泥的，木栅栏的，看上去很随意，虽不整齐，但每户人家的庭院却别有天地。

大约八九岁那年，咱家从学校筒子楼搬进了这样的住宅楼。一楼，最东边一户，有前后门。穿过后门，有块空地，不大，四四方方的。初来时，地面光秃秃的，只有湿滑的青苔，到处都是凋零的树叶，杂草丛生，没有生气。父亲弄来竹竿、木条，用细铁丝把它们攀牢，深深地扎在泥土里，密密麻麻围成一圈，又找了两根结实的木桩做成院落门框。从那天起，我家也有了小小的院子。虽然简陋，我和妹妹却很开心，就这样头顶着蓝天、脚踩着绿地，戏耍打闹，两个淘气包伴着小黑（家里养了一只猫，全身黑毛没有杂色，取名小黑）一起长大。

记不清是哪年，父亲带回了些花种随意撒落在院内和院墙边。也没见爸妈伺候，来年的四月，园中竟开满了蔷薇花，白色，粉色，黄色，深桃红，花香诱人，满园芬芳。院墙周围也被蔷薇花层层包裹，形成一道带刺的花墙，从此院落变得牢固安全。玫瑰，月季也属蔷薇科，却养得娇贵。同属蔷薇科的蔷薇花生命力是最强的，随意地扎在路旁，田边，丘陵地，任风吹雨打，也可生出一季灿烂，就在我生长的地方生根开花。

在这院子里，姐妹俩头顶着头看蚂蚁搬家；你追我赶绕花扑蝶；钻入花丛中不亦乐乎地逮蚂蚱捉瓢虫；选一个日头高照的日子，拖出木盆放满百部（一种驱虫且对人体无害的中草药）浸泡过的水，给极不情愿的小黑沐浴，待到藏匿皮毛深处的虱子被熏灭就可以怀抱小黑入眠。都说猫有灵性，相处久了，小黑竟然能精确地判断爸妈下班或姐俩放学的时间，到了那个点它定会在回家的必经之路，躲在附近的草堆或灌木丛中，直到看见你的身影，猛然蹿出，欢喜

---

*作者简介：王微，沉溺于捻字成香，品味繁华的“70后”。相信未来的幸运都积攒在努力中，凡有所读皆成性格。一半文字，一半烟火，左手梦想，右手生活。

地扑到你脚下。抱住你的腿，打滚撒娇，温顺低吟，用眼神示意给它挠痒，和你一前一后踱步走进院子。真希望小黑能一直这样陪我们长大，然而令人伤感的事还是发生了：小黑误食了下毒的食物，在一个深夜悄悄地离我们而去。清晨，妹妹在花丛深处发现了它，嘴角挂着白沫，身体已僵硬（躺下的地方有些呕吐物，猜是中毒）。小心翼翼地拎起它，眼泪夺眶而出，姐俩的哭声此起彼伏，伤心欲绝。爸爸回家后带着我们挖了个坑，找了只带盖的小木盒，盒子里垫上厚厚的棉布，把小黑放进去，埋在花丛中。做了个碑，碑上写着：小黑之墓。这么多年过去了，想起来还很虐心，忍不住落泪，至今也不知道那一夜，小黑是依靠怎样的力量挪回家中。

还记得院子里来过一位不速之客——刺猬，这在城里极为少见。发现它时，蜷缩在院墙根，我想可能是迷路了。它走得很慢，晃来晃去，头低着，寻寻觅觅似的，很萌很胆怯。第一次这么真真切切地接触刺猬，很稀奇也好喜欢。我和妹妹把它放在笼子里养着，可不了解刺猬的习性，就尝试着喂它些瓜果蔬菜或是肉末末，偶然间发现它极爱吃甲壳虫。于是，每当夜幕降临，爸爸就领着妹妹蹲在路灯下为其寻找喜光的甲壳虫。白天的时候，我和妹妹蹑手蹑脚地蹲在铁笼边还能听到它均匀的打鼾声。从书里得知，刺猬是以昆虫和蠕虫为主食，最爱吃蚂蚁和白蚁，饿极了才偶尔吃果子。它胆小易惊，喜暗怕光，昼伏夜出，喜欢打呼噜，是捕食有害昆虫的益兽。家里的猫常围着笼子蹿来蹿去，它紧张地把身体蜷缩成一团，包住头和四肢，浑身竖起钢针般的棘刺，宛如古战场的“铁蒺藜”，整天心惊胆战，一耸一耸地往更深的角落里钻，吃得越来越少，性格越来越孤僻。终于在某个夜晚，它偷偷地扒了个洞，逃出了笼子，消失在茫茫大地。我和妹妹呆呆地望着空空如也的铁笼，眼圈红红的。或许回归大自然就是它回家的路吧。

春逮蚱蜢，夏听蛐蛐，秋日落叶，冬季飘雪……就在这样的庭院收获着细水长流的幸福，咀嚼着细细碎碎的日子，过着喜欢的春、夏、秋、冬。

很多年后，因城市改造、道路扩建，我们家的住宅楼连同院落一同被拆。咱家搬到了高层，没有院落也没有花墙，只有几平方米的阳台。此时父母已年迈，俩姐妹也各自成家搬到了别处。爸爸还是喜欢佝偻着背在晒台上，带着老花镜捯饬那些花花草草；妈妈还是喜欢默默地待在厨房，日复一日地琢磨舌尖上的味道；或是坐在阳光下穿针引线，裁裁剪剪。只是再没有脏兮兮的淘气包，没有了清静的庭院，没有了青以缭绕的花墙，总是被喧嚣和浮躁打扰得太多。我偶尔路过曾经的家园，总是忍不住驻足，即便物是人非，依然想捡拾起在那里长大的印记。

很想念那段温柔的时光，留一座庭院，守一墙花开，直到天荒地老。经历了人生风雨，也收获了岁月的馈赠。优雅的人生，是一颗平常心，平和的心态滋养出来的从容和恬然。即便没有庭院和花墙，还有一席藤椅，一窗暖阳。透过窗纱，看着满嘴假牙的老父亲和满头银丝的老母亲，不紧不慢地聊着天，偶尔发出愉悦的笑声，时而还为鸡毛蒜皮的事争执。心想这世上最长情的告白，便是这不离不弃地陪伴吧。

梦回西塘，枕河而眠！

徐华敏（安徽省）

初秋的西塘古镇，小雨淅沥，烟雨朦胧，宛若在给异乡的人接风洗尘。

进入古镇，旧时的街景就在眼前纵横开来。镇不大，却透着远古的气息，多少次梦幻西塘的记忆就在大街小巷里穿越而来。江南的古镇形与魂魄都是相似的，多是傍水而筑的民居与商铺，长长悠悠的小巷，欸乃的乌篷小船，那些残破与沧桑就在木质的楼阁上入木三分，每日在吱吱呀呀的摇橹声中撑开了时光的空隙，西塘缥缈空远的晨梦就开始苏醒过来。

西塘的烟雨长廊的长是独一无二的。客栈与店铺林立，沿河一字铺开，是一幅生活的画卷。站在桥上，放眼回望，一处处，一幕幕，皆可入画。这样的感觉，或许就是江南的《清明上河图》吧。小河不清，但也不浊，不停有摇橹的乌篷船，来来去去，与岸上的人互为风景，别一番风味。行走在厚重古街狭窄的青石板路上，徜徉在古镇温润的意境里，听着临水的摇橹声，现实与沧桑犹如在隔空对话。两岸秀逸的垂柳裁剪着风景，在诗意中感受时间的恍惚，临河铺筑的街道一律白墙黛瓦，黑得坚决，白得透彻。错落有致的两排江南古宅，把天空夹出细长一线，以朴素的婉约，平和的姿态，掩映着自然风采，融入了生活百态，静静地搁置在画影清波的秀水之畔。

梦回西塘，纯净的忧伤里，带着遥远而恍若就在身旁的气氛。悠长的小巷在烟雨中如泣如诉，被怀旧的时光浸染，木门里寂寂的故事，被泛黄的岁月尘封，不时有古旧的气息从枯朽的门板上，从斑驳的墙粉中，从青石的缝隙里透出来，牵引着无数路人纯粹的向往。仿佛只要一不小心，就会跌进某段熟悉的情景里，又让你久久不能出来。带着闲散的心情走来，无关历史厚重，不问沧桑流年，只是追忆一种难以言说的情怀。无论是苍老的酒坊还是古朴的茶肆，都可以激发无限的想象。青石板的街面，被千万双脚打磨得光亮，把一段邈远的历史融凝进去，却不留一丝痕迹。许多的人打身边擦肩而过，彼此间，今生今世也不会记得有过这样美丽的相逢。曾经相逢在西塘，曾经有过脚印的叠合，甚至有过目光的交集。待到年华老去，回忆从前轻描淡写的过往，谁也不曾知道谁，因为彼此都是过客，是江南的过客，是西塘的过客。

秋雨的萧瑟扬起了初秋的一抹清冷，满天弥漫的凝重在扩散后萧萧无声的跌落，就好像它从来都未曾来过般轻柔，却又是那般的撩人心魄。在红尘阡陌，时光梦里，回首着人生历程中的云烟旧事，一切有如古玉般的温润与灵透，只是在一个无意的转身，那位从雨巷里撑着油纸伞结着丁香心事的姑娘，就走在了轻灵的小巷，走在了多梦的桥头，走进了一段年华似水的往事里，就再也不能走出来了。我有些陶醉，不忍离开，哪怕这一切都只是梦境。

我没有静静地宿在水边，默默感受这个静谧水乡的夜色温柔。在这幅清新淡雅的水墨画里，我倾听着残垣断壁的喘息，梦是可以宁静的，我抚摸那些百年沧桑的小桥，只是多了一份离愁。

下次，一定，梦回西塘，枕河而眠！

课桌上绽放杜鹃花

薛业忠*（安徽省）

我的大学辅导员邀请我参加她的一个课题调研。课题是“农村基础教育现状与破局研究”。辅导员让我利用休息的间隙到最基层的村小去获得第一手资料，让这个课题更有说服力。我把调研的第一个村小定在一所比较偏僻的小学——枣树村小学。

枣树村小学在大别山腹地，崎岖的山路往大山深处延伸着。路的两边长满了高高低低的树木，有我知道名字的，也有我不知道名字的，郁郁葱葱，生机盎然。不消说，这里缺不了大别山之魂——杜鹃花。

到达目的地，才发现这是一所极其简陋的村小，没有高大的校门，也没有漂亮的教学楼。整个学校只有两排起脊的房子。共6间房子，有4间是做一至

*作者简介：薛业忠，安徽省示范高中霍邱县第二中学高中语文教师，中学高级职称。从1990年发表文章至今，他在近百家各级报刊已发表文章1000多篇。他是《作文成功之路》杂志的金牌撰稿人。

四年级的教室，五、六年级学生都在较远的镇上就读。另外两间房子，一间是教师办公室兼卧室，一间算是学校的食堂吧。

这个学校只有32个学生。一年级多一些，有16人，二年级8人，三年级5人，四年级3人。学校只有两位老师：耿老师和鲍老师，是一对夫妇，大概都有50岁左右。耿老师教一、二年级，人多一些，他怕妻子累，就多担一些，特别是小学一年级的小孩子更难教；鲍老师教三、四年级。当然，他们的教学都是采取复式教学法，不可能像我们正规的学校那样组织教学。

上课了，耿老师和鲍老师都主动邀请我看一看他们的教学情况。我不得不说，这是我见过的最让我感动的课堂。

耿老师站在一、二年级教室中间，鲍老师站在三、四年级教室中间。他们都在进行本节课的教学任务布置。原来，他们为了有效地利用课堂时间，将复式教学效果最大化，每一节课都是这样先站在两个教室中间明确本节课学习任务。一个班学生需要自习的内容布置下去；另一个班上课。当时间过一半，两位老师要布置学习任务给刚上过课的同学，然后到另一个班级上课。这样，一节课的时间，每个班级的孩子都有二十分钟接受老师教学的时间，也有二十分钟自我学习的时间。

我突然感觉到，这两位老师都很伟大，他们科学地分配教学时间，让复式教育在这个村小最大成效地展现了出来。当然，在枣树村小学的时间越长，我的心纠结得就越难受，就仿佛被一只无形的手撕扯着。我为耿老师和鲍老师夫妇教学的艰难而生深深的怜悯之情。我在想，这样的老师，他们对自己的现状难道没有一丝的怨怼吗？

这样想着，我不由自主地走进两位老师办公兼住处的这间屋。我一走进这间不大的房间，立即就愣住了。这是一间多么高雅的房间哪！

一面墙上钉着一块长方形的黑板，上面用彩色粉笔将枣树村小学的校训、校规、教育常规等井然有序地书写出来。黑板两侧是一副对联：“乐教梓楠同受范，喜观桃李广成材。”这绝对是一副书法精品，我一看落款竟然是耿老师。黑板上方有6块奖牌，有教学质量先进学校奖牌，也有文明创建先进单位奖牌等。黑板的下方是一张用课桌拼在一起的书案，上面铺了一块干干净净的天蓝色布幔。书案上整整齐齐地放着学生的作业。我翻看学生的作业，都非常认真，老师的批阅也非常用心。

黑板对面的墙上，内容就更为丰富了。有一把二胡，一把吉他，有两个篮球放在网兜里，有好几副乒乓球拍也整齐地挂在墙上。而且，我发现这面墙上竟然还有一些学生的剪纸作品。虽然还比较粗糙，但已经让我感到这就是孩子们的艺术作品。

这间屋的最里面有一张床，在床边放了两张书桌。不用说这是耿老师和鲍老师夫妇休息的地方，也是两人办公的地方。书桌上笔筒、书籍都摆放整齐，而且都放在书桌的左边；在两张书桌的右上角都放着一个式样相同的花瓶，花瓶里都插着一朵杜鹃花，娇艳欲滴。

这个房间，没有豪华的装饰，但却透露着耿老师和鲍老师对教育的倾心付出。这让我不得不再细细打量这所村小。我这才发现，四间教室里面都有着温馨的环境，每面墙上都说话，每个墙面都精彩。而且四个教室的讲台上都有一个花瓶，花瓶里也同样都有一朵杜鹃花在怒放。细心观察，这是一所很精致的村小，校园里的花花草草都含情，与大别山相映生辉。

难道说，这不是一所基础教育薄弱的学校？难道说，这两位老师对自己的现状相当满意？我要一探究竟。

坐下来，喝着耿老师给我倒的茶水，我的心头仍难以平静下来。

耿老师好像是为我释疑，又好像是自言自语地说："我们这所学校很不容易，太偏僻，新教师不到一个学期就要想办法调走。而且家庭条件好一些的，也把孩子弄到镇上或县里读书了。家里经济困难的又不愿意让孩子读书。全校只有32个学生，这也是我们夫妇俩劝了好多家长才保住的孩子，不然会更少呢！"

听着耿老师的述说，我不由得插话："那我怎么感觉不到这所村小的寒酸呢？反而，在这里，我更感到一种崇高与神圣！"

这时，鲍老师深情地说："教育本身就是一件崇高的事业，本身就很神圣。我们偏僻，我们贫穷，但我们不能窝囊；我们困难，我们窘迫，但我们要让孩子知道读书的神圣，更让孩子在内心对未来充满希望！你看那杜鹃花，它不因这里是贫瘠的地方而放弃自己的绽放。我们就是想让孩子们知道，无论这里多么贫穷，我们也要像杜鹃花一样绽放最美的花朵。"

听着两位老师的肺腑之语，我才知道那课桌上绽放的杜鹃花，有着两位老师对这些孩子的深情寄托。带着对两位老师的敬意，我也想了解两位老师的人生经历，一打听，才知道——原来两位老师都是上海人，人到中年，孩子也事业有成，两个人就特别想做一些有意义的事情。于是两个人就来到这大别山腹地，当起了义务支教老师。

我的第一手资料已经积累了不少，但我要告诉我大学辅导老师的是，我们农村基础教育确实还很薄弱，很落后，但，我们的基础教育又如那课桌上绽放的杜鹃花，也充满着勃勃生机。

醉眼人生

杨宏永*（安徽省）

不知从哪天起，阿花的早点摊上经常会来一位中年客人。除了冬天，他脚上似乎总穿着一双凉拖鞋，大老远就能听到“吧嗒吧嗒”的走路声。

他每次来，总是先从怀里掏出两小瓶红星二锅头酒，然后稳稳当当地放到桌上，接着要一碗豆腐脑，再买个煎饼果子，便不紧不慢地坐下来边吃边喝，要一直喝到八点半老板收摊才走。

他当然不是光喝酒，因为话特别多，但凡有其他客人来，无论男女老少，他总能搭上几句。话题无非是感慨些家长里短，要么就是说些或真或假的小道消息。

时间一长，周围的客人似乎都认识他了，这天他刚坐下没多久，就有人热情地和他打招呼。“喂，你好，又来喝酒啦！”

“哎，心情不好，喝点酒解解闷。”（有时说心里高兴，喝点酒庆贺庆贺。）他一边回答，一边习惯性地摸摸头，嘴一撇，看不出是不是在笑——大清早的就喝酒，他好像也有些不好意思。

这时候，别人是不需要问他为什么心情不好，因为他的话就像水龙头里面的水，你现在等于是打开了开关，只要你有时间，你听就是了。

“哎！”他每次说话好像都要“哎”一声才能开头，然后吃一勺豆腐脑，喝一小口酒，嗞着牙深吸一口气，就开始抱怨起来。

“哎，现在岁数大了，不像年轻时候，想做点事情真难啊。”

“怎么回事？”客人随口问道，客人这一句其实也是多问，因为你不问，他会说的。

“一直在家闲着没事做，打算租个门面开个烧鸡公火锅店，一打听，要投资一二十万，结果全家反对！”他双手一摊，很是无可奈何。

“那不错啊？他们为什么反对？”客人又多此一问。

他没马上回答，又喝了一小口酒，“他们说我整天喝酒，不是那块料！”接着用手一指那些早点摊，“他们说我要想做生意，还不如摆个摊子，卖卖包

---

*作者简介：杨宏永，安徽六安人。

子油条啥的。”

“哎，你别说，这也是个好主意，像他们做个小生意，一天两三百块钱说不准也能挣到，你可以试试啊！”客人附和道。

“我才不做呢！”他又是摆手又是摇头，“你不知道，这种生意我以前都做过，又苦又累，而且只能挣点小钱，没意思。”说完，是一脸的不屑，“要做，就做大生意！”

客人也不好再说什么，吃完早饭，点点头示意该走了。他呢，并不在意，也摆摆手算是再见。然后继续吃一勺豆腐脑，喝一口酒。

可是到后来，客人们听厌了他的故事，便不再理他了，甚至有些人都不敢坐到他身边了。

这样一来，他就没有了倾诉对象，于是他就把目标转向了那些卖早点的摊主们。摊主们也不是闲着无事，要是生意来了，也顾不上他了。他呢，便重回到桌子上，还是吃一勺豆腐脑，喝一口酒。有时也咬两口煎饼，弄得嘴边尽是菜屑和豆腐脑。虽然有些难看，他自己却不知道。

有一次喝到兴起，他不知从哪里弄来纸和笔，龙飞凤舞地写上“老板生意兴隆财源茂盛”“老板娘越活越漂亮”之类的话，然后东倒西歪地走来走去，把字条发给那些忙忙碌碌的摊主们。

不料，有位摊主不小心把字条弄掉到地上了，他赶紧跑过去，把字条拾起来，用手擦擦用嘴吹吹，很不高兴地说：“哎，不……不……喜欢，也别……别……扔到地上啊！”一着急，再加上喝了些酒，竟然有些口吃，而且脸似乎都涨红了起来。

摊主马上一脸无辜地解释道：“哦，不好意思，太忙了，不小心碰掉的。”

摊主准备伸手把字条再拿过来，他却小心翼翼地把它折起来，不紧不慢地放进了自己的口袋。然后又不依不饶地说：“别看不起人，我跟你说，要不是因为狗日的高考，你想要我一幅字，我还不一定给你写呢！”

“狗日的高考？”摊主也不和他争辩，只是一脸的茫然。

“是啊，其实我读书时成绩非常好，语文英语都是班级前几名，书法比赛还拿过奖呢，要不是数学不行，早考上大学了。”

“哦，人才啊，那真可惜了。”摊主点点头，咂咂嘴，叹息道。

“要不，我骂狗日的高考呢，我有好多同学学习成绩比我差，却都考上大学了，有的当上了大官，还有的做了大老板呢。”语气中充满了不甘心和愤愤不平。

“他们都是高三复读一年才考上的，我们念书那时候能人少，所以考上大学有出息啊！”不等摊主追问，他自己又解释道。

接着又开始后悔："我怎么没去复读一下呢？"他那意思好像他要是复读一年就一定能考上大学，考上大学他现在就一定能当上专家或者大官似的，他又叹了一口气："哎，算命的说我一着走错，全盘皆输。还真不假啊！"说完，意犹未尽地拍拍摊主的肩头，脸上尽是落魄悲伤之意。

然后又晃晃悠悠地回到桌边，这次没吃豆腐脑，也没吃煎饼，直接拿起酒瓶，昂起头就往嘴里倒，也许是急了，呛得咳嗽起来。

他坐下来，不再说话，抬起头望望天上的云朵，也许，天上有一只孤鸟正一飞而过；一会儿又低下头看看路边的树丛，也许，那里有一朵花正无声地萎落。没有人注意到，有一丝泪花，似乎在他的眼角闪闪烁烁。

也许是喝到了一定程度，也许是悲从胸来，也许是怒从心起，他突然抓起一只空酒瓶，"啪"地扔到地上，于是碎片四溅酒香四起，在人们惊奇恐惧的目光和尖叫声中，他只是跷着二郎腿，不言不语也不动，似乎那一切都与他无关。他两眼醉意蒙眬地瞪着远方，他不明白，那些人一大清早的，都匆匆忙忙地去干什么。

无论是雨天那缠绵的雨丝，抑或是晴天那金灿灿的阳光，在他的眼里，似乎都迷离得像一团化不开的雾，那么不真实，那么没有意义。

他的人生和梦想，也许就沉醉在那烈烈的酒里。

一朵中国的琉璃花

姚昂*（北京市）

中国美术馆《琉璃之人间探索》大展的举办使我第一次走进琉璃艺术，感受这种晶莹剔透的纯粹与美丽。琉璃艺术真的震撼到了我，让我眼前一亮，那是一种强烈而深沉的刺激。

琉璃是中国特有的材质，它带有一种独特的美感，含蓄内敛，温润明亮，同时又给人一种清爽透凉的感觉，仿佛她不掺任何杂质，也无法容纳任何杂质，它必须保持一种纯洁的清亮，以显示它完美的品格。

---

*作者简介：姚昂，女，1989年出生。自由散文作家，文学研究者，文化学者，艺术爱好者，诗歌创作者。中国传媒大学文法学部文学院现当代文学专业在职硕士研究生在读。

进入展厅，眼前便是一片豁然开朗。白炽灯的光亮，使我眼帘映入一种神奇而炫幻的色调。这种色调仿佛把我带入了仙境，整个展厅充盈着魔幻般的溢彩。我从不知琉璃还能有这么绮丽的色彩。

琉璃给我的最强烈的感觉便是剔透。剔透得像冰一样，有着冰的梦幻与坚毅，纯洁与透明。

中国的琉璃花带有中国特有的含蓄与婉约，带有中国特有的现世与温存，华丽但不张扬。

一朵朵高贵的琉璃竞相开放。那巧夺天工的技艺一点也不亚于真正盛开的花朵所绽放出的独特魅力，仿佛比真正的花朵更加透射出娇艳。

一朵中国的琉璃花，无时无刻不在折射着东方的韵味。那宛若少女的娇羞脸庞，那静若处子的怡然自得，那来自灵魂里的闲庭信步，那在生命里释放的高贵与气定神闲，那一次又一次吐露出的爱的芬芳，无一不在彰显着东方民族的胸怀。

花本就是女人的象征，女人的内心里永远有着被花包裹的柔情。琉璃的无瑕有着人世间最美的情感。

我喜欢透明。喜欢透明的花，也喜欢透明的人。对于没有安全感的人来说，透明是最大的安全感。因为它有不被隐瞒的内心，我分明能清楚地看到它通透的情感与她一切的喜怒哀乐。

我也喜欢做一个简单透明的人。我身边无数的人跟我说让我机灵点，该隐藏自己一点。但我不想，也许让人看透并不是什么坏事，起码这样我做到了无愧于心。我已经把我最真实的一面展现给大家了，别人再伤害我也好，再陷害我也好，我已经是尽心尽力了。我已经做最真实的自己了，我能做到的都已经做到了，剩下的就不是我能控制的了，我也无能为力了。

就像一朵朵的琉璃花，它所能完成的最标准的自己就是这样了。

它的姿态代表着中国的审美，它的工艺代表着中国的文化，它的内涵代表着中国的气质，它的色彩代表着中国的婉约，它的整体代表着中国的神韵。

琉璃本就是中国所特有的材质与技艺。它的根在中国。它在中国生根发芽，在中国成长壮大，在中国熠熠生辉。中国的悠久历史衬托出它特有的穿透力。千年的积淀让它在艺术家的手中重拾生命的华彩；千年的熏陶使它在灯光的映照下发出耀眼的光辉。

走近它便觉一种庄严感。它就那么近在咫尺，可谁也不敢触摸它，仿佛那是一种对它的侵犯与不尊重。我几次都想伸出手去摸摸它，无数的好奇在我的心里激荡。它是软是硬，是冷是热，是像水一样流淌灵动还是像冰一样寒冷坚固……这一切的问号仿佛都无形地推动着我的手臂渐渐地逼近它，但当只有一毫米的距离就碰到它时，我把手收了回来。是的，我不敢！我不敢碰到它，这让我感觉到我自己有罪。

是啊，这是多大的罪过啊！我怎么可以去触摸它！怎么可以用我这俗人的手指去触摸它。它是那么的圣洁，那么的遥不可及，我怎么可以去玷污它，去破坏它。我只配远远地欣赏，为它拍照，为它赞叹。

最喜欢的还不仅仅是它的花，而是它剔透明亮的花身。它透明洁白，流云漓彩。有白炽灯的衬托便更加美丽。那高调的色彩径直地照入了人们的内心，照得人们透亮而明净。它是那么干净，没有一点瑕疵，没有一点缺陷，完美地向世人展现着它高雅的心灵与怒放的神态。它绝对是善良的，是慈悲的；它的胸怀是宽广的，是可以容纳一切的；它绝对是问心无愧的，无愧于雕刻它的人，也无愧于世人，更无愧于它自己！它可以傲视风霜，可以看淡一切，它可以把所有都转化成美。

我羡慕它也向往它。它虽是孤独的，但它并不惧怕孤独，它耐得住寂寞。它被艺术家赋予了生命，而它也很好地享受了生命的过程。用自己的仪态满足世人的观瞻，用自己的热忱守住艺术的价值，用自己的孤寂换来人间的美好。

它从不依靠谁，不寄托谁。它知道任何人都靠不住，唯有自己绽放美丽。其实它也是没有安全感的，否则它为何会如此的易碎又如此的艳丽，美丽而坚强的外表下包裹的是脆弱的内心。

也许有的时候就是这样，谁也不能依靠。你认为会对你很好，你很有把握的人有时候也不能完全满足你的要求。毕竟每个人都是独立的，最了解自己的人永远都只有你自己。所以不能把感情寄托在别人身上，也不能完全地要求别人为你做什么。否则当你的希望落空的时候你会很失望，那种失望是你无法想象的。就像从巅峰跌入低谷。让你一时语塞，你不知道该说什么，也不知道该如何应对。

所以孤独总是自己的，每个人都要承受。其实有的时候当你真正独处的时候你更能找到自己的位置，找到自己的自信，找到自己的那份安然。当你独处的时候你才能把自己置身于另外一个世界，我就是我，才能真正地感觉到原来你属于那么多的人。家人，朋友，兄弟姐妹，哥们儿闺密，同事同学，那么那么多的人，多到你认识的每一个人。有那么多的人为你骄傲，为你祝福，为你祈祷。有那么多的人在关注你，在瞩目你，你在所有人眼里是个与众不同的人，是个卓越超群的人，那样你就会对自己充满无数的信心和独立感。

一朵中国的琉璃花。这个代表着东方美的艺术品，这个出自中国的无价瑰宝，它所展现的不仅仅是一个民族的灵魂，更是全人类的灵魂！

如果青春还充满关怀

宣白甫（重庆市）

慢递

拥有一个地址，和一个远方的人，把旅途的想念寄给你。

——七堇年

西递的慢递屋很多，要么美轮美奂，要么古色古香，打门前走过，讨人得像是拽住了目光的尾巴。

是这家慢递屋门前的小桥流水恰合我意，抑或因为门额上悬吊的蓝色风铃，我在漫无目的的浑然不知中，走进。

这是一间装饰玲珑的屋子，圆形吊顶，暖色的光源在浅绿色墙纸上漫反射，形成不规则的光晕。待寄的明信片美好得像少女粉红色闺房里，串起的缤纷纸鹤。卡片上的字迹，各有各的漂亮，有的像贝叶经上的梵文，有的棱角分明像天边的行云流苏。长长的原木桌椅，横置中央，色泽油亮，质地均匀，是匠心独具的粗制滥造后巧夺天工的尤物。临街的干净明亮的大幅落地波窗与侧墙形成的拐角处，有个插满向日葵的花瓶，默默流芳。

偏爱“玛琪朵”甜甜的味道和浮在上面因时光走过而慢慢消融的细细泡沫，于是点下，坐在长凳一侧，耷拉着腿，双手合握洁白的杯身，能敏锐感知咖啡慢递给手心的温热。面朝窗户，我便能肆意观察行人的脚步，从他们恣意的走姿中，渐渐地，读懂旅行——享受时光划过肌肤，像海水浸过后缓缓褪去的流沙。

身旁，一个十五六岁的短发女孩——粉红色卫衣，紧身的浅蓝色九分牛仔裤，搭一双白色网球鞋，干练的气质下是一张几米漫画里才会有的洁净明媚的面容。左手伏案，右手奋笔疾书，绿豆大小滚圆滚圆的字儿，讨喜的排满了整张卡片。是我不小心瞥见羞赧的神色里呼之欲出的懵懂——“青春的奢侈，便在于能够有足够清澈的心情，用七百多个夜晚去写一封言不由衷的信，给一个并不属于将来的人。”不由得想起这句话来。

桌子一端，坐着一位银发齐肩的老人，平静的面容，双眼深陷如暗泉涌动，看不透，像仰望繁星陨落的钴蓝夜空。他漫无表情地坐着，没有人注意他，他也不关心周遭的人。他对着一张明信片，在长时间的静默后，仅仅留下一行字——“一生经历很多轰轰烈烈的故事，半推半就走到今天，可这一切都不重要了。”

扔进邮筒，推门出去。

人这一生，仿佛总是在经历漫长的等待，等待一封又一封姗姗来迟的告知，直至生命里最绵长的慢递送达，才了无牵挂。

然而回首自己，恰站在青黄不接的年岁，我们试图表达，又在极力隐忍，我们总是权衡再三后发现不合时宜。我们就在日复一日的年复一年里百感交集——既不能像儿时那样乖张之下无所顾忌，又不能像阅尽沧桑之后，掸去浮尘，宠辱不惊。思索良多之后，能写下的也不过一个地址、一个飘在远方的姓名、一封旅途中隐藏至深的想念。

咖啡未尽，留下半杯温存。

星空

傍晚时分，游客开始退场。我趴在客栈屋顶的露台上，肆意观看逐渐稀释的人流。直至春水般涌动的人群，化作漫天繁星。

听一梭晚风窸窸窣窣的碎碎声响，听它越过丘陵，掠过溪涧，拂过田园，透过树叶间窄小的缝隙，然后消失得没有端倪，好像就藏伏在屋顶的瓦上。于是，我仰起头寻它，却没有它的踪影，倒是已然璀璨的星河，一览无余。同行的伙伴递来啤酒和烧腊，我们在这个星光熠熠的村落里，举杯、对饮、畅谈，讲一些自己过去的事儿，大多是一些伤春悲秋的年纪里不知天高地厚的年少轻狂。迎着微凉的晚风，在天台上纵情乱舞、没有音准地放声歌唱——

祈祷拥有一颗透明的心灵，
和会流泪的眼睛。
……
我宁愿所有痛苦都留在心里，
也不愿忘记你的眼睛。

很久，很久，被这首关于星空的歌感动了很久。那是内心深处迫切的渴望和精神内在急需的告慰，当云霾不分的年岁里仰望星空已渐成奢望，当干涸的瞳孔已挤尽最后一滴眼泪。

声嘶力竭，于是夜晚被我们恢复成原本安静的模样。背靠天台的墙根傻愣愣地坐着，不变的，是当晚，依然明亮的星光。

我们时常在歌曲中寻求短暂的慰藉，就像在旅途中仰望粼粼的星河。我们爱慕繁星璀璨的光芒，却又钟爱夜空万般平静的深邃。于是，当我们还在纯真与光环的抉择中难以迁就，便与那些晶莹剔透的美好失之交臂了。

也是这个繁星落尽的夜晚，我又收到她从千里之外发来的讯息，她说——我正在海边光着脚丫漫步，今夜，鸡山的夜晚格外清朗，海风与暗如青绸的海面一样平和，夜空中是漫天的星和一轮当空的皓月。爸爸的船回来了，就泊在我家东南角的小港里，远远的是两三盏泛黄的灯火，我想有一盏定是姐姐家的厨房正张罗着一大家子的消夜。

我试图给她回复，但终究陷入长时间的静默。我时常责备自己，责备那个在物质世界的光环中从不曾迷失而颔首屈膝的自己，因为每每面对回忆里她淋淋的面容和安好的模样，像极了她的家乡，便会在曲终人散的寒流中温暖如初。

记惦北方上学时朗朗晴空的夜晚，她低声描述她的家乡——那是一个四面环海的村落，捕鱼在岛上世代相传，他们就一直维持着这份极简的营生。听她说岛上哪个邻居家的鱼烹得好吃，听她讲海边燃起的繁盛烟火。她描绘的原话，我已经几乎忘尽，只是犹记得她特别骄傲地对我说——“如果你给我写信，地址写到鸡山，我就一定能收到。”

其实，那封隐藏至深的想念，她应该已经收到了。

那时看着她，与这个城市格格不入的样子，真叫人心疼得厉害，只好牵强地附和、打诨。

现在浮生起她来，我仿佛看见曾经被那片夜色隐去的，从她眼角溢出的淡淡失落。

本能的怀念竟催人潸然泪下，我仿佛看见她澄澈的双眸落满了星光。

那夜定格在西递远方摇曳升起的天灯，似一盏绵延的守望。

稻浪

石城在婺源的一隅，听说那里有如梦如幻的云锦和被秋霜浸透的红叶。于是，我们离开李坑，起程上路。一条不算窄的柏油路，带着我们驶过村落，拂过田野，掠过丘陵。晌午时分，我们从路边一条狭窄的泥路驶入一片稻田，驻车，歇脚。

湛蓝的天穹，骄阳当空，翻滚的阳光下，是一片金黄的稻田掀起热辣辣的稻浪。炙烤后散发出稻子浓厚的气息，像烈酒，挥发后，随呼吸沉入心田。熙熙攘攘的农庄，悠然伫立，俯身割稻的农夫，洋溢着丰收的欢愉和辛勤。

有农家的孩子，在田坎上奔跑，追逐。我们喜欢说他们是“野孩子”，因为他们凌乱得已然拧巴的头发，脏得已经没有颜色的衣服，太阳吻过通红的脸颊上还残留鼻涕的痕迹。不，更重要的，是在我们殷羡的目光中，这些四五岁大的孩子，便已经挣脱了长辈的桎梏，能这般快乐的无休止地奔跑着。我多么希望他们能这样无拘无束地一直跑下去，即便心里明白，随着成长，在没有任何支撑下，这样的奔跑终会戛然而止，就像一台没有真理支撑的永动机。青春不就是这般矛盾的胶着，直至有一天矛破了盾或是盾折了矛，便随之远去了。

总之，此刻看着他们，再也按捺不住干涸已久的心灵对至真的渴望，终于在这片原始的旷野中卸下身上如壁垒般沉重的防备。不再反锁车门，将它大大敞开；不再克制分贝，将CD机的音量调制极限。这里只有不曾疯过，幸好还不曾老去的我们，和一片在沸腾如潮的阳光中肆掠的稻浪。夸张的摆姿，疯狂的奔跑，一群年轻人想要宣泄什么，想要冲破什么。此刻的我们，像参差的音符，活在一首激昂的狂想曲里。

嘴里噙着猪尾巴草，坐在田垄上遐想，有清风吹过。我仿佛看见眼前的稻子，从插在田里一棵含羞的青秧，经历暴雨、雷鸣、日晒和孤独，出落成如今颀长的模样，我开始感叹它的疯长。

可奈何我们又何尝不是如了这稻子，在岁月的年轮里经历这般疯长呢？祭奠起半年前毕业时的场景，那些飞速成长后，以为要失去一切而不知所措，惶惶不可终日的日子——

上学比起现在，可算富有。我们至少拥有大把的时间和情感——可以坐在操场旁的石凳上，呼着白气，呆望天空，用漫漫的时光消遣法国梧桐每一片摇摇欲坠的残叶，睡眼蒙眬地对焦来往的人流，或是琢磨如何爱慕那一席美丽的裙裾。春去秋来，校园的光阴干净得没有沾染半点书香，倒是质朴得如天空雁过无痕。

当要踏出这扇门，各奔东西的时刻迫近，才陡然发现自己是如此稚嫩，宛如一只惊弓之鸟。于是，几个在不成熟中最不成熟的孩子坐在了一起，划拳、饮酒，彻夜高歌。每夜，总在重复同样的场景，千篇一律地倾诉，不厌其烦地倾听，直至酒精如电流袭满全身，直至学会灵魂的失敏。

那几日，好似填补了四年里许多的空白，谁和谁在哪里几度云雨，谁比泼留希金更加吝啬，班长和辅导员是如何沆瀣一气。都是百无聊赖的话题，但唯有提起她的时候……

好吧，就着眼前来势汹汹的稻浪，思念如洪水，溃不成堤——

第一次见雨路，她穿着白色体恤，浅蓝色的牛仔短裤，一头浓密乌黑的短发下是清秀的面容和拘谨的神态，那种诱人的异性的气息，强烈而赤裸。如今回忆起与她最初相识的样子，依旧是一个没有瑕疵的完满念想。

九月中旬新生入校，十月国庆的时候，我和雨路已是覆水难收。日子过得很快，入校后的第一个平安夜不期而至。北方的冬天，雪很大，有极了圣诞节的气息。商业街张灯结彩，纷繁的商品，琳琅满目，各式各样的宣传广告，铺天盖地。其实上学的地方，在我眼里只算是个二线都市，但她却尤为兴奋，拉着我在密密的人群里穿行，不时拣些小饰件，讨巧地问我："好看吗？"

那时的雨路真是好看极了，我连声说"喜欢就买下吧。"

她总说："不用了，太贵。"

最后，在路边，她对着一个玩具熊喜欢得厉害，撒娇地对我说："这熊真好看。"

那时的她甜美得像颗软糖在我唇间消融。我自是难以抗拒，直接按那商贩的要价买下。她一手抱着熊，一手拉着我，像是拽住了整个世界。

那晚，有北方一贯的清冷，可我们还是一直疯到路灯一盏一盏熄灭，店铺一间一间打烊，才悻悻离开。这时，夜已很深很深。

就这样，之后的三年里，她撞穿宿舍的玻璃门，玻璃扎进大腿，我背着她一路狂奔去了医院；每逢期末，她给我讲解一学期的重点，彻夜不眠；挤不上公车，我们走路去电影院，天寒地冻冷得直哆嗦，却舍不得买两杯热饮，仅仅为看一场《星空》；运动会结束，我醉得不省人事，在出租屋里吐了一地，我醒来时，房间已经窗明几净；我沉溺游戏，花光生活费，我们一起骑车去带家教，挣饭钱……

爱情，经历争执、辛酸、感动的发酵，像爆米花一样迅速升温，膨胀。似乎，演尽了电影里所有的剧情，只待一场电影般华丽丽地收场。

大三结束的夏天，我萌生起一趟去往宁夏的旅行。那时，远没有说走就走的气魄，我俩合计了很久，才买了车票，列车摇摇晃晃一整夜，我们不眠，在莫大的兴奋之余有静静的失落，因为我们知道这班"列车"在一翻轰轰隆隆之后终将"到站"。

那次，我们一如初识，牵着手缓缓走过沙丘，然后并肩坐在一个小山包上，不说话，太阳烘烤后暖暖的、绵绵的细沙轻轻地搂住我们的臀骨。我们凝望沙湖汪汪的静水，水禽在芦苇荡中穿梭，有风拂过，她顺势将头偎在我的怀中。坐着，坐着，太阳就斜了，如锦缎燃烧的黄昏就着我们热烈的拥吻就这般赤裸裸地来了。那是我头一次尝到吻中的心酸与决绝。

宁夏的旅行结束了，我俩精心编织的美梦，被时间一碰就碎了。之后，她便很少说话，只是紧紧抱着我哭。我亲吻她的眼，泪水又腥又咸，像在舔舐滴血的伤口。那次，我相信了，眼是心灵的窗。

……

后来，听说她和木辛在一起了。木辛是她的同乡，也是我的学长，关系一直很融洽，他一直爱慕雨路，碍于我，总是三缄其口。这一次，雨路几近崩溃之时，投出橄榄枝，也算如愿以偿。我并不埋怨他，毕竟作孽的是我，只愿岁月静好，勿再起波澜。

临行时，最要好的同窗为我送别。我执意要去和雨路相识的那家饭店。他们叙了很多四年的情谊，我却哽得一句话也说不出来。有流浪歌手问我们是否要点歌，我迫切得连价码也没问——“请唱一首林宥嘉的《说谎》。”

我好久没来这间餐厅
没想到已经换了装潢
角落那窗口能闻到玫瑰花香
被你一说是有些印象
……
祝你做个幸福的新娘
我的心事请你全遗忘

那晚，耳边始终萦绕着《说谎》刺骨的旋律，静对飞机舷窗，簌簌落泪。

静静地，泪如尘埃下落，湿了田垄，还好同行的伙伴未曾发现就已风干，我竭力保持住那幅他们熟悉的孩子般大大咧咧的笑容。阳光照射，血脉贲张，叫人为之痛快。

任疾风在眼前掀起层层稻浪，任坚韧的稻秆在耳边狂舞作响，是该在这番明媚的秋阳下，诀别以前的故事。如困兽几番犹斗，终挣脱缠缚的绳索。

我想，我已经找到青春的出口。

查记酒坊

在赣皖旅行，还是十月的金秋，行文至此，已是次年元月。查记酒坊的桥段，就一直搁置着。

在人心的急功近利初见端倪之后，城市的浮躁与虚妄，像是啤酒催起的泡沫，日复一日地消融膨胀，膨胀消融。处在一个风口浪尖的世界，实难回味查记原始的佳酿和简单的营生。

但不管怎样，我知道在那些赣皖交界的村落里，查记酒坊的生意，一直很是兴隆。

查记的店面向来不大，大都十余平方米，陈设简雅，不过是几个写着血糯酒、女儿红、烧头酒、三笄醴、桂花冬雪、猕猴醉月的大酒缸靠墙一列，再置一副小酒柜，一张吧台，几把吧椅。进门处，风蚀严重的木门上刻有一副对联——

欣尽年华奉酒事；
淡将利禄作浮云。

来这儿喝酒的，大都是游客，清晨或一日将尽之时，也有当地的村民进来打些酒喝。

黄昏，天色如仙女打翻的糖浆，一泻千里，溢进查记昏暗的酒馆。我们打了壶米酒，像几块烂泥糊在墙角，借着微醺低声聊天。

聊着，聊着，竟开始相信起酒里藏有灵魂，服下便能附了身。可又何尝不是呢？那些在歌厅里常饮的“rum”“Wisky”“Vodka”“brandy”本就是用霓虹酿制的，一饮而尽，心底便能升起如火般嚣张肆掠的气焰，像那些闪烁夺目的光一样狂热躁动，酒醒时分，是轰然坠地的满屋空洞。而这乡野间的稻子，春生夏长，秋收冬藏，经古法制得佳酿，喝下，自然如静水般的岁月，淡泊无声，眼前恍惚中屹立的，是一个没有世态炎凉的独立世间，在这里不需要可歌可泣，只有生老病死，如此便是一生。这是头一次，我觉得喝酒和品茗是一样的，都充满了禅意。

翌日，醒来，我陡然发现自己并不属于这里，因为年轻还有本能的冲动与激情，我需要舞池里摇晃的酒杯，泼洒的红酒，冒泡的香槟。但我又想常来这里，在田园里坐坐，平心静气地小酌，也算是在铜镜前正正衣冠，抑或说是在纷扰的青春中寻寻还未落尽的自己。

俗话说“酒香不怕巷子深”，一坛酒，若能十里飘香，定是上品。而查记的酒香却能绵延千里，以至我回到自己熟悉的都市还能嗅到它的清芬酝藉。于我而言，它是一份被旅途私藏的独家记忆。

徽派人家

说到与安徽结缘，是从出生就烙下的祖籍，而真正与其相识，却是这次旅行。虽说还不是安徽的腹地，但人类对于血统宗系、生命根源的本能好奇，让我觉得眼前这座本是崭新的远镇，仿佛素来相识又阔别已久，按堇年的话说也算是“平生欢”。

我印象中爷爷并不多话，和我父亲那种话痨是极不相像的，可能是从我有记忆起他的身体已经有恙，不过那种军人独有的寒肃气质和从军多年辗转多地历经沧桑写下的城府，还是在童年的记忆里，留下充满敬畏的浓重一笔。

爷爷很少提及家乡，也很少提到战争，或是那些年血淋淋的记忆与家乡的温婉、祥和格格不入，却又都是生命极其重要的架构，难以取舍、措辞，在生命的尾声不知如何是好，终究缄默其口。

爷爷漂泊一生，卒于儿孙满堂的热闹凡尘也算无憾，只是如枝，离根久了，难免生出强烈的挂念。就像我们这些如叶的，时隔多年，不也念念不忘。这次在宏村小住，终如愿以偿。无论这里的气候、建筑、饮食，还是风土人情，来得总是情投意合、莫名亲切。于是，我把这里所有一拍即合的对象归结成徽派人家。

我喜欢那些从四面八方奔赴于此的美术学生，喜欢他们执笔的姿态和满脸的温良。视线能触及的美好物景，在他们画板上，笔笔生花。

同是一桢桢白墙黑瓦，徽派建筑出落得却与江南水乡截然不同。江南建筑，临水而建，雕梁画栋，镂空轩窗，小巧玲珑，弧线设计贯穿始终。打江南走过，犹叹南朝胜景，眼前似风尘落尽，浮满铅华。徽派建筑，则走线硬朗，棱角分明，独门独院砌得高大威武，无论从什么角度看上去，都是方方正正，有板有眼，如君子，含胸收腹，如清吏，刚正不阿。甚有陶潜遗风。

没有得天独厚的小桥流水，自不及江南那些鱼米之乡，为了生存与繁衍，宏村人自古兴水利——引黄山的溪涧注入修凿的东湖，再辅以沟渠。如今，家家户户门前都有流水，潺潺而过，这水淌了几百年，淌过宏村荣辱兴衰，已成了这座古镇最深远的记忆。

爷爷也很少提到家乡的菜肴，在那个动荡的年代里，贫寒的童年能在记忆里留下的，不过只是饥饿之后最疼痛的疮痍。如此一来，我倒是对徽菜有了几分憧憬——于是，在农家小院里，开始一段味蕾的旅行。犹记得马兰头因为泥腥浸染后留下的浅浅清香和野蕨独有的吞咽之后点点回甘，不造作，就像深吸一口田野的气息。与之截然不同的是臭鳜鱼浓烈刺鼻的味道。热气上涌，逐臭而食，腌鲜浓厚的汤汁，肥美白皙的鱼肉，真叫人有一种实贴贴的满足。

酒足饭饱后，择一家典型的徽派客栈住下，特别享受踩在木板上咯吱咯吱的声响。黄昏时分，在露台上，搬一把躺椅，隐于夕阳的余晖中。用一颗散漫的心去支一双迷离的眼，不要聚焦，就把这幅模糊的画留给自己，直到耳边出现混淆的人声。

每个人的记忆里，是否都有一个温暖的家乡，是否在那里都有一所属于童年的老房子。后来，随着成长离开了，有的走得近，有的则背井离乡，随之老房子变卖了或旧城改造拆没了，于是那个叫童年的，也大摇大摆地走了。阔绰的年轻人，花了大把青春，用尽怀旧的伎俩去寻它，直至挫败与变故将他们惊醒。

我也时常怀念童年，念叨那些曾经举足轻重但如今已淡出我生命轨迹的人儿。“去的尽管去了，来得尽管来着”，想起这句朱自清先生在《匆匆》一文中的语录，便徒增几分感伤，感伤在时间的流里，我们是怎的无可奈何。

前不久，去出生的老街转了转……

从刚学会走路的孩提，到步入中学校门的少年，这条老街承载了我的生命之初。他知道我藏在那段没心没肺的日子里的简单心事——那些考试之后的惶恐，那些因不能说破的爱慕而蠢蠢欲动的不安。

那时放学，我会骑坐在外公肩上，抓着他花白的头发，耀武扬威地走过老街，和每一位熟识的相邻、摊贩打招呼。外公还会给我买卤制的鹌鹑蛋，我便在他肩上口水滴答地吃起来，现在想起那副又淘又馋的样子，真是可笑。我曾经固执地以为那副有力的双肩坚如磐石，不曾想过时间也会让他摇摇欲坠，然后轰然陨落。

于是，我在老屋的地板上打滚，坐在外公胳膊弯里逗花鸟，吃外公为我用糖腌制的草莓和樱桃……就这般甘之如饴的肩负着爱，欣欣然地地长。

直到那年，高考结束，我也算侥幸上榜，但与录取通知书结伴而来的却是外公喉癌的病危通知。至今，我也记得，外公拿着我的录取通知书喜出望外的神情——嘴里反复念叨“×××同学已被××××大学××系录取”，那一刻，我看不见一个岌岌可危的病人本能的疲惫与痛楚，我分明看见老人脸上写满的无憾，有如孩提般简单的满足。

前不久，去出生的老街转了转，看它并没有出落得宏村这般幸运，看它被拆得七零八落后，那副坍圮得我已经难以承受的模样。在那些支离破碎的瓦砾上残留的，是它年轻时候的荣光——匆匆的人，铿亮的路，乌黑的瓦，洁白的墙。我莫名地怀念起它那时兴兴向荣的样子，哪怕我知道，不久后它便会焕然一新，可那时，我或许又会失落起它那副欣欣向荣的样子来。

记忆，就是客观存在的故事，每当身临类似境遇，则一触即发，便在脑海里翻来覆去地演绎。

至此停笔，陡然想起，已时至清明。

眼前这座徽派小镇，看久了，总冷不丁飘来一缕陌生的亲切——它有这两位老人的影子，或是岁月沉淀后投射的老旧时光的影子。两位老人沿着截然不同的生命轨迹，走向了同一个终点。想来生命本就殊途同归。

有些人还在，只是远了；有些人不在了，只是远了；有些人可近了，不知什么时候就远了。我总能想起他们的影子，他们的影子也总是眷顾着我。就像这一次，他们陪我走完这趟旅行一样伴我一生，我是说如果我的内心尚还充满关怀。

加温秋天的心

杜清涛*（甘肃省）

阳光明媚的早晨家里就剩自己，家人都下地干活了。庄稼地里的胡麻玉米，果园里的果子都还没归仓，等待着主人的收割与采摘，身心交给主人才能安心。

我已经不能走路了，不然就可以帮家里分担一些农活了；不然我也可以和秋天来一次亲密的互动了。家里兄弟姐妹四个，我属老大。妈妈经常说，如果我健康的话，现在一定大学毕业了，到了工作的年纪，可能女朋友都有了。可惜这样聪明俊朗的孩子，为什么就不能走路了，说完就是一声长长的叹气……

九点多我起床了，坐在了一个小木头凳上，看着电视新闻，一边做些简单的运动，甩甩胳膊，或者脚下踩着小轮子，双腿轮换着做伸缩运动，每天都如此。锻炼是为了缓解肌肉更严重的萎缩和无力，还可以放松疲惫的身心。医学上说，这种疾病会像树叶一样一点点干枯掉，肌体会一点点失去力量，直到完全不能动弹，最后会因身体的各器官衰竭而亡。

第一次知道如此可怕的后果时内心慌乱极了，一个人时哭了。是的，有谁会对无法改变的悲惨困境心甘情愿地说：没事，此乃生命的常态，有完美就有残缺，唯有坦然面对，身残志坚。任何事都有个适应的过程，当经过一段时间思想的沉淀，后来也就慢慢释怀了，坦然地面对了它。既然已是注定，怨天尤人也是徒劳的。很多事情我们无法改变，面对时不能报消极情绪，以积极乐观的心态面对，与之斗争同生共死。身体上让人不如意，可精神上得更高一筹。你还有梦想，疾病让你得到了什么？除了痛苦，更应给苦难的人生深度的思考和启迪，能给人重新振作的起点保持动力。懂得了珍惜生命热爱生命的含义，眷恋着尘世的种种，想想有生命的世界多么美好，生命是多么的奇妙。感恩大地赐予生命，形形色色的生命；感恩父母赐予生命，爱心浇铸的生命；感恩自己，有勇气面对真实的自己。

外面房檐下停留在电线上的几只燕子呢喃不休，似乎在相互传授南来北往迁徙的经验。过不了几天它们会告别北方飞向南方讲述北方的风土人情。循着

---

*作者简介：杜清涛，纯粹的文学爱好者，以文修身。在我眼里文字是苦难生命里的一剂良药，想来一场轰轰烈烈的文字自我救赎。

声音向窗外看去，阳光闪着金色的笑颜，以洒在对面的屋顶……看着灿烂光明的一切，电视再也看不下去了，想去院子里待会，同时不忘拿上我的书笔和稿纸。

不坐轮椅时便坐上木凳用双手慢慢的挪动带着身体向院中或者阳台上去。院子里视野开阔了许多，抬头能看到蓝天上云卷云舒，飞鸟舞蹈歌唱。远处的小山上树木郁郁葱葱，懒懒地摇头晃脑，似没睡醒的样子。院子里的花草树木，似看到我的出现而兴高采烈。清风中撒下淡淡柔情的清香，仿佛都在向我问好，嗨，主人，欢迎和我们神交，你面对生活的勇气和信心让我们佩服。其中我最喜爱的丁香树说：你的文章里把我描写得富有内涵，所思所悟高度纯熟，不失对生活的热爱。唯美的文字里有美丽的坚强，这种从容不迫但愿能一直保持。主人，你的精神世界里我们是良朋友伴，我只微微一笑，生活是阴天与晴天，在希望的左右相随相伴。牡丹树下出生已经几个月的小猫嬉戏着，有时打着滚儿，有时相互追逐，多么像我们天真无邪的童年，玩累了便打着小呼噜甜甜地睡去。树上几只麻雀叽叽喳喳地唱个不休，胆子够大的，飞向院中的空地寻找食物，不怕我不怕猫咪的突然袭击。

黄菊花开了又败，败了又开，明亮的色彩触动了敏感的富有内涵的神经。生命的离去或者降临都应赋予美好的意义；不论生命的长短，拥有生命就已经值得欣慰了，出生在全宇宙可能有唯一智慧生命的地球，与生命结缘是件多年幸运的事情啊！

经历着酸甜苦辣，喜怒哀乐，一步步的成长，在一定的年纪树立稳定健康的生命观。说穿了，生命从一降临就已经向着终点发展了，只是这个过程质量很重要，长度有限，拓展生命的宽度，至少有意义地活着。在苦难中也要拥有发现美的心境，而不是整天郁郁寡欢。自我关爱，独行的路上活出自己的风采，为人生填充温暖的颜色。

人性的光辉——爱，相互的关心、友爱。这才是生命的最高境界，像那美丽的花朵在阳光下绽放。可惜有时友爱关心也是奢侈的东西，处在苦难中的生命，更需要家庭社会的包容理解和帮助，而不是逃避、推卸、冷漠。

离开人间的生命，为其颂起生命的赞美诗。宇宙的星光启示，降临的继续书写生命的篇章，离开人间的更重要的是问心无愧的活过。幸运的人生也罢苦难的人生也罢，都是生命的常态。幸运的人不要沾沾自喜，向苦难的人低低头；苦难的人不要意志消沉，向幸运的人抬抬头，有勇气改变命运。

心似淡淡的花香舞出一袭缥缈，生命的道路上每个人都有自己的人生哲学。翻开那本吟诵美丽而知性的诗集，闪着光辉，照耀着心上逐渐成熟的树苗。打开稿纸抒写生命的心路历程，为树苗浇水施肥。

文稿写就出炉，心境也随之变得平和，充实了我无聊平淡的生活，像白开水加了糖。

约中午时分，干活的家人也回家了。

他们汗流浃背气喘吁吁。妈妈、二妹、小弟从果园回来，背篓里篮子里满是红色的苹果，黄色的梨。妹妹挑大个苹果洗干净后拿给了我，我开心地品尝着秋天的礼物。转过头问妈妈：咱家今年的果园收成几何？妈说收成不乐观，要想让果园增加收入不可能，现在人们都忙于进城务工，很多果园疏于管理都荒芜了，结的果子只够家里尝尝鲜。说话间，地里收割胡麻的三妹和爸也回家了，于是家人都坐在一起品尝水果聊天。聊三妹和弟弟的学习，爸妈殷切嘱咐着：好好学习，知识是咱们农村娃改变命运的有效途径。将来做个对社会有用的人才，不要像爸妈一样，每天累死累活的。嘱咐二妹：出门在外不比家里，有些事能忍就忍，不要像家里一样使自己的小性子。怎么说话，怎么与人和平相处等为人处世的道理。而我呢？……

玉米、胡麻、土豆、果子，这些都是今年的最后一茬农作物，打理完毕后，我们便又一次离别小山村。以后全家人一起回村的机会会越来越少了，因为，爸妈已经准备好在县城周围交通便利的城镇安家落户了，结束县城常年租房住的日子。一个温馨的家园会带来安心的生活，向着美好的未来发展。加温了秋天的心，作为家庭成员的我，能做什么样的思考和打算？心境起起伏伏……

一盆蝴蝶兰

刘晓梅*（甘肃省）

它大大小小统共也就五六片叶子，大点的两三寸长，小点的还不到两寸。下面的两片半边发黄，一看就知营养不良。我是个小学生级的养花者，把这盆蝴蝶兰养活着实不易。几片叶子的中间，抽出尺把高的花茎，褐绿色，透着一股子向上的劲。花茎的顶梢，几个花苞怯怯地低着头。小的有黄豆大，酱紫色，油光发亮；大的已经像指头蛋了，透出娇滴滴的半边粉。

单就看这花苞，就已经有蝴蝶在我的心头蹁跹起舞了。但这花儿能够得上开花，的确是经历了几番磨难的。

---

*作者简介：刘晓梅，“80后”，中学语文教师。梅香含雪，疏影横斜，在文学的海岸边观山观浪，偶被翻起的浪花打湿裙角，不甚欢喜。

前年春节，我和家人去花房采购。很快，我们就将几盆花抱上了车。金钻叶片壮硕，米兰香气沁人，个个精神得很。临出门，我发现了角落里几片浑圆厚实的叶子，半个手掌大，惹人怜爱，那是蝴蝶兰。老板说，十块钱拿去吧，快开花了。十块钱！如果能一睹蝴蝶兰的芳容，也很是划算了。于是，这盆花就跟着我进了家门。

起先，我似乎也还是用了点心思在这花儿上的，尽管我根本就是个粗枝大叶的人。我给它换了青花瓷的方形小花盆，给它找了个居于高处，尽可以显山显水的地方。我上网，详细了解了蝴蝶兰。这种花儿原产于亚热带雨林地区，分布在马来西亚、泰国等地，有“洋兰王后”的美称。国外来的，怪不得娇气呢。从此，我便照顾它，像照顾一个幼小的女孩，不敢多浇水，每天拿喷壶喷一点儿水。当然还知道，这“小妞儿”喜欢偶尔晒晒太阳。可正是因太阳，这花儿遭遇了它的第一场灾难。

那天早晨，天空像是刚刚被擦洗了几遍，晴晴好好六月天啊。我万分勤快地将小花盆捧到了阳台上，让花儿和阳光来个亲密接触。而我自己，也坚定了不能辜负好日头的心思，吆五喝六，又是逛街，又是吃饭，乐呵了大半天才回家。到家了，看到了令人懊恼的一幕：蝴蝶兰墨绿色的叶子中间，居然像烤焦了的饼子一样，黄了鸡蛋大一片。几片叶子像犯了错的小学生似的，低低地耷拉着。很明显，它们被晒伤了。老公调侃地说：“当你啊？皮糙肉厚的，晒不坏？那怕是只有死路一条了。”我有些难过，有些自责。

后来，我开始不对那盆花儿抱希望了，从心底里，我觉得十块钱买来的，能开了花倒是奇怪了。拿价钱来衡量事物的价值，是明显的错误，但我还是这样错误地想了。生活照旧，一切照旧。我像一个永不停止的轮子，旋转于每一个该去的地方，做所有该做的事情。蝴蝶兰的叶子越来越黄，越来越干。偶尔倒进一股子水去，便很久不管了，我打算扔掉它。我总是这样，一件事情做了一半的时候，却忘记了初衷。当初的那份激动与用心，早已荡然无存。真是可悲又可叹！

我到底不是个好的养花者，买来的那些花，一盆接一盆地，都“香消命殒”了。当我把它们从家里扔出去的时候，没有生出过多心疼。在我看来，人生不易，烦恼无数，又何必为几盆花草过于费心伤怀呢？只有那盆小小的蝴蝶兰活着，病怏怏地。病怏怏地，它却活了近两年。若不是前阵子突然发现它要开花了，我不知道可以无视它多久。它抽出花茎了，挂了花苞了，要开花了！突如其来的变化让我激动不已，让我重新燃起了一点希望的火。我仔细地减去了旁的枯叶，用一块干净的布子擦去了叶子上的灰尘。找了一根筷子粗的竹条插在了花盆里，将花茎轻轻扶起，用红毛线把它分段绑在了竹条上，花便立刻精神了许多。然后，就痴痴地等待着它的开放。

可是，到底是因长期受不到优待，营养不良，花苞儿只挂了几天，落了。它似乎费了很大的劲，也没能挣得开花。半路夭折，算是它的第二场难吧。我的心像被虫子撕咬了几下，说不清是什么滋味。

如今，这盆花又奇迹般的活下来了，而且第二次要开花了。几片褐绿的叶子闪着油光，抽出的花茎更高了，也壮了，像袅袅婷婷的小姑娘一般。这一次，我坚信它能成功地开出美丽的花儿，它应该倾尽了所有，只为了开花！有谁清楚，一朵花究竟有过多少次念头：我要开花，我一定要开花！又有谁清楚，花也好，人也好，乃至世间一切有生之物，究竟有多顽强？！

从此，我再不敢轻视那些看似不起眼的生命！

老房子前的池塘

原志荣*（广东省）

今天读了一篇关于“家”的文章，作者描写她的家，房子前面的树，树上的小鸟和树下唱歌的孩子，温馨并幸福。作者说到她自己搬过好多次家，多得忘记了次数。而文章描写的有小园落，有树，有鸟儿，有孩童的家才是她最想要的。远离烦嚣，宁静，少了份现代时尚却是满足怡然。

我记得我搬了一次家，因为是唯一次所以深刻。从一层的小平房搬到了现在居住的三层小楼房里，两处相隔百十。住进三层楼的楼房活动地方少了，加上社会变得复杂，家家都关门闭户俨然一副不闻世间事的超脱。老房子在南方的大城市里的城中村里，那时候是一个较落后的农村，我们还耕地，种水稻；河涌有鱼、螃蟹，河岸鸟语花香。房子前有鱼塘还养了鱼，每年秋天收鱼时池塘会抽干水做最后的捡漏，然后清淤施肥等来年重放水养殖。池塘抽干水是我们最开心的了，走在淤泥里，一脚深一脚浅找漏网的鱼儿，有草鱼、鲶鱼、泥鳅，有蚌，还有水蛇。我们最喜欢抓蚌，蚌的肉多，不会动，更不会咬人。泥鳅最难抓，非常滑溜，后来想了办法用小筛子去捞。一筛子把泥鳅、水和泥巴捞起来再慢慢在水里把泥巴筛掉，泥鳅就逃不掉了然后倒进桶里。那时候泥鳅

*作者简介：原志荣，广东省广州市人，从事着一项为广州提速的伟大事业。读书和户外是近几年离不开的事物，灵魂和身体总有一个在路上，他贪心地两者都不能落下。

用来煮汤可真的是美味，让我和一对弟弟妹妹垂涎三尺。要是遇到水蛇我们都不敢捉，只能用竹子把它夹上来。挖淤泥捡漏时没少被水蛇咬过，那时的人也没现那样娇气，被咬伤了也不用消毒，用草叶捣碎了敷在伤口上，止了血后继续干。如果捡漏时被父母看到，铁定会挨骂的，再犯时甚至会挨一顿打。现在想想那时候没有因调皮捣蛋而意外死掉也是上天无比的眷顾了。

父亲在池塘边用竹篱笆围了一个不大的地方，养了六七只鸭子。鸭子是那种体型较小的，在南方叫作水鸭，羽毛有花纹，嘴巴细长可能因此叫声比那种大白鸭要娇媚一点。雏鸭的羽毛非常柔软，我们把雏鸭放在水里让它游水，雏鸭跑上岸我们又把它放下水，一来二去没过几天死了两只。母亲说雏鸭的羽毛还没长好，羽毛湿了冷病了，死了。随着雏鸭长大还是因为贪玩和各种原因死了两只。鸭子个头稍大父亲怕它们飞走就剪掉翅膀的羽毛，到鸭子完全长大，母亲要杀它们吃，弟弟拼命阻止，妹妹在一边哭。母亲骂弟弟和妹妹，同时也苦笑，母亲也知道鸭子陪伴了我们不短的一段时间，不舍得。而我在一旁看着既没阻止，也没哭；她让我把弟弟妹妹拉开，我没动，只是为鸭子难过的同时心里也知道家禽是养来吃的，再伤心也阻止不了大人把它们杀掉。

池塘边后来建起了猪舍，然后池塘上开始养起了水浮莲，附近的人都来这里捞水浮莲喂猪。我们家也有一间猪舍，养了两头猪。水浮莲有两种，一种茎圆滚的，叶子也是圆形，长不高。另一种则相反，叶茎细长，叶子椭圆叶尖比较尖但非常柔软，两种不同的水浮莲也会开一串紫色的花。用长得高的那种水浮莲喂猪是最好的，容易切，又容易捞。捞上来后把根部摘掉，切成一小段一小段，那时没少切伤过手指，每次看到手上的疤痕都可以数出当是时怎样留下来的。猪也是有脾气的，不是给什么就吃什么，新鲜的水浮莲它们就不吃，必须要煮熟，再拌一点剩饭剩菜下去。每星期还要被妈妈安排洗猪舍，把水浮莲拨开一片这样就可以打水冲洗猪舍。猪粪铲起倒在池塘里成了水浮莲的肥料，久而久之水浮莲越来越多，半个池塘都是了。

夏天水浮莲长得最旺盛，我们喜欢捞那种茎又粗又圆的水浮莲上来玩，用小刀把表皮切开，里面是白色的纤维一格一格像蜂窝一样排列，轻轻一掰像威化饼一样断得利落。有时候我们在圆鼓鼓的茎上雕刻，用它画出鬼脸，或是和小玩伴们比谁找到的水浮莲最圆。密密麻麻的水浮莲丛里不时会有野鸟在里面造窝，一到早上就"咕咕咕"地叫。听大人们说：野鸟用来炖汤非常滋补，我们会用石头去砸，砸向声音的来源，希望砸中了那就有野鸟可以吃了，但那时候从没想过砸中了我们应该怎样去把它拿回来。

我小时候身体不好，是天生的慢性扁桃体炎害的，经常发烧感冒。那时对我造成不少的苦难，同时也让父母没少操心，家里本来就不富裕还老是要花钱为我看病，忒伤心了。父亲听别人说用野鸟炖汤给我吃会让我扁桃体转好。那天早上野鸟叫得特别欢，我和以前一样去砸野鸟，结果还是一样砸空。父亲出现在我面前时一脸的怒容，他说他用鸟枪已经瞄准了野鸟，结果我把它赶跑了，父亲还说他当时恨不得把那一枪打在我身上。我知道他一定会打中我如果他愿意，因为他是退伍军人，射击冠军，我见过那张相片和那枚奖章。我那时没哭，委屈的眼泪在眼眶打转，我不知道他要去打那只野鸟，我当时也没看到父亲在哪里。那时候什么都不懂，心里还在想，那种打鸟的气枪用的铅弹打不死人的，况且我救了那只野鸟，它或许会保佑我的。却忘记了就在前一刻我正用石头去砸它。

冬天到了水浮莲败了一大片，到春天他们又会重新长出来，到夏天吞噬整个池塘。冬天没野鸟玩了，但我们还有其他好玩的，比如打水漂是经常玩的。还有用捡来的泡沫做成小帆船用丝线拴住放在池塘里，漂远了扯回来又再放出去，那时大伙都有一个航海梦，玩得不亦乐乎。如果小船儿漂远了，不慎松了线我们也不敢下池塘去捡，只能眼巴巴看着船儿漂走，然后再造另一艘。水下的淤泥一搅起水就非常臭非常混浊，即使到后来没养猪了，没猪粪便再倒到池塘里，生活的污水也足够把整个池塘破坏掉恢复不了了。

后来生活越来越好，池塘的水却越来越臭，水浮莲依然生息，但已经没人再需要摘它们来玩或喂猪了。最近几年池塘越变越小，大人们一点一点地把池塘填埋直到整个填平，在上面建房子，出租以改善生活。池塘就这样伴随着我们长大然后消失在我们的生活中只留下一点记忆。

记不清她长什么样

詹晓琪*（广东省）

多年前的故事，在我读小学的时候，村里还没有那么发达，没有手机，没有任何上网工具，唯一的联系方式是电话，电话费贵，往往讲不到几句话就结束了。年轻人都外出打工，剩下老人和孩子，但不觉得寂寞无聊，日出而作，日入而息，简单淳朴的生活使人怀念。

无论夏日还是冬天，夜晚拉上了序幕人们会洗去白天的疲劳，两两三三聚在一起聊着天，这也是那时候唯一的乐趣了，外公和叔公他们喝茶抽烟聊着天

---

*作者简介：詹晓琪，广东人，文艺青年，喜欢讲故事。

南地北，很无趣，我们小孩子从来不听他们说些什么。但我外婆还有英婆她们就不一样了，说的我们往往都会听得很入迷。

记忆深刻的是一次夏天的夜晚，满天繁星，蝉“吱吱”的在叫，萤火虫在稻田里飞去飞去，我们追着萤火虫跑来跑去，哼着儿歌。

这时远处传来似哭似笑的声音，待我们听清楚是一个女人声的时候，我们害怕极了。连忙跑回家里，大人们看到我们气喘吁吁，问我们怎么了，语无伦次的我们怎么说她们也没搞明白怎么回事。刚好那个女人从门前走过去，嘴里一样还念叨着东西，声音更清晰了，我偷偷瞧了一眼，借着微光，只能看清楚她矮矮的身材，肚子凸着。大人们总算明白了，问我们是不是被她吓到了，我们频频点头说是，问着她怎么像个疯子。

外婆她们没有向我们解释，就说没事的，你们去玩吧，我们不愿意离开了，一是害怕，二是好奇。果然，外婆她们聊起她了，她是我们村里傻子坤的老婆，傻子坤是谁啊，他不是傻子，只是在村里出了名的酒鬼，也不去外面打工赚钱，在村里过着过一天算一天的生活。村里村外知道他情况的都没人愿意把自家女儿或亲戚介绍给他。

二十几了，快三十了，他倒是不着急，邻居们急了，想着看能不能介绍一个给他，好歹乡里乡亲的。村里一个干部老往外跑的，有一天他就带回了一个女人，介绍给了傻子坤，一直不上心的他，看到她第一眼就说我要娶她，矮小的个子，白净的脸蛋，温柔的双眸，简直就是美人胚子啊，是男人看了都蠢蠢欲动，何况他呢。

大家都在议论这么美丽的女子怎么会愿意来嫁给他，查一个人底细一个人的过往很快的，当然传播八卦的速度那是更快的，大家都知道她是妓女了，也知道她精神出现问题了，思维慢半拍，傻呵呵的，不跟她接触还看不出来，但大家觉得能生孩子就可以了，至于怎么来到这边的无人知道，也无须知道，因为她嫁过来了，生是傻子坤的人死是傻子坤的鬼。

一年后她生了个女儿，生活过的也是有声有色。饭她做，农活她也会干，人们都说傻子坤捡到宝了。傻子坤听了心里乐滋滋的，他愿意在村里跟着他们伐树干些活赚钱养家了，但酒还是一样的喝，喝多了也会冲她骂几声，刚开始邻居会劝几句，第二天又恢复原样，久了也没人愿意搭理了。

日子一天一天在过，女儿两岁了会走路了，三岁了会说话了，都说跟她妈是一个模子刻出来的，长大了也是美人一个。

那女人又怀孕了，那是在她肚子凸出来的时候发现的，已经有好几个月了。这一件喜事并没有使傻子坤高兴，他失业了，村里已经不让砍树了，开始使用煤气煮饭，本应该生活越来越好的。没有收入，他拿不出钱买酒了，他每晚都想喝啊，不喝他就觉得自己会死，开始去店里赊账买酒，越没钱喝得越厉害，醉了骂她扫把星，大半夜骂得凶女儿醒了大声哭闹，他打他女儿，她用身体护着，二话不说扇了她几巴掌，还有一次踹她肚子，那里面有他们的宝贝孩子啊。

她开始变得疯疯癫癫了，不做饭了，也不管女儿了，整天自言自语的，头发也没有好好扎过，一下子憔悴了很多，本来就不胖的一个人，渐渐地瘦得不成人样，只有肚子越来越大，也不知道自己怀了几个月，村里的人说看肚子那么圆了估计这一个半月的要生了，她什么都听不进去，白天坐在家里或者门口抚摸着肚子，晚上绕着村里走了一圈又一圈，一会儿哭一会儿笑，傻子坤也不管他，他依旧喝个烂醉如泥。

就这样过了几天，一天下午她突然梳妆打扮，头发扎起来了，换了身干净的衣裳，好像以前的那个她回来了，她走到店里，买了一个梨，她这么多年自己一直不舍得买来吃，在场的人打趣她，说今天怎么舍得买东西吃了，她迟钝了会说突然想吃了。

夜晚，除了蛙声蝉声，一片寂静。傻子坤家突然传出鬼哭狼嚎的声音，打扰了这一片宁静，邻居都被吵醒了，纷纷出门看怎么回事，傻子坤家亮着微弱的灯光，走到门口，看见傻子坤在床上抱着她身体，大声地哭喊，但在他怀里的那个人无动于衷，大家都知道她走了，孩子也带走了，走的时候穿着整齐，面带微笑。

那几天人们都在议论她怎么死的，有人说是她神经导致她死的，还有人说是傻子坤喝醉了酒打她强暴她导致她死的。还有人感慨说为何不再坚持几天，孩子就可以出世了。

时间过得很快，这次回老家看到她女儿读初中了，长得很好看，都说有几分她妈的影子，但我记不清她妈长什么样了，也不知道她叫什么名字，她来得匆忙，没有带来往事，走得也很匆忙，只留下一个女儿。

现在没有人再提起她了，我也是看见她女儿，凭着儿时的记忆拼凑起来的。对了，傻子坤现在也是三天打鱼，两天晒网，晚上还能见到他听着山歌喝着小酒，就是没有人看见他醉过。

牧童“文化”

关裕法*（广西壮族自治区）

人，一个；笠，一顶；鞭，一条；箫，一支；牛，几头。在乡间小路，在清水岸边，在树下林间。这诗情画意的场景，这叫人迷恋的画面，活在唐诗宋词里，也停留在新一代年轻人的想象里。我说这话，绝不是空穴来风，如今的孩子谁还会是牧童？谁还愿意是牧童？

牧童是文人墨客的专用名词，我们乡下人没那么讲究，统称放牛娃。牧童时代是一代人的印记，更是我们那一群人的美好回忆。有人说放牛只不过是一种生活经历，那是贫穷的证明，而我却不这样认为，我喜欢称之为牧童“文化”。

没有经历过牧童生活的人体验不到其中的“酸甜苦辣”，当然，在这里，我主要指“甜”，那是一种乐趣，特殊的乐趣。那时候家里穷，没有现代化的玩具可供玩耍，偶尔能去外面玩玩泥巴，最大的、最亲密的玩伴可算是家里的牛了，何况每一天都在为三餐奔波，也没有时间玩耍。与牛玩耍，听起来似乎很“高大上”，恐怕现在的孩子很难想象得到和牛怎么能玩耍呢？其实也并不是真的和牛玩耍，而是享受放牛的过程罢了。

记忆里的童年，放牛是生活的重要组成部分，感觉比吃饭还要重要得多（实际上是没有饭吃）。每天早上去学校前，最要紧的事就是把牛从牛棚里赶出来，让它们到山上吃草，中途就不管它们死活了。待到傍晚放学归来，就得到山上把它们寻回来。早年间，家里养的是黄牛。黄牛的行为很不让人省心，它们不像水牛那样安分，而是满山遍野跑，让我找得好辛苦。有时候眼看就要天黑，却还是没有发现牛的踪影，心里就会很着急，一来是害怕它们越走越远，再也找不回来了；二来是担心它们夜里跑下山来闯进别人家的菜园子里，或者田里糟蹋庄稼；三来也怕被父亲责怪，毕竟那时候牛是家里最宝贵的财富。寻遍几个山头，终于见到吃得肚子鼓鼓的躺在地上休息的牛大爷们，心里又喜又怒，好不激动。那感觉就像是老朋友久别重逢一般，千言万语只愿化作一个拥抱。

后来，家里的黄牛卖给了别人，换成了水牛。我也由小牧童长成了有经验

*作者简介：关裕法，人称“关关老师”，广西苍梧县人，认为在写作的道路上，自己永远是一个“小学生”。

的“新型”牧童。我最喜欢的是夏天，它是一个让人心情愉快的季节，因为那会儿不仅不用上学，还可以到家乡门前的小河游泳。而我家的水牛，便是我最好的游泳伙伴。水牛不同于黄牛，它是一种极度怕热的家伙，一到中午，就会不自觉地到河里深水处泡身子，以回避炎热难忍的夏日。这时，毫不夸张地说，也是我欢乐的开始。都说玩是孩子的天性，我也无法抗拒这种想玩的心情。

等牛浸泡在深水处时，只露出一个牛头，看起来很享受的样子。我慢慢游向深水区，靠近牛身，爬上牛背，在上面或坐着，或站着，或躺着，或趴着，一个人静静地享受难得的午后清凉。偶尔，我也显得很调皮，要么抓着两只弯弯、长长的牛角，指使着牛头左摇右晃，要么对着牛的眼睛猛地用手泼水，恨不得要把牛惹怒了。小小的河里，牛叫声，泼水声，还有我的欢笑声，共同构成了一个娱乐的天堂。那种乐趣，站在岸上的人体会不了，现在的孩子也不再体验得到。那种乐趣，属于我，也属于和我有着相似经历的那群人。

前几天，和朋友一起去烧烤，在前往目的地途中，需要穿过一处田野，期间有一条坑坑洼洼的田间小路。很多小伙伴路经此地无不抱怨，“好伤心，为什么要把路挖成这个样子？”“那些村民有毛病吧？”面对此情此景，我好生感慨：他们真的好幸福，可又真的好无知。我赶忙向他们解释道：“大家别误会，这路并非人所为之，而是牛经过长年累月走成这个样子的，大家不要惊讶！”一条微不足道的乡间小路，折射出两种不同生活经历的人。

传统的农村牧童“文化”日渐消失，与我们渐行渐远。它带走了我的青春岁月，却留给了我最美好的童年记忆。与其说我在留恋那种牧童“文化”，倒不如说我在怀念那段有苦有泪有欢笑的儿时岁月。

我热恋的故乡

覃慧萍*（广西壮族自治区）

“故乡的歌是一支清远的笛，总在有月亮的晚上响起”。每当我想起席女关于故乡的绝唱，浓浓的乡愁便盈满心怀。

我热爱故乡。它迎接我稚嫩的生命，放飞我人生的梦想。故乡就像我躯体

---

*作者简介：覃慧萍，笔名山林，广西桂林人，自由职业者，个性率真执着，爱憎分明，热爱大自然。

里的血脉，分分秒秒，川流不息；故乡更是我心中一条永不干涸的小河，流淌着我的喜乐悲欢。

我的家乡地处桂北地区，一个僻静的壮族小山寨。这里依山傍水、风景秀丽。青砖灰瓦石板路、古井古庙古木参天，一条长长的石阶沿山蜿蜒而上，贯穿始终。整个山庄质朴而有韵味。最灵气的要数绿树掩映处的古井，水质冬暖夏凉、甘甜清冽，古井上方常年白雾弥漫，恍若仙境。

独在异乡，特别想念故乡的景、故乡的人。走遍千山万水，我却永远走不出故乡那一声声关切的叮咛。

故乡最美，父母最亲。

每一次回家，欢快如小鸟儿，亲切地叫一声爸爸，叫一声妈妈。仿佛还是昔日扎着小辫的姑娘，最爱在晒谷坪上，骑在爸爸的肩头，坏坏地揪着他一缕黑发，策马扬鞭，小脸儿得意非凡。那一刻，总能看见不远处忙碌着的母亲温柔地回眸一笑。此情此景，像一幅温馨的画面定格在我的记忆里，直到永远。

家乡的清晨，有一种香甜的气息，分不出是青禾还是野菜花的清香。山脚下，绵延的清池塘里，荷的倩影亦是随处可见。采藕时节，我们这些光屁屁的孩子，头顶一片荷叶在池塘边欢快地奔跑，炎炎烈日把荷叶焦烤得特别地香。极有生趣。

爸爸很勤劳，每天披星戴月、不辞辛苦。幼时的我，最喜欢光着脚丫跟在爸爸身后，猛力甩开膀子，啪！啪！啪！大步跟随。远处的山窝里，太阳轻轻缓缓地爬起来了，给山庄、田野撒下一片金黄。而此时，爸爸已经完成整片稻田的病虫检查，呆望着手中的秧苗，若有所思。闲时爸爸喜欢在田埂上盘腿而坐，引吭高歌。满脸泥巴巴的样子，总让调皮的女儿笑破肚皮。

每一个人都有自己执着的信念和引以自豪的东西。初冬的阳光温暖怡人，寨子里的老奶奶最爱搬一张小搬凳，坐在土屋前晒太阳。她们手捧一只精致的笸箩，穿针引线，轻轻地磨着稀疏的牙，甜甜地笑。生活艰辛，岁月老去，美好的信念依然闪亮。

中午时分，明晃晃的太阳照得村庄一片亮亮的白，蝉儿在树上歇斯底里地叫唤。我们这些小孩儿是不怕的，邀上三五个小伙伴，提着木桶，蹦跳着到田间、沟渠里抓鱼。最后一群小泥人归来，你望着我、我望着你，扑哧一笑：爸妈又要骂了！彼此伸长了舌头：管他呢！

最爱家乡油菜花开的季节，一大片的金黄，把心底映照得透亮。油菜花最质朴、亲切，丝毫不见张扬的色彩，正午的阳光下，洋溢着欢欣和幸福的味道。孩子们躲在花海里，发梢、脸上、衣服上洒得满满，欢声笑语盈盈。

傍晚，当夕阳从远山那一汪清泉里叮咚坠落，牧童的歌声渐次响起。劳作的人们却不急着赶回家，好珍惜这凉爽的时光。霞光暮色中，山庄炊烟袅袅，大人们吆喝孩子，吆喝猫儿狗儿的声音此起彼伏，像一曲不加剪裁的歌谣。

夜色渐暗，辛勤的人们陆续返回。挑着筐啊箩啊，深一脚浅一脚，不用看也知道，脚板底下的路哪儿平坦，哪儿水洼。远望着自家窗口昏黄的灯光，步履匆忙。

晚饭后，我们这群顽皮的孩子，三三两两地围着老爷爷听讲古，一张张小嘴半开半合，亮闪闪的眼睛像夏夜里的星。偶尔看见爷爷孩儿似的，冷不丁在奶奶满是褶子的脸上“啪”一掌：嗬，好大一只蚊虫！奶奶咧着没牙的嘴，丑丑地笑。

乡村的夜色很浓，城里却没有纯粹的夜。灯光熄了，乡村的夜静悄悄，只有小虫小蛙儿低声地鸣唱，像一首绝美的催眠曲。偶尔听远处传来几声犬吠，胆小的人儿会吓破了胆。

谁家的女娃辗转反侧，谁家的小伙在窗前唱起动听的歌。

卷一片小树叶，吹着悠扬的笛。

醉了这黑漆漆的夜，醉了这情窦初开的人儿。

夜便呵呵地笑出声来，和着村旁的溪水吟唱。

清冷的月光下，故乡是一幅淡淡的水墨画，质朴而韵味无穷。

远眺夜空，星辉渐淡，新的一天又开始了。村庄四周，又见劳作的人们穿梭不停。故乡，就这样日复一日，年复一年。

故乡如诗如歌、令人陶醉。而诗必要与大自然深深地融和，才见其灵气。故乡屋前那一百七十级长长的石阶，就是我心中最美丽的诗行。承载着我的过去、现在和未来……

前几年家乡修建了高速公路，这注定要得到，或者将要失去些什么。

近年大面积种植砂糖橘，我的家乡富起来了！科技兴农，天道酬勤，乡亲们的生活早已跨越温饱。每一次回家，我都能感受到它的改变。隔壁的二瓜修建了新楼房，村头的喜弟刚购置一辆崭新的越野车……今年乡亲们还众筹修整古井古庙，面貌崭新。古庙用以忏悔和祈愿，人们心中有所敬畏，才会自省修身；人性向善如星辰，永远洒满清辉。

但我却心怀惆怅。满眼的钢筋混凝土，孤单的银杏……如此整齐划一，若干年后我们的乡村将处处雷同。更令人叹惜的是，与富足随之而来的攀比、赌博、吸毒之风开始蔓延……

我曾多么热爱路旁那些慵懒散漫的酸枣树，秋风起时，有果子滴滴答答掉落草地，像鼓点击打心灵。拈一颗在手里，只需望上一眼，酸水早已泛滥嘴角。我更热爱淳朴的乡亲，善良的心灵；热爱那些独特的青砖古屋、幽深的小巷、蜿蜒的石阶、美丽的诗行……

故乡，繁华的面纱会不会模糊了你清丽的容颜。

世间唯一不变的，只有发展与变化。故乡，你在旅途。有喜悦，必有阵痛……

我无比热爱故乡这一片古老的土地，无论贫瘠或富饶，它都是我心中唯一的根。因为它，我心怀梦想；因为它，我才不会步履蹒跚。

岁月更替、寒来暑往，我愿意陪着伴你，岁岁年年。

我始终热恋的故乡。

关于佳木斯的记忆

杨世豪*（贵州省）

1

在东北，佳木斯的冬，人们热爱饮酒。时常会在桌上放着七八瓶号称“夺命牌”的佳凤啤酒，桌下还有一个装杂牌零食的大箱子，箱子里会有泡椒鸡爪，卫龙辣条，香辣小鱼，好像也有五香猪皮，这些都是美妙奇佳的伴酒美食啊。

窗边暖气不会休息，冒着热气，伴着人们的愉快蒸腾着。想象着下了锅煮着的饺子，有猪肉芹菜，也有牛肉圆葱，或许从冰箱还能拿得出一两道硬菜，有锅包肉和酸菜炖血肠。我大腹便便地从寒冷的野外回到家，叔叔阿姨会从旁边轻扶过来，拍掉我身上的雪花，着急忙慌地让我上炕！我脸红通通，可实在不好意思！但火炕像伸出了一双坚实的双手，慢慢将我拽来，渐渐融化我冰冻的灵魂。

我在炕上盘腿坐着，一口饺子，一口酒，当时的感觉，仿佛人生就是你有我有。什么梦想，什么现实，在温暖燃烧着的大火炕上面前，那就是渣，是屎，是呕吐，是污秽！

况且，一般第二天的清晨，我又会选择性地把这些污秽排出体外，用东北雪藏的肥沃黑土掩埋住，应该是没人发现的。那会儿我时常会对着天空发笑，

*作者简介：杨世豪，艺名杨不爽，出生于贵州贵阳，现居于广州。民谣诗人，独立音乐人。原创民谣代表作有《白茉莉紫罗兰》在网易云音乐、虾米音乐上发行。

天微微亮，凌晨二三点，烧炕的大炉也灭了，大树根笔直地插在炉槽里，仿佛斜视看了我一眼，不想多理我，继续燃烧自己的青春。那我想余温也正好待人们清晨醒来。

我回屋子的时候，人们在桌边巧妙地干着杯，就像什么事都没发生一样。我以为我醉了。等我醒来的时候发现，桌子上放着七八瓶“夺命”牌佳凤啤酒，桌下还有一个杂牌零食大箱子，兄弟拿出一个泡椒鸡爪给了我，让我啃。

我就边啃边哭，越哭越放肆，辣得眼睛再也没能睁开。

2

我难过，我无聊，我从衣服口袋里连忙掏出了一包揉碎了的软盒玉溪，想促进兄弟们的友谊，而他们都不抽烟，连叔叔阿姨也不抽。

我又从裤子口袋里拿出了一包崭新的白色红塔山，然后大家马上都笑脸相迎了。我们进入了正常的轨道，所有人都在烟雾和酒水中度过了这个寒冷的冬天，很开心。可我不开心，因为我出生贫苦，从爷爷那辈往前都是农民，应该说大多数中国人前几代都是农民，我家还喂过猪！连黄果树都抽不起，更何况是红塔山。但我毕竟没有生活过，一直都是在想象中，尽量勾勒出一幅幅惹人怜爱的油菜花和绿草地般的色彩画面。以此来让大家接受我，相信我。但在别人眼中，还是看出了我的虚伪和盛气凌人。

因为我爱着一个女孩，同时我又会爱上另一个女孩，但我是真的爱她们。可我的兄弟不会同意啊！他会指责我：你怎么能爱上好几个女孩，你怎么能爱上我喜欢的女孩，你怎么能毁了我的青春？

我哑然失笑，给了他一支红塔山，后来还剩最后一支也给他了，他骂我虚假，无耻。但是我真的没有烟了，都给他了。

不过我们还是互相学习到很多：我教会了他，爱情是现实的，羊羔不能吃牛草，麻雀不能配凤凰。他教会了我，哭着指责别人是这个世界上最难以招架的演说。

3

那就让我偿还这一切吧。

我冒着暴风雪，骑着我瘦骨嶙峋的自行车在公路上飞驰。我本来是想打车或是坐佳运公交的，可人们早已无法无天，在公路上横冲直撞，甚至连卖豆角、柿子、青椒、狗肉的小贩也站立在街边吆喝着。

我无语凝噎。也罢，我戴上毛线手套，围上毛线围巾，还有狗皮帽子也戴着。这样才不至于在风中化为一座冰雕。

现在回想起来，在东北的冬季里，其实人早就不能算是人了，而是一只鸡，一只落汤鸡，也有可能是一只落水狗。而我完全被冻住的胸腔，就像一块刚从速冻室里拿出来的鸡排，在油锅里煎得滋滋发响。而我完全被冻住的耳就是一盘下酒菜，和我本身一样，任人咀嚼！

不过，我还是决定来到这里偿还这一切，在这样的一个冬季里出行无疑也是一场说走就走的旅行。我轻推开门，暖气顿时一拥而上，包围着我，和我的眼镜。眼前一片模糊，但我还是能清楚地看到兄弟们和一桌子好菜在等待着我，“来来来，啃酱骨头，吃鱼，整点猪肉炖粉条，拍黄瓜，别光吃菜啊，来走一个。”就像什么都没发生过一样。

我轻浮地笑着，连忙起开一瓶冬季里冷藏着的雪花啤酒，一饮而尽，就像一个饿了一整个冬季的饿汉。

4

即是如此，那我便离开，是时候置备一身行头了。我走向佳木斯最大的商场，买了一套华丽的衣裳：红色的夹克，紧身的牛仔裤和马丁皮靴，那色泽弥漫在空气中，霸道并且骚气。

我没有摩托和墨镜，还是步行去市郊的四丰山吧。那儿景色很美，远离了城市的尘埃，我呼吸着那儿的空气，总感觉自己又老了几岁。

爬爬山，涉涉水，这都挺好，我点燃一根红塔山细细品味，轻扶在河岸边的大坝上，双腿交叉，像一个失魂落魄的人。我的皮靴脏了，无妨，并且符合此时的落魄的意境。我脱下外套方便擦拭，干脆顺便把紧身牛仔和皮靴也脱了吧，方便擦拭。

四丰山的湖边微风四起，吹拂我毫无人性的、赤裸裸的体魄，我感到丝许寒意。湖面波澜起伏，湖的心情好似也跌宕万千，仿佛在述说着对我的不满。

我伸出头对着湖面望了望，平淡且随意地一笑，这才看到了我扭曲的脸。

生命中的花

赵青美*（贵州省）

在我的生命里，有许多五彩缤纷的花，它们盛开着，微笑着，散发着芳香，使我的生命丰盈而充满光亮。

太阳花

小时候，家里种有很多小小的太阳花。每到夏天，整个院子，都开满了五颜六色的花朵，把原本黯淡的小院装点得格外漂亮。

那时，家里很穷，我们四姐弟没有很多心思放在花上，任它们自由生长。母亲说，太阳花的生命力极强。种子掉落在土里，不管它，来年也能发芽、开花。是的，散落花盆的太阳花种子，只要有一块土壤，一点雨水，一点阳光，它就会默默无闻地破土而出，生长、开花！这就是太阳花的本性——哪儿有土，就在哪儿安家！这不正如父母一样，举家从广西迁到贵州，白手起家，不畏艰难为我们打造更舒适的生活！

只是遗憾的是，父母没有土地。二十世纪八十年代初，全国土地陆续下户。父母从广西来到贵州，一分土地都没分到。有人劝父母回到广西，父母坚决不愿意，因为母亲是贵州人，父亲是在贵州长大的。而且，父母执意不返回广西还有一个重要原因是：广西当时的风俗习惯对身为女孩的姐姐和我不利。那时，在那个偏远落后的小村庄，女孩不能念书，并且在家里要干重活，不然会被耻笑。然而，全家千里迢迢来到贵州，什么也没有，怎么生活呢？勤劳坚韧的父母，在亲戚帮忙下，有了栖身之处后，就去河滩上开垦了一块小小的荒地，种上了庄稼。可是一小块地，远远不能养活一大家人。于是后来的很多年，父母都去租赁土地种植。在我童年的记忆中，父母尝试着大片种植过各种各样的作物，西红柿、辣椒、西瓜、甘蔗，水稻，花生，玉米……尽管勤劳又善于耕种，但在那个年代，他们的劳作并没有换来较多财富。一家六口人要吃，要穿，我们四姐弟还要念书，每天的支出都是“可观的”，我们的生活举步维艰。

---

*作者简介：赵青美，心随花开。高中英语教师。

在我读初三那年，父亲毅然做出决定：独自一人去深圳种菜！母亲经过一番思量，同意了他的决定。当父亲来到深圳，看到大块大块的荒芜的土地时，惊叹又欣喜。在取得当地政府同意后，父亲开始挖地翻土，播种施肥，独自一人起早贪黑地种菜卖菜。所幸，深圳的菜价较高，蔬菜卖得起价钱，有时还可大量往工厂送。一年后，母亲也挥泪辞别我们到深圳跟父亲一起种菜。每天披星戴月地劳作，父母都被晒得满脸黝黑，双手布满了老茧，但因为有了希望，他们却又浑身是劲。那段时间，我们总是定期收到父母寄来的学费、生活费。每次收到这些钱时，我都觉得捧着的是他们的血和汗。

太阳花开了又谢，谢了又开。父母在深圳种菜八年。在这八年里，姐姐，我，小弟陆续顺利考上了大学并毕业。只有哥哥由于诸多原因，与大学失之交臂。父亲很是自豪，逢人便说："看，我们家也培养了三个大学生！"是啊，一对没有土地的农民，能支持四个孩子三个大学毕业一个高中毕业，是多不容易啊！深深地感谢他们用坚定的信念，质朴勤劳的双手，为我们撑起一片蓝天！

小小的不起眼的太阳花，坚韧不拔地在这里生长开花并给我们一片灿烂的世界，也应当是可敬可钦的吧！

石榴花

五月，石榴花灿烂开放。那些火红的花朵，尽情地展示着生命的热烈。每看到它们，我就不禁回忆起L。

L是我初中时一位较好的朋友。由于都喜欢读琼瑶、岑凯伦的书，我们俩就走得比较近，于是经常在一起，相互读书、借书、探讨书的内容。还记得有一次半期考试，我俩草草把试题做完，早早交卷跑去河边看小说。我们依偎着坐在一块大石头上，静静地看书。潺潺的流水，微微的河风，似乎和我们沉醉在书中的精彩故事里。天色渐黑，我们才恋恋不舍地回家。

要不是L，我还不知道石榴花是什么样的花呢！五月的一天下午，放学后，她拉着我："走！我们看石榴花去！"

"石榴花？在哪儿看？"从来不识得石榴树的我，禁不住有些惊愕。

"走吧！我带你去！"

于是，我跟她一路小跑，来到了村镇口一家农舍前面。那里确有一株石榴树，就长在路旁。晚霞中，两个女孩，傻呆呆地站在花树下，仰着头，膜拜着石榴花的美。那火红的花朵，像擎着的小小酒杯，那么鲜艳，那么迷人，在我眼前盈盈地闪耀着。也许每个女孩，都有恋花情节，初中的我们也不例外。

从此，我的梦中，有了石榴花的芳香。每次石榴花开，我都要驻足在花下，观赏一番，赞叹一番。然后，L的身影，就浮现在眼前。L说，在她眼中，石榴花是最美的花。一朵朵火红的花，热情，艳丽，让人觉得繁荣美好，吉祥如意。她真希望如这石榴花一样，热烈地去拥抱这世界，这生活！

然而，L当时的内心，并不像石榴花那样鲜艳，而是一片灰色，毫无光彩。她常常说起父母的不睦，常常说活着没意思。L家中，除了她，还有五个姐姐一个妹妹，人称“七仙女”。父母都是在单位上班，其实，相对我来说，家庭条件是令我羡慕的。但是，她偶尔会对我抱怨命运，抱怨自己为什么不是一个男孩，这样父母就不会争吵不断了。

有一天，天空黯淡，云朵低沉，我和她来到一座小山坡上，她突然指着前面的一个水塘说：“我想在那里自杀！”我惊吓得一句话说不出。过后，我说她小说看多了，她笑着摇头。是什么原因让她有那样的念头，我到现在也无从得知。初中毕业后就再也没见到她。

那年，听同学说她远嫁去了外省。

L，你现在可好？你的生活是否像石榴花一样火红？

祝你一切安好！

木棉花

高中时，学习舒婷的诗：“我必须是你近旁的一株木棉，作为树的形象和你站在一起……我有我红硕的花朵，像沉重的叹息，又像英勇的火炬……”我一直困惑，到底木棉是一种什么样的树，它的花又是什么样子。竟然用来比喻爱情。

大二那年，在密友的介绍下，认识了一位笔友。密友说：“你们俩都喜欢文学，可以好好交流了解一下。”笔友在师专念汉语言文学，我在民院念的是英语专业，我们不在一个城市。于是，我们开始书信往来，在信中互诉理想、人生，慢慢地，我们熟悉了解起来，甚至有点相见恨晚、惺惺相惜的感觉。半年后，他说他想来见我，我很高兴，真的想一睹信中人的风采。

那年国庆节放假，他来了，专程来看我。寝室的姐妹听说后，都很好奇，也想看一看庐山真面目。那天中午，无风亦无雨，湛蓝的天空白云朵朵，在民院的风雨桥上，我看见了他：穿着一件白色T恤，扎在黑色的长裤里，清瘦的面容，五官棱角分明。与我同去的姐妹们簇拥而上，把他团团围住，我看见他的脸竟通红了。过后，他在给我的信中，毫不掩饰对我的好感。那时的我并不想恋爱，只想尽快毕业找工作，让父母卸下一副担子，所以我矜持着、沉吟着。有一次，他在信末还附上了舒婷的那首诗——《致橡树》“……我必须是你近旁的一株木棉，作为树的形象和你站在一起。根，紧握在地下；叶，相触在云里。每一阵风过，我们都相互致意，但没有人，听懂我们的言语。……我有我红硕的花朵，像沉重的叹息，又像英勇的火炬……”

他还告诉我，一定要争取专升本考到师大来，要离我更近。后来，他又到民院来见我几次。我们就这样见面，通信，一直以朋友的身份。在大四那年，他真的如愿考到师大来了，可是我匆匆地忙于毕业，忙于求职，渐渐地，我们的联系少了。参加工作后，他辗转打听到我所任教的学校电话，给我打了个电话，告诉我在某省某所中学教书。之后，我们再无联系。

二十多年过去了，我也知道了木棉花是一种什么花。那红红的花朵和风雨桥上的那一幕，总是浮现在我脑海里。人生若只如初见！

桐花

记忆中，民院的春天最美。

在去图书馆的路上，有三五株樱花树和桐树。三月，樱花灿烂开放，馨香沁鼻，灿若云霞，风来花瓣纷纷飘落发间、衣上，令人不忍拂去。四五月桐花盛开，紫的、白的花朵簌簌坠落，如一只只翩翩飞翔的美丽蝴蝶。我们就是在这条路上，一起去自修，去教室；我就是在这条路上走向生活，走向社会。

那年，校园里的桐花开得无比绚烂，浅紫浅紫的花朵缀在高高的枝头，清丽淡雅，幽香袭人。每次走在花树下，我们总要怔怔地仰头看一会桐花，闭上双眼使劲地呼吸馨香的空气，然后嬉笑着携手去自修室。一日雨过天晴，你说桐花快谢了，你要去和桐花照张相。雨后的傍晚，落霞满天，你站在桐花树下，白色的外套似被夕阳镀上了一层金光；你的脚下，片片桐花静躺着；身后，还有一两朵桐花在无声无息地坠落……那景那物那人，好美！你说你就是喜欢那唯美的感觉！

五一节，你回家看望父母。谁也不曾料到，你这一去竟是永别。依然记得，那一日，我要去市里帮某个公司发传单，临行前，你依依地对我说：小美，祝你一切顺利！那时的你，浅浅的笑，浅浅的酒窝，满是真诚和惜别！五一过后，你数日不归，我和寝室的姐妹们都以为你还在家里。当你的父母打电话到寝室询问，我们才知你和我们已经永不相逢了。那一场可恶的车祸，把你如花的生命夺走了！姐妹们抱头痛哭，为你的离去悲痛、惋惜；每天晚上，捧着你的照片，我总是独自泣不成声。生命的无常，生命的脆弱，年轻的我们难以承受。整整一个月，我们惶惶不可终日，悲观消极，觉得什么都无趣无味。

你曾告诉我，喜欢站在天桥上，看路上车水马龙和匆匆的行人，能感到生活的节奏。可是而今，天堂里没有车来车往啊！你怎会习惯？

有着你的祝福，我顺利地毕业，顺利地参加工作，幸福地生活，幸福地为人妻，为人母。你，也为我感到高兴吧？！

多年了，还记得民院桐花纷飞的季节！

一花一世界，一叶一菩提。我生命中的许多花就这样无声地灿烂开放着……我就这样一路走来，呼吸着馨香，感恩着生命！

回忆的沙漏

周鹏*（贵州省）

那盏透明白皙的沙漏已然摆在那个熟悉的位置，细柔的沙砾透过孔隙从瓶颈的上端完全流入到下端，一切又回到最初的起点。

——题记

当初升的太阳还未来得及跃出广阔的地平线，哨声便划开了广袤无垠的地平线。随着哨音的响起，昨日的坚持与信念便化作前行的力量，指引着我们前进。

窗外淅淅沥沥的雨持续下了两三天，街道上来往的车辆仍然川流不息，但眼前的一切又显得是那么安静。

巴蜀的夏季烈日炎炎，明晃晃的太阳像是被镶嵌于天际，斑驳的树影交错在齐刷刷的夏常服上。剧烈的阳光直逼眼球使得双眼刺痛冒出红血丝。“注意，你的眼神！”耳边时不时传来班长的大声提醒。呈现在瞳孔中的尽是靶纸，白昼的阳光透过绿荫打在了他棱角分明的脸上，隐约看到班长的脸上洋溢着一丝微笑。

此刻的训练场地表温度高达40摄氏度，处于盆地里的训练场如同蒸笼一般，站在训练场的我们就如蒸笼里将被蒸熟的包子，站在滚烫的训练场上，所有的光都聚焦在眼前。“一二一”的口号撼天动地，还有身后不时传过来的轻微但却清晰可闻的笑声，在队列中尽力做着标准动作。“又顺拐啦！”“后

*作者简介：周鹏，贵州遵义人，1995年出生，就读于广州指挥学院。

脚跟又没有先着地！”班长在一旁不厌其烦地指出问题……“除了他之外，其他人休息！”笑声夹杂在风中瑟瑟作响，使他觉得很不是滋味。

训练渐渐使他感觉疲倦又苦恼，同样的地点，同样的人，同样的动作，相同的错误。这使他内心倍受折磨与煎熬。与树荫无缘的他继续进行练习，不管怎么克服，失败总是缠绕在他身上，而身后继续传来阵阵嘲笑声。

一日的队列训练下来，他的情况变得更加糟糕，对于身体极不协调的他来说，“抱腹准备”这简单的四个字，都能立马使他头发竖起来，右脚或左脚离地的瞬间，右手或左手立马也随之摆动了起来。一日的训练下来，使他常服的后背浸满了汗水，湿了一片。独自坐到一旁，暗暗低下头，唯有的一点自信都已消失殆尽，不禁痛苦地握紧拳头，指甲似乎都陷进了肉里却未曾感到疼痛。天空中一架飞机飞过，使他抬了抬头，水壶在不经意间打倒都未发觉。晶莹的水珠缓缓流出，打湿了他的衣角。“水倒身上去了。”旁边走来一个人，正是他班长，然后帮他把水壶给扶正了。“我理解你现在的心情，不要放弃，尺有所短，寸有所长，没有哪个人与生俱来完美，钢铁也是要经过熔炉才淬炼出来的，人生的道路将迎来更多的困难，不管它多久来，只要不放弃，不低头，失败了再次爬起来，一切又是新的开始。”

熄灯哨吹响，黑色逐渐将天空洇染，大地逐渐被黑暗吞噬。“能不能不要再这么没出息！”他睁大眼睛对自己说。爬起床，独自跑到门外，与影子并行于走廊间，对上午的“顺拐”再次进行纠正。对自己默念着队列口令，一步步直行于夜晚的走廊。战友在他心中留下的嘲笑声若隐若现，这反而使他更加努力。越挫越勇，不断克服存在的问题。整个世界归于寂静，唯独他却运动着，周而复始进行着同样的动作……

时间转眼到了那次新兵连最后的队列会操中，他永远不会忘记。那日阳光焦灼刺眼，鞋底被灼热的大地烫出了焦味。队列中每个人腰杆笔直，站在那里一动不动地随时等待着指挥员的号令。强热的光线透过树荫直射到每个人的脸上，突然一只豆大的飞虫停留在他脖子上，条件反射使他显得有些局促不安，他怔住，脖子上一阵痒，想用手去蹭但却怕影响整个队列，瞬间黄继光的影子似乎浮现于他的眼前。此次队列会操对他来说尤为重要，不仅对他个人，甚至对整个单位都有着很重的分量，一定要在此次会操中证明他的努力没有白费，证明他不是别人眼中的小丑，证明他不是别人口中的笑话……

“下一个班，出列！”总指挥官一声气势恢宏的口令一放出来，整个班热血沸腾径直地跑出去。下面观看者始终聚精会神地看着，可是目光却突然间全部向他扫去，一直注视着他，或许还是在想着看他的笑话……一整套队列动作完成了，观看者们面容依旧保持着严肃，但是此时传来了一些轻声细语：

“嗯，好了，正常了。”“可以，有进步了。”……他深深地吸了一口气，又放松地吐了出来。终于，这段时间的努力没有白费，这次会操中他成功证明了自己。

双腿发酸，脚底尽是水泡的他，在种种坎坷下并没有低头，始终坚持自己的信念，用力去克服自己的问题，用双脚一步一步丈量了军旅的第一段路程。一个人在遇到艰难险阻时，敢于面对，不低头，不沮丧，不灰心，就像沙漏的沙砾流完了，将它倒置过来，一切又等于新的开始。或许这不是因为心中有多远大的志向，而是因为心中存在一份温暖的信仰。

那段虽苦犹甜的经历或许终将一日会忘却，但是那份刻骨铭心坚持的信念却永远站在记忆里。

回到现在，窗外连绵不绝的雨珠一直往下落着，滴答滴答敲打着窗户。沙漏中的白色沙砾已透过细小的孔隙经上端流进到下端，将它倒置过来，一切又来到新的起点。

讲台深处

——怀念我的恩师王锦辉

杜玉凤*（河北省）

教师节来临之际，我一个人沉静地坐在教室里仰望讲台，仰望讲台深处那远去的身影……二十年前，也是这个季节，也是这个校园，我的恩师王锦辉却惜别了这里的一切，走了，走向了生命的终点。

一

第一次见到王老师是1978年的9月8日。

这一天，我告别了黄土地，带着全家人的希望，走进了向往已久的校园。激动和好奇在心中涌动，我收拾好行李，不由自主地走进教室。讲台上一个

---

*作者简介：杜玉凤，女，58岁，河北省石家庄市人。退休前在中国工商银行河北金融学校工作，高级讲师职称。退休后在河北老年大学文学班学习，是河北省散文学会会员，曾先后在《燕赵晚报》《快乐老人报》、现代散文网发表散文多篇。

四十岁左右的中年男子在踱步，身材瘦长而又略显驼背，高高的鼻梁上架着一副近视眼镜。当他微笑着向我打招呼时，我不知所措地点了一下头，转身跑出了教室。

开学典礼上，我知道了他姓王，叫王锦辉，是我们的班主任兼任课老师。当时我感觉唯一亲切的是王老师脸上那若隐若现的麻坑，因为我母亲的脸上也点缀着这些东西。

晚上到教室自习的时候，我经常看到王老师在办公室守着一盏台灯，看着一本厚厚的书，还时不时地在写着什么。一次偶然的机会，我看到了那本书是《资本论》第三卷，书橱里还有第一、第二卷，黄色的书皮上，磨出了不少白色的斑点。我的心中陡升一种感慨：这么厚的书什么时候能读完啊！

王老师讲授的课程是《货币银行学》，他站在讲台上，抑扬顿挫，声音醇厚，不仅会由浅入深地阐述那些复杂的理论，还会旁征博引来开拓我们的思路。晚上，我经常会把兜里的几个钢镚掏出来，按面值大小放在床上排队，然后看了正面看反面，看了一遍又一遍。原来我只是浅尝着没钱的窘迫，从来没有想过钱这个东西是怎么来的。从王老师讲授的课程里，我逐步对钱有了更多的认知。

一次考试结束后，王老师把我叫到办公室，他指着我答卷上的论述题问到："这个答案是从哪来的？"我坦诚地说："是在一本杂志上看到的。"王老师笑而未语。我惴惴不安地走出了办公室，心想这次完了，没想到发卷讲评的时候，王老师却表扬了我，并给了我全班最高的分数。那天，我像中了大奖一样兴奋，心里美滋滋的。因为在我成长的记忆里，面对的大多是歧视。尽管我很努力地去证明自己，但那种歧视的伤害已入骨髓。我能在一个新的环境里，得到老师的表扬和肯定，似乎一下子找回了久违的自信。

毕业考试结束，王老师把我叫到办公室问："石家庄要筹建银行学校，你是愿意做老师，还是愿意到银行工作？"我一下子傻眼了，在我的成长经历中，只有艰难地去向上追寻，去争取得到，从来没有什么资格去做选择。我怀疑地问老师："我真的可以选择？"王老师肯定地点点头。也许是对教师工作的崇尚，也许是对王老师人格魅力的敬佩，我选择到学校当老师，梦想着有一天，成为像王老师一样受人尊重的人。

二

第一次试讲，我的手在颤抖，心在怦怦地跳着，准备了一个小时的课程，慌慌张张讲了不到二十分钟就结束了。我忐忑地走下讲台，台下的人们在窃窃私语，只有王老师微笑着说："第一次上讲台，紧张是正常的。"当人们渐渐散去，我蹲下身子用手拍拍水泥做的讲台，忽然间意识到，讲台不只是一个物理意义上的平台，而是一个高不可测，深得没有边际的舞台。我起身迈上去，走下来，再迈上去……不知道王老师是什么时候返回到教室的，他鼓励我说："相信自己，一定会站在讲台上的！从今天开始，你每天用心去听广播，坚持用普通话读半小时报纸，只要努力，十年后一定会比我强。"我将老师的话牢牢地铭记在心里。

此后每天早晨五点多钟，我拿着报纸走出校门，晨曦的微光，赋予我无限的遐想，脚下的小路，给我一种不可名状的力量。就这样，一读就是半年。在这半年的时间里，我的教案改了一遍又一遍，王老师指导着我试讲了一次又一次，从内容到形式，从语音到语速，从板书到仪态。

当我第一次正式走上讲台的时候，面对的学生都是在职的银行员工，两节课结束时，他们送给我热情的掌声。我的眼睛潮湿了，我感谢我的学生，更感恩我的老师，是王老师手把手把我送上讲台，透过掌声，我看到了王老师忙碌的背影和染霜的鬓发。

之后不久，王老师调离学校，到银行业务一线去任职。

三

1992年，王老师怀着对教育工作的满腔热情，再次回到学校，担任工商银行河北分行教育处长兼金融培训学校校长。

王老师和我们一起座谈，他讲到了基层员工的现状和对培训工作的渴望，讲到了学校肩负的责任和工商银行的发展愿景。提出了专业教师要下去调研，写出一本适合基层需要、对工作具有指导意义的教材。写书对我来讲是件可望而不可即的事情，也是我从来不敢想象的事情，但我坚信王老师的能力和胆识，心里充满了期待和向往。

王老师带领着我们，首先讨论确定教材的主题和框架，然后根据每位老师的专业和特长进行分工，开始了历时半年的调研写作。他耐心地指导我们进行资料的搜集和整理，适时地推荐学习和阅读书目，高标准地提出写作要求。我们教学之余的精力，几乎都用在调研和写作上。写了改，改了再写，有时为了探讨一个问题，我们会争得面红耳赤；有时为了写出一个结论，我们也可能通宵达旦。

当初稿完成的时候，王老师已经在谋划出版的事情。他鼓励大家说："先把教材里的观点写成论文，在杂志上发表，然后再充实和修改教材的内容，这样我们的教材才更有价值，才能成为一本好书。"一年后，我们编写的教材《银行经营管理学基础》正式由河北人民出版社出版。当我们用自己编写的教材给学员培训时，那种自豪感溢于言表。我深深地体会到什么是名师的力量，什么是教师的价值。

四

1994年的春节过后不久，全行开始进行高级职称的申报和评定。这时王老师已病休在家。我对照着总行的文件要求，感觉自己基本符合申报条件，只是外语考试心中没底。我犹豫着去请教王老师怎么办？王老师只问了我一句话："有那么难吗？"是啊，有那么难吗？一路上跟着王老师走来，所有的困难几乎都被踩在脚下，我下决心攻下英语这道难关。王老师时不时用嘶哑的声音询问我的学习进度，还拖着病体，将我的高师申请报告进行了修改。这一年我不仅顺利地通过了英语考试，而且被总行评聘为高级讲师。

我拿着高级讲师的聘书，直奔王老师家中。两年前他不幸罹患肺癌，病痛中的老师虽然身体虚弱，但仍然思维敏捷，温和的眼神洋溢着慈祥的目光。我双手将聘书呈送到王老师手中，老师笑着说："你今年还不到四十岁，比我要幸运得多喽！"是的，我真的很幸运，从农村走进城市，从荒芜走上讲台，在老师的恩泽中成长，在老师的扶掖中完成了一个村姑向银行专业教师的转变。是王老师的一路引领和教诲，才有了我的今天。

走出王老师的家门，兴奋的心情很快被忧伤笼罩。谁都知道癌症意味着什么，看着他一天天消瘦的面孔，想着他一步步被病魔吞噬的生命，无奈和不舍在心中纠结。

1996年秋天，王老师走了，走完了他只有五十五岁的短暂人生。他走得那么安详，走得那么坦荡，走得那么令人痛惜。也许是难舍的师生情谊，也许是超然的心灵契合，我曾多少次在梦境里与老师相逢，还是那个教室，还是那个讲台，王老师谦和地站在讲台上，服饰依旧，容貌依然……

时光荏苒，日月如梭。在讲台深处，在岁月深处，在灵魂深处，一盏摇曳的烛光在永恒地闪烁……

等你，不负流年

侯晓红*（河北省）

喜欢在寂静的午后，写下浸满思念的诗句，墨落情暖，将丝丝缕缕的心思，融化成浓浓的思念；欢喜也好，忧伤也罢，终是自己笔下漫落的心语；静听扶桑花开的声音，在满是馨香、如花的季节里，为之痴迷的除了你，还有我。我们无法淡忘花期，即便是忘了时光。

我在时光的剪影里，不停地裁剪着聚聚散散的足迹，静立在灯火阑珊处，讲那些温婉的念想，悄然汇聚于心头；想你，念你，写尽关于你的所有消息。你可知，你永远是我心底，那道最靓丽的风景，永远是我牵绊的诗行；而我，甘愿为你描尽清欢，徐徐呢喃；甘愿投入你的情怀，蛰伏在你的掌心，痴迷一生一世。

只因你，我才有了行云流水般的情愫；才有了如梦似幻的心绪；才有了江南烟雨的多情；才有了妖娆缠绵的文字；才有了浅唱低吟的思念；才有了低首含笑的妩媚。

曾几何时，我在春光里静默，在花香里起舞，等待与你畅想流年。然岁月易逝，记忆随波，繁华落尽，任时光辜负彼岸花香的等待，满目凄然……

错失了夏季的芬芳，独自去面对咫尺天涯，奈何一个人的忘却，注定还会缠绵；怀揣往日的梦想，走过搁浅的流年，执一支墨笔遥望，勾勒一幅比翼双飞的画卷；再落笔，再挥墨，却是沧海桑田，巫山云卷。于是，我把对你的念想与那执拗的凝盼，写成诗行，深情落款。

情丝缱绻，铭心刻骨的爱恋流泻，那种牵念，那份情愿，可曾间断？如泣如诉地浅唱低吟，独酌一杯残酒，却摇曳了想你的杯盏，舞姿翩然，深情的目光旖旎；仍然期许相逢，执子之手与子偕老！

我的初衷未曾改变，习惯在原地等候，静候你归来，想问问你是否依旧眷恋曾经的岁月？冬去春来，年复一年，阡陌花开几度，蝶飞蜂舞，绕心几回？始终还是难以释怀的。于是我又将那个熟稔于心的名字，写入我多情的篇章，

*作者简介：侯晓红，笔名如若。河北省张家口市康保县人。在河北省张家口市尚义县从事教育工作。

回味着你的眼神落笔，洁净得不沾世俗。然后掩卷冥想，直到桃之夭夭，灼灼其华，直到才下眉头，却上心头……

我也曾泛着光阴的舟子，穿过曾经过往，来到我们相识的地方。遗憾的是，所有的过往终成了镜花水月一场；不再有掌心的温暖，不再有指尖的温柔；而我也不再是沙，你也不再是风；我也不再是鱼，你也不再是水。失去了眷顾的我，只好化作了孤鹜，与落霞齐飞，与秋水长天一色。

我也曾在江南的油纸伞下，任思绪绵绵纷飞，试图去寻找起初的炽热与美丽，回味当初你给予的柔情；即便耗尽我一生的华年，我也甘愿去追随，因为我坚信，无论世事如何变迁，你会一直在原地微笑着等我。

若应允，请许我千年，我仍愿意等你归来！不论春秋，不论冬夏！即便是化作一种姿态，我还是愿意，恋你如初，爱你依旧。我会一直在，等待你不负流年。哪怕只是一个幻影！

清明无雨

李桂芬*（河北省）

点燃两支香烟，我替父亲吸了两口。那浓浓的，苦苦的味道，呛得我一阵阵“咳咳”地咳，最后咳出了眼泪。

我把烟立在坟头，青烟袅袅，忽明忽暗。

春天来了，天气还是清冷清冷的。风肆意地刮着，火苗伸出长长的舌头，那一张张纸钱在呻吟，最后化为灰烬。我用棍子扒拉着纸灰，一点一点，烧的干干净净。唯其烧的干净，父亲才能花到这些钱。

清明节，是逝者的新年。我们送去的，除了纸钱，还需有新帽新衣，还需有瓜桃李果，鸡鸭鱼肉，让我们的亲人过个丰硕的新年！这个清明节，我还给父亲送了一本存折，我说，大，花不了的钱就存着。这一堆一堆的钱，够您老人家花的了，您想咋花就咋花，别像活着的时候那样仔细着，那样的苛刻着自己……

烧着哭着，扒着哭着！

就眼前这一丘土冢，却将我和我的父亲隔开了很久，离我不远，却又不近。只因了那一句“清明时节雨纷纷”，便将这世间的生死离伤，成了他一个人的

---

*作者简介：李桂芬，女，河北省张家口市尚义县人，张家口市作家协会会员。

忧患，便让这一个长长的节气都姓了杜，那一袭长衫便美丽了整个季节。杜牧啊杜牧，你写尽了世人的哀愁，你可知我哀愁？

父亲生前有许多爱好，比如画画，吹笛子，吹口琴，父亲都是很精通的。可是，遗憾的是，这些乐器，我一直都没想到过给父亲买回来。家里原先有支笛子，父亲虽然总是抱怨那个膜不好，太厚，吹不出清脆的声音来，但是仍然还把它当个宝贝似的放到柜子里，闲下来的时候就拿出来吹吹。后来，因为我的孩子要到县里读书，父母为了给我照顾孩子，就把家搬到了县城，笛子在搬家的时候也不知道弄哪儿去了。父亲一直也没有说过要买，粗心的我，以为父亲真不再喜欢这些东西了，直到父亲去世前，已经不认识我了，才让我知道，他还是喜欢那支笛子的。

那年春天，父亲病重，哥哥打电话给我说："回来看看吧，大病得厉害了。"当我匆匆忙忙赶回家，父亲在医院里。站在病床前，看到我的父亲骨瘦如柴，双眼紧闭，生命即将枯竭，我喊了一声"大，醒醒，丫头回来了……"眼泪便如同断了线的珠子，扑簌簌洒落下来。我跪在父亲身边，抽抽噎噎地哭着。好久听见父亲在说话："丫头，笛子买回来啦？"我说"大，你睁开眼睛，看看丫头。"父亲缓缓地睁开眼睛，侧过头来看了我一眼，问我："你是谁了？"我哭着说"大，我是丫头，你怎么不认识我啦？"父亲把脸扭回去，慢慢闭上了眼睛，摇着头，喃喃自语："丫头买笛子去了，下这么大的雨，也不懂得往身上披块塑料布……"我终难以控制，放声大哭，父亲就那样不认识我了。

这难道不是世间最伤痛的距离吗？我们是最亲的人，在这一刻却让父亲感到如此的遥远！

外面没有下雨。

那别便是永远。

有人说，化悲痛为力量，化眼泪为力量，这些话都是骗人的。因为我的悲痛化到最后还是悲痛，眼泪化到最后还是眼泪！甚至泪如长河，越化越痛！

唯一让我欣慰的是，我儿子在我父亲活着的时候，给我父亲买了两盒36彩的油画棒，和勾线笔，我表哥给我父亲拿来好几摞打印纸，有8k大的，有16k大的。父亲画了很多的画。父亲画画，一直都是用左手。画的小鸟落在树枝上，爪子紧紧地抓住枝丫，惟妙惟肖，特别传神。

后来，我把这些画都拿去装了框子，挂在了我家客厅的墙上。抬头看见，便如同见着父亲一样。

那年，婚姻变动，我问父亲该怎么办？父亲告诉我："丫头啊，大管着你三十多年，让你受尽流离之苦，没让你过上一天好日子，如今，你就给自己做一回主吧。但是，丫头，无论结果怎样，你要把我的外孙给大留住……大帮你带着，大还有精神……”父亲那时虽然已经生了病，还是帮我带大了儿子。

父亲走了，我知道他没有走得无牵无挂，因为他抛不下他亲手带大的外孙。刹那间，生活中许多的大事小事都没人可以商量了。我只能一个人去决定，去拿主意。有时候，我感到很累，想找个人喝两盅说说话。然而茫茫人海，能够说说话的人屈指可数，甚至无处可寻。

坐在父亲的坟头，我倒满了两盅老酒，举杯邀我父亲，大，来，同女儿干了这杯！这阴阳之隔，该让我们有多久多久没有再喝上一杯！这飘飘酒香，远不比杏花村的差，定会醉了断魂之人！

父亲的清明节虽然无雨，却注定了也是湿的……

永远的家

李云[*]（河北省）

家，是蕴含着亲情的地方。它是我们心灵的港湾，人生的驿站。尤其是对自己的出生地，自己童年的家，更是感情深厚。在时光阡陌中，总有浓浓的思念，甜甜的温馨。那根记忆的相思之线，时刻在心中涤荡。

好久没回老家了，走在回家的路上，心中一阵阵酸楚。那条曾经走过无数次的小路，淹没在杂草中。如果不凭记忆，我甚至会陷入无路可走的困境。那个曾经干净、清幽、熟悉的小院；那个曾经留下无数欢声笑语的地方，如今去了哪里？心不由地在流泪，家的感觉，是否已越来越远？可是无论怎样，它都是我生命中的伊甸园，成长的摇篮，温馨的热土。记载了我生命的历程，承载着我儿时的悲欢。虽然现在，它在岁月的雕琢下，变得有些陌生，但那条熟悉的小路，依然能引领我踏过杂草，推开家门，寻找过去的印迹，把封尘的记忆开启。所以，它是我永远的家！

此时宁静的小院，少了往昔的欢声，杂草肆意地生长着，霸占着我曾经的乐园。唯一不变的，是眼前那棵高大的桑树，还是那么挺拔，饱经岁月的风霜，仍旧枝繁叶茂，固执、坚定的直立着，守卫着脚下的家园。阳光洒落院中，桑树翠绿的叶子在阳光下闪闪发光，随着微风轻轻摇摆，热情地向我招手，欢迎我回家。桑树具体树龄我不清楚，但肯定比我年纪大。从我记事起，它就这样

*作者简介：李云，探伤工，河北唐山人，打工族。

枝繁叶茂，每年结一树累累硕果，喂养着我们这群小馋猫，见证着我成长的足迹。它粗大的树干，布满岁月的苔痕，写满流年的沧桑。他多像父亲啊，一生操劳，用他那厚实的肩膀，为我撑起一片蓝天，给了我欢快的童年。假如父亲还在，我几时回家这般惨景？我不由得走到树下，伸手抚摸那苍劲的主干，奔腾的思绪在心中翻滚。透过岁月的窗纱，一道道熟悉的身影浮现于眼前。一张张，一幕幕，如影片穿过云烟。顿时，小院有了生机，屋中有了笑语，一片盎然的生活场景。

“哈哈……”“该你了！”桑葚树下我和小伙伴踢毽子，跳皮筋，充满着欢声笑语。夏初时节，满树的桑葚，紫黑紫黑的，悬挂于枝头，硕果累累。从桑葚刚变黑，或者是红黑相间之时，我和小伙伴们就已经忍受不了肚里的馋虫，攀曳枝条，踩凳高攀，采摘一颗颗饱满诱人的果实，一粒粒往嘴里送。此时，是我人缘最好的时候，小伙伴们都爱和我玩。我们一起采桑葚，由于树很高，多数时候，我们仰望着又大又黑的成熟果实，只能望果兴叹，馋涎欲滴。这时候，父亲就会在劳动之余，笑眯眯地从屋里走出来，找一张塑料铺好，再拿来一根长竹竿，帮我们从树上往下打桑葚。我和小伙伴们便欢天喜地，连蹦带跳，弯着腰一颗颗往盆里捡，往嘴里放。真甜啊！不一会儿，手上，嘴上，甚至衣服上，都粘上了黑色。不过，我们不在乎，心里甜甜的，笑声朗朗。父亲看着我们这群天真的孩子，脸上绽放着微笑。

父亲是家里的顶梁柱，里里外外，日夜奔波，呵护着一家老小，一步步过上富裕的生活。每天，他都是早早起床，把院子打扫干净，给牲口填草喂料。父亲手很巧，家里什么东西坏了，他总能这摸摸，那看看，左拼右凑把它修好。那时候，日子不富裕，家家生活节俭，东西坏了，从来舍不得扔，能修则修，能用则用。父亲还会些木匠活，家里的桌子，板凳，都是他抓早晨或晚上时间做的，相当结实耐用。邻里间有求助父亲的，他也爽快答应，起早贪黑地忙碌，为乡亲们打风箱，做板凳，从不嫌麻烦。

袅袅的炊烟冉冉升起，母亲在灶台前忙碌着，为一家老小准备着丰盛的早餐。淘米，烧火煮饭，洗菜切菜，不时传出锅铲相碰的喀喀声，刀切蔬菜的嚓嚓声。母亲的动作是那样的熟练。从我记事起，母亲的身影就是忙碌的，家里家外，日夜操劳，为家默默地辛勤耕耘。每天，披星起床的总是母亲，当我们还在梦乡时，母亲早已点起了灶中的炉火。饭菜做好后，便开始呼唤我们起床。此时，我们揉揉惺忪的睡眼，翻个身，极不情愿地离开温暖的被窝，穿衣洗漱。

繁忙的收秋时节，父母会起得更早。母亲准备早饭，父亲准备一切收割用具。镰刀一一磨好，牲口早早喂饱，水瓶灌满水，绳子，架子全部备好。匆匆吃过早饭，他们就开始了麦秋的征程。成熟的麦子，在微风中像波浪一样起伏着，在朝霞的映衬下，一片金黄。父母弯着腰，不停地挥舞着镰刀，他们的身后，被割下的麦子捆扎成一捆捆的，像一个个待检的士兵，在阳光中站立着。父母的脸上，流淌着豆大的汗珠，衣服也在忙碌中湿透了。他们直直酸疼的腰，望着眼前一片金黄的麦浪，脸上洋溢着微笑，心中怀抱着丰收的喜悦。我们小孩子，则在麦丛中穿梭，找寻着蚂蚱、螳螂等昆虫，捕捉着，把玩着，享受着无忧无虑的快乐时光。

麦子割完，父亲用牛车一趟趟运回家，堆起一个个小麦垛。然后就去村里推打麦的机器，进行打麦子。两三户人家，要联合作业。一边有人铡麦子，一边有人打麦子，一边有人收麦粒，一片忙碌的景象。此时的小院，是最热闹的，人们边说边干，谈论着自家麦子的收成，谈论着各家的家长里短，朗朗的笑声在小院上空飘荡。随着铡刀的呵哧声，随着机器的轰鸣声，饱满的麦粒，带着人们的期盼，像个精灵一样，从机器的出口脱出，麦粒堆越来越大。麦子打完后，还要运到房上去晾晒。虽然父母的身子早已疲惫，但也不能休息，要一桶桶地把麦子运上房。这时，我们也伸出稚嫩的小手，不停地帮父母往桶里装麦子，从扁担上接空桶，像个小大人似的战斗着。

冬天农事渐少了，母亲也是闲不住的。此时她娴熟地踩着缝纫机，帮别人做裤子，赚些零钱，补贴家用。有时深夜，我从香甜的梦境中醒来，灯依然亮着，母亲还在继续伏案工作。耳边不时传来嗡嗡地踏板转动声。这样的日子要持续到来年开春。虽然忙碌，我和妹妹过年的新衣是必不可少的，母亲总会早早做好，满足我们的期盼，让我们欢天喜地，穿着新衣去拜年。她和父亲身上，却总是那不变的洗得发白的旧衣服，一日日，一年年。

日子在每天的柴米油盐中，温馨向前。父母就这样坚持着，把清贫的日子打理得有声有色，庄里的父辈们都是这样，把自家的日子打理得有条不紊。我在他们温暖的怀抱中，幸福地成长着。个子越来越高，身体越来越壮。父母则在岁月的辗转中，双手布满沧桑，额头刻满皱纹，青丝变成白发。我经历无忧的童年，叛逆的少年，狂热的青年，直到如今稳重的中年。踏着尘世的风沙一路走来，我看到了父母的辛劳，懂得了父母的疼爱，体会了父母的牵挂，更牢记了父母的恩情。父母养我们小，我要伴他们老，就像院中的桑树一样，坚定，执着地生活，活出自己的天地。深深地去爱父母，去敬父母，在他们老年的时光中，为他们头顶撑起一把温暖的伞，让他们快乐地走过夕阳的光辉。

一阵清风徐来，把我缥缈的思绪拉回。眼前的桑树，依然在风中直立着，时时守伴着老屋，也时时记载着那些历史的光阴。它的枝叶又在轻轻摆动，仿佛在说："孩子，放心，我会永远守在这里，为你看家，这永远是你的家。困了，累了，记得回家，这里有你的欢笑，有你金色的童年时光，它能荡去你心底的瑕疵，伴你安然入梦。”是的，这里飘荡着亲人的味道，飘荡着亲人的笑脸，飘荡着我儿时的欢歌！这里是我永远的家！

“愣”二小

杨云*（河北省）

不知道谁给他起了这个名字——“愣”二小。其实二小并不愣，只是没有一般人“聪明”罢了。他叫什么名字，早已被人们忘却。我也只知道他姓王。虽然人们冠以他“愣”的称呼，但是人们并不叫他“愣”二小，更多的是亲切地称呼他“二小”“二小”并不小，不论男女老少，人们就这么叫，习以为常了。

在二小看来，叫他什么并不重要，他总是乐呵呵的。一副慈祥的面容，走路行动缓慢，给人一种飘飘悠悠的感觉。他对什么都好，碰上人他总是笑眯眯地问好，并习惯性地向人们敬礼。一顶方方正正的军帽成了他深入人心的形象，他的家庭如何也无从谈起，从我记事起他就以乞讨为生。那时他还年轻，在甲石河乡各村之间来回穿梭，走路总是一副无精打采的样子。听说他从小身体就瘦弱无力，不会从事农田里的劳作，慢慢地荒废了务农手艺，只好以乞讨为生。

“乞讨”这个词在他看来根本不带感情色彩，也不是人们贬低与歧视的代名词。他乞讨很独特，从不与人讨价还价。入村入户从来不做偷偷摸摸的事情，人们给与不给，给多与给少，给喜欢的与给不喜欢的，他都乐意接受。他总是很知足，入村不挨家挨户搜索要东西，乞讨也不喜欢拿大袋子，只是游戏于村庄之间。人们都很同情他，也很尊重他，都劝他：“你辛辛苦苦地往村里跑一趟，咋不挨家挨户要东西，多要点，也不枉大老远跑一趟。”但他总是笑而不答，有时就随口唯唯诺诺，欢喜而去。二小乞讨虽然不挑剔，但他也有一个特别之处，那就是遇到饥饿的时候，如果有人给他玉米面窝窝，他便“呜呜”地哭起来。人们问他：“二小，咋啦？”他便带着哭腔说：“咽不下去！”为此，附近各村人们相互转告，以后遇到他乞讨便不再给他玉米窝窝。他的乞讨生涯名不副实，更多的是一种消磨时光与闲情逸致。

在人们看来，要饭的也得好好积累财富，但这个对于二小行不通。二小无

---

*作者简介：杨云，网名山间耕夫，男，汉族，出生河北省尚义县，毕业于张家口师范专科学校中文系，爱好文学，笔耕不辍，推行《弟子规》，正己化人。

钱、无财、无地、无房，但他对金钱与财物不感兴趣，乞讨只是为了维持生活而已。我只知道他有一个老娘，在红土梁黄土窑子，他每次有点“积蓄”就步行六十多里去看望他老娘。他对母亲的忠孝感动了所有认识他的人。在路上，有时他捡到东西总是在路边耐心地等待失主。这对于一般人来说有点滑稽可笑，但是对于二小来说却是认真的，人们被他的这种善举行为大为感动。他虽然不会劳作，但是在春秋季节之间，遇到谁家家里或者农田里有活，他经常帮助人们干点力所能及的事情。他干活从不要报酬，只需一顿饭而已。他的善良让人感动，人们都乐意给他吃饭，他给干不干活都无关紧要。他的足迹踏遍了甲石河所有的村庄。

上天总是眷顾善良的人，他虽然看似弱不禁风，但是他却有一个好的身体。一年四季，虽然他穿得不得体，吃得不讲究，经常风里来雨里去，没有固定的住所，但是他身体硬朗，很少生病。乡里几次介绍他去敬老院，在敬老院他不像一般的老人等着工作人员的伺候，他总是早睡早起，收拾自己的屋子，清理自己的东西。有时间就帮助工作人员打扫屋子，提水，倒垃圾，帮助其他老人取东西，给其他老人倒水，喂饭，帮助其他老人去厕所，提裤子，系鞋带，戴帽子，叠被子，天气好时他还推别的老人出去晒太阳。他喜欢干点力所能及的活。生活一段时间他就要求离开，他不习惯被人伺候的生活，他习惯于无拘无束的生活，他乐意于游走乡间，他醉心于无心乞讨。

如今，他在甲石河乡村里伺候着两个残疾人，他总是勤勤恳恳，任劳任怨，从不叫苦叫累。他的言行举止，音容笑貌，都给人留下了深深的思索。不管别人怎么怂恿他到“好”地方去，他总是傻傻一笑，去年年底去村里扶贫，我又见到了他，他笑容满面，不住地感恩，在回家的路上，我一直想：二小就是佛菩萨在人间示现吧！

去痛片无法去掉的痛

张佃永*（河北省）

母亲的大半生，都是在去痛片的陪伴中度过的。

*作者简介：张佃永，男，1962年生，河北省尚义县人。著有诗集《爱在路上》、散文集《拥抱心灵》。

据母亲自己说，那是她22岁那年生下我哥哥之后，因为过早地参加繁重的劳动而落下了腰腿痛的毛病。那是母亲最好的年华，却已病痛缠身了。而那时生活给予母亲的唯一选择，就是在病痛的折磨下坚持。

借助去痛片坚持，是母亲所能享受的最好的呵护。后来我知道，母亲就是从那时起，把经受疼痛作为一种常态和生命中的一部分，一直坚持着、忍受着，并用她所有的坚强和坚持，养育了我们兄妹四人。

从我记事起，不到40岁的母亲，便一年四季都穿着厚厚的棉裤，特别是夏天，那棉裤让人看上去特别刺眼和感到不舒服。

去医院治疗，是全家人想都不敢想的。就连去痛片，母亲也都是极仔细极节俭地使用。只有在干了重活儿痛得厉害或者即将去做重活儿的时候，才服下一粒。

白天，参加生产队组织的劳动，收工回来做一家人的饭，洗一家人的衣裳，喂家中饲养的猪鸡兔；夜里，又在昏暗的煤油灯下，补一家人的破衣破袜，纳一家人四季的鞋底……

我注意到，母亲似乎很爱出汗。即使晚上在家做针线活儿，也常常汗流满面。

每一天，几乎都是前一天的翻版和延续，重复着前一天的生活。

显示母亲变化的，是她额头上不断被缝衣针划深的皱纹、渐渐增加的白发、越来越佝偻的腰身和越来越粗糙的双手。

只有姐姐心细，知道母亲的汗水更多的是因为疼痛。所以，为了给母亲搭个帮手，姐姐只读了两年书，便倔强地辍了学，抢着做家里的活儿，只为减轻母亲的负担。

那个时候，大队的赤脚医生到村，姐姐首要的事情，就是为母亲买一点去痛片；哥哥到镇上回来时，总记得为母亲购买去痛片；我和妹妹从外地读书回来时，也总为母亲带点去痛片。是家庭的困窘，让我们把所有的希望都寄托于去痛片，希望它真是灵丹妙药，能够以神奇的功效解除母亲的痛楚。

而母亲，也是每天在对去痛片怀了深深的信仰中支撑着，并且坚守着心中的要强：播种，她与年轻的壮劳力同样奔波；收割，她与年轻的壮劳力一样挥镰；打场，她与年轻的壮劳力同样卖劲。甚至，为了怕别人说三道四，还经常要多做一些。

但越是要强，母亲便越需要忍受难忍的痛楚。

这一切，我们都熟视了，却无奈。

或许是母亲不愿意我们为她担心，又或许是母亲不忍增加我们的负担。她从没有在我们兄妹面前说起自己的疼痛，一直强撑着，纵然在我们兄妹已经有能力为她进行治疗的时候。

60岁以后，母亲的腰和腿似乎更痛，几乎每天都要依赖去痛片了，我们迟钝的兄妹几个，依然麻木地认为，母亲的腰腿，都是久痛不愈的老毛病，心中不怪了。

我唯一为母亲做的，就是想尽办法，购买在当时尚属紧缺的去痛片。运气好的时候，会买到一大瓶，够母亲服用大半年的。那时，便在心里为母亲不用为断药担心而生欣慰，甚至天真地认为，那些去痛片会如我所愿，能够去掉母亲的病痛，还我一个健康的母亲。

母亲渐渐难以站立、难以上下床行走的状况，彻底击碎了我对去痛片的幻想，掘出了我心中深深的懊悔，我为没有给予母亲必要的治疗而痛心疾首。

母亲是因为脑供血不足经常晕厥的。有一天，在她清醒的时候，对着我和姐姐、妹妹说："娘这一辈子，没有给你们挣下家业，却一直拖累着你们。现在，大概快要不再拖累你们了。"停了一会儿，她又对我说，想见孙子、孙女、外甥们。我告诉她，可以让他们都回来。又停了一会儿，母亲轻轻地摇了摇头，拒绝并放弃了自己的最后一个愿望。

我的心因愧疚而刺痛，因悲伤而碎裂。母亲把一生的心血在我们身上耗尽，却把自己的病痛视为对我们的拖累；我们受到了父母的百般呵护，却有多少次扪心自问，欠了父母的疼爱，又有多少次用拳拳之心回报养育之恩！

两天后，那个撕心裂肺的早晨，母亲从折磨了50多年的腰腿痛中解脱，静静离去了。凝望着母亲失去了生命却舒展的额头和平静的面容，我们才明白，支撑那50多年在疼痛中坚持和坚强的，是母亲对我们的牵挂与难舍。

在悲痛中，我感到了自己的渺小，渺小到无法安放自己的灵魂。

母亲去了，我不用再为她购买去痛片了，也不用再让去痛片代替自己承担一个儿子对母亲应有的陪伴。那些去痛片，只是自己没能陪护母亲的一个轻飘飘的借口，被它所掩盖了的母亲的痛，成为母亲离去之后烙在我心中一个稍微扯动就会剧痛的伤痕。这伤痕，因为母亲的生命无法重来而无法弥补，也无法愈合。

父母对儿女的期盼，就如同他们身上疼痛，是说不出口或不愿说出口的，他们宁可咬着牙默默承受。作为儿女，若不用心体味，会铸成终生的痛楚。而当儿女真的追悔想要弥补时，陪伴的机会却已经永远不再。

纵然是去痛片，也永远无法去掉心中的痛。

麦客

周光辉*（河北省）

麦收时节，小县城的汽车站和火车站就热闹了。背阴处，这一群，那一伙，站着坐着的都是操着沉重外地口音的外乡人。他们大多穿着深蓝色的旧布衣裤，个别人穿着褪了色的旧军装，戴着草帽，腋下夹着简单的行李包。他们背井离乡，以割麦为职业，被称之为麦客。

这是三十年前的记忆，那时候我10岁左右。麦客大多来自贫穷之乡，那里麦田少，麦收季节不需要壮劳力，于是他们就以村庄为单位，三五成群地到广阔的麦田里挣些外快。

运气好的，下车之后就会碰到有收割需求的主户，把他们领到自己的村子里。运气稍差些的，就一路走一路打听，直到找到需要收割的村户。

我们这儿都以种地为生，两个季节，夏收麦子，秋收玉米。按人口分地，人均三四亩地。小妹出生得晚，没赶上分地，那时候我家是四口人的地，有十几亩。麦子熟了，放眼过去，满地金黄无垠。割麦子是我最犯怵的农活，麦垄太长了，相当于把400米跑道拉长，猫下腰收割，总也不见少，偶尔抬起头望望远方的尽头，似乎一直在地头上原地不动。只要猫下腰，就被淹没在无边的麦浪里。十几亩麦子，父母加上我，三个人要收割三四天。愁啊愁，家家都得收麦子，谁也帮不上谁的忙。

麦客收割麦子的价格，以亩计算，家家一样，似乎他们提前商量好的。头一年是35块钱，后来涨到60、70块。到了麦地里，他们来不及喘口气，就舞起镰刀，霍霍挥向金色的海洋。“咔咔……”响亮而干脆，是麦子告别土地的宣言。一会儿工夫，俯拾之间，身后的金黄已经成了捆好的麦个儿。捆得结结实实，不用丈量称重，麦个儿距离均等，大小相似。每个人都是干活的好把式。

也有新手，被远远地落在后面。一个村儿的，左邻右舍的，有亲兄弟，也有父子兵。干在前面的，折回去接应后面的，然后再齐头并进，给对方打气鼓劲。几亩地，大家的活儿，劲儿往一块使，汗往一处流。

---

*作者简介：周光辉，笔名伊兰，河北玉田人，一个有着广泛爱好的女子，不负光阴不负伊“窗临曲水琴书润，人读花间字句香”是她向往的理想境界。

累，腰要折了的感觉。年长些的喊一嗓子，大家坐在一起休息。聊点轻松的，东家长，西家短。有的卷上一卷旱烟，一口一口深吸着，然后大口吐着烟圈，那疲劳也随烟而散。年轻的好干净，见着不远处地头儿上有抽水机，白花花的水喷涌而出，洗净手和脸，让脸上的泥土随着水流而去。把嘴贴在出水管边上，透心凉的井水咕咚咕咚灌了个一通，站起身伸着脖子打着响嗝。

短暂的休息过后，猫腰俯首，镰刀继续飞舞。

按照事先的约定，在谁家干活谁家管饭。妈妈心眼好，知道他们很累，不亏待，饭菜油水很大，每一个人都吃得欢欢喜喜的。

主人家的麦子当天收割不完，就住在这家。第二天一早，打个早收割完，再去下一家。从这一家到另一家，从这个村子到另一个村子。铁打的麦田，流水的麦客。

几天后，车站又热闹了。他们拖着疲惫的身体，怀揣辛苦挣着的血汗钱，继续北上，奔上渐渐成熟的麦田。

就这样，他们在异乡度过了一个又一个麦秋，直到收割机的出现。它是另一种形式的麦客，科技进步的产物。村子里那台是从河南开过来的，沿路收割，一直到我们村子里。还是那十几亩地，几个小时就收割完，价钱和人力的几乎相同。这家伙是个大肚汉，吞下麦粒，可以直接倒在尼龙纺织袋里，免去了打麦的辛劳，省力便捷。

近些年，收割机这麦客已经不是客了，村子里有了自己的收割机。麦子熟了，一个电话，随叫随到，一早或是一晚，麦子就到家了。脸朝黄土背朝天，那只是过去的岁月了。土地，离我们越来越远了，有一种被架空的感觉。每日里，行走在水泥路面上，与泥土少了亲密的接触，似乎生命也缺少了根基，律动也少了些力量。

无数次在夜晚，怀念着那片金色的麦子海洋。在梦里想象着高空俯视麦田的情形：金黄色中有几个小小的黑点，那是弯腰割麦的麦客。

回乡偶书

范蓉*（河南省）

秋深，万物枯寂。

古人虽有“我言秋日胜春朝”的激昂，但面对“秋风起，白云飞，草木零落雁南归”的自然景象，除了感叹“岁月如流成枯枝，日月如梭韶华逝”外，多是落叶归根，尘埃落定之感。

上次回去是夏末，植物葱茏到极致，花朵开至荼蘼。大片的玉米田齐刷刷地列成各种方阵，拔节生长的气势如视死如归的战士。偶尔一两株高粱潜伏其中，似打探军情的卧底。树木枝叶繁茂，蝉声聒噪，仍是单曲循环多年的老歌。

此时，远处是一望无际的空旷。偶有飞鸟踟蹰田埂，寻觅遗落的草籽谷物。残留的玉米秸秆在秋风中做最后的摇旗呐喊。面对恒久的漫长岁月，没有谁是真正的赢家。无论怎样悲壮的，安稳地活着，最后都是殊途同归，将自己葬身于无涯的时间的荒野。

一汪池塘疾驰闪过，仍能看到三两株残荷，或低下头颅思考，或与秋风对峙，而碧波一如谁的眼眸，谜一样深不见底，却让人情愿深陷溺毙其中。这是最具有古风，古意的画作。无限的留白与抽象，任由你猜测与揣摩。

古诗说“秋阴不散霜飞晚，留得残荷听雨声”，而这样的闲情怕是古人才会有的。

恰逢节日，路上车辆极多，呼啸而过。匆忙的如一阵风，恨不能如闪电，眨眼就到终点。忽而又念起古人的好，且不说晴耕雨读，单说闲暇时出行，衣着青衫，手摇羽扇，三步两步地踱着，慢悠悠地就到了一个桃花灼灼的村庄。而恰好有一个妖妖的女子斜倚门前。她对着一朵桃花笑，桃花对着春风笑。而他，对着她傻傻地笑。

至家时已是暮晚，院子内因母亲的勤快倒也蓬勃。白菜，青菜，萝卜，韭菜等都在努力生长。竟有几株九月菊在热烈的盛开，紫色的小花朵簇拥热闹的样子甚是可爱。只是丝瓜藤蔓失去了水分，枯萎地缠绕在墙上。几个老去的丝瓜干瘪地垂着，艰难地数着最后的日子。

---

*作者简介：范蓉，女，“80后”，河南封丘人。

有邻人催促要去田间，便也随着父亲慌忙地去了。零距离地接触薄凉的土地，亲切熟悉之感油然而生。我本就属于这里，将来也要长眠于此。如那些远去的父辈，一茬一茬的庄稼，早晚也要被岁月之镰收割。

远处落日余晖逐渐消逝，无规则无秩序的野生树木包围了整个村庄。近处棉花寂寞地开着，一朵一朵，夜色下竟如过早来临的雪。与父亲劳作完站在田埂，他说，只有土地不会欺骗你。那一刻，我觉得自己是《飘》中的斯嘉丽，与父亲在夕阳下守着塔拉的那片红土地。

离开时，夜色甚浓。北方的秋夜极凉，车窗外漫无边际的黑，路过人烟时会有阑珊灯火。而所谓的“江枫，渔火，对愁眠”的千古忧愁与寂寞是属于南方的。驶入黄河桥时才发现一轮明月悬于夜空，干净的不用濯洗，里面的山水故事一目了然。

愈近都市，愈是抗拒。人人都是笼中鸟，为一粒米，一件羽衣日夜颠倒。想要置身事外而又身不由己的，只有在内心构筑一片精神田园，身在市井喧哗，心守南山采菊。

打开窗，风声呼啦啦地吹进，忽而也想象自己是野性的、自由的、流窜四野的风。

那年、那月、那人

高彩虹*（河南省）

那年我十七岁，在一个有着悠久历史的古镇念书。落花飘雨的年纪，好像经历了一场仲夏夜之梦。那是个文艺风行的年代，酷爱文学的我整日以书为伴，沉浸在自己的理想人生之中。我有写过自己的诗集，并取名为《雏雁集》，意为没有展翅的大雁，记录着我那纯洁没有破碎的梦。当然最后并没有出版，里面也没有什么曼妙的诗句，无非是一个少女寂静的心事罢了。

回想起高中时代，记忆里回荡的是一个永远带着笑容的少年。他叫林，是班里年纪最小的同学，我比他大了整整三岁，由于年纪小，个子也不高，所以林一直都是坐在前排。一开始我并没有注意到林，他是个安静的男孩，总是在

*作者简介：高彩虹，“70后”，生于湖北洪湖，现居河南开封，家庭主妇，喜欢文字。

前排认真地学习，特别是他读书时认真翻阅书页的模样让我印象颇深。当时的我在学校里虽称不上是什么风云人物，但却是经常活跃在学校举行的各种活动之中，演讲比赛，作文大赛，让我为自己赢得了许多粉丝，虽然当年还没有粉丝这个词。渐渐我身边的许多男生也自然表达了对我的好感，当时的我也乐在其中享受着属于自己酣畅的青春。

一个夏日的午后，我收到了一封信，足足有六页，是林寄来的。此前我并不知道，那个安静的他还有这么丰富的思想。他告诉我，他非常欣赏我的才华，觉得我是个很厉害的人。这让我有些受宠若惊，虽然自己喜爱诗词也喜欢写一些东西，但这些只是自己的一些爱好罢了，并没有觉得是什么了不起的事情。他居然说我是个很厉害的人，这让我又激动又兴奋。继续读着他的信，他说他想结识我这个朋友，觉得我是个不错的人，希望和我共同学习共同进步，于是我和他的交集就自此发生，一起谈论古今，畅游未来。而再次看到那个在前排认真读书的少年，我也总是会傻傻地泛起笑容。在我家中并没有男孩，而我也比林整整大了三岁，所以一直以来，我可能是把他当作弟弟来看待，朦胧的年纪，朦胧的记忆，就算是现在的我可能也说不清当时对他到底是怎样的感情。

高三的我家中发生了一些事，父亲病重，危在旦夕，我必须留在父亲身边照顾他，至少能够陪他度过最后的时光。于是我选择了退学，离开那天，我并没有告诉林，虽然是犹豫再三，但最后还是作罢，悄悄是别离的笙箫。

后来的我也并没有打算继续读高中，从同学口中得知林考上了省城的一所大学，心里暗暗为他感到高兴。而我则开始在家乡的一座工厂打工，过着简单平凡的生活。大学的林会经常给我写信，字里行间，我也感受到了他对我的感情，只是当时的我们都并没有说破，一直保存着这份美好。我也回信告诉他好好学习，将来当个大老板，到时大家一起风光。他告诉我他在大学里发生的各种有意思的事，还有遇到的各种有趣的人，得知他在大学里非常活跃，一改往日的安静，让我感觉，他长大了不少。这年他十七，我二十。

三年后，我同邻家一个从小就认识的男孩结婚了，当时并没有通知林。后来他从同学口中得知我结婚的消息，觉得很吃惊，便专程打听到我家来一探究竟。我和老公接待了林，再次相见，他已没有了当年的稚气，而我也嫁作人妻。听说他即将毕业，参加工作，临别之际，我祝他工作顺利，他祝我幸福快乐。

此后不久又收到了林的一封信，他告诉我后悔当初没有跟我表白，其实他一开始只是觉得我是个有才华的女孩子，想认识我和我做朋友，但后来慢慢了解之后发现，我是个善良温暖的人，便心生情愫，却一直不敢开口。大学里，他努力读书，准备在毕业之后再对我一表心意，可是没想到我这么快就结婚了。在亲眼看到我嫁作人妻之后，他也便就死心了。读到这封信的时候，我心里并没有觉得难过，只是有些觉得造化弄人，生活有意要我们错过，这是谁也没有办法的事，你想要反抗，只能落得更加怅惘。

2000年的十年一次的同学聚会，林并没有到场，同学之间的变化都很大，大家各自也都成家立业，过着各自的生活，从同学那里了解到林在某个县的烟草局工作。

2006年，我患了场大病，虽不是癌症，但却接受了和癌症一样的化疗，头发掉光，面容憔悴，那大概是我人生最艰难的一年了。在此期间，林过来探望了我，这让我由衷地高兴。林在局里当上了局长，有着幸福美满的家庭。之后，我们互留了联系方式。

时至今日，中年的我已儿女成双，有着幸福美满的家庭，林也有着安定的家庭。过年过节，相互发个祝福短信，虽然平时并不联系，但手机里总是会有对方的存在。

大概是年纪一大，人就开始怀旧，偶尔想起自己泛黄的青春，和林的相遇大概是我最难得的美好了吧。过往点滴，再细数心间，还依旧沁着酸酸的味道。若是如今我再说后悔我们当初没有在一起，有些遗憾的话，恐怕只是落得暗自苦笑罢了。如今的我对生活的看法也早已是风轻云淡了，人生在世，也不过寥寥几十年而已，有缘相会，识君一场，如今岁月安好，这已经是上天最好的安排了吧。

流鼻涕的小男孩

龙妮妮（河南省）

无论刮风下雨，还是晴空万里，也不论是夏日骄阳，还是冬雪纷飞，他总是最后一个到班。每每他瑟缩地站在班门口，低着头，很轻微地喊一声："报告！"沉浸在课堂中的老师和同学们往往都忽视了他的存在。

等老师讲完一个知识点，让大家停下来自己领悟的时候，大家才意识到门口站了一个人，没有约定，却不约而同地，小朋友们会发出哄堂大笑。很多时候，有些小朋友会笑得合不上嘴巴，班上笑成一片。

他永远是低着头，满脸的黑，已经好多天没有洗脸的样子了。最让大家无法抑制大笑的是，他鼻子上耷拉着的那两"桶"鼻涕，已经一个手掌那么长了。随着他的呼吸，鼻涕收回鼻子里，然后又滴溜出来，一进一出，就像一幕电影前进后退、后退前进，非常好笑，然后，“扑嗒”一声，鼻涕终于掉下来了，可是紧接着，又两股鼻涕出来了，如此反复再三。

而他，永远瑟瑟发抖地站在那里，不吭声。

老师往往气不打一处来，想呵斥他两句，脸上泛红，嘴巴张了两下，最终还是忍住，低声说：“还不进去，怎么今天又迟到啦？”

他却不作声，低着头，径直地走到班上最后一排，安静地坐在那里。可是好久才看见他打开课本。

组长每次收作业的时候，都愤愤地说：“晓春，你今天还不交作业，每次都让我丢脸！”晓春不吭声，还是低着头，其实好几次晓春都想把自己辛苦了一个晚上做出来的作业交上去，可是听到组长这么说，最终伸了伸手，又悄悄地放了进去，鼻子一呼一吸，鼻涕又开始了有节奏的抽动，小组长嫌弃地皱了皱眉，赶紧走了。

很多时候，大家在玩游戏的时候，都已经忽视了他的存在，只有在放学时，那些调皮的男孩子，无聊时想要作弄小朋友时，才会想起他的存在。一堆小朋友拦住他，不让他出门，把他关在教室里，然后隔着窗户要他喊他们“大哥，饶了我吧。”

每次，他们都喜欢这样玩，可是晓春每次都不说话，也不求饶，静静地站着，看着窗户外的这些个同学，眼中有一丝委屈和倔强。每每很长时间晓春都不说话，只是望着，外面的男孩就会感觉很没趣，讪讪地打开了门，无趣地说：“走吧，走吧，一点儿也不好玩。”

很多年以后，晓春已经是一个很出色的发型设计师，在一个小城市经营着自己的工作室，有着自己的品牌和特色。晓春初中毕业之后就没有继续深造，而是选择了自己喜欢的发型设计这一行，而且经过多年的打拼，成就了今天的一切。晓春和以前的同学很少联系，也从不参加同学聚会。

每次都有人唏嘘感叹晓春的现在和过去，人生如意者不如意者心里都住着一个曾经的晓春和现在的晓春，也住着一个曾经的自己和现在的自己。

很多时候，人，总是看得太短，短到只能看见自己，看不到未来。

爱的颜色

张春燕*（河南省）

三岁那年，只因晚吃了一个星期那彩色的小药丸，小儿麻痹后遗症这个可怕的病魔便缠上了我。任母亲怎样流泪，父亲怎样叹息，都换不回他们女儿最美丽的一双腿了。从此，我的人生也便与众不同。好在我的父母永不放弃希望，在他们的关爱中，我和其他孩子一样上学了。少年不识愁滋味，我的童年过得挺快乐的。不能与伙伴们一起跳皮筋，我可以在屋子里看书。看各种各样的童话，也挺好。然而人总是要学着慢慢长大的。一次，读了安徒生的童话《海的女儿》，我哭了，我理解小人鱼，为了能有一双健康的腿，能与别人平等地站立在一起，我情愿付出我的生命，哪怕像小人鱼一样成为一堆泡沫。

因为腿不好，我家一直住在一楼。颜树搬来时，我正坐在窗前看《海的女儿》，小人鱼让女巫把她的尾巴变成一双可以走的腿，那样她就可以和王子一样站立着行走了。颜树的目光落到我的脸上，阳光灿烂。我使劲摇着轮椅，离开他的视线。

青春是在遇到颜树的那一天拉开序幕的。在此之前，我并没有那样在意自己不能行走这个事实。当颜树把手伸给我，说以后我来帮你上学时，我忧郁的目光落在了干树枝一样的双腿上。自卑像潮水一样涌上心头。

颜树住在我家楼上，他比我高一年级。每天早上他都等在门口，与我一同上学。那时，我很爱听他讲话。他的父亲是搞考古的，每年寒暑假，他都会随父亲去好多地方。而我的目光只停留在家与学校的两点上。他说：裳儿，你读过那么多书，将来一定会成为作家的。我淡淡地笑，抬头看见天上淡淡的蓝，像忧伤一点点在心头渲染开来。

我让妈妈去给我买漂亮的衣服，然后打扮自己，却每每在镜子面前发呆。颜树，他像树一样挺拔，而我，多想能和他站在一起呀！

我开始练习拄拐杖。妈妈用不解的目光看着我，我笑着说，站起来走路，会离梦近些。妈妈不再问。汗水湿了我的头发，手臂像木头一样麻得没了知觉，

---

*作者简介：张春燕，中国散文学会会员，《大河报》签约作家，《同步悦读》签约作家。

不知摔了多少个跟头，终于，我可以拄着双拐站在颜树面前了。我只比他矮一点点。他说，裳儿，干吗这么辛苦，我可以照顾你的。我轻轻地说我想站着和你在一起。他的眼里是不解，是的，他不会明白我这样一个女孩的心思的。

有了颜树的日子就仿佛有了色彩，他带我去各种我没去过的地方，遇到台阶或者楼梯，他就背着我。他的肩很宽，我趴在上面，呼吸着他身体的气味，多希望这长长的路和他一直走下去。

在斜斜的夕阳下，我闭上眼睛，许下心愿。颜树轻轻地问，裳儿，你的梦想是当作家吗？我摇摇头。我多想告诉他，我一遍遍地想，如果能站起来吻你，那该有多好啊！可是终于没有说出口。

颜树终于还是走了。他的目标在远方，他的脚步不会为我停留。他从来不知道我的梦想与他有关。

后来，我终于遇到了那个肯陪我走完长长一生的人。他肯陪我站在街边发呆，肯推着我的轮椅满世界找一本书，肯为我抚去心头的忧郁。我的笑容花一般绽放在爱情里。

我对他说，如果能站起来吻你，那该有多好啊！他揉揉我的头发说，傻丫头，这有什么难！这样就可以。说着他蹲下身来，我的唇吻上他的额。

我不是美人鱼，不能用踩在刀尖上的疼痛来换取站立的自由。幸运的是，我的王子肯为我矮下身来，和我一样目视前方，这就够了。

从桃园里开始和结束的初恋

孙三观*（河南省）

1997年中专毕业，一时工作没法满意安置。父亲在工商所上班，局里边正好有个改革组建计划，我的条件刚刚行，也就报名了。这可是全家人最大的愿望，也许是我今生最好的出路。等，一天过去了，一月过去了，一年也过去了，就是没有确切的消息。

农村的孩子结婚早，好多同学和朋友都陆续传来大婚的佳音，村子不大，周边村子不大，也不多，稀缺的姑娘眼看着一个个成了别人的媳妇，娘急了，伯父急了，年老的奶奶也时不时瞎念叨：“不小了，该成家了！”邻村有个叫

*作者简介：孙三观，河南省洛阳市汝阳县城管大队，现年37岁，爱好书法，文学。

张婶的大好人，在一个风和日丽的上午，喜笑颜开地跑进我家大门，跟我娘较劲地唠叨她村那个叫文芳的姑娘，18岁，虚岁19了，初中毕业，有点挑，长相还算俊俏，看我马上工作的份儿上，打算牵牵线。娘一听很乐意。我呢，早在深山老家已经闷坏了，现在能找个媳妇陪陪相信一定会增添许多快乐，艰难的时光如果能造就我一生的美满和幸福，也算知足了！

跟她，以前从没打过交道，只是简单听说，在张婶安排下，第二天下午我去她村附近的桃园里等她。春天的桃园生机勃勃，弥漫着花草清香。我比她早来到，激动地忍不住抽烟，还做了十来个深呼吸，看着鲜艳的花朵，内心有种说不出的兴奋。她来了，在园子外边轻轻呼喊我的名字。我一溜烟跑出去，小心翼翼地陪她回到桃园，生硬地扭过头，仔细打量身边这个未来的妻子。心想，挺好挺好，干净，朴实，透露着一股农村特有的厚道和正气。话没啥说，愣着不知道干什么，还是直说吧！

“文芳妹妹，不知不觉我们长大了，该成家了，时间过得也太快了！”我终于打破浓重的尴尬和安静，撂下这一句不疼不痒的话。

“不是啥，我娘逼我相亲好久了，我都没见，这次抵不过张婶苦口相劝才来见你，你能有个工作，能带我走出大山，我愿意嫁给你，不是我多么势利，而是好些人都这么现实！”她也是直言心怀。

“没问题，都沟通好了，就等时候。”我连忙接过话，骄傲地说。

“别太大意了，还要考试选拔的！”她说。

“没事，我学习一直不错，小事情！”

话说透就不好聊了，我请她陪我在园子里闲逛了起来。时不时说一些无趣的乡村闲话。天快黑了，她要回去，我也不便挽留，随口问及以后何时见面，她说：

“别太频繁，一个月一次就行了。”

我追问道：“想我不？”

她回应：“我只在乎能否真的永远跟着你，不用讲浪漫，离得又不远，知道彼此都好就行了！”

工作还是没有音讯，父亲忙，又不怎么回来，偶尔回来也不大说这事，总是斩钉截铁地咬定没问题，肯定还要等。我的心像猫抓一样难受，甚至想找茬和父亲好好吵一架。时间过得太慢了，我想文芳，我也不图浪漫，只盼着让她陪我一步步安稳地过日子。除了零零星星帮娘干点杂活外，好多时间都在空想中度过。

一个月过去了，文芳回话说家里忙不能见，又一个月过去了，张婶这才通知我第二天下午去老地方见面。天已经热了，我简单提了两瓶汽水来见她。文芳更好看了，单薄的衣衫遮不住成熟的美丽。我们聊得还是老话题，很难再想出谈些什么，农村明显的苦累和烦躁谁也不愿讲，前些年外边接触的新奇见闻，在村子里好似童话一般不现实。我还是请她陪我在园子里转悠，枝头上快熟的桃子像我俩一样，寓意着即将到来的丰收。我头一热着魔般地提出亲她，没想到被回绝得那么干脆："不行，再这样以后就别见面了"。我强压住乱蹦的心脏，想想反觉得有道理，起码人正派，值！随后我俩的话都不多，转了很久她走了。

一个月，又一个月，我等不行了，我要工作，我要娶文芳……情绪渐渐开始失控，张婶急，娘更急，不断地往镇上跑给父亲打电话，还是没戏，不知过了多久文芳跑到我家来找我。家里乱腾，鸡猫牛狗猪的，我和她相伴还是去了那个桃园，照样子转了好久，话几乎没说，文芳看我那个低落的样子，羞涩地对我说："观哥，如果真爱你就亲我吧，只是别有其他要求"。什么？我怀疑自己的耳朵，然后疯狂地扑上去亲在她脸上和唇上，感觉根本就没啥意思，折折腾腾一阵子反而不舒服，一切美好的事情还是要等到娶她那天再说。

回到家里我日夜思考如何再次亲她，甚至借阅一些谈情的书籍。一个月，一个月，又一个月，我想去找她，文芳对张婶说不让，好像有谁在幕后指挥着，天大的苦恼最终消耗在一日日劳作中。快春节了，张婶满面愁容来到我家，跟我娘边叹气边抱怨：

"快一年了，订亲吧，咱这边条件不成熟，等吧，人家等不起，她娘说了，嫁谁都是嫁，只要顺畅，不受罪就行，我听说外乡也有人提亲，谁也没法，看在孩子们挺般配、懂话的份儿上安排再见一面，话说开，以后都不留啥埋怨！"

我在旁边大发雷霆，疯狗似的冲着张婶乱叫：

"你快走，算了，不见了，从此她走她的道，我过我的桥，找不下老婆我也不要她！"

娘可是慌了，边抹着脸上滚落的泪水，边伤心地说：

"观听话，做事要有礼节，要扛得起，文芳是个好姑娘，不是还有她娘嘛，你去吧，别惹人家不开心，要怪就怪你爹娘没本事，怪你自己命太差了！"

夜里我不知一个人喝了多少酒，哭了多少回，跪在爷爷的牌位前，诉说这坎坷伤心的命运。第二天下午头昏脑涨地来到桃园，文芳不知等了我多久，眼睛也是红红的：

"哥，不瞒你说，我娘想让我嫁到外乡去，咱这里太穷了，那个人我没见过，我娘替我去看过，听说在外边做生意，她老人家挺欢心，我真的很难，细想想咱俩就这样算了，别恨我，你再努力读点书，以哥的才学出路肯定没问题，中学一直前三名谁不晓得，又上了个小中专，其他好多同学不早已参加工作了嘛，你也能，工作以后也要找个有工作的，漂亮的，爱你懂你的，妹妹永远祝福你！”

我石头一样站在那里，好久都没有动，只是呆呆地问了句：

“文芳，还可以亲你吗？”

她仰起脸，慢慢闭上眼睛，我把我所有意会到的吻，狠狠地亲在她脸上，脖子上，衣服上，头发上，把所有的伤心通通抛在了脑后，泪水又一次止不住掉下来，不间断滴落在她温暖的身上和地下的枯叶里。

好久好久她轻轻推开我，眼睛饱含着不舍的泪水：

“哥，我喜欢你，你忘了我吧，今世无缘，来生相聚，你会等我吗？”

我彻底哭了，拼命地摇头。

以后的日子我心情非常低落，干活更加卖力，每当深夜想起文芳的时候，我会听她的话认真看一些应试的书本，2000年全国市场管办脱钩，我顺利参加了工作，后来有了家庭，昨天夜里喝醉酒，忍不住给老婆讲起了这段她从没听说过的往事……

我们不说再见

燕之群（河南省）

壹

四年前的今天，我遇见了你，整整四年。仔细回想下，我们之间算什么？爱情？不是，因为爱情是相互的，彼此有回应的。我对你的爱，从来就没有得到过回应。自始至终，这所有的一切，也不过是我一个人唱的独角戏罢了。

张爱玲有一句话说得很好，她说：“我爱你，关你什么事，千怪万怪也怪不到你身上去。”是的，你不懂我，我不怪你，你不爱我，我也不怨你，谁让我要爱上你呢？

难以忘记，初次相遇。你是如此的光芒四射，照亮了我的世界，开启了我生命中的另一扇大门。你那温暖的笑容，如春风十里般瞬间融化了我这颗冰冷多年的心。我在远处默默地看着你，温文尔雅，温润如玉，所有美好的词语用在你身上都不为过。偷偷地记下了你的一切联系方式，手机号码，QQ号码，微信。

你空间里所有的文字我都当作阅读理解来读，我甚至连你在下面评论的回复都不放过。你在朋友圈里发的每一条动态，我都恨不得用放大镜过滤一遍。

你的每一张照片，我都看了又看，直到眼睛泛酸，双眼含泪。

因为我，清楚地知道，你那么好，可是你，不属于我。

与君初相识，犹如故人归。天涯明月新，朝暮最相思。

贰

还记得我们一起去郊外散步，那是我们第一次单独在一起。我穿着白衬衫，牛仔裙，你穿着休闲T恤。温柔的风，轻轻地吹着，远处的星星，一闪一闪地眨着眼。走在你的身旁，余光中看着你的侧影，听着你温柔的声音，我沉醉地像踩在云端里，脚下软绵绵的。一切是那么的美，暗暗祈祷，如果时光能够停留在此刻，该多好！

还记得我们第一次吃饭，那是个初冬的夜晚。我点的是黑胡椒牛排，服务员浇黑胡椒的时候，你提醒服务员：少放点，小心辣。你把你盘中的虾和鸡蛋挑给我吃，和我说：多吃点。我让你尝尝水果沙拉，你也很自然地吃掉我手中的一块。一切是那么和谐亲切，亲切的就像我们认识了好久好久。

还记得，我们一起看夕阳，你说，黄昏的夕阳最温柔。从此，我爱上夕阳，每到黄昏，凝视着远处的夕阳，就想到你。

还记得，你答应过我，在春天，和我一起，走上一条美丽的山路。如今，又一个春天过去了，也没等来你的身影。

曾幻想过多次，牵起你的双手，投入你的怀抱，可是，面对淡定的你，我总无法往前多走一步。你是那么优秀，竟然让一向骄傲自信的我感觉有些自卑，时刻提醒自己要努力，让自己变得更好，来和你站在一起。看着你，掩饰不住的情意轻易就流露在眼底。我明白女人不该主动，我也很想欲擒故纵，可是，我做不到，所有的小伎俩我都舍不得用在你的身上。我只想让你知道我的心，明白我的爱。

是的，我爱你，不好意思，刚认识就爱上你。爱你就要告诉你，大不了连朋友都做不成，反正我不缺朋友，只缺你。

叁

生平第一次放下矜持，不顾一切，毫无隐瞒对你的爱。我的爱，很珍贵，从不轻易说出口。那么多年，我一直深藏着这句话，遇到你，我没有丝毫犹豫的就说出来了。

我不是一个暧昧的人，我始终相信，如果爱，就深爱，如果不爱，就离开。你一直地沉默，也许就是你最好的回应。在我决定放下一切的时候，你来了。你总是这样，在我失望的时候，给我希望，在我期待的时候，又给我绝望。

你告诉我，你也很珍惜我，珍惜我的这份单纯的爱，你也喜欢我，可喜欢不是爱，你是不爱我的。

没关系，我说，你的爱太沉重，我只要喜欢就够了。即使疼痛弥漫全身，我也故作轻松。

你问我：是什么样的爱可以让一个清高的人低到尘埃？思忖了好久，我不知道该怎样回答。多希望自己也可以像林徽因女神那样浪漫地说：答案很长，需要一辈子来回答，你准备好要听吗？

可是，我有那个资格吗？

肆

我在说说里写下扎西拉姆·多多的一段话：除非铃兰，不愿在你经过的路旁开放，否则，我不说；除非月光，不再在你温过的酒里徜徉，否则，我不说；除非手指，不能在你读过的书上旋转，否则，我不说；除非，你一眼就把我看穿，否则，我不说。

你留言：除非时光，让我仍是当初那个少年，否则，我不说；除非夕阳，再次照耀二十年前的某一个黄昏，否则，我不说；除非轮回，真的能够让一切重来，否则，我不说；除非，你能从十七岁那张照片中走下来，否则我不说。有时只有三个字，却是一生的承诺，所以，我不说。

你或许不知道，看到后，我跑到楼顶哭得一塌糊涂。我想，不管你爱不爱我，能遇见你，能拥有过这一切都值了。

塞万提斯说："爱与死有一点相同，不论帝王的高堂大殿，或牧人的茅屋草舍，它都闯进去。"人的一生，有多少爱曾经光顾，我不知道，我只清楚自己从来没有这样投入地爱上过一个人。即使在豆蔻年华，情窦初开的时候，也没有过。遇见你，所有爱的细胞全部绽放，我突然感觉这个世界变得如此温柔美好，一朵小花，一棵小草，在我眼里都充满诗情画意。

其实，我应该感谢你的，就像三毛所说：感谢你赠我一场空欢喜，我们有过的美好回忆，被泪水染的模糊不清，每当想起，记忆犹新，就像当初，我爱你，没有什么目的，就只是爱你。

可是，如果能回到从前，我会选择不认识你，不是我后悔，是我不能面对现在的结局。

伍

偶尔，心里也会如郭襄般碎碎念：倘若我早生十年，倘若你先遇到我，或许你就会爱上我，或许我们也可以在一起。可是，这世上没有什么假如，也没有什么来生。

习惯在深夜向你道晚安，你依旧沉默，因为你知道晚安的另一层深意，所以你不回复。有个男人给我道晚安六年了，我也从不回复。有天夜里我突然想问问他为什么一直坚持？他秒回：因为我在等你转身看到我。我瞬间石化，他不就是另一个我吗？我不是一直也在痴心妄想的等你转身看到我吗？可是我清楚地知道，我不爱他，即使再有个六年，十年，我也不会转身。不爱就是不爱，这和时间长短一点关系也没有。

那个深夜，我辗转反侧，一夜无眠，想起你也说过，你不爱我，我却常常刻意地去忘记这个事实。

曾经和你说过很多次再见，可是终究熬不过对你的思念，抵不过你的一个笑脸，就这样反反复复地纠缠。每次给你发信息你不回，我这边傻傻地安慰自己也许你忙，也许你没看见，那边却在朋友圈里看到你刚发的最新动态。那一刻，内心的失落，无法用言语表达半分。无数次的失望，慢慢就变成了绝望。对不起，我累了，这次我真的累了，我不想再去等你心血来潮给我的一个信息，我不愿再去猜测你的爱和喜欢的区别，我也不要再去默默地期盼着你的到来。

即使心酸，也得承认，这世上有很多事情，只要通过努力就有回报，唯有感情，是无法用努力来衡量。不要去叫醒一个装睡的人，更没有必要陪着一起装，因为一切真的没有意义。如果他爱你，你的爱对他来说是温暖，如果他不爱你，你的爱对他来说就是打扰。

既然不爱，那就离开。请原谅，之前，我对你那么多无理取闹的打扰。

陆

今天是五月三号，阳光一如四年前初遇你的那个午后般灿烂绚丽。

就在今天，我们不说再见，人生的路还有那么长。也许有一天，我们还会遇见，但愿到那天，我能坦然地站在你面前，平静的和你说一句：嗨，你好，好久不见，你还好吗？

有一个人，一直住在心里，却告别在生活里。忘不掉的是回忆，继续的是生活，来来往往身边出现了很多人，有一个位置，一直没有变，一直不会变。就让你静静地居住在我的心里，如同满月居于夜空。

灯火阑珊处，总有一些执念难以放下，诉说着昔日的一往情深。蓦然回首，那个穿白色衬衣，笑起来温暖如春的男子依然如四年前初遇时那般的光芒四射。时光是最好的记录者，一路的花瓣和暗香，芬芳着如烟的过往。停留在记忆深处的那一抹相思提醒我，曾经那么用力地爱过一个人。遇见，已足够怀念，爱过，已足够幸福。

遗憾，虽然疼痛了擦肩，但总有一些回眸温暖了岁月。最初的美好，光阴会记得，我会记得，我相信，你也会记得。

我们不说再见，愿你安好永远！

2016年5月3日深夜

幸福像蜜蜡一样

张卫灵*（河南省）

今年是我和马先生被称为“水晶婚”的纪念年。马先生悄悄为我精挑细选买的一蜜蜡原石，经其亲手细致打磨，最终做成水滴形挂坠儿配上彩虹配链送我。对于蜜蜡——大自然赐予人类的天然宝物，我知之甚少。由于这份“心意”的到来，方对蜜蜡多加了关注。原来，在它历尽沧桑的数千万年背后，除独具瑰丽、怡情、美饰、防病治病、修养身心之用外，也像蜜蜡本身的名字一样：蜜与蜡已胶粘的不可分割，暗含纯洁、神奇、永恒的爱情之寓。

回首与马先生并肩走过的十五年，似水流年的日子，分明看见在人生这段不算长又不算短的旅程里，我和马先生正一起采撷如蜜蜡般温润的幸福……

马先生与我同岁，与他牵手，缘于媒人介绍，相识在十七年前的初夏时节。当初与他有过同窗之谊，但从上师范直至参加工作，8年间却也从不曾会面。媒人说起方才唤起对他依稀的记忆：那个小平头、小个头的他……如果是他，现在会是什么样子？高大英俊吗？还是同名同姓？带着种种疑问决定先见面再说。见面后确定是他，只不过平头变成了偏分，个头依然不够高大，长相不算有型，但也给人以清爽端正之感。我有强烈的“双眼皮”情结，所以，决定与他交往试试看的真正原因是他有一对双眼皮的大眼睛。考虑到单眼皮的我要真与他结为夫妻，后代也能有双漂亮的双眼皮大眼睛！

在与马先生最初的接触中，似有一股莫名的缘由在暗地里操控着我，在我没有对他怦然心动时找不到任何分手的理由。那时，晚上我要到县里的青少年活动中心兼职辅导孩子们上琴课，除去他要值夜班，总会风雨无阻地等我下课，然后送我回家。而这段骑车仅需要十分钟的路程，却能被我俩各自推着自行车

---

*作者简介：张卫灵，教师。生活格言：努力地生活，做真实的自己！

边走边聊走上半个小时。渐渐地，回家的路上，我也习惯了这种陪伴，习惯了下课后走到楼下看到他对我凝眸微笑的眼和那张清爽宜人的脸；习惯了他因我俩交往时间不长，担心送太贵重的礼物我不会要，而选择在我的车篓里放一包不容易被拒绝的口香糖或香甜果冻。而后当我回家拿来口香糖、果冻分与我的小侄女时，竟也开始在心里悄悄回忆起和他在一起的时光了。

每个人到了恋爱的年纪，大抵都会期待一场轰轰烈烈的爱情。我也一样。但我已经以老土的“相亲”方式开了头，虽然不是一见钟情，我想可能我会在对的时间遇上对的人，也许能遇上“日久生情”的他？但马先生的第一次表白，一点也不浪漫。那是交往一个月左右，晚上见面坐在马路边乘凉，他神情严肃地对我说：“我觉得我对你很认真，已经很喜欢你，如果你觉得咱俩不合适，早点告诉我，不然我怕受伤太深。”我能理解：或许相亲的方式让人感觉都是奔着能否结婚去的，而我们还没有交往多长时间，也没到能确定恋爱关系的地步，我的态度没能让他吃到“定心丸”。这样突然的告白，让我惊讶而迷茫。但是，当我看到不善言辞的他，满眼诚意，让我真切看到了一个对感情认真的人。于是，就暗思那句“给别人机会，也就等于给自己机会”就决定再接着试试看！暗愿我俩真能培养出感情来！

马先生特别不喜热闹喧嚣，所以我俩的恋爱时节偶尔会到歌厅唱几首歌，舞厅是从来没进过的，最常用的约会方式就是一起“压马路”。累了在路牙边铺张报纸坐下休息一会儿。有一次，走累了，我接过他递来的报纸，习惯性地一撕为二，准备他一份我一份坐下。他开口说话了：“真希望你不把报纸撕开……”言下之意就是如果不把报纸撕开就可以坐得离我近点。再有，刚谈恋爱时，我经常自己骑车子赴约，而每次见到我自己骑车出去，他就会一脸失望：“你不骑车出来多好……”哎，真够傻的！其实我也向往像电影《山楂树之恋》中，男主人公老三骑着自行车，后座上的静秋幸福地将头偎在他背上的画面，是何等的浪漫？但被他这么一说，为了留有女孩子的“矜持”，我也只能笑笑而已。在很长的一段时间里，两人的约会，我依然保持着撕开报纸，也保持自己骑车前去的习惯。傻傻的、木讷的他，何时能明白感情也是可以“水到渠成”的？

就这样，被他的“木讷”所打动，被他的“傻气”吸引着，被他的“诚意”堵着口，在恋爱的两年多时间里没能说出分手。一直从相识、相知、相恋再到牵手，一路行来，感叹岁月流逝，也感恩相伴而行，我们已走过了十几个春秋。结婚久了，日子也从新婚的激情中趋向平淡，但简单的生活不乏温情，忙碌的日子不减关怀，争执的时候不忘宽容。恋爱时的心绪已升华为家人亲情，为他喜为他悲了。

现在想来，马先生的魅力在他的内敛、深沉和睿智，恰似此时悬于吾胸前的这枚蜜蜡，时有缕缕暗香浮动，周身散发着平和、坚定和值得信赖的赤诚。他带给我和孩子的是层层爱的叠加和守护。我想我们会在下一个、下下个婚姻的十五年，因为牵了手的手，而一起幸福开心地走……

朱霞映晚日，落红洒江天

——祭萧红

郭雨曦*（黑龙江省）

静静站在呼兰河畔，看着落日余晖给呼兰河镀上一抹金色。微风拂过，这不知曾带走过多少兴衰存亡的河水泛着微波，缓缓流淌。可能因为出生在你的故乡，与你喝过同一条河水，读你读过的学校，一提起你心中便总能涌出莫名的亲切。我常喜欢站在呼兰河边、静静地在脑海里勾勒你的模样，不只是因为你吟咏过这里，更是因为我会想，你也曾这样伴着晚风、神思飞扬地站在这里，静静地望着这条母亲河、欣赏落日的余晖，被粼粼河面触发无尽思绪。曾想提笔，为呼兰河续诗一首，挥毫写罢，却蓦然发现诗里面满满的尽是你孤寂的背影。微风时时拂过我的脸颊，我也仿佛穿越时空的阻隔感受到了专属于你的气息。欣赏着你欣赏过的风景，追寻着你追寻过的脚步，我才会觉得，我可以在茫茫的无尽里，触到你的一丝思绪。

想起年少的你，眼前常会出现这样一幅画面：一个不大却满园生机、满目翠绿的后花园，伴着春日的暖风，懒懒的阳光，玫瑰的馨香，一个快乐的女孩尽情地奔跑，发辫飞扬，笑容灿烂明艳，竟毫不逊色于草丛中的鲜花。身后白发鬓鬓、慈眉善目的爷爷远远望着你，带着宠溺的笑容，可能也有不易察觉的哀愁。一切简单又不起眼的小事在年幼的你眼中便是满满的幸福。那是怎样的美好啊！少年不识愁滋味的玩耍定格成了你永恒的快乐！

但上天从不会为一个天才制造幸福，即使有时候真的赐给了她幸福，但也往往伴随着毁坏。长大后，烦恼与忧愁多了，你身为处于那个时代的女子，好多事不再有机会由自己来掌控。但自由是你心中永远不曾倒下的旌旗，倔强刚强的你面对家里的逼迫做出了刚烈的抉择——逃亡。漂泊在外的你迷恋上了写作，从此心灵有了停靠的港湾。你是文学的精灵，隽秀的笔尖轻盈流转，留下

*作者简介：郭雨曦，生于萧红故乡，大学本科在读，热爱文字和中国传统文化。

了一篇篇清丽而深沉的华章；笔端飞扬出的文字轻灵唯美，在人们的面前勾勒出一个真实的萧红。你以独特的文风，以30年代文学史上的洛神的姿态和高度占据着人们的心灵。如果说鲁迅的文章如匕首和投枪一般锋芒锐利，那么你的笔则是细腻深刻的雕花的刻刀，以忧郁、伤感，却又平实、清丽的笔触刻出了东北小城自然秀美的景色，淳朴却也愚昧的民风，更刻出了你灵魂深处的坚韧与不屈。

但幸福的短暂出现，仿佛只是为了以后的失去做好铺垫。上天仿佛就是喜欢和你这样的人开玩笑，怕给你太多好会显得不公平。爱情与逃亡的道路却远比你想象得艰辛的多，你曾以身相许、约定终生、患难与共的萧军和被你看作人生另一个转折点的端木终究都没能让你成为幸福的新娘。不论你多么努力地想用自己的手抓住那来之不易的幸福，不论你多么努力地靠近和付出，可是到头来终究还是一场空。你从张家千金活成了这般颠沛流离的模样，你寂寞过，挣扎过，愤慨过，可那又如何呢？繁华过后，还不依旧是形单影只地靠着冰冷的窗，吞吐着冷漠的烟圈思考你的文字和未来。幸福温暖这种东西啊，在你的一生中始终是奢望，你人生中的悲剧也许只是上天残忍地安排在你这样的天才生活中的素材。

但好在命运的不幸、情感上的空虚，虽使你身心濒临崩溃，却没能阻挡你创作的脚步。相反，你更依恋写作，把自己放逐在文字的海洋里徜徉，这样才有了让我们缅怀至今的才女萧红。凄婉细腻的《呼兰河传》是一幅多彩的风土画、一串哀怨的童谣；透彻深邃的《生死场》则是对生命不屈的呐喊，更是你用女子之躯追求民族觉醒、人格平等、爱情尊严的信念。你的文字无一不是你用心血催开的艳如啼血的玫瑰。你笔下人物的命运多数是可悲可叹的，能创作出悲剧的人，她的生命必定阅见过世间百态的凄凉！

秋叶都老尽了！颠沛流离之中，病弱的你再经受不了身体与精神的双重折磨。都说人临死前脑海中会浮现出最牵挂的东西，病床上弥留之际的你眼睛里是否映着呼兰河的波光和故乡的火烧云？是否看到了被晚霞映红的祖父的和蔼可亲的面容？梦里后花园的花应该盛开了数度了吧，但醒来却发现一切的美好都成了染血的碎片，不得不想起，但一想就不免被割得伤痕累累。“我将与蓝天碧水永处，留下那半部《红楼》给别人写了……”短短三十年，你还未能燃尽自己的才情。如斯才女孤寂地葬于浅水湾，你的遗愿是否还是重回依恋的故园？“少小离家老大回，相音无改鬓毛衰”，儿时的你天真无邪地随着祖父念这首诗时，可曾会想过，多年后的自己少小离家，虽乡音未改、青丝未霜，却终是病故他乡，没能再看一眼自己热爱的土地？苦难的尽头是死亡，你终于走到了尽头，虽有不甘，却可以歇一歇了。你走的那天，呼兰河，哭了。

有时我不免会想，你的命运真的应该如此坎坷吗？若是平淡一些呢？如果不是被父母逼婚逃亡，或许，你只是小城中一个再普通不过的妇女，相夫教子；不是危难中遇到生命中重要的几个人，或许，你逃亡的路会更艰难悲惨。蓦然醒悟，你的命运本该如此，如写好的剧本一般，一步一步，踏上那艰难、充满磨砺的征程，千锤百炼后才涅槃出如今的萧红。你更像黑暗中的一根火柴，霎那光芒燃尽自己的生命，却发出了令人震撼、令人向往、令人永生铭记的光辉。

夕阳拥抱着宁静的呼兰河，天边依旧照耀着你童年的火烧云，“一会儿红彤彤的，一会儿金灿灿的，一会儿半紫半黄……”染红了半边天。眼前的呼兰河水静静地荡漾着涟漪，观望着一代又一代的人出生、老去。当年的你有着激情如火烧云般的热烈；也有着深沉如故乡河水般的宁静。但是，那么矛盾的个体却从来没有抛弃过自己心中永远燃烧着的梦！不知现在的你，在哪里看着这火烧云？

太阳就要落山了，那片片绚丽的火烧云却忠诚不改。我突然想，这样的一片片云彩，如果在今天的你的笔下，又会是什么样的呢？是饱含你那暖暖的柔情，还是朗朗的豪情？是凄美的殷红，还是那壮美的嫣红？

遥想当年骑竹马

黄祥鑫*（湖北省）

小时候我家很穷，值得炫耀的是我家有几匹“好马”。伴随我走过儿时的秋冬春夏。兜兜朋友（女娃除外）常在马上杀来杀去。

我六岁发蒙，读了两个月，已啃完了好几本《三字经》，大人说我不是读书是吃书。每天下午是描红，我最怕写的是自己的名字。虽然穷，可是“金”字堆成山。从正月十五到五月十五就结束了一年的学业，如此连续了三个“麦子黄”。这就是我的学历。好在家里人对我的要求不高，能够认识自己的名字，会算“老巴子”账，能给祖宗写个“包袱”就行了。字认得再多也不能够填饱肚子。

---

*作者简介：黄祥鑫，男。出生于1938年12月。湖北荆州沙市区人。中学高级教师。皈依佛教。在戏曲、诗词、书法、书法理论研究、歌曲、剪纸、楹联、篆刻、佛学、书画装裱等诸多学科均有所研究。

从我开始懂事起，小时候遇到的人和事，至今记忆犹新。那是一九四九年的夏天，正是乡下收割豌豆麦子的时候。一天夜里，我们家来了几个人，听说是向我们借个位子落歇，大人说："我们家很穷，很得罪客人"，借宿的人说，"就在堂屋里搭个铺，有我们在，谁也不敢闯你们，你们放心，就说我们是亲戚"。大人在堂屋里说话，我在床上听得很清楚。此时此刻我的心里还蛮高兴，我最喜欢家里来客人了，客人会给我买糖吃。第二天早晨，我抱着很大的希望想见见客人，当我跨进堂屋里一看，吓我一大跳！原来我的面前有七八个人，个个怀抱着"枪"，和衣而睡，那可是真家伙。不像我们小伙伴挂竹枪，骑竹马，那吃糖的想法早已没有影子了。这年我十一岁。

吃完早饭，各家各户都忙于收粮食，栽秧割麦。反正我打着一个灯笼满台跑，从村东头到村西头忙于上树摘桑枣子吃，吃得满嘴乌黑。大人有规定，只是不准到沟旁打"泅泡子"，一旦知道了，有一顿好家伙吃——"竹笋子搞肉"（挨竹板子），这自然是免不了的。

天气越来越热，我家的客人不停地来来去去。这些客人当中，有三个人与我混得很熟。据说是江陵沙岗人：刘为刚、王大刚、刘大一，他们经常对我说，"天下穷人是一家人，等不久的将来，我们把那些'长牙齿''狗腿子'打光了，生活一天天会好起来的"。所有的叔叔都喜欢我，夸我很乖。

有一天，我记得特别清楚：一位叔叔对我的父亲说，今天你们早点收工，晚上哪里也不要去……

那天晚上发生了什么事，大人们讲的话我听不懂，于是我很快睡着了。第二天逢单，正是黄家场赶集的日子。天刚麻麻亮，赶集的人从四面八方而来，有沙市的，资福寺的，岑河口的，杨场的——在这里交易着柴米油盐、绸缎布匹、土产、水产、蔬菜、篾货。这天很特别，可以说是群情振奋，听说昨天夜里岑河口打起来了，街上的跑步声、狗叫声，枪声很闹了一阵子。

听到爹说（房族上叔叔）："区公所的兵动了吹火筒，把墙打了几个洞，向外开了几枪就熄火了，不经打，三把两下子就被打跑了"。自那以后区公所的牌子不见了，换上了"江陵县岑河区人民政府"，那些穿长衫，拄文明棍的人不见了，门口站哨的好像有在我们家住过的人。

由于当时的时局不太平，人心惶惶。大人对我看得很娇，平时我打个喷嚏都很担心，我家离岑河口又很近，怕有三长两短，所以就把我送到祖父的老家——刘家花园。那是个湖区，离岑河很远，但相对来说很安全。我之所以喜欢去那里玩，是因为在刘家花园可以吃到几餐大米饭，还可以吃到莲子米、菱角、鱼、藕。可是那里的爹爹婆婆对我也看管得很紧，仍然不准我打"泅泡子"。这样我玩得不痛快，感觉没有意思，于是我常常吵着要回家。回家对我来说至少有两个“自由”：一是“打灯笼”，二是“骑竹马”。同时也想看看我们家还有没有叔叔们来往。

机会终于来了，刘家花园的香客香头正要组织一批香客到鸣凤山还愿，他们进香拜佛必须经过岑河口。我一可看热闹，二可回家。一路上我与香客一样学着磕头、放鞭炮，正经过举人台时，香客们都停下来了，这时迎面走来了一个扛着扁担的人对香头说：“你们还是回去吧，岑河口四面八方都设有哨卡，你们那么多人就不要惹祸了。”

过了陈龙垱，我就知道了回家的路了。离家只有十多天，现在家里比以前更热闹了。大热天，我家就挤住了十多个工作组的同志。那段时间对我来说，每天都有新鲜的事，而且一个比一个更新鲜。

第一次，我看到了温度表。那家伙好玩，一块小板子，安上一根玻璃管，里头装的是红水，而且有时看到它慢慢地升上去，两边标有黑线，还有洋码字。它能告诉你今天是冷还是热。

第一次，我看到了“铁驴子”。只有给工作组送信的通讯员才有资格骑上“铁驴子”。当时我就想：这“铁驴子”吃草吗？打蹄子吗？咬不咬人？每当“铁驴子”出现时，大人小孩儿都围着一边看热闹，一边议论纷纷骑这“铁驴子”的人真了不起！正当此时，骑“铁驴子”的人，故意把铃铛一按，吓得我们一大跳，还故意吓我们，就是不敢摸他的“铁驴子”。

第一次，我看到男同志和女同志在大白天里手牵着手，而且还甩地蛮带劲，其实我们这些小孩子看了都替他们不好意思。再看那个女同志既不扎辫子，也不梳巴巴头。她的头上连簪子都没有一根，一头短发，套上一个八角帽，胸前还挂着一支笔，样子显得很漂亮。那时候，只要你胸前挂着一支笔，就证明你是一个文化人了，如果挂的是两支笔，那就不得了了。

第一次，我听见了军人唱歌。唱起来简直叫人提精神，劲斗斗的。一个被叔叔们称之为文化干事的同志，从挎包里拿出一叠歌单子，我这个具有三个“麦子黄”学历的小伙计还认得几个字，只见单子上写着“解放区的天是明朗的天”，上面还有一大片洋码字，那我就不懂了。这个干事口令一发，不分男女同志马上排起队来，一声“预备起，唱！”文化干事的两只臂膀便用力地晃来晃去，“解放区的天是明朗的天，解放区的人民好欢喜，民主政府爱人民，共产党的恩情说不完……”难怪这几天人们都是很兴奋地传说一个消息——沙市解放了！这下我们可以过上安稳的日子了。

这歌声招来了男女老少，他们都说好听，但是没有一个拍巴掌的。因为这些农村人不习惯，没有见过世面。

第一次，我看到了毛主席的像。我记得有几个叔叔腰里都别着一把小枪，一个挎包。挎包里有好几本书，还有笔记本之类的东西，书的封面上有一位戴八角帽的领袖。他们问我：“小鬼，你知道他是谁吗？”我说：“不知道！”他们说，“他就是伟大领袖毛主席，是新中国的主席！你会不会唱《东方红》？”我说：“喜欢听，就是不会唱。”他们说：“以后我们教你唱！”

第一次，我听到工作组同志找我的父亲讲话，要他出来为人民当家作主，推举他当黄市乡乡长兼农会主席，大妈（母亲黄庚年）任乡妇女主任。还有肖光前，宋友贵，刘时权（乡武装部部长）。这些乡领导没有一个识字的，投票选举是用豌豆当选票。我这个十一岁，仅仅只有三个“麦子黄”学历的人，便是他们的“编外秘书”。他们不怕我办不好事，就怕我这个小孩子发脾气——哭起来，他们就不好办了。

第一次，我学写通知。字认得不多，写出来还算马马虎虎。反正是“河里无鱼虾也贵”。我记得一位姓彭的女同志，据说是高中生，从学校里出来的，她教我：第一行写“通知”；第二行写某某同志台鉴；第三行写“兹因某事，定于某日某时某地开会，有要事讨论。望火速前来，不得有误。”然后一行写“此致，敬礼”；最后写上乡长（我父亲黄发玉）的名字并盖章。写好后请人把通知送到每个人。果然，收到我写的通知的人没有一个不按时到会的。我这时候也自鸣得意，写的通知还真的起作用了。其实是乡长的名字起作用，人民政权起作用。因为我是乡长的儿子，这么小就能写通知，他们就叫我“小先生”。我知道我配不上这个称呼，但我还蛮喜欢听别人叫我“小先生”。

第一次，我看到我的父亲到区政府参加会议。有一天，我父亲中午回家吃饭，胸前还别着红布条，上面写着“乡代表”字样，在微风吹拂下，他显得特有精神。三天会议开完了，我父亲带回一大包报纸、书、画，还有相关政策、方针、扎根摸底、土地改革、大生产、依靠贫雇农、妇女解放、不准虐待童养媳……打开书报，里面有一张是开国大典，毛主席在天安门上检阅部队，真是威武雄壮！在当时，全乡只有我家有这一张画。还有刘少奇、朱德、周恩来的像贴在堂屋的中间，显得格外气派。

第一次，我到岑河口参加庆祝活动。活动的前三天，我家领了许多红绿纸，将纸裁成三角形。上面写上“中华人民共和国万岁”“毛主席万岁”“共产党万岁”。参加游行的人，人手一旗，那一天岑河口街上真热闹啊！远比每年划龙舟热闹一百倍。男女老少有的化了妆，有的衣着朴实，整洁，漂亮。街上鞭炮声、锣鼓声、震天动地；玩龙灯、舞狮子、采莲船、扭秧歌、踩高跷、耍花棍、打腰鼓。长长的游行队伍不见头尾，岑河大街、北场、南桥、豪桥、河东，人山人海。我从人缝里穿来穿去硬是看不够。晚上睡觉，我的耳朵里还在回荡着白天的声音。我几次从睡梦中醒来，口里还喊着“呛，呛，呛呛齐，齐呛，齐呛，齐呛齐——”

第一次，我看到了乡政府成立大会。这次大会自然有区里的领导参加，还有许多工作组成员，乡领导全体人员参加。不知道哪位领导在会上讲话，十分和气。他说：“同志们、老乡们、劳苦大众们，我们沾共产党的光，解放了，翻身了，当家作主了，但是我们还不能睡大觉，还要大生产，把国家建设好，还不能刀枪入库马放南山，要牢牢保卫我们的胜利果实。”当时我听不懂，但我记忆十分深刻。

最有意思的就是武装部刘时权部长的讲话。他的讲话使大家笑得直不起腰来。只见他扛着一杆长枪，急匆匆地跑上台，枪托把门板撞得轰隆一声响。这时台下有人打趣说：“刘部长，缓一点，把你的吹火筒扛好，别走火了。”他说：“没有关系，不要怕，这里头没有花生米，我只会耕田打土块，这家伙还没有玩会。”说完后，转过身来又对大家郑重地说：“我是一个大老粗啊，扁担倒下来是个什么字我都不认得，一个字两把叉，它不认得我，我不认得它。嗯，是不是的咧啊！这个，这个啊！大家不要笑嘛，我是穷光蛋，今天好容易沾党的光上台讲话。我过去讨过米，要过饭，当过长工，打过短工。我和老婆白天在地主家里搞，夜晚回来在自己家里搞，不分日夜地搞，搞过来，搞过去——”下面就有人说：“刘部长，缓点搞，再搞我们就笑死了。”当时会场的样子是下面的笑声使他讲不下去了，搞来搞去的话，大家听不下去了。因为当时人们对这个“搞”字接受不了，认为是下流话，所以下面有人议论：真是个大老粗，一点不假！背地里有人称他为“搞部长”。

第一次，我们家与别家敲伙（合伙）杀了一头年猪。虽然很小，但总比猫大一点，汤碗里多了一些圆圈圈，萝卜也变得好吃了。

这一年我有太多的“第一次”！别以为我在编故事，其实我是实话实说。当然对生在红旗下的人，他们一来到人间，便过上了天堂般的生活。

对我来说的那些第一次，人们可能也许是第一次听到，但人们正是因为有这样的许多的第一次经历，才能感悟到了我们共和国的成长与变化。

冰是睡着的水

薛梦成*（湖北省）

那一年我六岁，父母外出打工。他们牵着我的手，三个人慢慢走到村口。虽然是春天，但那天刮的是北风。妈妈蹲下身为我紧了紧衣服，轻轻地说："孩子，你在家要听话，妈妈回来了给你买玩具。"我高兴地"嗯"了一声。妈妈说完把我紧紧抱住，直到父亲说该走了，才松开我，眼睛红红的，轻轻地摸了摸我的脸。在她转身的瞬间，看到她颤抖的肩膀，我小声地问了一句："妈妈你冷吗？"她没有回答，只留下渐渐模糊的身影，消失在路的尽头。

在他们走后的第三个星期，我接到了来自远方的电话。听到那熟悉的声音，我异常兴奋，急忙问道："妈妈，你什么时候回来，我好想你。"电话那头沉默了片刻，然后说："你在家听话，我们过年就回去。""好啊，别忘了给我买玩具。"我高兴得又蹦又跳。放下电话后，急忙跑到爷爷奶奶的身边，向他们说了这个好消息。

在玩耍的年纪，时光似乎过得特别快。转眼快过年了，记得妈妈说过年就会回来，还给我买我喜欢的玩具。每天早晨，我都到村口去，等着妈妈回来。可是一直等到太阳落山也没有见到妈妈的影子，第二天没有，第三天还是没有。眼看就要过年，我的心像猫抓一样难受。

到了过年的前一天，还是没有等到，我一个人闷闷不乐往回走，身后是被夕阳拖得长长的影子。回到家，奶奶说刚才我妈妈打电话说今年过年不回来了。委屈的眼泪不住地往下流，我跑到空旷的房间，一个人躲在被子里。

第二年过年爸妈也没有回来，第三年他们还是没有回来。渐渐地，爸妈的影子在我的心中慢慢地变得越来越模糊了。

每年我还是会到村口，等着奇迹的出现。但等的人始终没有出现，渐渐地我也就不抱希望了。每当看到人家的父母回家，我的心总是莫名地难受。寒风凛冽，路边小河的水面已结了一层厚厚的冰。我忽然感到很冷，冷到刺骨，冷到心寒。看了眼身边的小河，我转身回家，留下小河的水，不断结成坚冰。

---

*作者简介：薛梦成，湖北襄阳人，现于河北石家庄求学。喜爱国学文化，热衷于钻研中华五千年璀璨历史，平时爱用散文随笔记录生活的点点滴滴。

多少冬天过去，小河的冰一年比一年厚。习惯了的等候，习惯了的失望，年少的心早已在寒冷中沉睡。只有走进那空荡的房间，一人独处，心里才能得到些许安慰。

在爷爷奶奶的呵护下，我渐渐长大。在外打工的爸爸妈妈偶尔也会往家里打电话，但每次接到电话，都是寥寥几句，好几次我还没说完他们就着急地挂断了电话。渐渐地，我也就不想说了，只是听着，然后挂断电话。

多年后，我考上大学，一个人背井离乡，外出求学。生活在外地，尽管早已习惯了独立生活，但是时间长了还是会感到生活的无奈。每次过节，虽然有一群热闹的兄弟陪伴，但还是感觉少了些东西。夜晚，躺在床上，看着天上的月亮，十分思念自己的亲人，想念自己的家。突然间，我想到了父母。十几年来，他们一直在外地打工，每到过年也不能回家，那他们岂不是日日受着煎熬。想到这里，心里对父母的怨恨就少了很多。

终于等到放假，得知今年父母早已在家，我心里有些激动。坐上火车，一路上脑子里都在想着回家后怎么好好孝敬父母，买衣服？还是买吃的？一时也拿不定主意。到家后，母亲看到我，急忙跑过来接我手里的包。望着这既熟悉又陌生的脸，我下意识地说道："不用了。"母亲的手僵在空中，脸上露出一丝苦笑，伸出的手收了回去。我只好一个人走回房间。坐在床上，我觉得刚才的做法有些不妥，于是又走了出去。

母亲正在洗菜，我静静地走了过去，突然，一缕十分显眼的白发吸引了我的注意。仔细望去，母亲银白的鬓发在风中乱舞，她的脸上也留下了岁月的痕迹。心里猛地一酸，忍住眼泪，我慢慢走了过去。"妈，我帮你吧。"顺势接过要洗的菜。过程中我碰到了她的手，她粗糙的手掌刺到了我，更刺痛我的心，眼泪不经意间流了下来。

我低着头，不愿让她看见我的泪水。"妈，这些年你们辛苦了。"母亲一下子愣住了。我抬起头，看见她双眼噙着泪花。"儿子，这些年我和你爸人在外面，但心却一直在你身上。我们给你的不够，让你受委屈了。"听到这儿，我的泪水再也控制不住，"妈，以前是我不懂事，今后我一定会好好孝敬你们。"她看着我，笑了，尽管眼中还含有泪水，但她笑得很开心。

大年初一在噼里啪啦的鞭炮声中如约而至，一大早我就起来，陪同父母一起去拜年。走在路上，我悄悄握紧了母亲的手，向她讲述我的学校生活，讲述我有趣的经历。望着她的笑容，我感觉和父母的关系近了。路过村边的小河，回头发现河面的坚冰在开始慢慢融化。

相聚的时光总是很短暂，返校前夜，父亲拿出酒要我和他喝两杯。酒过三巡，父亲便和我聊了起来。他说的很多，我也听了许多。我说："爸，等我毕业工作了，你就歇歇吧，别拼了。”他听完大笑，拿起酒杯，一饮而尽。我也拿起酒杯，一饮而尽。

临行前，父母把我送到村口。抬眼望去，小河的冰早已融化，缓缓的溪流在阳光的照耀下向前流去。

水结成冰，只是沉睡，情到深处，冰亦会重新化为水，冰是睡着的水。

奶奶，豆腐花儿还热着

袁点点*（湖北省）

去年清明节，我随母亲回老家给爷爷奶奶上坟，因事在老家暂住了些日子。那段时光，短暂而美好！

住在老家的时候，我偶尔会模仿奶奶生前的习惯。泡上一杯豆腐花儿，静静地，坐在老家那把老樟木椅上，默默地望着西面延绵的山丘，试图用这种方式追忆奶奶的过去。

咱们村儿坐落在群山环绕的盆地里，三面环山，只有西面的山丘中有个小缺口儿，那儿有一条通向镇上集市的小路。好多年前成淡黄色的豆腐花儿。这热乎乎的豆汁随着时间慢慢降温、凝固，此时奶奶就眯着眼，静静地凝望着西边的山丘，一动不动。家里的老花猫趴在她的膝盖上微微地眯着眼睛，享受着这宁静慵懒的午后。她一直这样静静地坐着，直到黄昏！小时候我很好奇，她为什么一直这么坐着，在看什么，看得那样入神？现在我同样坐在这里虔诚的模仿着她的样子，寻觅着……

我静静地坐在这把老樟木椅上，眺望着西面那片小山丘，那条通向镇上的小路，还有路边爷爷和奶奶的安息地。

奶奶生于1923年，8岁做了爷爷家的童养媳，14岁和爷爷正式结婚。他们生育了多个孩子，在那个食物匮乏、医疗落后的年代，孩子的成活率很低，最后只养活了四个。后来爷爷因为长时间劳累过度，患病去世，奶奶四十多岁，便成了失去依靠的寡妇。

爷爷去世时，我父亲才16岁，所以我从没有见过爷爷，只记得奶奶的房

---

*作者简介：袁点点，笔名白茶花，1992年出生于湖北省孝昌县大山深处，热爱生活，平时喜欢养花和宠物狗。

间里曾挂着一张，长得像鲁迅的陌生男子照片。照片就挂在常年被麻灰色的帐子遮挡的墙上，平日里是看不见的。只有奶奶把架在木床上的麻灰色帐子拆下来清洗时，才得一见。第一次看见那张照片，我很好奇，问奶奶：“这个男人是谁？”奶奶用鸡毛掸子，轻轻弹去照片上的灰尘，微笑地对我说：“这是你的爷爷，是你父亲的父亲，是奶奶的丈夫，他也喜欢喝豆腐花儿！”

然而年幼的我，对这照片上的陌生男子，并没有感情，我冲奶奶眨眨眼，笑着跑开了。等我再回来寻奶奶闹着要吃豆花儿，只见她正坐在那把樟木椅上，低头抚摸着爷爷的照片。陈旧、宽大的蓝色棉布衣服，耷拉在她那副瘦弱、干枯的身体上；油纸般暗黄的脸上，布满了一道道皱纹；银白色的齐耳短发，用菜籽油抹得光滑顺溜儿。她低着头，并没有马上回应我。发觉她的异样，走近她，轻轻地唤了声“奶奶”，她迟疑地抬起头，混浊的双眼里，堆积着的是思念和无奈的泪水。

那时还年幼，我不理解她为什么默默地哭泣。现在我正经历着婚姻，才体会到她当时的感受——她是在想爷爷！看着爷爷的照片，她想起和爷爷一起的种种温暖事迹。爷爷走得早，她独自一人，千辛万苦才把四个孩子拉扯长大，其中的艰辛不可言说。也许很多次她被生活折磨得绝望无助时，会想起她的丈夫。那个曾经给她一个家，给她温暖的丈夫若还在她身边那该有多好！

我有时候会想，爷爷在的时候，会不会把最好的豆腐花儿留给奶奶喝，就像奶奶会把最好的豆腐花儿留给我喝那样？

回忆最后一次喝到奶奶亲手冲泡的豆腐花儿，是一个初秋的黄昏。那时我16岁，在离村里很远的市里上高中。学校放月假，我已经半年没有回家看奶奶了，奶奶家里没有电话，所以很想她。我清楚地记得，那天学校一放假，我就背着早已整理好的行李挤上了回家的车，赶回镇上已是黄昏，回家还要走一段山路。

我背着行李，走在窄小的山路上，晚风吹动我的头发，夕阳把我的影子拉得老长，村中各家的屋顶上升起了袅袅炊烟。我又累又饿，尽管如此，我的心情是那么的愉快！刚进村，遇见了一位放牛归来的伯伯，我们笑着大声地问候彼此，我的心情更加好了。加快脚步，往家走，顺着环村的泉水沟，转个弯，过个石板桥，就是家了，奶奶应该在家等我吧！太阳快下山了，我终于走到了家门口的石板桥上。还没到家，我就大声喊：“奶奶，我回来了！”看见奶奶的那一刻，我的兴奋马上转为心疼。只见，一个孤单的身影蹲在泉水边的青石板上。她穿着一件枫叶黄的单衫，佝偻着背，干枯的双手握着一把形态大小不一的白菜，我知道，那一定又是奶奶等洗菜的人走后，捡了别人留下的白菜叶子，所以大小形态不一。我忍住心里的酸楚，走过去喊：“奶奶，我回来了。”她艰难地起身，迟疑地看了我一会儿，才高兴地握着我的手，连连说道：“你回来了，我的孙女回来了！”那一刻我才意识到，她竟然这么老了，眼睛和耳朵也有些不清楚，居然没能第一时间认出我来！我心疼地接过她手里的白菜，扶她回屋。

我们进屋后，她又欢快地忙活起来，一定要先冲泡一杯豆腐花儿给我喝了，再去做晚饭。我还记得，她将豆腐花儿的包装袋撕开，倒入杯子里，加入开水，然后拿起勺子，顺着一个方向搅拌，直至所有的粉末都均匀融化，盖上盖子，静静放置5分钟。豆腐花儿静置的过程就是它慢慢结块儿的过程。喝了豆腐花儿，我们一起吃饭聊天，那天奶奶格外开心。

再次看着老屋里陈旧的桌子，我脑海里会情不自禁浮现当年奶奶冲泡豆腐花儿的场景。

奶奶其实很爱喝豆腐花儿，只是那个年代豆腐花儿是少有的美味，奶奶自己很少喝，总是留着我喝。这种“豆腐花儿的爱”，一直从奶奶的那一代人传承到我们这一代人身上来。她曾说，以前的豆腐花儿，十分难得，因为制作的过程复杂，而且只有做豆腐的作坊里才有新鲜的豆腐花儿。豆腐花儿是黄豆磨浆然后加工的产物，加上白砂糖，就是香甜美味的豆腐花儿。不过一般只有过年过节才有机会喝到，后来才有这种可以冲泡的豆腐花儿。

这两种豆腐花儿的味道有差别，原来的豆腐花儿，是浓浓的豆香味，而冲泡的豆腐花儿，则是奶香味。豆腐花儿随着时间的流逝，舌头感觉到的味道发生了变化，而奶奶对爷爷的思念的依然不变，我对奶奶的追忆依然不变，为家族成员默默奉献的精神依旧不变。

而今，爷爷和奶奶长眠的那片土地依然承载着风雨，为子孙后代传承着亘古不变的“豆腐花儿”……

樱花盛开的地方情未了

朱慧慧*（湖北省）

“轰——轰——”火车沿着轨道慢慢地驶出了站台，窗外的灯光也随之渐渐远去，直到渺小成远方的一个点，消失在这无尽的黑暗之中。我喜欢这寂静

*作者简介：朱慧慧，现居湖北武汉，“95后”。对于文学，始终坚持我手写我心，总有更好的在下一稿，深信心中有文学的人运气不会太差。

的黑夜，它总是让我感到神秘，总是让我静默思考，总是让我期盼远方，也总是让我忆起过往……

这一次的离开倒不是说要来一场说走就走的旅行，亦不是为了探寻诗和远方，而是为了回到那个阔别已久的故乡。那个春季开满樱花、结满樱桃的地方，那个童年嘻嘻哈哈、爬上爬下的地方，那个村口闪着泪花、揪着心头的地方，那个爸妈欲言又止、转身独去的地方……

一番折腾上了车，早已疲惫不堪的我昏昏欲睡，似乎已经梦回故乡了。梦见故乡的樱桃，梦见童年的趣事，梦见亲爱的外婆。梦是那么的真真切切，我是那么的欣喜若狂，每一次梦见外婆都会喜极而泣。

我被车厢里嘈杂的人声吵醒了，靠在窗户上看着外面的明月想起了故乡，记忆中的故乡总是各种花儿交替盛开，春季的满目樱花，夏季的一池荷塘，秋季的遍山红叶，冬季的枝枝腊梅。如今正值人间五月初，想来该是樱花已谢、樱桃挂满枝头的时节了。

故乡因盛产樱桃而得名“樱桃沟”，一年一度的樱花节过后，樱花开始慢慢凋落。随后，树枝上会忽地窜出大大小小、绿绿青青、黄豆般大小的果子。又过了几天，樱桃树上的果实就由青紫变成浅黄、由浅黄变成浅红、再由浅红变成深红，就像一张张小红脸蛋儿，嫩嫩的，一碰就破，非常惹人喜爱。光滑的表皮像涂了一层蜡，在阳光的照耀下，一颗颗红樱桃鲜红欲滴、玲珑剔透，圆溜溜的挂满枝头，宛如一颗颗晶莹闪烁的红玛瑙。小时候，望见被叶子遮掩着的、若隐若现的樱桃，总是时而把它想成娇滴滴的新嫁娘，时而又把它看成偷偷躲在树上的小白兔的眼睛，偶尔凝视发呆。

樱桃的味道也是极好的，成熟的樱桃散发着淡淡的清香，让人忍不住流口水，小心翼翼地摘下一颗，放进嘴中，猛地咬下一口，齿尖划破果皮，渗入果肉，一股香甜的汁水沁入咽喉，直接流进了心田，让人久久不能忘怀，真甜哪！半熟的樱桃甜中带酸、清新而有韵味，倒也像青涩且又甜美的少女的粉色唇瓣。大概是果实太小的缘故，一次吃一颗根本不解馋，总会让人越吃越想吃。因此，我常常抓一把塞进嘴中，待到汁液悉数淌进喉咙，才一次性吐出核儿，总觉得这样才够爽够味！

故乡的樱桃形娇味美，让我无法割舍。而发生在故乡的童年趣事也最让我难以忘怀。我们一群小伙伴常常跑到豌豆地里捉蝴蝶，惹得大人追赶着叫喊，我们头也不回地进行着集体大逃亡；也常常偷溜到别人家门前摘黄瓜，使得拴着的狗汪汪大叫，转身做个鬼脸立马消失得无影无踪。

后来，爸爸妈妈将我接到了城里，这故乡的乐趣自然就离我很远了。犹记得离开家乡时，在村口，外婆闪动的泪花，她不停地告诉爸妈我平常的习惯，不停地嘱咐我要做个乖女儿，不停地说着让我有空常回来看看，不停地不停地……

离开后，故乡的面貌于我而言是一种模糊的怅惘，仿佛雾里的挥手别离。到城里读书的我日渐繁忙起来，从中考到高考，似乎每天的弦都崩得很紧，每天都有做不完的作业。父母常激励我考上大学去向大城市，否则就要一直待在这个山城之中。于是，每次回老家他们都不曾惊动我，希望我多花些时间在学习上。可是，我明白爸妈有多么的纠结，他们有多希望我成绩好就有多希望我能和家乡的感情好。有多少个夜晚爸爸和我谈到“根”的问题，他告诉我无论将来走多远，都要记得我的根在哪里，更不可沉迷于大城市的玩乐而忘记了家乡的人事。有多少个周末，爸妈回老家看望老人时总会在我的房门前彳亍一会儿，继而将门轻轻关上。我懂他们想说出那句“走，一起回去看看外婆”，却为了我的学习而最终没能说出口。我的主动请求也总是被他们驳了回去。

这一眨眼，才发现世事已把我与故乡远隔了十年。十年，走过多少个日日夜夜？十年，我与故乡相距多远？十年，我与曾经那充满童趣的回忆又想念了多久？

总是在不经意间想起故乡，刚要努力去回忆，却发现连模样都变得朦胧不清了。后来才懂得原来那是乡愁，是生生不息从古至今涌动在我们血脉里的对故乡的惦念，是一种无法抛却的如同落叶归根的情愫，是这样一种淡淡的如水般的愁绪……

就像席慕蓉说的那样“别离后，乡愁是一棵没有年轮的树，永不老去”。这几年乡愁也开始在这样夜深人静的时候悄悄袭来，好似阵阵凉风掠过荒原，颇让人感伤。

有句话说得好，“离开是为了更好地回来！”还好还好，这一班回家的列车我没有错过。只是，回家的路总是那么漫长，窗外的一山一水都是我日日夜夜想念的元素。待到归家时，定要好好看看我的外婆，告诉爸妈我不曾忘记自己的根在哪里，始终记得我是个印着“樱桃红”的孩子。城市是我的梦，我被它所吸引，但是家乡却是我牵肠挂肚的现实世界，是我无可厚非的眷恋。《浮士德》的俗世诱惑再怎样变相重演，也与我无关。

“轰轰——”火车又到了一站，我离家还有多远呢？忍不住焦急，却在这朦胧月色中忍不住困倦起来，靠着车窗，再次沉沉进入美好的梦境，期盼着能在梦中再邂逅它——我的故乡。

在港湾

王骜*（湖南省）

翻看一年前的日记，看到一段这样的话：

“下午翻过网球场，跑到黄浦江边，竟发现木石萧凌得动人；对岸复兴岛树影婆娑，房屋稀松，顿时感觉回到了乡下老家。看到定海港的航船，决意要上去，齐腰深的荒芜草木也挡不住寻幽的步伐。艰难跋涉了两百米，芦苇掩映着眼前的泊船，横柯上蔽，枝丫诡谲，漂亮的构图。我倔强，一定要再来看夜景……晚上月色空灵，悄悄登船遭发现，被让进船坞，热茶招待。主人特别热情，聊了很多。临走他递过来十块钱，请我们明天帮他从学校的食堂带几个包子。”

事情也就是这样。那天下午我把这个发现告诉W，晚上和他一起上船。那是一艘货船，停在黄浦江的定海港里，与我的学校只有一网之隔。它日日夜夜伴随船主人，感受潮汐涨落，静看朝晖夕阴，如影随形。无数个日夜，船上也只有船主一人茕茕孑立。黄浦江繁华壮阔，港湾里波澜不惊。不用出航的日子，船与世无争地搁浅在泥沙里，白天一如往常平静地过去了；夜晚，彼岸华灯凄迷霓虹烂漫，而静静的港湾里，船舱泛起橙色光晕，在平沙皓月里随波摇曳，节拍很缓慢，草木沙沙响，晚风也呢喃。一叶扁舟，浮世散人，彼此相依。

我们从此经常上船玩，帮船主人从食堂带包子，有时也带别的朋友过去。沿着一条无人问津的小路，翻过围网，踏上连接陆地和甲板的木梯，就进到了另一个不为人知的世界。船主人聊起他的家乡，他的工作，他的儿女，问起我的学业，我未来的就业方向，我的生活。以船为家的人，采购日用品很不方便，食物也不能久放，很多年之前他就开始叫偷跑来船上的贪玩学生带包子了。他的爱人难得来上海一次，来一次就会在船上住上大约一个星期。有天晌午我过去，看到两个人还伏在被窝里消闲。聚少离多的人，久别胜新婚。船主人看到我了，笑呵呵地招呼我进舱坐，起身泡茶，一如往常地闲聊。那时我初看木心

*作者简介：王骜，生于1994年，双鱼座，现居上海，颜良文丑。

先生的《文学回忆录》，为了上海美术专科学校的消失长久耿耿于怀，那是木心先生的母校，并常常觉得民国遗风式微，学术浅薄，今不如昔。冰冷的摩天高楼拔地而起，淹没了老上海风情万种的弄堂，人群熙熙攘攘，一个个僵硬紧张。我像头困兽，冲撞周围的一切。她，似乎只有她，是这钢铁森林里的一缕春风，拂过我的心田，让它保持着柔软。港湾里的船人似乎对这些并不关心，在尝遍过往生活的百味后，卷起一支烟，任岁月风平。或许流年是公平的，它让皱纹爬上了船主人的面颊，也让智慧驻进了他的心间。他和他的爱人是怎样认识的，又是怎样携手走到了今天？船在摇，虫在叫，港湾的静谧并非无声，忠诚的陪伴无需多言。

船上隐约飘浮着柴油的气息，芦苇的清香，淤泥的滞涩，以及夏日远方游轮的缥缈汽笛。水波轻轻地拍打着船身，视野近前的樟树向水面探视，另一条斑驳破败的木船沉睡在淤泥里，上面开出了鲜亮的花朵。不知何故，在船上会自然而然地想起她。

我真想告诉她：今天是个大晴天，我没来由地想联系你，你就是这样没来由地跟所有美好的事物联系在一起。朋友说，世界这么美，她一定在等你。

世间好事总抵不过意外，W感叹："唉，政府一声令下，黄浦江边靠小船谋生的人们就得开着船回老家。"

船主人要走了，开着船离开上海，一直开回老家。这意味着重新找工作，适应新的港湾，也意味着告别。在那个热天午后，我和W最后一次一起上船，跟船主人聊天，喝酒，拍照留念。船上依然隐约飘浮着柴油的气息，芦苇的清香，淤泥的滞涩，以及夏日远方游轮的缥缈汽笛。清明节在外旅行的夜晚，收到W的简讯，他说船主人想开船带我们出游，是唯一也是最后的一次机会了。我自然去不了，他跟着船在江上飘荡了一个晚上，直到深沉的夜幕落下，星星藏起来安眠。

丹霞染红了对岸高楼切割成的天际线，波光粼粼，静影沉璧，船主人兀自扶着船头温习这最后的光景。没人知道他在这里度过了多少春夏。眼前的夕照，是地球另一端的朝阳。我想告诉他，港湾地久天长，没有什么能使他沮丧或悲伤。最终没说出来，他有他的念想。

船主人走了，船也走了。回去的路上，投影拉得很长，绿草地光影朦胧，天空好像被红霞晕染成一团灿烂。世界这么美，真好。

再见喽，港湾，也许再也不会来了。

也许明天还要再来。

雨中伞

朱桂明*（江苏省）

小时候，头顶上有一把油布伞，灰黑，泛点黄。放学路上，我背着书包，母亲撑着。途中，大大小小的水塘，被雨点拨动；那散开的涟漪，一圈又一圈，多么诱人。男孩就是调皮，正路不走，偏挑那水塘踩。母亲嘴里说“好点走”，却没阻拦。我兴奋地追逐着那散开的一圈又一圈的涟漪；母亲紧盯不放，追逐着我，用手中的伞。回到家，我只潮了鞋裤，而母亲却浑身上下都湿透。对着镜子，母亲用干毛巾抹着水淋淋的头发。我只觉得，镜子里的母亲，比平常更美丽。

长大后，头顶上有一把油纸伞，淡绿，印着粉红色的莲。在去公园的路上，我用右手撑着，身左走着恋人。她用右手挽着我的腰，我用左手搂着她的肩。我们不紧不慢地走着，那伞似乎完全变成了一种符号，青春的符号。符号外面，蒙蒙细雨，就像热恋中的青年男女这般缠绵；而蒙蒙细雨被微微轻风掀起的曲线，又如热恋中的青年男女那样浪漫。听不到雨声，只听到她怦怦的心跳。看不见水塘，只看见她的清秀的面庞；在淡绿和粉红映衬下，她比平常更漂亮。

后来，恋人成为妻子。再后来，我们有了可爱的女儿。下雨了，我左手抱着女儿，右手撑着一把塑料布伞，天蓝的，画着朵朵白云。在去托儿所的路上，雨越下越大，风越刮越狂。我不由得加快步伐，一手将女儿抱得更紧，一手把伞握得更牢。女儿吓得用双手搂着我的脖子，将小嘴巴紧紧贴在我的脸颊上。“爸爸，怕！”“别怕，有爸爸！”女儿笑了，望着“蓝天白云”，比平常更灿烂。

而今，我们已经满头白发，母亲更是早早离我们而去。多少事，都忘了。唯独那一幕，雨点拨动着水塘，水塘泛起了涟漪；我追逐着水塘，踩碎了涟漪；母亲追逐着我，那伞始终罩在我头上；还有镜子里的母亲，用干毛巾抹着水淋淋的头发，那美丽的形象，却永远镌刻在我的心里。而这一辈子，我从来没有为母亲撑过伞，遮过雨，挡过风，竟成为我终生最大的遗憾。

老夫老妻，不再那么缠绵，也不再那么浪漫。但有一习惯，我们至今保留

*作者简介：朱桂明，江苏高邮人，中学退休教师。

着。只要下雨，雨不大，我们还是共用一把伞。遇到无人，还要悄悄地挽一下腰，偷偷地搂一下肩。这样做，我们走得踏实，走得温馨！逝去的岁月让人流连，而未来更是令人陶醉。一把伞下，老妻也是恋人！还是蒙蒙细雨，还是微微轻风，与那时相比，妻越老越有韵味，越老越显漂亮。

女儿事业有成，家庭幸福；小外孙三岁多，今年暑假后就可以上幼儿园。只是他们在外地，每每会给我们带来不尽的思念。现代社会，有电话，还有视频。因为女儿他们忙，到了周末，我们才有机会或用电话，或用视频，过一次相聚瘾。平时，我们只好盼下雨，因为每逢下雨，女儿他们再忙也要给我们来电话，再三叮嘱：“爸爸，出门记住带伞！路上滑！”电话那头，小外孙大声叫喊着：“公公，带伞！公公，带伞！”

伞遮的是雨挡的是风，撑起的却是与天地日月同在的爱和情……

孩子眼中的大人

陈红梅*（江苏省）

一次在饭店吃饭，正好旁边走过一位妈妈，带着个小女孩，约么二三岁的样子。这个小女孩走到我旁边，就再也挪不动步子了，长长睫毛下黑黑的眼睛定定地盯着我看。

孩子的妈妈瞧了瞧我，对孩子说：“宝贝，怎么看到漂亮阿姨就走不动了呀？”我哑然失笑，这个妈妈是个会说话的妈妈，但是究竟是什么吸引了孩子透明的眸子，停住了脚步？我仔细打量了一下自己，那天我穿着一件黑色的高领毛衣，颈上坠着一根细细长长的项链，项链底端垂着一颗不大不小的珍珠。大概，也许，那个样子的我是好看的、吸引人的。

从孩子的高度和角度看大人是什么感受，你我还记得吗？是帅气的叔叔，漂亮的阿姨，和蔼的伯伯，慈祥的奶奶，还是奇形怪状的大妖怪……

记得很小的时候，正逢恩施土家族、苗族自治州建州庆典，家家户户都上街去看热闹。挤在密不透风的人墙里，只记得密密麻麻的黑色或蓝色的大腿，那个年代最流行的颜色。我脸上汗津津，粘兮兮，气味臭烘烘，我拼命大喊“我看不见，爸爸……我看不见”，但无论我怎么大声喊，都敌不过周围数以万计的人群声响。

---

*作者简介：陈红梅，笔名雨旸时若。

我死死拽住爸爸的衣角，艰难地在屁股和大腿丛林中前行。终于，爸爸自己看够了，想到还有个小人儿跟着呢，一把将我拎上他的肩头。那是什么感觉？犹如混沌的天地突然被天柱支起来隔开，因为当时，我觉得天都亮了。当时的世界对我来说肯定突然静止了，我猜我肯定停止了呼吸，定住了眼睛，至少10秒以上。然后，暂停键再一次被启动，“嗡”的一下，瞬间我就置身在无数的黑色“海洋球”中了。

儿时，妈妈在路上每每遇到熟人，总是要闲聊好久好久。那个画面至今仍非常清晰：碰到熟识的嬢嬢阿姨，妈妈停下脚步，我就眯着眼，仰着头，看着他们的嘴巴不停地动啊动，手也不停地挥啊挥，脸上的表情像孙悟空，七十二般变化无穷。有时候，有“小雨点”落在我的脸上，我腿酸了，哼哼了，在妈妈的大腿上磨来蹭去了，妈妈才回过神来，抬步回家去。

路上遇到的这么多嬢嬢阿姨叔叔伯伯中，我最喜欢的就是向伯伯，虽称呼其“伯伯”，其实她是位老阿姨。在恩施方言中我们称呼比母亲年长的女性都为“伯伯”。为什么单单记得这个伯伯呢？这个老伯伯下巴上有一颗痣，跟毛泽东长得一样的痣；这个老伯伯的裤缝总是比墙角的线还直，我隔的那么近也看不到褶子；这个老伯伯总是抓住我藕节一样的小手臂，假装咬我，逗得我“咯咯”地笑……

还有一些有趣的大人，也是让儿时的我印象深刻的。我小时候胃口很差，有一段时间一根篾条是吃饭的必备“伴侣”，后来变成了一张小钞。可是我嘴馋别人家的饭菜，尤其是陈嬢嬢家的饭菜。因为跟我家同样姓陈，又是同乡，陈嬢嬢总是笑着让我叫她“姑姑”。姑姑极爱干净，家里总是一尘不染，想必那时候对于我们一家四口的串门是有些“害怕”的。每每招待我们吃饭，却是极尽热情，总有惊喜。满满一桌子的菜都是孩子的最爱，至今我仍记得那最难忘的两道菜：珍珠丸子、麻辣鸡丝。

珍珠丸子是姑姑的拿手菜，是将肥瘦猪肉按比例剁碎，有时会加入荸荠，搓成丸子，然后将肉丸表面裹上糯米，大火清蒸而成。奇妙的是，熟透后，肉丸中的油从糯米缝隙中微微浸渗出来包裹住米粒，一粒一粒的糯米就变得晶亮晶亮，糯香味儿带着一丝儿南方菜的甜气，最是吸引孩子。

麻辣鸡丝则是姑父的看家菜，这是姑父“说”出来的一道好菜。每次他都笑眯眯地对我和哥哥说：“你们能来我们才搭福能吃这个菜，我们自己是舍不得做来吃的，这是专门为了你们才做的呢。”更有趣儿的是，刚进家门他就会说一遍，吃饭前还说一遍，到我们临走之前他还不忘拉住我，再调侃一番：“谢谢你们今天来，我们才能吃上麻辣鸡丝啊。”害羞的我总是被逗得红了脸。这样反复的“记忆轰炸”，我们要不记得这个菜都不行。其实麻辣的口味对于儿时的我来说应该是不及珍珠丸子的，但就如我说的，这个菜主要是“说”出来的。现在，每次听到周围有人叫“姑父”，我就不由想起“麻辣鸡丝”。

恍惚中，记忆的哈哈镜镜面“邦邦”弹了几下，我不再是那个密密人群中满头汗水的小女孩，已然早就是孩子眼中的“阿姨孃孃”。他们那清澈透亮的眸子无时无刻不在捕捉周围的信息，瞬间存入他们那小小的记忆中。突然觉得，我们的眼睛就像无数的镜子，彼此将对方收入，且无穷无尽，在时光隧道中，穿梭，折射，消逝……

能留在人家的记忆中，是多么奇妙的一件事情啊！如果是永远年轻的美好的有趣的记忆画面，那就更加好了。

孩子，不知道30年后，我还能在你的记忆中吗？

乡下的老屋

陈晓春*（江苏省）

去年春天到乡下踏青，经过乡下的老屋，蓦然发现，老屋真的老了。

乡下的老屋，前排是三间平房，红砖，水泥瓦，墙体用泥灰砌成，嵌以水泥沙浆。后排是一座两层小楼，三下两上，盖着青瓦，内墙刷的石灰，外墙刷着水泥。老屋中间有个小院落，前后屋与石板铺就的小路相连。院子里长着一些芍药、牡丹和几棵已记不清名字的小树。

重拾儿时的记忆，最早的老屋是三间“丁”字屋，泥墙草盖，两间正房，“丁”字屋里是厨房。那时爷爷奶奶都健在，父母亲加上两个姐姐和我，一家七口人挤在三间草屋中度过了一段艰苦而又幸福的时光。

童年记忆中印象最深的是，“丁”字屋里灶台的旁边，有一“牵磨”工具，由两片石磨、“牵磨”的杠和拗磨的栓组成。“牵磨”就是将玉米、麦粒等粮食用石磨磨成粉。傍晚时分或下雨天，是“牵磨”的好时间。正常是爷爷负责推磨，奶奶拗磨，负责将粮食逐把放到磨盘的洞眼里。随着磨盘飞快的转动，磨出的粮食从两片磨盘的缝隙中纷纷流淌而出。锡剧《双推磨》中的唱词“推呀拉呀转又转，磨儿转得圆又圆。一人推磨像牛车水，二人牵磨像扯篷船”，便是“牵磨”的真实写照。

而每逢家里“牵磨”的时候，也是我最快乐的时光。因为每当此时，爷爷

*作者简介：陈晓春，江苏盐城人。中国诗歌学会会员，中国著名行走散文作家联盟成员，《行参菩提》自媒体签约作家。

会把我抱坐在磨杠的横担上，两只小手牢牢抓住固定磨杠的绳索，随着磨盘的转动而轻轻摇晃，心里是既兴奋又紧张。磨盘转得越来越快，我小小的身子也摇晃得越来越快，那感觉，一会儿如乘一页小舟在惊涛骇浪中飘摇，一会儿又如飞入云端，腾云驾雾般舒爽。

有时候，为了缓解推磨的疲乏，爷爷会在推磨时哼唱诸如《龙宫借宝》的神话民谣。或给我讲一些《十把穿金扇》《皮五辣子》《吉高的故事》等民间传说，我便会在那精彩的故事情节中昏昏然入睡。

儿时好多懵懵懂懂的童年时光便是在这“丁”字屋里，在这带给我无限快乐的磨杠上度过的。

随着父亲工作的变动，有了一份固定的工资收入，加上田里的收成也一年好似一年，家里的条件慢慢得到了改善，老屋前前后后经过了四次翻修、拆建，才形成如今的模样。

在老屋的左后方还有一弯河塘。春夏之际，从生产队里买些鱼苗，放入塘中，任其吃水草自由生长。入冬后，就能打上几尾来，或风干，或腌制，是春节时用来待客的主菜之一。

闲暇时，到邻家的竹园砍一根细长的青竹。用家里的缝衣针在火上一烤，弯成钓钩，穿上丝线，做成一根钓竿，在地里挖些蚯蚓，小小年纪竟也有耐心在河边一坐就是半天。偶尔能钓上一些小鲫鱼、参鱼、胖皮，回家合些咸菜烧一碗，全家人围着饭桌吃得满室生香。

河塘里原来还长有菱角。菱角成熟时，坐在大澡盆里入水采摘。鲜嫩的菱角生的就好吃，就着水洗一洗，剥出乳白色的菱肉，放进嘴里一嚼，清脆甜嫩，就是稍有点涩牙。老熟的菱角需煮熟了吃，粉粉的，更香。

老屋的院墙紧挨着一条黄土路。是村里的交通干道，也是我儿时的游乐场。和小伙伴们在路边滚铁球、打纸板、推铁环、跳白果（银杏果），到田间地头割槐花、采桑葚、打猪草、挖小蒜，墙里墙外洒下多少欢乐的笑声。

经受了几十年风吹雨打，老屋已呈现斑驳，沧桑。

风化了的红砖，表面覆盖着一层细细的粉末，嵌砖缝的沙浆一条一条的脱落，砖缝间的泥灰，被野蜂钻出了一个个小洞，成为其栖居的窝巢。屋角的青瓦不知何时被风吹落了几片，露出了防雨的油毡和几截黑黑的椽头，墙山头，两截剪断了的电线，在风中有气无力地摇摆。河塘边的野江芦，一年一年疯长，枯黄的和青绿的间杂着，布满了整个河塘。

乡下的老屋，承载了我太多童年的记忆。看着老屋的变化，感受着时间流逝，心中是满满的不舍，浓浓的惆怅。临回前，突然有一种预感，也许以后再也见不到乡下的老屋了，就用手机拍了几张老屋的照片，留作纪念。

前段时间，听说老屋因家乡花海工程扩建需要，已拆迁了，后来的主人还得了一笔不菲的拆迁费。闻说之后，心中怅然若失，那随手而拍的几张照片，将成为老屋永远的记忆了。

戚浦河的石水桥

陈校章*（江苏省）

1

母亲在乡下教书时，就把尚在襁褓中的我寄托在学校隔壁的寄婆家。

寄婆的家依山傍水。这里本没有山，其实是历代疏浚戚浦河道，泥土堆砌在河岸一侧就成了突兀而起的泥山。农人们在泥山上植竹种桑，绿浪翻卷，绵延数十里。寄婆的家恰好镶嵌在山坳中。宅前是一个很大的柴场，两侧植有香樟、木榉等树木，黄莺、白头啾啾如精灵般穿梭其间；福橘成列，凤蝶摇舞，真可谓“江南有丹橘，经冬犹绿林”，即便寒冬，此间仍春意葳蕤。这里的水，就是戚浦河。寄婆家的柴场尽头通往河岸，石水桥一级一级往下掰开芦苇丛，伸向碧绿波涌的戚浦河面。

最早记事时，常常是寄婆抱着我哼着好听的民谣，隔墙的琅琅读书声阵阵传来，伴着我数那屋檐滴下的水珠，看着那些欢跳的水珠顺着沟渠流向石水桥，慢慢流入春雨中的戚浦。幼时的我被寄婆围搂着，也无法追逐那奔涌戚浦河的雨珠。我哭我闹时，寄婆哄我说，看看，石水桥变没啦！果然，石水桥最前端的那块磐石慢慢地被河水淹没；可是在我的央求下，寄婆似乎有着神奇的力量可以慢慢地把石水桥召唤回来。那是寄婆给我玩了一个潮汛起落的游戏。

母亲告诉我，学校在建之前是一座名闻遐迩的寺院，由于战乱人祸而渐被毁弃。废墟中那些石块渐渐被乡邻们挪来筑堤岸、搭水桥。寄婆家的石水桥是最大的，石板宽阔一如露天亭台。石板上镌刻的碑文，记载着一个令人感动的传说。

戚浦河本无名，有一年，两岸严重干旱，河水枯竭，明代抗倭大将军戚继光率兵士为江南旱区疏浚河道，引长江水浇焦土解干渴，沿河百姓为铭记戚将军的甘霖恩德，遂把这条河唤作戚浦……

---

*作者简介：陈校章，江苏省太仓市作协会员。

2

戚浦河逶迤如一条银链，柔柔地永无停歇地淌过石水桥。残暑长夏时节，观舟楫过往，闻橹声咿呀，动态风景时时更迭，天天异彩。寄婆怕有危险，总是揪着耳朵不让我独自到石水桥上，除非由她看护，我才可以静坐石水桥，亲近戚浦水。

迎着河面拂来的凉风，俯视脚下流淌的河水，感觉如捷驶的快船载着我悠游前进。我甚至匍匐磐石上，双手划着绿水，真的像船儿一般。有时候，猛不防穿过三四只划子船，乌黑油亮的鸬鹚（农人们称作水老鸌）侧立在划子的船帮。有着鹰隼般双眼的渔民突然从喉咙里发出聒聒的呼喊，瞬间鸬鹚迅速扎进水中。渔民们脚踩扁竹竿，节奏急促敲打着船板，但见鸬鹚上下穿越，白色水沫腾空翻飞，顷刻河面就闹腾翻了。直至碧波中伸出点点黑精灵，那是鸬鹚叼着鱼儿出水，渔民们用竹竿把它们挑上船，把条条鱼儿从它们的喉咙里倒入了船舱。

有时候，一二小舢舨，悄然围拢石水桥，阿要买红菱？卖红菱阿姐吴侬软语，明眸皓齿，嫩嫩的脸庞透出和红菱一样的粉红。有位阿姐跨上石水桥，纤指递送几枚红菱。望着舢舨流去，衣袂飘荡，才感到咀嚼的红菱最甜……

春花如绮，有位像卖红菱一样美丽的姑娘，披红绸带红花，从张满彩绸的船门，被接了出来，跨上了石水桥。那是记忆中石水桥最热闹的场景，清澈的河面泊满着喜气洋洋的船儿，石水桥侧挤满了敲锣打鼓的邻居和索要喜糖的路人。当新郎挽了新娘走进客堂面对寄公寄婆鞠躬时，我妈催促我，快叫寄妈……红花、红绸、红颜，那半空中爆响的鞭炮，纷纷扬扬在石水桥上空，铺盖着戚浦河，放眼如红色雪霏。

当我个头窜过台桌高时，离开了乡下回到镇上读书。但一到暑假，相约一二伙伴，在泥山桑园里玩捉牢帮捉游戏，渴了摘几颗紫色桑葚果，热了就索性扑向戚浦戏水。寄婆就坐在石水桥上，手持一根长竹竿，倘若谁划出了远一点，她就大声喊他回来，用竹竿把他拉近河岸，谁也不能离开石水桥……

3

戚浦河的石水桥萦绕脑际许多年。那天，寄婆电话告诉我石水桥要拆了。我心头为之一怔，此时才感到石水桥真的如故友将离我而去，急忙赶去乡下。走过那段熟悉的河岸，似乎河面不如以前那样宽阔；倾听那久违的拍浪，仍然如往昔那样的清脆。石水桥的两旁簇拥着芦苇，秋风下黄花飘扬，芦叶瑟瑟作响。岁月荏苒，寄婆不再年轻，年迈的她很少踏着石水桥去淘米、捣衣、取水……我挽着颤巍巍的她，拨开扑面的芦苇花絮，踏上了梦萦中牵挂的石水桥。

石水桥最前的、那块最大的磐石突兀还在。浅浅的一层绿苔，静静地抹住了它的脸面；那石板经历了这些年潜流暗涌，凹凸之处也变得光滑无比；湍急的河水时而撞击泛起的浪花，就显出了生机，显出了激情，不禁想起了童年快乐的点点滴滴，充耳回响着与小伙伴们厮混的喧闹。

寄婆说，这段戚浦河马上要疏浚开扩，还要建造通港公路的大桥，老宅将拆迁，石水桥要派大用场呢！果然，河对岸掩映着朵朵绿色帐篷，各色建材堆放有序，时而传来流动的隆隆车辆声。寄婆侃侃而谈，对要拆迁的石水桥毫无惋惜之意。末了，寄婆还是不断唠叨反复告诉我说公家要派大用场。“但见丹诚赤如血”，她满头银丝面庞苍老却一脸的兴奋，对她敞亮的胸怀，我不禁肃然起敬。然而心生顾虑，毕竟拆迁时期肯定会给她的生活带来不便，她告诉我，村里全安排好啦……

伫立于河畔，凝望着沐浴阳光、充满生机的河岸，不久的将来，当大桥一架南北，戚浦两岸石驳齐整、风景如画时，我首先想到的是垒砌桥墩的块块磐石，依然坚守着风雨不摧的心志，焕发着负重不屈的神韵。

一起走过的时光

范冬冬*（江苏省）

时间如流沙，褪去了尘封的外衣，变换了青春的模样。留下诸多美好回忆，亦留下许多痛苦和遗憾。但是，我却从不后悔曾经的选择，就像若干年前在送给媳妇的笔记本中写过的那样“相遇、相知、相爱，就不后悔”。

18年前，我18岁，她16岁。

我们相遇在陌生的城市，相知在熟悉的校园，相爱在皎洁的月光下。每当回忆那段往事，我的心便再次跳跃，再次奋进。现在我还记得教室里那不敢抬头的眸子；食堂里那甜甜的酒窝；月光下那爽朗欢快的笑声……

我们用时间认识远离故乡的城市，熟悉青春年华的校园，了解彼此内心。我们穿梭于街巷，牵手幽径，相依月下；我们谈论人生、谈论诗歌，一起背诵“林花谢了春红，太匆匆……”想要体会南唐后主的忧伤和思念。

也许有人会说，这个早恋的家伙！我却觉得情窦初开的恋与爱不仅只是一

---

*作者简介：范冬冬，江苏省沭阳县人。现在江苏省连云港市工作。文学爱好者。

场经历，更是人生情感世界不可磨灭的财富。

毕业后，我们回到了各自的城市，开始各自的生活和工作，然而那份彼此深藏内心的爱意却不曾断裂，反而越加浓郁，再也装不下任何人。后来，我买了摩托车，便穿行于两个人的城市，200公里，3个小时，跑了多少趟，已经记不清，只知道摩托车的码表每年会增加1万公里。就这样奔跑着，不论刮风，下雨，我觉得很幸福，很温暖，即使在隆冬。

在她的城市，我们悠然穿行于街道，享受着美食，寻找着惊艳；我们坐着人力车摇摆，沐浴着春光，享受着炽热；我们在站台相聚，又在站台离别……

我常常想，爱情若有颜色，一定是电弧的蓝色。

12年前我们结婚了。没有我父母的祝福，只有她父母的期望。我的父母通知了所有亲戚，不许他们来参加我们的婚礼，因为我的父母压根就不赞同我们的婚姻，他们所期望的不是我找一个相爱的人，而是找一个他们喜欢的人。我曾试图用各种方法去说服父母，去感动父母，去改变父母，但是我始终没有找到打开这扇门的钥匙，直至今天。

没有祝福便无须祝福，因为我们向往的是自由相爱的幸福。日子是过给自己看的，世俗的眼光又如何看得清相爱人的内心世界呢，在婚姻生活里，当局者清，旁观者迷。

10年前，我们的宝宝出生了，因为生了女孩，再次伤了我父母的心，从媳妇的月子里就没有见过他们的笑脸。但是，我们已经无暇顾及，因为我们觉得很幸福，宝贝的出生才是一个真正的家的建立，我们用网络知识和自己的想法呵护着孩子的成长。我现在还记得宝贝出生的第一个冬天，我们一家三口在寒冷的房间围着煤炉吃饭的情景，虽然无人问津，俨然凄凉，但是真的很幸福。我是一个开朗的人，但是那个时期，我总是缄默，我在不断地思考如何把这个家经营得更好，让我们的家更幸福，因为我是男人。

6年前，生活给我们开了个大大的玩笑，在临近春节的时候，媳妇查出了骨纤维瘤，那个时候是我最痛苦的时候，也是我快速成长的时候。为了给媳妇一个好心情，我总是装作无所谓，然而内心却是极其害怕和无助的，我害怕失去我爱的人，我害怕失去辛苦经营的幸福。一个人，常常在深夜悄悄地留至阳台，点着烟，仰望浩瀚的星空，一次次等待流星的出现，一遍遍地许愿，虽然我知道那些都是苍白和徒劳的。

半个月后，我带着媳妇去了北京，寻求国内最好的医院。在北京积水潭医院，我陪伴媳妇度过了一生中最难忘的二十七天。即使若干年后的今天，那份深藏内心的阴霾仍然没有完全散去，每天对病情的关注已然变成了顺口的问候。这些年求医问药的奔波似乎已经成为生活的必需，虽然在康复的道路上一定还有艰辛，但是对于鲜活生命的存在已经微不足道。

生活带给我们玩笑的同时，也留下诸多考验让我们承受和坚持。我想没有经历过生死考验的人一定不能深刻理解那如同流星般短暂的生命。在医院这个生与死的战场上，人既是伟大又是渺小的，既是坚强又是柔弱的。想当年，在积水潭医院里，我所见到的很多病人在斗争中逝去，而且逝去的那样快，让人来不及结束前一次的痛苦，便匆匆迎来下一个惋惜。至今，那种对生命的感受仍然刻骨的清晰。

今年春节前，我们再次去了北京复查，医生说恢复得很好。我们很是欣慰，更加坚定了我们追求幸福生活的信心。

现在，媳妇坚持一个人在300里外的城市带着女儿上学，虽然我们长期遥望于两座城市，但是我们依然很幸福。

回忆是幸福的，因为它勾起我们无数的曾经的美好；回忆又是残忍的，因为她要把过去的伤疤一一揭开。

许多年前，我认为我不是一个好儿子，不是一个好丈夫，更不是一个好父亲，即使现在，我还是这么认为。因为我没有按照父母的意志去走他们所设计的道路，伤了他们的心；因为我所爱的人跟了我落下了痛苦的疾病；因为自打女儿上学以后我没有参加过她的一次家长会。

很多东西选择了以后，想要改变真的很难。

为了爱，媳妇放弃了工作；为了爱，我伤了父母的心。也许人生就是如此，很多抉择只能是单选题。就像许多年前我遵从父母的意志在遥远的城市买了房子一样，而如今只能长期与妻子遥望于两座城市。

但是，我们依旧相爱，依旧幸福。

因为我知道，只有经历相遇、相知、相爱的历程，人生才不会后悔，才更加完美。

我是石匠的儿子

毕海平*（江西省）

1

我是石匠的儿子，就像父亲手上的那把刀。

2

父亲唯一的技能就是砌墙。父亲砌墙的手艺很高，可是他一辈子都没有砌好自己这堵墙。最后，这座墙倒塌了，什么都没有留下，只留下一把锋利的刀。

3

我家楼房旁，有一栋老房子，红砖青瓦，有些破旧。房子的三分之一已经拆除做了楼房的地基。那被拆的一块墙在西面，仿佛是被拆除的记忆和岁月。那些拆下来的砖头，有些砌进了新房里，有些不知道去了哪里。冥冥中，这些砖头好像跟父亲的命运有关。

4

这栋老房子，是父亲亲自砌得。我清晰地记得，那是二〇〇二年的夏季。之前我们家住在村的南端，靠近稻田。每年夏天，站在门口就能看到金色的稻海，那些金色的稻穗，是岁月的记忆，已经浸透在我记忆的深处。那些饱满的稻子，是村庄的味道，是一个个琐碎的故事。那段日子，是父亲最高兴的时候，也是村里人最快乐的日子。

我记得，那时候的房子是泥巴墙，只有五十平方米，是村里最差的一栋房子，似乎很碍村里人的眼，可是它却是父亲的婚房，我们一家人住在里面很幸福。

*作者简介：毕海平，笔名小毕拉，“80后”，江西省鄱阳县人，15岁开始创作，上饶市作家协会会员，现任鄱阳青年诗社副社长，提出诗歌主张“立根乡土”。目前出版作品集《写在城乡边上》《岁月如沙》。

5

父亲是个穷光蛋。

年轻的时候，也没有做什么正经事，结识了一些狐朋狗友。那时候，父亲就学会了吸烟，而且吸得很厉害，一天两三包烟。这些充斥着尼古丁的烟，一直伴随着父亲终生。曾经也戒过几次烟，都失败了，就像我们有时候做事一样，一旦上瘾就很难戒掉。后来我长大了，也提过几次戒烟的事，还威胁说，吸烟会短命，父亲只是笑笑。

直到三十岁，父亲才开始走上了正轨。他学了一门过硬的手艺。父亲只要有活儿，他就会去做，不论刮风下雨、春夏秋冬。因为他也为自己成家的事发愁，而且这种愁比他同龄人来得强烈很多。

父亲只能靠自己。爷爷奶奶死得早，兄弟五个早已经分家，所有的担子都需要他一个人去扛。

6

听父亲说，爷爷也是一个游手好闲的人，和父亲很像，三十多岁还没成家。有一次，他去隔壁村和一个有家室的女子偷情，结果被村民追着打，幸亏他跑得快，才躲过了这一劫。后来爷爷莫名地被抓去参军了，成了国民党的一员战士。在一次抗战中，爷爷做了逃兵，据说是日本侵华时候，他所在的军队无法抵抗。爷爷最后逃到上海，当时上海也是战火不断，幸亏被奶奶救了，并且产生了恋情。奶奶是上海本地人，叫尤月贞，是一个富家女子，当时家人很是反对，但是她坚定，这个男人就是她一辈子的依靠。抗战胜利后，他们搬到苏州定居，父亲就是在苏州出生的。新中国成立后，特别是三年困难时期，城市的生活越来越难，六个孩子的抚养成了大问题。于是，爷爷决定，带着奶奶回到了江西老家。

回来几年后，爷爷得了肺病去世，当时爷爷的肺都烂了。第二年，奶奶去隔壁村看戏，突发心脏病离世。那时候，父亲才二十来岁。爷爷奶奶离世后，这个家就散了，父亲成了一个人。父亲有五个兄弟，分家后，感情越来越淡。我一点都感觉不到他们是亲兄弟。他们甚至为了一些利益，大打出手。但是有一点我清楚，父亲是最忠厚老实的。

7

正是因为父亲老实，所以很多人愿意请父亲去砌墙。父亲曾经对我说，吃点亏没事。父亲一生都是这么去做的，他砌墙从不欺人，价格公道，有时候雇主还赊账。

我还记得有一个姓王的雇主，赊欠了三千元的工资，那时候是九十年代，相当于现在几万元。后来那个姓王的儿子杀了人，被抓进了监狱，对方把自己儿子的尸体埋进了姓王的家里，他便离开了这个家。直到二OO五年，姓王的雇主突然来到我家，把那拖欠的三千元工资还给了父亲。父亲有些吃惊，本以为这钱不可能要得回来，没想到姓王的还如此诚信，父亲也没计较这些钱贬值了，还很客气地招待了他，续起了昔日的情。

父亲是重情重义的人。他待人非常真诚，也很大方。那年夏天砌那栋老房子的时候，父亲每天都会给帮手免费配送可乐，村里人都愿意替父亲做事，父亲从不拖欠工资。我知道，那是因为他能够体会到打工者的心情。

8

这栋老房子坐落在村的最北面，那里全是村里的菜园和旱地。当时只有我们一家，村民都想不通父亲为何要在那么一个荒凉的地方建房子。父亲是有远见的，后来新农村建设，村村修了路，我们家就是水泥路的旁边，人们才向父亲投来惊异的眼光。我们村南面的地势低洼，九八年的那场特大的洪水，把房子全部淹没，加上移迁后的地方交通不便，现在村里的房子几乎都搬到了北面来，都盖起了楼房。基本上是依路建造，就是图个方便。

9

只过了九年，一切都变了。

二O一一年五月，父亲在镇上上班，突然感觉身体不适，而且还咳血，就去医院检查，当时去了镇上的一家规模蛮大的私人医院，医生说情况非常危险，他们做不了这样的手术。当天，母亲就打电话给我，说明了情况，当时我还在读大学，听到这个噩耗，赶紧回家。

第二天，全家去了南昌二附医院，替父亲检查。一周后，医生告诉我们父亲得了肺癌，而且是晚期。父亲得知后，依然是淡淡地一笑，似乎一点事都没有，便要求回家。其实我知道，他是碍于昂贵的医药费，父亲是一个劳心的人，他放心不下这个家，他怕为了医治他而掏空这个家，因为他知道，晚期癌症是治不好的。

10

那时候，同样是夏天。两个月，屋外酷热的太阳，一直拷打着大地。我们一家人都被这个癌症焦灼煎熬着。

父亲显得很坚强，那段时间他跟我讲了很多事情。他把一生的经历都告诉了我。父亲说，四十岁前，村里人是瞧不起他的，都说他穷，三十岁还没有结婚，住得是泥巴墙。可是父亲一辈子都没有放弃过奋斗，他活得太累了，没有好好休息一天，一切都是为了这个家，尤其是在建新楼房的时候，为了省钱，没有请人，都是父亲一刀一刀砌成了，父亲也爱面子，所以他把省下的钱多盖了一层楼，这栋新房当时是村里最高的楼。封顶的那一天，人们都不再瞧不起父亲了，都说父亲白手起家了。

父亲认识母亲是在最艰苦的八十年代。母亲家在油墩街，离柘港乡还有二十来里路，父亲是去油墩街上班认识的。当时那里有好多人追母亲，母亲那时候只有十六岁，清纯可爱。然而母亲最后却选择了这个穷光蛋的父亲。母亲看重的是父亲的人品，说实话，父亲确实是一个厚道、老实的人。

一九八五年，十六岁的母亲嫁给了三十岁的父亲。

母亲嫁过来的时候，父亲什么都没有，只有一点儿微不足道的钱，和一个五十平方米的泥巴屋。但是他们很幸福。

为了给母亲幸福，也为了这个家，父亲不停地工作着，省吃俭用，能省的就省。那时候做石匠很苦，一天只有两块钱，而且是点工——替别人一天干到晚。到了九十年代后期，石匠的工资涨到二十块钱一天，从那时起父亲的生活才慢慢有所改观。如今，石匠一天的工资有一百多，而且大都是包工，相对于以前的点工轻松了很多。

父亲赚的都是辛苦钱。几乎天天都是背朝着太阳，父亲的皮肤因此也变得很粗糙，也很黄。

11

父亲对自己太差了，却还要忍受生活的重负，有时候只能用烟的尼古丁来麻醉自己，就像父亲患癌症之后，每次痛苦的时候，要用吗啡来麻痹痛苦一样。

病魔最终还是将年老的父亲压倒了。

从五月十一日住院以来，父亲就没有睡过一次安稳的觉。特别是他得知自己患了绝症时，心情沉重了好多。虽然亲戚朋友家人都叫他什么都不要去想，但他做不到。我知道父亲是怎样的一个人，他心里想的事没有实现就难以平静。尽管平时看他一副若无其事的样子，其实我知道他在想些什么。

患病以来，父亲最放心不下的就是我，从我的身上父亲似乎看到了自己的影子，他最担心的就是我今后的生活。从医院回来之后，父亲就开始变得虚弱，咳嗽不止。尤其是晚上，更是难以入睡。

身体强壮的父亲在头一个月还能够行走，后一个月就只能躺着。

有一次下大雨，他见楼顶漏水，第二天便带我去隔壁村的工友那里担来一桶水泥，亲自去楼顶把门槛砌上了挡水栏，那时候父亲呼吸明显急促了许多。六月底我大学毕业了，父亲又拖着虚弱的身体骑着平生最爱的摩托车载我去乡政府办理户口迁移之事。后来，随着气温的不断上升，父亲呼吸很困难，就只能在家待着。那段时间，他的眼神很迷离无光，我知道他还有很多事没有做，可是又无奈。每天晚上听到父亲那强烈的咳嗽声，听到他那急促的喘气声和那疼痛的呻吟声，我真的心如刀绞。

那时候，我害怕黑夜，害怕看到沧桑的父亲。

12

父亲最终还是在一个午后去世了，当时的父亲稀疏的几撮白发，皮包骨，非常清瘦。可是那天，我没有落泪，我不知道为何，仿佛自己的眼泪没有了，看着冰冷而坚硬的父亲，我心如刀割。

后来在清理父亲睡的床时，竟然发现被子下有一把剪刀，我很吃惊。我知道，父亲那段时间是多么的痛苦，其实他早就想结束自己的生命，只是还有很多遗憾的事没有实现，比如我的婚事。可是病魔的折磨让他痛不欲生，最终他一口吃了十几粒吗啡，只是痛苦地抽搐挣扎了几下，就没有了动静。

13

父亲走了已经五年了，可是关于他的一切还仿佛就在昨日，我时常在夜里梦到父亲。前几年，我一直一个人在外省工作，更是容易想起父亲。

有一次，我回到家，去老房子看了看，在一个墙角发现了一个白色袋子，已经布满了灰尘，就像是尘封的故事。我小心翼翼地打开，里面全是父亲生平用的砌墙工具，我倒在地上，看到了那把锋利的刀，如今已经生锈了，却还是狠狠地刺痛了我。

关于父亲的记忆，如今也生锈了，而我却像一个石匠一样，总是能透过这些锈看到里面关于铁的故事。因为我是石匠的儿子。

14

还记得，父亲在夏天带我去很远的水库抓田鸡；春季晚上举着火把带我们去抓鱼，那壮观的场面如今还像火把一样在我的记忆中燃烧。那时候，正是播种的时候，田里有很多泥鳅、鳝鱼，村里的人每晚都会举着火把去打鱼。大大小小的火把在空旷的田野里高举着，远望就像点点的星星落在了田里。

还有我家老房子旁的一棵枣树。这棵枣树，是父亲亲手栽的，枣子很大很甜，每年成熟的时候，父亲都会热情地叫村民摘着吃，父亲总是这么热情大方。

这些都是关于父亲的记忆，就像枣树上的刺。

这就是我的父亲，一个农民，一位石匠。

15

父亲下葬的那天，很多人来送了他。有很多都是陌生人。

16

我是石匠的儿子，就像父亲手上的那把刀。

我是石匠的儿子。

梦&童年

李福秀*（江西省）

蓝蓝的天空，大大的厂房，长长的烟囱，机器白天黑夜轰隆隆地响；高高的苦楝树，淡淡的花香，圆圆的果实，散落一地的相思。

夏天的蝉，在“知了……知了……”地叫。蜘蛛在树上结它的网。柳树下，三五个小伙伴光着小脚丫，嬉戏着，玩耍着。白天，他们在荡秋千；晚上，他们在数星星……

昨晚，童年闯入了我的梦！

我梦见了，勤劳的小蜜蜂和打着灯笼的萤火虫；梦见了“嘀嘀嗒嗒……”的牵牛花和可以变的狗尾巴草；还梦见了飞在风里的纸飞机……

梦里，父亲宽厚的脊背，背着我游走四方；母亲甜蜜的吻，日夜陪伴我成长。一群孩子，在一起做“老鹰抓小鸡”“找朋友”“红绿灯”……的游戏。

梦里，我们捞蝌蚪、逮青蛙、挖蚯蚓、捉七星瓢虫，趴在地上看蚂蚁搬家；看蜗牛背着它重重的壳，一步一步地往上爬……

---

*作者简介：李福秀，笔名向溪，爱赏美文。散有作品见诸国家、省、市报刊和网络平台。

我们总是趁着大人上班的时候溜出去，在田野里弄了一身的泥，不敢回家。父亲家教很严，不管什么理由，我们都不能和别人吵口打架。

我还梦见了雨后的双彩虹，赤、橙、黄、绿、青、蓝、紫，真美！

邻家的大华哥去当志愿兵了。每次他回家探亲，都会给我带回稀罕的果子。他用大手抚平我，被风吹得乱糟糟的短发。带我洗干净脸上和手上沾的泥巴。大华哥对我最好了，只有他不会像别的男生恶作剧，往我身上扔可恶的黏人枣和可怕的毛毛虫。大华哥还会帮我扎风筝，我喜欢跟他玩。我悄悄地想，长大了，我要嫁给他。

然而，天有不测风云，大华哥在一次执行任务中，出了车祸，以身殉职了。不管我怎么盼，我的大华哥再也没能回来。

大华哥哥呀，他，为什么不等我长大！泪水早已忍不住，稀里哗啦……

哭着哭着，我醒了。才想起来，这只是一个童年的梦。但此时，不知是泪水还是汗水，打湿了枕巾一片。

童年已渐行渐远了。小时候景气的农机厂，后来也改制了，到处杂草丛生，满目苍凉。

小时候，总是盼望快点长大，好背着书包和哥哥姐姐上学堂。长大后，却想插上翅膀，飞回到无忧无虑的童年，和儿时的小伙伴们一起，再也不分开！

童年是棒棒冰，童年是粒粒糖，童年是橙色的汽水，童年是蓝色的梦。

当蜻蜓不再飞翔，当蝴蝶不再流浪，我的思绪便游走在孩提时代。

我愿穿越时光的沙砾，再回梦中的花园，寻找美丽的七色花！

老屋

吴亚娜*（江西省）

这是一栋老屋，破败而陈旧，像它身后的夕阳一样，即将消失。

老屋看着天边的余晖渐渐散去，望着自己沧桑的影子，摩挲着自己斑驳的身子，深深喟叹，回忆起逝去的点点滴滴……

六十多年前，爷爷用自己的双手，连续一百多个日子，披星戴月，挑土搬砖，

*作者简介：吴亚娜，女，1996年9月生于“才子之乡”江西抚州，现就读于赣南师范大学中文系。愿一生执笔，编织如水人生。

没日没夜地干活，终于将老屋砌起。在那个年代，只有劳动才能换来温暖舒适的巢居。在爷爷百日如一的坚持下，一栋土墙青瓦、杉木门窗的房子便顺利落成了。有了一个安定的居所，在老一辈人看来就像有了几十年生活的避风港，于是爷爷便用几头驴子和一竹笼鸡鸭把奶奶顺理成章地娶进老屋了。在老屋里，日子一天天过去——很多时候，他耕田，她送饭；他在煤油灯下抽烟杆，她眯着眼睛穿针缀补。他们过着简单而充实的农家生活，日复一日，年复一年，以几千年来中国祖辈们固有的姿态享受着新生命的到来给他们带来的天伦之乐。

我对老屋最初的记忆要从三四岁开始，那时候最大的乐趣大抵就是玩捉迷藏游戏。每天东家西户的五六个孩子齐刷刷地来到我家老屋旁，之后就开始全身心投入到一下午躲躲藏藏嘻嘻哈哈的游戏世界了。儿时的自己是极好强的，为了能够获得游戏的胜利，并且看到小伙伴们找不到我时着急的样子，我常常把自己藏得相当隐蔽，像柴草垛后面，像打谷机靠墙的间缝里，像老屋前面叶子长得正茂盛的李子树上。到了后来，老屋的每一处角落几乎都有过我一边蹲着一边贼眉鼠眼四处张望的小身影，偶尔捂着小嘴巴暗自笑他们好笨，怎么总也找不到我……

那时我还因此捡到了好多像半个铜钱和白火石这样的小宝贝呢！双手捧着或者揣在兜里，观摩艺术品似地细细琢磨它的形状，总思念着哪天要是没钱买牛轧糖就把这些“宝贝”给“易糖人”。可是后来由于一些新“宝贝”的出现而很快就不知道之前的那些跑到哪里去了，索性有了新的玩物——用花汁染指甲——也就不记挂着藏在老屋角落里的石头了。至于牛轧糖，还是照旧一听到“易糖人”的拨浪鼓声就绕着老屋转圈圈似的缠着妈妈买。时至今日，回想起来，老屋给了我太多太多的欢愉与感动了。

后来由于父亲的工作需要，我们搬出了老屋，城市的喧嚣和钢筋混凝土的商品房气息渐渐冲淡了儿时对老屋的记忆，但是每当母亲提起老屋，那厚重的身影便又浮现在眼前，还有那熟悉的泥墙杉木气息，久久萦绕在心隙。那时唯一的慰藉便是每年寒暑假可以回到久别的老屋里小住几日，于来去匆匆之间回味着儿时的味道，可是每每还不待我来得及细细咀嚼，却又被城市的车马喧腾陡然惊醒，落寞、心酸，怅然若失。

老屋给我最深的印象是父亲的车祸离世，突如其来的变故将原本的生活节奏彻底打乱。因着祖辈们落叶归根的思想，我们把父亲的骨灰盒带回老屋。那一次，看到半载未见的老屋，昔日阖家融融的场景顿时一一浮现，刹那眼泪夺眶而出。倚靠着老屋的墙隅，我不禁号啕大哭。而这时，老屋以它宽厚的臂膀接纳了我，以它无声的语言安慰着我，任凭我歇斯底里地哭号，任凭我绝望地捶打它的杉木泥墙。又仿佛一个历尽沧桑却又充满了智慧与温柔的老者，对我说着“孩子别哭”。这时我知道了，老屋也是有感情的，它懂得我的悲恸。

最近几年新农村建设，由于农村城镇化的政策，爷爷奶奶也随村民们一起搬进了新房子，而老屋，看着几代人长大的老屋，却被遗弃在村子的角落里。但是，没有人愿意把它拆掉，因为它是我们永远的灵魂归宿，失了它，我们几代人的灵魂将安在何处？

老屋察觉到夕阳最后残余的温度此刻已经完全散去，眼前是死寂般的黑暗。但它已不再惆怅，因为明天的旭日依旧会从东边缓缓升起，照亮它深邃的眸子，闪耀着光芒。而我，也将陪同它一起走下去，像爷爷，像父亲。

永恒的星星

徐和生*（江西省）

小时候在农村，晚上喜欢出去玩。尤其是在夏天，农村人都爱在屋外乘凉，或坐或躺，或一家人，或相邻近里，谈天说地，议古论今，驱赶一天的疲劳，享受清凉的晚风。

我家门前有一块晒谷地，一棵老梨树和柿子树，高大的树冠可以送来更多的荫凉。傍晚的时候，在晒谷地上放一张竹床，摆上几张椅子，三五成群地聚在一起，天南地北地侃。那时候我还小，每到天快黑的时候就去抢占竹床，因为这个竹床是用大山里的土竹做的，夏天躺在上面冰凉冰凉的，舒服得很。即使是吃晚饭时间到了，我也不肯下床来，大声嚷着要奶奶盛饭给我，气得父亲抡起蒲扇就要扇我。奶奶见了，就赶紧过来挡在我前面。然后装上满满一碗饭，端条凳子，坐在竹床边上，一口一口地喂我，边喂饭还边给我打扇。

乡下蚊虫多，奶奶怕一把蒲扇驱赶不过来，也怕她自己打瞌睡了宝贝孙子会被蚊虫叮咬，就去树林里捡樟树籽。听说樟树也有公母之分，母的会结一树青色的小果子，黄豆般大小，到夏天变成黑色，成熟了就会落下地来。奶奶就挎着一只小竹篮，去树底下一粒一粒地捡，每天能捡百来粒，就这样积少成多，半个月下来也能捡拾大半篮。拿到榨坊去榨油，大半篮的籽只能榨出一斤左右，

*作者简介：徐和生，网名清风明月，江西横峰人。穿行在清风竹影中的自由职业者，中国著名行走散文作家联盟成员，自媒体《行参菩提》签约作家，《香落尘外》《第五季微刊》专栏作家。

还得交油租给榨坊。奶奶拿一个玻璃瓶把油装好，每晚就用鹅毛沾着油涂抹在我的手臂和大腿上。那种味道不好闻，我总是不肯搽，但实在是顶不住蚊子的叮咬，最终都是妥协。

我每天傍晚就这样躺在竹床上，等天黑了就数天上的星星，那时候天上的星星真多啊，满天都是，密密麻麻的，数也数不清。还有一滑而过的流星，有时东边滑过一颗，有时接着西边也滑过一颗，流星拖着长长的尾巴，像绚丽灿烂的礼花，美丽极了。每看到一颗流星落下，我都忍不住惊叫起来。在那个年代的农村，流星是农村夜晚一道靓丽的风景，是孩子们对未知世界一个美丽的梦。长大以后我去了苏南地区打工，不知道是因为苏南地区工业发达，空气中的漂浮物多了，还是自己眼睛变近视了，那满天的繁星已是很少再见过。

奶奶每晚就这样坐在我竹床旁边，挥着蒲扇为我扇风，一边讲着故事。她说天上一颗星就是地上一个人，如果地上的那个人死去了，属于他的那颗星星就会掉下来。所以那时候心里很矛盾，一方面想看到美丽的流星，可一想到将会死去一个人，又会为那个人的家人感到伤心难过。奶奶告诉我说，等她死了，那颗星星也会掉下来的。我问奶奶："奶奶，哪一颗星星是你呀？我叫孙悟空把它藏起来，不让它掉下来。"奶奶说："你找到自己的那一颗，旁边围着你的那一颗就是奶奶。"我于是找啊找啊，天天晚上数着数找，从小找到大，从少年找到青年，一直到如今都没有找到那颗属于自己的星星，反而天上的星星在我的眼里已是越来越模糊和稀少了。从此也没再看见过流星滑落。我就这样在满天繁星中寻找属于自己的那颗星，日复一日，慢慢长大，奶奶也慢慢老去。成年之后，我就远离家乡去苏南的无锡打工了，那段时间，奶奶隔三岔五地就叫父亲打电话给我，叮嘱我吃饱穿暖，不要与人吵架斗气，出门注意安全，与人说话要和气礼貌，每次通话都要念叨一遍。千里之外听到奶奶的声音，倍感亲切，尽管她不断重复地说着那几句话，我却一点儿也不觉得烦，仿佛奶奶离自己很近，就在身边，让初次远离家乡的我感到非常的温暖和亲切，心里感到踏实和安全。过年回家时，我特意到服装店给奶奶挑了一件价格不菲的裘毛马甲，把奶奶乐的，穿着马甲满村子地跑，逢人就炫耀，直夸奖她的宝贝孙子乖，没有白疼。那几天我一出家门就是村里大爷大妈们赞许的目光，一个个都夸我懂事孝顺。反倒弄得我不好意思出门了。

如今奶奶离开我们已经整整八年了，往事历历在目，亲情永远萦绕心间。多少个夜晚，我仰望星空，依然在执着地寻找属于自己的那颗星。因为我知道，只要找到自己的也就可以找到奶奶的那颗星了。但岁月不饶人，我的视力大不如前，再也很难见到满天繁星了，也没看见过属于奶奶的那颗星从窗前滑过。不，它永远也不会落下来。它会一直在我生命的天空里照耀着我，让我懂得感恩，懂得去爱家人。

奶奶永远活在我的心中。

请给我黑色和直线

于敏*（江西省）

我和妻结婚一年了，一年来，我们大大小小地吵了很多次，加上工作也越来越忙，没了恋爱时的热情，昨晚又吵了一次，此刻，我坐在一个长者的办公室，跟她说起这些事，她是我的一个亲戚，在医院是肝病门诊的主治医师徐医师。

她并不是很惊讶于我所谈起的话题，只是觉得我还小，不太懂得生活，叫我心平气和地去解决生活中的小问题，我打量了一番她的办公室，墙上挂满了康复后的病人送来的锦旗，上面都是“妙手回春，医术精湛”之类的话，署名和日期，办公桌上堆满了病历，她随手拿起一个翻开，告诉我这个病人是个15岁的小女孩，她携带乙肝病毒三年了，父母关系一直不好，但是他们从未放弃对她的治疗，父亲带着她四处求医，现在的治疗主要是给她打针，一个星期两针，她说她最大的梦想，是健康和幸福的家，说着有个小女孩进来了，叫了徐医师，徐医师笑着说：“来啦，今天还打针。”小女孩笑着点点头，外面忽然下起了大雨，小女孩没带伞，有点担心，徐医师安慰地说：“没事啊丫头，不会下好久的，等雨停了再走吧。”说着把开好的单子递给她，示意她上楼去打针。忽然间，一丝想要有个孩子的想法在脑海一闪而过。也许多了一个人，生活会变得不一样，一成不变的生活，会过于枯燥和乏味，时不时地改变一下，生活也就更有趣味了。

已是上午九点，正是徐医师最忙的时候，我退出了办公室，医院的走廊很舒服，六月的天气来点雨，雨中夹杂着一点风，很是凉快，我不想去工作，也不想去别的地方，就在走廊上踱了踱，看看墙上的防病毒知识，看看窗外车水马龙，忽然电梯门开了，我正好走到那里，迎面出来的是一个骨瘦如柴、脸色蜡黄、穿着朴素的40多岁的女人，手里提着一个袋子，和她对视了几秒，没说话，她便走向徐医师的办公室，我从没见过那么憔悴的人，似乎自己知道什么，所以面无表情，既无恐惧，又无担忧，只是平静地向前走，我好奇地跟了过去，

*作者简介：于敏，女，来自江西九江，法学在读，热爱文字。

门关着，透过办公室的玻璃窗可以看见徐医师很费力地在跟她解释什么，女人背对着我，看不见她的表情，过了好一会儿，女人走出了办公室，没过几分钟，她又折了回来，徐医师又跟她说了很多，女人只是听着，没有说什么，徐医师便打了个电话，不一会儿，院长来了，院长也是个女的，很年轻，众所周知，她刚刚读完博出来，能力很强，又进去说了些话。

走廊里来来往往的人很多，雨小了点，我也没再看见那个打针的小女孩，许是坐电梯下楼走了，听着雨水滴落的声音，我想起了妻，其实她也就娇气了点，平时也不怎么会做饭，可能刚刚开始，还不太适应，院长和那个女人已经走了，我进去跟徐医师说我也回去了，还是忍不住问了刚刚什么情况，她表示很惋惜，那个病人已是肝癌晚期，但她只带了7000块钱来做手术，还是借的，更可怜的是，她的一双儿女在她之前也因这个病离开她了，老公也跟她离婚了，徐医师一个劲地摇头，说医院也不敢接这样的病人，刚刚院长也跟那个病人解释了很多，不知道是不是被触动了，我的心竟被深深地刺痛了一下，半晌，沉默不语，直到手机响了，妻打来的，我不愿接，徐医师笑着让我接，滑到接听键，一个陌生女人的声音，说妻工作的时候晕倒了，我挂了电话就开车去接她，见到妻，不免用责怪又担忧的语气说了她两句，就带她来了徐医师这里，妻不说话，嘟着嘴，还像个做了错事的小孩儿。

徐医师问了她几句，她头还晕着，恶心想吐，说早上没吃饭，昨晚吵架赌气，故意不吃，徐医师就像妈妈对女儿一样地安慰了她几句，就让她去做检查，我陪着她去了，让她在那里等结果，我去买点吃的，等我回来，她已经在徐医师的办公室了，还挺高兴的，见我一来，妻一上来就抱着我，完全不怕别人说笑，徐医师也笑了，说妻怀孕两个多月了，我还没回过神来，妻又说了一遍，我很开心，是真的很开心，之前的不快全都烟消云散了，还责怪她怎么跟个孩子似的，自己都不知道，妻笑了，接过我手里的热奶，就拉着我往外走，徐医师让我等一下，悄悄对我说："她很可爱。"我点点头。

走到电梯这里时，电梯刚开，走出来的又是那个脸色蜡黄的女人，我想对她说点什么，却又开不了口，想想还是算了，便带着妻进了电梯，"你的妻子很美，祝你幸福！"完全没有预料到，在电梯关门的最后一刻，她对我说了这句话，我对她点了点头，不知她有没有看见，右手紧紧抱着妻的胳膊，吻了她的额头。

下午，我让妻在家休息，自己又来了医院，带了一笔钱，希望能帮助那个病人，徐医师说："不用了，她走了。"我继续追问时，徐医师只是摇摇头，原来走的时候又看见那个病人，她是来要一张证明的，她知道自己已经这样了，但是她还是想给自己希望，临走之前，只想要个痊愈的证明，骗骗自己，回到老家，去女儿和儿子的坟前看看，她希望徐医师再给她做一次检查，然后把所有红色的阳性都改为黑色的阴性，把弯曲得吓人的病毒线，改为一条直线，那便是痊愈的标志，她别无所求，院长批准了。

“请给我黑色和直线。”徐医师说那是她开口说的第一句话，也是最后一句话。

我打开手机，看着屏保是我和妻的结婚照，心中五味杂陈，生活，它总是这样，不要把问题想得太糟，也永远不要，失去希望。其实现在，我们很幸福，只是我们习惯于追求更好的，却不小心忘了最好的就在身边，幸好，生活，才刚开始。

温情南瓜

郑探空*（江西省）

清明前后，栽瓜种豆。天气晴好的日子，母亲寻出去年留好的老南瓜子，温水里浸个透，再用湿布包好，外面裹层不透气的油纸，白天放在贴身口袋里，晚上用碗倒扣在尚有余温的灶台上。两三天后，见种子张开了嘴，吐出了白白嫩嫩的芽尖，母亲便扛着锄头，走进春风里，在松软潮湿的土地上种南瓜。

母亲喜欢把南瓜种在庭院的角落和山坡的荒地上。南瓜好种易活不娇气，背阴向阳，地肥地瘦，它一点儿也不挑剔。种南瓜时，母亲挖出一个个深坑，每个坑里倒上半簸箕鸡窝里刚扒出的鸡粪，再填好土，芽尖朝下把种子浅浅种在地里。南瓜不能种重茬地，去年种在东边墙角西边荒地，今年就种在西边墙角东边荒地，每年瓜藤都爬满庭院瓜架和山坡。

春天雨水多，时令一到，南瓜苗一个劲疯长，根使劲儿往地下扎，及至吸收到底肥，瓜藤粗壮得像绿蛇，昂着头吐着须，顶着黄花绿叶四处窜。种在庭院角落的南瓜，母亲给它搭瓜架，引它上架。攀上架子的瓜藤，蒲扇样的圆叶挨挨挤挤，很快将架子遮得严严实实。金灿灿黄艳艳的南瓜花，没几天结出嫩绿水灵的瓜蛋蛋儿。瓜蛋蛋儿长得飞快，一天一个样，在架子下悬吊着，一阵风吹来，晃晃悠悠似乎要将藤扯断，看得人惊心。见瓜越长越大，瓜藤坠得实在吃力，父亲便搓几段草绳，笼着瓜端在架子上，不让它继续往下坠。栽在坡

*作者简介：郑探空，1979年生，教书为业，执笔取暖。

地上的南瓜，母亲由着它的野性子顺地跑，满山爬，任它把结出的瓜偷偷藏在叶底下，藏在草丛中，东一个，西一个，自以为没人知晓。母亲不管它，闲时给它追几次肥，秋天一来，便挑着箩筐去地里收金黄金黄的大南瓜。

南瓜愣头愣脑的，皮实憨厚，不比西瓜，在烈日下一暴晒，啪的一下裂开了，不裂也要塌层皮；也不比毛茸茸浑身刺儿的冬瓜，连下了几天雨，被雨水一浸泡，立马烂成一摊泥。深秋的老南瓜表皮金黄疙疙瘩瘩，包着层角质蜡，坚硬粗糙，虫子根本咬不动。

“童孙未解供耕织，也傍桑阴学种瓜”，小时候，常跟在母亲的屁股后，母亲在前院种下一棵瓜，我也在旁种下一棵瓜，母亲种的瓜油绿蓬勃长满瓜，我种的瓜蔫不拉几不结果，母亲总是笑话我。有一年，我在后山的荒地上偷偷种下两棵瓜，每天早上一起床，我就跑去坡地撒一泡尿，没事给它们松松土，浇浇水，捉捉虫，那年秋天，它们给我结了几个大鼓状，黄澄澄的大南瓜。收瓜时，娘乐得脸上开了花，爹用箩筐挑着大南瓜，我撅着屁股，把一个圆滚滚的大南瓜推回家……

嫩嫩的小南瓜，吃起来润滑爽口，适合打汤清炒。母亲更喜欢养老南瓜，看着南瓜在深秋里慢慢变老变金黄，浑身罩着一层雾状的粉。老南瓜筋少沙多糖分高，吃着味儿特别美，留到来年春天也不会坏，就怕老鼠挖洞偷着吃。

在那物质匮乏的日子里，南瓜总是充满温情。作为粗粮，南瓜填饱过一家人的肚子，也可做菜下饭，还可做成香喷喷的南瓜饼犒劳家中的一帮馋虫儿。每年收完瓜，母亲总会挑些有闲的日子，剖开三四个老南瓜，红瓤金肉，发出一种特有的清香，切面泌出一颗颗晶莹细腻的珠。母亲掏出瓜子，洗净切块，放在隔水的窝里蒸熟，冷却后迅速去皮碾成泥，和着糯米粉白沙糖搅匀做成饼，在滚油里煎得金黄嫩脆，趁热吃得我们舌尖冒火满嘴生香。掏出的南瓜子，母亲挑一些完好无损颗粒饱满的放在窗台晾干留作来年的瓜种，剩下的瓜子放在热窝里翻炒，添上油盐干辣椒，再放几瓣去火的干桔皮，好吃得连瓜子壳都舍不得往外吐。家里来了客或邻居串门，母亲抓一把往人家手里塞，吃的人直说好香。

笛声悠悠

李淑英*（辽宁省）

北山，早晨好！

这是一个细雨缠绵的早晨，虽值秋日，但初秋八月的细雨清爽而又滋润，温婉而又宜人。这样的早晨，撑伞是一件多余的事，蒙了一身的雨润，像花坛里的花儿，娇嫩得多了些舒服而又飘逸的感觉。那远处的大山，空灵而又娴静，心情似乎也多了几许如流萤般的轻巧了。

许是丝丝雨雾的秋意，又怕是有了大雨姿肆的倾注，晨练的人儿少了许多，没有了往日的喧嚣。

此时的北山公园，如同一位温婉的女子，宁静地等候着如丝如缕漫步的游人。

我喜爱这样的迷蒙，仿佛这里只属于一个人的。一个人自由自在地漫游，一个人拥有这样的空灵，于是，像朱自清先生说的那样："什么都可以想，什么都可以不想，便觉是个自由的人了。"仿佛自己便是这画中人了。

拾阶而上，假山石的瀑布轻盈而流动，努力拱起的假山似江南水乡中巨大的盆景，鱼儿在水中畅游，微微有些风动的时候，水影便会动起来，鱼儿们似乎受到了小小的惊吓，忽地向静处游去。

站在象征着"一帆风顺"的城墙上，俯视着霏霏雨丝中的北山公园，眼前三三两两的太极拳爱好者，在《渔舟唱晚》的古筝声中柔和而富有节奏地打着太极。

看着看着，慢慢的我发现，太极拳法似乎更适合在细雨迷蒙的天空里舞动，显得更加妩媚动人。像一首诗般的美妙，伴着悠扬的曲调，更加有韵味，尽显出它的婀娜多姿。

我感叹，生命的律动是这般美妙。

我喜爱这富有诗意的韵动，但轻易地却不敢碰触，生怕一个不小心，将这妩媚的诗性拳法，打得一塌糊涂。

正待我转身离去之时，山林里传来凄美而又缠绵的笛音。

---

*作者简介：李淑英，笔名英子，现居辽宁省宽甸县水电六局。

我的心一阵悸动与欣喜，是谁在吹奏这首《梅花三弄》呢！

笛音将我引向一条悠然的山中小路，那笛音是从半山的亭子中传来的。

雨丝依然飘洒，山里的空气氤氲而沾染着草木的味道。雨雾弥漫着树木，枝丫上湿润的叶子，此时更加鲜绿些了。凝视着山林中的每一处，身心便有了翠绿般的感动！

听到鸟儿们的叫声，许是鸟儿们在表达着爱的信息呢！而一管瘦竹流淌出的韵律正向四周蔓延。

寻觅笛声，想看看这一管瘦竹的吹笛人，是位年轻人吗？

一种心灵的默契让我无法释怀。

这是我想要的那份心灵感动吗？

听着这一管瘦竹淌出的缠绵之音，迷离的思绪，伴着笛音向四处散去。

我看到吹笛人竟是位老者。

我坐在亭子的石凳上，一手托腮，让心与梅花的泪一同沉淀于久违的笛音。

我与吹笛人攀谈起来。

老者长得清清瘦瘦，今年六十九岁了。我感到惊讶，他酷似日本著名歌星谷村新司。而谷村新司的《星》曾迷醉了多少人。他很健谈，而且说话诙谐幽默。

我好奇他为什么喜欢《梅花三弄》。

他说，二十九岁的那年，他离婚了。妻子决绝地转身离去，去了一座离他不远的城市。他带着两个孩子，一守就是一辈子。

他的女儿二十四岁那年出嫁了，儿子腿有残疾，如今也没有娶上媳妇，靠打些短工度日。他在城里的医院病房打扫卫生，每天要做很辛苦的工作。

我暗自感叹，这样沉重的生活负担，他看上去仍然乐观开朗，像是在讲述别人的故事。

他是一个有故事的人。小的时候，他住在沈阳，他的父亲原本是民国时期的一位大学教授，一九四九年国民党退往台湾时，他父亲病死在去往台湾的船上。

他不仅笛子吹得好，京胡的气场拉得更是如醉如痴。

二十九岁到六十九岁，这中间要经过整整四十年的岁月磨合，四十年里，他没有再婚，他没说为什么。

十多年前，为了生存，他毅然领着孩子来到了城里。多年后的今天，他变成了城市边缘人，没有自己的房子，住的是租的房子。后来在城里住久了，政府给他安置在指定的廉租房，他很感激，知足常乐。

听完他的故事，我有些酸楚，同时又被这位吹笛的老者深深地感动着。

“男人的一半是女人”，这是一位著名作家说过的话，而我想，在这个谈情并可以大声说爱的时代里有多少爱来去自若，又有多少有始无终五花八门的爱令人迷惑，让人眼花缭乱，目不暇接。而生活的温情却没有过多地在吹笛人的身上体现，女人似乎与他无缘，四十年的孤独岁月，又该是一种怎样的岁月煎熬呢？

后来我与吹笛老人熟识了，成了忘年之交。

他常说，他的那些恼人的事情，都会在笛声中悠扬地散去。笛子给了他生活的胆量，没有任何力量能超越他对笛子的挚爱，也是他一生的痴爱。

又是一个秋雨淅沥的早晨，《梅花三弄》那缠绵凄美的笛音又一次从山林中隐隐传来，我仍旧踏着那条山中小路，向笛声悠悠的亭子踱去。

我止步在亭外的小雨中，听着那缓缓深情的笛音，那是我也熟悉和感动的一首歌，喜欢它，是它的歌词曾经感动了我。

轻轻地，一滴眼角的泪划过空灵款款的笛音，交织在“问世间情为何物”的泪眼婆娑里。孤独的灵魂也许永远找不到为爱纠结的答案，而红尘中的痴情者又有几人不是在寂寞中寻找着一丝温情呢？

吹笛的老者“若非一番寒彻骨，哪得梅花扑鼻香”的重生中，超越了爱情的生离涅槃，在笛音渺渺的空灵中，享受着他那短暂的眷眷之情。即使生命里没有相悦的爱人，也要将自己孤独的灵魂赋予高贵的笛音聊以慰藉，让记忆的残痕一次次融化在忘却的忧伤里。

听笛人似乎读懂了吹笛人的情感浮沉，或许，笛声给了他一份渴望，给了他一份美丽的翅膀。笛声让他在大自然的怀抱中挥霍着情感的独白，用笛声去读懂对生活的诠释。

我徜徉在林中，抚摸着那些笔直的树干，抬头望去，年轮的时光那样久远。凝眸一视，每一处都是悦人的风景。我没有打扰吹笛老人，望着他渐渐远去的背影，仍旧沉浸在笛音缭绕的暖意中。

悠悠笛音，让我难以忘怀。面对空灵而又雄伟的崇山峻岭，我想，人的生命是否也像大山这样生生不息地挺拔呢！红尘之外的风景定会是另一种美丽，人世间的忧伤都会渺小地尘封在曾经痴迷如磬的尘埃里了！

也许，吹笛的老者，便是这样的人。

那一场花瓣雨

马金海*（辽宁省）

京桃开了，两树。一树洁白，一树粉红。

两棵树很高大，褐红色的树干，枝条上开满密密实实的繁花，把后面的高楼大厦都遮住了，壮美无匹。在一屏疏朗的蓝天映衬下，在一场酣畅夜雨的清凉气息中，开得姹紫嫣红、惊天动地。两旁，是十几株翠绿了一冬且曾点染得附近一派生机的雪松，此刻却萎靡得那般憔悴，一冬的荣光都被这两株京桃清晨的绽放给夺走，路过的人无不驻足赞叹。

他，也被这美妙景致惊呆了。

两株京桃的前面是铺着彩砖的人行道，再过去是马路。这里有个小小的公交车站点：一盏路灯，一块站牌，一路公交车。

他是到这座城市读书的。这是个滨海城市，有一全国知名的大学，他就在那里读书。姐姐也曾就读于这个大学，毕业后，就嫁在了这座城市。

几乎每个星期日，他都要来姐姐家，改善伙食，换洗衣物。周一，再坐早班的公交车返回大学。不来是不行的，那会惹姐姐生气，姐姐就如他的第二个母亲。

今天是周一，刚到这站点，就和其他的路人、等车人一样被这两株京桃的怒放震撼住了。他喜欢那株白衣仙子，那树桃花每瓣白花的根部都嵌有小小的绿萼，极为清新、纯美，淡雅出尘；那株粉红的，则婀娜、妩媚，摇曳多姿。两个美丽的仙子。两株树每个开满花的枝条都努力向前伸去，充沛的活力、曼妙的身姿、淡淡的清香，把空气感染得都要笑起来。

这时，他看到了她，真正看到她。确切地说这是他第二次见到她。若不是她主动打招呼，若不是她那双明眸，那远山一样的黛眉，他真的认不出她。

那是个雪后的清晨，他的脚刚踏上公交车，忽然看到司机的神情有异，顺着司机的目光，恰看到一个女孩摔倒的身影。他与司机对望了下，迅速下车跑了过去。那女孩因为急切赶这趟车，跑得快些，从她摔倒的姿势，他感觉会摔

---

*作者简介：马金海，辽宁省新民市地震局工作，中国诗赋协会会员，辽宁省诗词协会会员，新民市诗词楹联协会副会长。

得不轻。女孩挣扎着想站起来，可没能。他安慰女孩，让她安定一会，然后试着扶起她，女孩努力地站了起来走向公交车。在向他致谢意的时候，她皱起的眉头，半盈着泪的双眼，甚至连声谢谢也说不出来的样子，他晓得女孩一定摔得很疼，虽然他看不到女孩口罩后面的脸。

这一次，他看清那女孩，雪白的绒线围脖，白皙、光洁的额头，浅浅的笑靥，明眸深邃如海，闪动时波光潋滟。清丽、文雅、脱俗，一如她身后的那株开白色花瓣的京桃花。

“那天，真的谢谢你”女孩的眼波流动，有一抹晶莹的光闪过，他今天很帅——宝石蓝的牛仔裤、黑色的套头绒线衣，一头浓密的卷发蓬松到前额，英眉如剑，朗鼻若峰。

“不客气。”男孩有些窘迫，避开双眼装作去看桃花。这时，公交车进站了，他们双双跳上车。女孩选了一个靠门座位，男孩则径直走到车中央，把着扶手站着——他认为车上的座位不是留给他这样身强力壮的小伙子坐的，今天却有避开那女孩感激的目光的意味。

下一站，女孩把自己的座位让给一位新上来的老人，也站到车中央，男孩把他的扶手让给她，他们并肩站在一起，相视一笑。虽然，她望着车窗外，但男孩知道那女孩的目光如她发端的清香若即若离笼罩着他，一种崭新的情愫在他们心里发酵，发酵于这个别样的春天。

再一次见到她，小站落花已是缤纷如雪。

男孩开始喜欢这个小站。每当他闲下来、静下来，心绪总是若有若无的想到这里，想到那树桃花，那如桃花般的女孩，甚至有一次在梦里来到小站乘车，一路的桃花绽放。

花落的时候，香气最浓，那是青涩走向成熟的最后一次释放。他不用回头，便已感到她来了。

黑色的长筒靴，红呢裙，红呢圆檐帽，帽上斜簪着一朵玫瑰，衬着如雪的芳颜。

刹那间，他将这春的天书读懂：两树桃花的盛装炫放，都是为了等待此刻她的到来。

“我要去参加同学的生日Party。”她说，“哦。”他答。

“你今天真漂亮！”他脱口而出，两瓣桃花飞上她的脸颊。

他们相向而立，脚下花瓣如海。空气中流动着一丝温馨、一丝浪漫、一丝淡淡的暧昧与尴尬。

一阵微风像一个顽皮的孩子，突然从树后穿出，扬起一天的花瓣，纷纷袅袅地撒在他们的头上、身上。猝不及防的他们霎时呆住了，任花雨肆意倾泻。

公交车进站了，他们来不及扑掉头上的花瓣，忙忙地跳上车。在车中央并肩而立，相视一眼，会心笑起来。

“妈妈快看，新娘子！”一个童稚声音响起。满头花瓣的红衣女孩真的好似步入婚礼殿堂的美丽新娘！笑语漾满车厢。他与她的脸绯红如红色花瓣。两树桃花！

青桃如豆，他在树下徘徊等车。青桃如眼，他在树下辗转等车。青桃如梅，他在树下彷徨等车。车每次如约而至，心上桃花却从未如期而来。

燕子去了，桃儿落了，小站依然。谁还曾记得那一个春天，那两树桃花以漫天花瓣来捉弄一双玉人，那一场花瓣雨淋透的青春衣衫，需要一春、一夏、一秋、一冬或一世的相思来晒干。

有时，一次偶然的邂逅，须用一生去遗忘。

霓虹灯下，“醉着”的人

潘玥吉*（辽宁省）

暮夏的傍晚，夕阳在天边留下最后一抹嫣红，晚风将暑气渐渐散去，城市的霓虹灯亮了。桥边美食广场的烧烤、小吃摊烟火缭绕，香气氤氲，散去了汽车的轰鸣，蒸腾出美味的食物，食客们享受而满足的神情在霓虹灯下朦胧着。桥下的衍水默默流淌，听过金戈铁马，看惯兴亡更替，又带着斑斓的灯影流向永远的远方。

每个夏天，只要我放假回来，都会在晚饭后陪妈妈来这里散步。对岸人影憧憧，河面上星光点点，我喜欢这喧嚣中涤荡出的宁静。

七月，又是一如既往的炎热。那天，我和妈妈依旧牵着手在河边慢慢走，忽然，一个醉眼惺忪的大叔迎面而来，冷不丁地向我们伸出大拇指，口中含糊地说：“阿姨，你是这个！好样的！”我和妈妈心中有些害怕，妈妈说：“对不起，我们……好像不认识吧？”大叔说：“阿姨，妹子，我不是坏人，我就是心里苦，我想说说。你们知道吗？我今年五十多岁了，老婆嫌弃我，女儿不认我，竟然还背着我，和一个下三烂的男人结婚，我的心里实在是苦啊！”妈妈安慰说：“可能是孩子还不懂事吧，或许多沟通就会好的”他说：“阿姨，

---

*作者简介：潘玥吉，辽宁人，医学硕士，性情恬淡，喜爱琴书，好读诗文。

你不懂，我，有钱，我为女儿投资了一个婚纱摄影，我希望她嫁个有脸面的富豪。结果呢？她不认我，嫌弃我，现在，你看看，我，就是一个垃圾，就是被她扔了的垃圾，我女儿可漂亮了，怎么就不认我了呢。阿姨，你，这个！牛！大妹子陪你，牛！我，什么都没有了啊！过得还像个人吗？呜……”

在反复的交谈中，他语无伦次地重复着愤恨的话语，满脸泪痕，情绪激动。渐渐地，我听出了他内心的苦闷。人到中年，亲人在同一个城市却不愿相见，孑然一身，在缭绕的烟雾和迷离的灯光下借酒消愁，眼前一切事物都灰蒙蒙而泪斑斑。偶然见到牵手散步的母女，蓦然激起心中对亲情的渴望，那份凄凉酸楚的感觉比河水碰撞出的漩涡还要纠结吧。

霓虹灯下，他摇晃着消失在人群中，冷漠的人会无意识地瞄上一眼，好奇的人会猜测他烂醉的缘由，无聊的人会嘲笑他的落魄，而他也会很快被这灯红酒绿的世界湮没、遗忘。但我和妈妈都会记得他无奈的动作、渴望的眼神。

今年九月，我再也没有开学，妈妈不放心，说一定要送我去工作地看看。妈妈牵着我的手走进小学校门、中学校门、大学校门、研究生校门……小时候妈妈拉着我的手给我保护，如今她已白发苍苍，我拉着她的手，为她看清前面的路。这一个月她经常回忆起霓虹灯下，那个醉着的背影，一阵感慨后又满脸幸福地问：“女儿呀，咱俩遛弯儿去？”忽然觉得，我心里是这样的温暖与自豪。

牵起妈妈的手，行走在霓虹灯下，我要握住这份幸福与温暖。

父亲永远……

张新春*（辽宁省）

这一天，在我，并没有任何不祥的征兆；但就是在这一天，父亲非正常地离开了人世——在家乡的一条新修不久、宽阔平坦、穿镇而过的公路上，一辆不该开得那么快的东风牌油罐车撞上了（骑自行车）正欲过马路办事的父亲……走了近62年人生的父亲，没能走过那五六米。“人生天地间，忽如远行客。”（《古诗十九首》）

……父亲是领母亲看了医生、吃了早饭、穿戴干净整齐后比平时晚些时候

*作者简介：张新春，辽宁新民人，1963年11月生人，大专学历，编辑职称，喜爱文史。出版有《打造与状况——关于“康乾盛世”之官吏及“康乾盛世”》。

出的家门……父亲耳朵有点背，也许当时他没有听到身后汽车驶来的声音。父亲眼睛有点花，也许当时他由右至左斜穿马路时习惯地回头望了一下但没有估计准后面驶来的汽车与他的距离。父亲的包括我在内的儿女们都不在身边，也许当时他一下子想起了包括我在内的他的哪一个儿女于是精力便不再集中。父亲没有衣食温饱身体病痛之虞，也许当时他正在思考如何在有生之年再为村里家里儿女们做点什么。父亲爱主持公道，也许当时他正被他所得罪的人的诅咒缠身于是正不压邪。父亲不相信任何宗教、迷信，也许当时他被鬼使神差地隐了身——那肇事司机看不到他，他倒下后（侧卧）许多非常熟悉他的人也没有认出来是他。父亲……也许……或可更俗一点儿地设问：那是缘何的一种“报应”？任凭有多少种假设，都难解我的心头之惑。

这么惨烈的事情的发生，作为有血脉相通的儿子，我怎么会一点儿先兆没有察觉到？“人身安全，与生俱来”“不安全的事情随时有可能发生，所以要随时注意安全”“侥幸之心不可有，预防之心不可无”“要永远安全，就必须永远注意安全”，这是父亲出事前那两天我在工作岗位参加安全活动时填写的4张《安全警示卡》，也许这是先兆？难道冥冥之中我已有了担忧？整理旧作时，偏偏着意把《父亲那“一巴掌”》剪编留存了下来，也许这是先兆？难道冥冥之中我已有了预感？但这一天——将永远铭刻在我的记忆中的一天，我没有一点儿不祥之感。这种事后的回忆和追溯是徒劳而于事无补的，但也是自然而然、情理之中的。不是找到先兆会有利于接受，而是事情一旦如天降般、飞来般、晴天霹雳般，便似乎非“迷信”不能解释。

“五一”长假的最后一天，我赶回家看望父母，一样地来去匆匆，一样地没说上几句话（回去给父亲办丧事时方知父亲对我这一次的来去匆匆非常不满：“他那叫回家啊？没说上几句话。”）。不曾想那一别竟成永诀——仅仅27天后，再见到父亲时，他已经冰冷了，脸上还留有一丝污血。我无法抑制我的泪水……一个司机的一个疏忽，让我们姐妹弟兄没了父亲，让我们的母亲没了丈夫，让……父亲就那样无病而终了，那是怎样一种让我们念想的方式——尽管每天都会有人令人惨痛地以这样喋血的方式离开人世（原谅我这样对比），但这一天以这样的方式离开人世的人中只有这一个人是我的父亲——啊！离开家的时候还是一个乐观、热情、健康（如果父亲身体不是太好，甚至不能骑自行车）、脸上常挂微笑、花甲刚过的人，回来时（7天后）就仅剩一盒骨灰了，那是怎样一种让我们难以接受的、残酷的现实啊！

今年春节我没有回家。这让父亲很是不高兴，甚至还对回了家的姐弟妹大发了怨言，任凭姐姐怎么为我辩解开脱；一个没有我在场的春节就那样没有过好，竟至不欢而散……我头脑中的概念，父亲不过还是四五十岁，“老”还离他很远；他还希望儿女在外闯荡出点名堂来。事实证明，不是这样的，父亲已经老了，是我不知父亲老之已至，他开始需要来自儿女的不仅是物质上的更主要是精神上的关心和寄托了，他开始需要儿女的亲近了。但我疏忽了，我没有深刻地思考过这个问题；这些年来，我一直缺少与父亲做一些正面的、足够长时间的、推心置腹的交流。我明白得太晚了！我不能原谅自己！我永难释怀！我对不起父亲！冲撞发生的那一刻，也许父亲还带着对我的深深的怪怨。

那一刻，父亲也许会感到一阵剧痛。那一刻，父亲也许会有一两秒钟的时间思考一下死亡。那一刻，父亲也许想要说些什么。那一刻，父亲也许有了更多的牵挂。那一刻，父亲也许会感到一种从未有过的解脱。那一刻，父亲的脸上也许还带着他那乡亲们都熟悉的微笑……

父亲想有一辆电动自行车。父亲想在端午节带上酒、肉和粽子再去爷爷、奶奶的坟头祭奠。父亲想建一个饲料厂。父亲想养更多的猪。父亲想带着母亲去北京看看毛主席纪念堂和天安门还有长城。父亲想在家门口的村路修好后多带母亲出去走走。父亲想过几天放暑假了就可以看到孙子（弟之子）了。父亲想老了以后到我身边生活。父亲想……父亲有时间在“那一刻”把这一切再想一遍吗？今天的一切都不属于父亲了——除了那一方墓穴。

对于父亲的“那一刻”，我总在猜想，我只能猜想；而猜想父亲的“那一刻”，是最让我痛心的。父亲一定没有为死亡做过任何准备，所以他就那样毫无准备地死亡了。他的非正常死亡彻底打乱了我们的正常生活。这样的突发事件，这样的意外，必然会在一定程度上改变我们（亲历者）对社会、对人生、对家庭乃至对死亡的认识和思考。原来，死亡是可以离我们这样近的。原来，生命是可以这样脆弱而难以把握的。原来，人生是可以这样突变的。原来，司机、车辆、交通是可以……

“生之徒，十有三；死之徒，十有三。人之生，动之死地，亦十有三”（《老子》），父亲一动入三。“行车走马三分险”，父亲一遇十分。“人莫蹶于山而蹶于垤”（《淮南子》），一垤闪失，父亲便只能是英雄气短。“行行如也……不得其死然”（《论语》），硬朗的父亲果然刚则易折！？

最是母亲难过，除了泪水，就是诉说：“撞的是他吗？他会回来的。”“我怎么就没多和他说几句话，那样不就错过了。”“我不让他急着去，他怎么一句话也不说，他怎么不和我吵几句？”“那么长时间不回来，你们要在家也好快去找找你爸啊！”“怎么那么多人看到他躺在那里，就没人认出来他呢？”“他是给一下子就撞死了吗？不能抢救了吗？”“我们也没做过什么伤天害理的事儿啊！怎么就摊上这样的事儿了？”“七个月没了妈，老了又没了伴，我的命咋这么苦啊！咋这么硬啊！”“日子一天天好了，该享享福了，可你咋就没这个命呢？”……

最是母亲难劝，不仅亲朋，还有故旧：“劝皮儿劝不了瓤儿。你再悲伤、再后悔，他也活不过来了。”“他撇下你不管了，你还管他干什么。”“你要坚强。你这样，儿女怎么办？”“儿女都孝顺，现在就得多为儿女想想。”“他这样死了，就是让人想念。想归想，今后的日子还得自己过。”“该井死河死不了；是福不是祸，是祸躲不过。你要想开一点儿。”“死生有命，富贵在天。他就这么长寿禄。他走了，把寿禄留给你了，所以你要好好活着。”“人间富贵他已经享尽了。走了他也是毫无牵挂了。”“你63了，他也63了，你们也算是白头到老了。”……

来自亲人的这样突然的、沉重的打击，是很难让人想得开的，如果坚强不够，那是会崩溃的。我们要坚强，要为母亲坚强。我们要劝母亲，劝母亲坚强；我们甚至不惜用查摆父亲的“不是”和讲述别人的不幸遭遇的方式来宽慰母亲。但，我知道，母亲的悲痛和悔恨是无人能替代的。左眼高度近视、右眼刚做完视网膜脱落手术的母亲也在坚强，在为儿女坚强——母亲眼中的世界一定更朦胧、更黑暗了。

“……在大‘割资本主义尾巴’的年代，他敢于带领社员发展农村经济，建砖窑、搞运输、种经济作物、支援油田建设，却受到撤职、批判。十一届三中全会以来，他积极拥护、大胆实践党的农村改革政策。面对侵害集体利益的行为，他敢于进行斗争……顿时众人祭，无语皆泪水。相告不成声，欲言泪复垂。听时不敢信，信时心已碎。”父亲的生前友好、村小学校长在父亲的葬礼上致了悼词。

在那条不知父亲多少次走过的长堤旁，在那条我多次和父亲和弟弟蹚过(钓鱼、摸鱼、淘鱼）的如今已几近干涸的小河边，父亲为爷爷“顶”了“脚”，方向正东南（土葬时逝者的脚要朝向正东南。而所谓“顶脚”，就是故去的儿子要葬在故去的父母的“脚”下面，如果有几个儿子，逝时就按正东南方向一字对称排葬；爷爷只有父亲一个儿子)。按丧葬习俗，母亲没有参加父亲的葬礼。母亲嘱咐我们带几副“创可贴”给父亲——这是母亲可以想到的——而此“创（撞）”岂可贴啊！和创可贴一起陪伴父亲的还有那部斑驳老旧的收音机——开关打开，音量调大，调到父亲喜欢听的台。母亲这样想到，让我心酸复心酸！

想起恍如梦，梦里默无语。父亲从此远，母子相对孤。

脚下的路

罗淑青*（内蒙古自治区）

当脚下的路不由你自己选择的时候，那将会是每个人终身的憾事。

我出生在六十年代，上面有两个姐姐，下面有三个弟弟。说实话，从小到大想象不到任何父母爱我的理由，出生就不被重视。可能因为我是第三个丫头吧，那时的农村，重男轻女的观念在人们心中已经根深蒂固了，一代一代地传承着。在我身下有了大弟弟的时候，父母的所有爱都落在他的身上。那是嘴里含着怕化了，头顶着怕吓着。全家都围着他一个人转。后来又迎来了两个弟弟。男孩是父母的心头肉，两姐姐都很强势。常言道：大的疼，小的娇，挨打受气半当腰。六个孩子当中，挨打最多的就是我。爹打，妈打，大姐打，二姐打……挨打后唯一可以释放的就是哭。上学后我学会了“屈辱”二字，明白了这两个字是对我哭声最准确的注解，哭声中也包含着我对屈辱的呐喊。

因为得哄弟弟，十岁才开始念一年级，一年只能上半年学。不管家里有什么事，都叫我旷课。妈和大姐不止一次和我说：你别念书了，在家哄孩子，给你做一身新衣服。但我没同意，还是坚持念着。整个小学由于旷课跟不上，我都是迷迷糊糊地熬过来的。到了初中，是在离家十八里地的乡政府中学上的学。远离了父母，远离了那些家务活，学习成绩也上去了，并且有一种天高任鸟飞，海阔凭鱼跃的感觉，虽然不给我好衣服穿，（全班好几十学生穿的最差的就是我）但精神是放松的，如果说一生中最值得留恋的，也是最开心的时光，就是那两年了。但是，好景不长，两年的时间很快就过去了。中考完，学生都放假回家了。暑假期间，同学们都三五成群，一起互相串门聊天，而我却被牢牢地拴在了家里，管理着家里的小卖店。开学时父母坚决地停止了我的学业。

那一年我才十七岁，正是最好的年华，却成了家里唯一的劳动力，瘦弱的我在农忙时得下地干活，农闲时打理家里的小卖店。那时交通不方便，全村就我家一个小卖店，所以顾客特别多，特别是一到中午和吃饭的时候，这个小卖店就像我一个人的，谁都不管，每天中午我都睡不上觉，一年四季我吃不上一

*作者简介：罗淑青，内蒙古兴安盟人，1964年生，曾是农民，现是自由职业者，喜欢绘画、音乐、诗和散文。

顿完整的热乎饭，只是常年吃着家里人吃剩下的饭菜。

我是父母手下唯一的兵，哪里需要哪里冲，不管酷暑严寒，日复一日年复一年的奔波劳碌着。与此同时，姐和弟也先后考上了父母所期盼的师范学校都成了铁饭碗，而我也定格在了面朝黄土背朝天的艰苦的人生之路。

由于父母的过度偏爱，眼看着姐和弟都成了铁饭碗，我整天心情不好，不爱说，不爱笑，这种失落、忧伤、怨恨疯狂地撕扯着我的内心，我变得郁郁寡欢，性格更加内向，不愿与人沟通，就这样，我得了“甲亢”。

因为有病，我被嫁给了一个穷人家，一结婚就过苦日子，大米白面连想都不敢想，上顿下顿都是小米饭，吃的都想吐。日子虽然很穷，但是我们年轻，有勤劳的双手和智慧，土话说得好：穷不死爱做的。没过几年的时间，从一穷二白到在全村脱颖而出，小有名气。但日子刚刚好转，丈夫突然发生了一场车祸，人事不知，当时直接带氧气雇车到医院，病情严重到血压是高压和低压加在一起才一百，血都要流没了，随时都有生命危险。医生也没有怠慢，马上做开颅手术，术后医生说也就能活二十四个小时，让亲人们都来看看吧。二十四小时的危险期挺过去了，三天又挺过去了，七天后出现高烧，医生马上切开气管，又下一个管子，胃管、氧气管、吸痰管、导尿管，全身插满了管子，一动不动，就是比死人多一口气，喂奶粉和药都得用注射器往胃管里注。终于在一个月之后，奇迹出现了，病人有痛苦的感觉了，能哼出声来了，在医院住了两个月，确诊是：重度颅脑骨折，广泛性脑挫伤，珠网膜下脱出血，脑硬膜处血肿，脑疝。后来发现两个眼睛什么也看不见，确诊由于脑外伤造成双视神经萎缩，根本就治不了了，最后只好遗憾地回家了。

为了治病倾家荡产，还欠了好几万元的外债，各种压力和难题像恶魔一样向我袭来，随时都要将我吞噬。因为农村都是重体力劳动，全靠男人支撑，你家男人残疾了，那你家就彻底不行了。有些亲戚朋友开始躲着我，疏远我，怕求干活，怕借钱借米的，那时是我人生中最低落的时候。我自卑到不敢看别人的眼睛，为了生存，为了还债，为了使死里逃生的人能好好活下去，本来就体弱多病的我，做出了超乎常人的举动，我给自己制订了计划，几年内还完外债，几年内把变卖的家产都置回来，我开始省吃俭用，好几年不买吃不买穿，所有的收入全还债。单是出院那年，我就吃了一年的葱蘸酱，当然，得给有病的人和脑积水的孩子弄一小碗菜。

二〇〇八年春，我的身体已严重透支，紧接着就是二十二岁脑积水孩子的死亡的打击，我彻底地垮掉了，什么活都干不了了，我悲伤至极，泪水决堤，想到可怜的孩子来到人世间，因为一出生就患有脑积水，造成了严重的智力低下，大小便不能自理，也没享到多少福。我整天只能抽空照顾他，我恨不得把自己劈成两半，一半在家照顾他，一半上山干活。恨不得多生两个胳膊两条腿，好把堆积如山的活快些干完。我也确实尽我所能了，孩子，希望你下辈子选个好人家再投胎，多享点福吧！我每时每刻都沉浸在痛苦之中，不能自拔，过度的悲伤也勾起了我对往事的回忆，回顾自己这些年来所走过的路，所经历的种种苦难，悲伤的不能自己，多么希望自己能得失忆症，把这些年来所有的痛苦与不幸全部忘掉，让自己变成一张白纸，从此再也没有烦恼。

从一九九四年丈夫出车祸到二〇〇八年这十四年中，我整天是日不出而作，日落而不能息，我做了别的女人两辈子都做不完的活。这些年我头顶着严寒酷暑，脚趟着泥泞的山路伴着泪水，艰难地走过来。太苦，太难，一肚子苦水怎么说也说不完……

几十年来苦与累，
任凭雨打与风吹。
尝尽人间辛酸事，
坎坷路上伴着泪。

天大地大为什么没有属于我的那片蓝天绿地艳阳天呢？老天爷为什么眷顾不到我？难道我真的是这个世界上多余的人？常年劳累的我前胸后背痛的愈加厉害，心跳气短更严重，连走路都走不了了。

从此我开始走上了四处求医的道路，先是在我们县医院，后又到兴安盟医院，还是不行，又到吉林白求恩医大一院，确诊为肺部感染，一年内我用了大量的抗生素药物。到二〇〇八年底，病情又加重。二〇〇九年春在姐弟们的劝说下，我来到了北京协和医院住了二十八天的院，确诊为免疫系统病：干燥综合征。因为这种病国内外根本就治不了，得终身服用激素控制。从二〇〇九年到现在，病情反复发作了好几次，最严重的是一三年年底，医生都给我判了死刑，在协和医院住了五十八天，年都是在医院过的，医生说用最好的药物，最佳的治疗方案，能不能活就看我的造化了，没想到我真的活过来了。

二〇一五年发作一次，二〇一六年春又发作一次，疾病一次次地将我击倒，整天离不开氧气，下趟楼都很艰难，眼看别人都热火朝天地干活，我在一旁急得掉眼泪，因为就连做饭打扫卫生这么简单的活我都不能做，得常年雇佣保姆。感觉什么理想，愿望都成了幻想，一切的一切对于我来说都遥不可及，现在的我只能是：

仰天长叹是与非，

太多遗憾不能回。
壮志未酬千古恨，
只剩落花与流水。

这所有的一切都源自于父母对我的不重视，他们给我造成了贯穿我一生的痛苦，如果父母对我也像姐和弟那样，也许我就不会是今天的这个样子，也许也会像他们一样，有个健康的身体，舒适的环境，稳定的收入。而我每天饱受病痛之苦，一年中，大半年的时间都是被囚禁在楼里，而姐和弟每年都能天南地北地出去旅游，其原因是父母栽培了他们，给他们创造了优越的条件。

脚下的路我没有权力自己选择，而是被父母强制地按着他们的思路和意愿行走着。他们并没有为我的将来着想，而是过早地把夹板扣在了我的肩上，我没有收获到人生中理想的光环。尽管像老牛一样带着夹板不停地朝着理想的目标一步一步，艰难地行走着，但最后还是累倒在了前行的路上，路在哪里，感觉脚下已经没有了路……

其实我并不怪父母，成家以后帮父母干活最多的就是我们夫妻俩。那个年代孩子多，生活贫困，父母的压力大，如果都念书，没人帮父母也是挺难的，要怪就怪那个贫穷的年代吧！我就是那个年代的受害者。

滨河大桥上的思索

康建设*（宁夏回族自治区）

从京河公路向西拐过去，一条平展展的大路伸向远方。顺路而去，视线逐渐被眼前的奇观所牵引，让我的座驾也兴奋得快捷起来。这是宁夏银川新建的滨河大桥，完全是欧洲风格的模样。行进在恍如梦境的路途上，俨然就是在莱茵河大桥上畅游。由于大桥东西和两侧的空旷茫远，还真的就是凌空飞渡的样子了。站在桥上看风景，“一桥飞架东西，天堑变通途。”在这里用这句诗来形容，实在是再恰当不过了。

我没有去过欧洲，也没有机会在莱茵河大桥上驱车驰骋的经历，只是偶尔看到有关它的一些图片介绍而已。之所以在滨河大桥上有如此之感慨，就是因

*作者简介：康建设，男，高级教师，1967年生。

为大桥上那高耸入云的塔式桥墩哦，完全就是欧洲风格的建筑模式。仿佛回到了曾经我有过的梦境一般，那样的亲临其境。当然，还有那种斜拉大桥粗大的锁链，颇让人领受了眼前一亮的视觉冲击。最新鲜的感觉还不至于此，若是夜幕降临时来到这里，你将看到的又是另一番璀璨夺目的美景：塔式桥墩和斜拉的锁链上都有色彩缤纷的彩灯，让你在很远很远的地方，就是因为这样的吸引而欢呼雀跃了。何况我，还能在如此巧合的机遇中，有幸经历着这罕见的风光无限。

漫步于滨河大桥上，周围都是和我一样的观景者，倒也不觉得孤单。无论是日月的阴晴圆缺，还是季节的寒暑炎凉。这样的游历，总是给我恍如梦境的感觉。也许，那些慕名而来的人都是这种体验吧，所以就让这新建的大桥深入人心，都成了街谈巷议的热门话题，被来到这里的人播撒得沸沸扬扬的。除非你因为信息闭塞听不到，那就只好漠视不管了；或者因为交通不便无法来到这里，那也徒有羡慕嫉妒的份了。附近的人，只要如我这般，恐怕不是哪一个时刻准备着去的，而是已经几次三番的来到这里观瞻，还在念念不忘其美丽动人的形象了呢。

说到我的巧合之遇，那是因为我天天都要开车上下班。过去是从银古高速公路大桥上来往的，后来因为改扩建公路和大桥，我就只能在便道桥上通行。由于便道桥上路窄车多，常常会出现拥堵现象，所以开车上下班也就成了令人头疼的事了。现在可好了，滨河公路大桥建成通车，确实给了我回家的诱惑，因为可以在这宽敞的大路上撒欢了，更多的是因为可以天天都能看上美景了。其实吧，也就是个新鲜感的问题。也许用不了多久，这种种的赏心悦目和心驰神往，都会逐渐变淡，终至于无了。

可能有人会笑我的过性太快了。说起这个，也不能怨他们这样说。因为不是只有我一个人会这样，一切都是因为相处的时间长了，就会交往过密，就会熟视无睹，就会心生厌倦，就会漠视不管，还会被人欺负，甚至抛弃了。遥想当年银古公路黄河大桥刚刚建成通车的时候，那种种的惊喜感觉和经历，比现在还要记忆犹新一些的。今天仔细想来，那时候我还在农村住着，工作在农村学校，见到的人也都是以农村人为主，我的学生也大多生活在农村。可能就是因为见识的局限，风景的单调，以及接触到的一切都是那么的纯朴和单一，所以在见到刚建成的银古公路大桥时感觉上才那么新鲜。以至于，那时就感觉桥上的飞马雕塑，那么的雄伟壮丽，那么的稀奇古怪，那么的出类拔萃，那么的令人向往飞翔。尽管工作和生活的地方，离这儿不近，可是我，还有和我一样的人，都能为亲眼看到银古黄河大桥，而兴奋不已；都能为亲手抚摸桥上的飞马雕塑，而欣喜若狂。让我都不怕路远的艰辛，徒步奔徙而去，回家时刻还那么恋恋不舍。那时候只要有空闲时间，我就会去或远观或近赏其壮美的风姿，就是在梦里也都是去去回回的艰难和依恋。

想起那一路的欢喜，一路的回头，似乎到现在都成了别人的事了。就是因为从那时到现在，时间已经过去了二十年。回想这段岁月里的经历，今天我可以自信地说，我没有虚度光阴。但是，为什么我在回忆二十年前看到银古黄河大桥和飞马雕塑时的那些奔波和欣喜，竟是那么地淡如云烟？为什么和我一起奔走相告合影留念的人，现在竟也杳无音讯，仿佛都不在这个世间，和我距离是那么地遥远？

对于我这样见识浅薄的人，无论是过去，还是现在，在见到这些新鲜奇特的风景时，都是那么的激动和神经。人生经历，真的是很奇妙的感觉：没有时，神往；有了吧，也新鲜不了几天；过去了，就会慢慢淡忘；再回首时，也就剩下搜肠刮肚的胡思乱想了。就像我曾经爱过的你，经历了漫长的岁月搓磨，那些当初的感觉就都渐渐冷了，最后即使再相见的时候，也都变成陌生的了，连那么刻骨铭心的悸动也都消失了。想起来的细枝末节，就觉得那是小说里的或者影视剧里读到和看到的别人的事情一样，似乎已经和我没有一点关系了。还有我教过的每一个学生，也都是如此。大概都是因为时间长了距离远了的缘故吧，他们也和我一样渐渐地模糊了自己的记忆，而让我们曾经拥有的那份真诚的情谊渐渐地消失了。或者也因为后来他们自己经历的丰富多彩，过去的那种简单而纯洁的生活场景令他们不堪回首吧。这，也就是我今天站在滨河黄河大桥上，回忆曾经观瞻银古黄河大桥和飞马雕塑时，油然而生的最真实的想法。

也许对于那些见多识广的人来说，他们的观感又会和我完全不同了。因为见得多了，像这样造型设计奇特的大桥，他们也会见怪不怪啦，更不要说动心地去记住它了。也许，这跨河而过的大桥也在愤愤不平呢，原本是在欧洲那种美丽动人的环境里存在的哥特式的建筑模样，为何被人为移植到现在这个凄清荒凉的地方，显得特别孤立和突兀？这种土洋结合的效果，也验证了奢华表面掩盖下的凌乱，倒让这座大桥不禁也感叹自己的命运不济了。

滨河大桥，也就是因为我爱你，才把你夸得天花乱坠的，别人谁还如我这般在意你的存在呢？也许在那些见多识广的人们眼里，你还真的是不值得一提的呢。除了周边这些生于斯长于斯而又无法离开你的人，还在时时把你瞭望，把你牵挂，把你铭记，把你期盼。新来的建设者们，一定会在你的周围，再建造出更多美好的风景。到那时候，就是你身边的人们，也会不再想见到你，也会不再牵挂你，也会不再铭记你。到了那时，你也就不再这么璀璨夺目了，也说不定就老得快摇摇欲坠了。也或者还有比你更稀奇古怪的大桥跨河而过，它也会这样把今天你吸引的目光，再汇聚到它的身上了，你也就会渐渐地淡出这一切的记忆了。存在的，也许只是我一个人的回味和写作了。只因为你是我的家乡变迁的见证，还因为我对家乡有着更多的美好期盼，才让你在我的记忆里有了隽永的滋味。或许，能够被我记住的人，也是如此！

你身后的村庄桃花盛开

苏桓稼*（宁夏回族自治区）

雨是从下午四点开始落的，层层叠叠的是云还是雾几不可辨。选坟地，做棺材，招呼来来往往的庄里人，认识一二，顾不上寒暄便匆匆话别。中堂的香火续着，外婆的身子躺在桌后。我走近她，她身着寿衣，脸上盖着白纸。我轻轻地喊她，她没有应我。这安静突然让我措手不及。

舅舅叫着一起去看坟地，在南山脚下，不远处是庙宇背山而立。“亡人不走干路。”阴阳先生说。天是否知道不得而知，雨是落着，外婆是走了，七十九年倏忽而去。离她闭上眼睛的三月初一戌时，过去了二十个小时。

这二十个小时，大姨打来电话，我和表哥连忙收拾起行，当天夜里，妈妈和二舅在床头守着外婆，二舅家远，刚刚赶回外婆身边。像是等着二舅一样，看了最后一眼，外婆就走了。

可我一直觉得她还在。从坟地到老屋，缓缓地走，需要十五分钟。分明是依旧的街道，依旧的农村统建房一字排开，偶尔几个庄里人谈笑着经过，一旁的麦垛高高隆起。外婆就是在这门口等着我的。

有关她最初的记忆是我三四岁的时候。那时候我因为哭起来无人能及，在整个乡里很有名气。直到二十多年后，我返回乡里，说起我的名字，乡亲们依然津津乐道。他们说我家搬到县城以后，整个街道都安静了。但像我这样的能哭的孩子，长大都是有出息的，也不知是什么道理。

当年我哭的时候总是从街道的这头哭到那头，乡里还有好几个孩子都比较能哭，但他们在我面前总是相形失色，别的孩子哭起来总会累的，哭着哭着就想睡觉了，但我越哭越有精神。乡亲们不禁要问：“这孩子要干什么？”谁都不知道我要干什么。据他们分析，我哭的原因有很多种，妈妈不在身边；或者

*作者简介：苏桓稼，男，1991年生，17岁发表长篇小说《我的心里其实没有多少欢喜》，现居银川，就职于某媒体。

妈妈在身边，但竟然在和别人说话；或者想要什么东西，总之很莫名其妙。为此我挨了不少揍。

那时候爸妈因为忙，于是把我交给外婆带。外婆的家门口有一棵很胖的杏树。每年六七月份，外婆拿着树枝，打下几颗早杏，皱着眉咬一口，酸酸地像首诗。外婆咬杏子总是用左边的牙，每咬一口，皱纹就越清晰。我还记得她那时的样子。她不识字，学着给我在地上划着“上”“下”“田”；我骑在她的脖子上，她往灶火里添柴，做饭，手指头一直黑黑的；我尚小，弟弟更小，他学着外婆说话：“哥哥，你别哭了，再哭就把你放到驴圈里让驴啃头。”可我还是会哭。

外婆从不打我。

那时候表哥表姐都在外婆身边，她有好东西总是偷偷留给我。她也有怨气，和外公吵架，和大姨吵架，家长里短，谁还记得。

我从此不哭了，是在五岁的时候，因为读书，爸妈举家搬到县城。每逢放假就坐着中巴车回乡下，该上学了就坐着中巴车回县城。从乡里发往县城的中巴车每天早上五点多就在街道上鸣笛，外婆三四点起床给我做饭，五点叫我起床。送我到车上，中巴车离开街道，在转弯的山路口，透过车窗，我总是看见她还在原地站着。

她一站就是多年。从我五岁，到我二十五岁。外婆无数次看着我的背影离开，到如今，我要看着她的背影离开了。

请来的老先生熬夜在外婆的棺材上作画，上书“清风明月，驾鹤西去”。画毕，和姐夫连夜送老先生回家，雨在车窗上顺势而下，弯弯曲曲，就像来时的路。这一路无言。回到灵堂，灯盏长明着，守着外婆，以为她还在身边。

上次来看外婆是去年的春节。那时她还能做饭，能走动。我和伙伴们喝酒，打牌，她在床上看着，很晚了都不睡。“什么时候找媳妇？”外婆偶尔问起。

“慢慢来。”我说。

幸好没人催我的婚事。慢慢来正合我意，我还有大把的时光，却忘了外婆的日子所剩无多。这倒和自由无关。那时少经人事，却渴望所谓自由，后来发现，那时所要的自由，不过是你让我干什么，我偏不干什么。为此付出很多代价。外婆总是包容我的一切，不论我干什么。我知道，所有的宽容都是因为无所谓，所有的包容都是因为无所求。

转瞬外婆卧床不起。很多医院里去看，说外婆全身上下都健康。她依然卧床不起，快一年了。她有心脏病，我小时候见过她发病的样子，是二舅家搬到外地去了。她对我们是那么的依恋，她的自私残存在与我们为数不多的相聚里，与日俱减，直到一无所有。

我似乎看见了她的孤独。

全家一起动手，给外婆的坟所在的地加高田埂，雨水就不会漫过来。坐在田地一角聊天，最小的稼伟都十四五岁了。

漫山的花草，全是外婆修修补补的痕迹。我突然觉得外婆触手可及。云慢慢地散开，暖风不停地瞎跑，天色干净的像井里刚出来的水。如期而至的春意簇拥着，一树白从头顶的田埂上探出头，我慌忙爬上去。

哦，外婆，你身后的村庄桃花盛开。

最美时光

孙博文*（宁夏回族自治区）

一个人感知幸福的程度，恰巧反映他忍受痛苦的深度。

当你受尽苦难，顽强逆转后，所感知的一切都是幸福，那给予的每一份都是感动。

我的童年痛并快乐着，在今天看来，那一份痛却是越来越轻，慢慢地延伸为感动，延伸为对家人的爱。儿时总尾随在父亲身后，听着父亲空灵的歌声穿梭在一道道山岗，会心地笑，尽情地奔跑。蓝天、白云、绿松、暖阳，那一份祥和，那份慰藉，让我备感珍惜。

本以为我的童年就如此过！姐姐身体不适引起父母警觉，到处就医查出病因。父母带着仅存的5000元离家治病，我与奶奶俩人在家。两个月后父母一脸疲惫回家。从那时起，我们全变了。父母好像不再相敬如宾，父亲开始变得暴躁，母亲满眼的泪水，而我也不知不觉中学会了做饭，牧羊，以及一切家务。父亲在家待了三天后背着铺盖出走了，母亲没有送父亲，我与姐姐哭着，目送父亲消失在我们视线中。那一年，我与姐姐都欠费上学，老师对我俩很不友好，一次次地催促给我们幼小的心灵增添了不小的疤。还有一次好像是将我拖出教室，逼我回家拿钱，不然是不让我进教室的。我并没有回家，而是躲在家附近的山丘下哭。我终究是没有能力处理这事的，最后还是被母亲知道！她想到了所有亲戚朋友，想借点钱让我与姐姐上学。当她走进每一个亲戚家门，又空手出来时，我有点受不了了，我告诉她我不读书了，留在家帮她。她给我一耳光，

---

*作者简介：孙博文，笔名北野先生。

我见到我姐哭了，我妈哭了，我也默默地哭了。母亲来到学校，我们在办公室门口哭着。全校的师生看着，而我此时没有羞愧，没有不好意思，心里好像燃着火，燃着一把想烧毁这份落魄的火。校长为此动容，容许我与姐姐欠费上学，我回到教室，每个人径直看着我，没有嘲笑，只是看着。

也许是珍惜读书的机会，也许是那流泪的教训，我在短短的一学期内名列前茅，母亲为此很高兴。也感叹那时的自己，竟把日子过得比现在充实。那时下午下课后半小时才放学，当其他人在外面疯玩时，我一个人趴在教室写作业，等到放学我已写完。校门一开，我与姐姐一路小跑回家。回家后我放下书包跑上两公里去赶羊群回圈，而姐姐开始做饭，喂鸡，喂马，很是忙碌。母亲手提镰刀回到家时天已黑，她耗尽了所有力气瘫坐在沙发上一动不动，姐姐帮母亲端饭，没有多少话语，吃完饭收拾睡觉。周末我俩是没有时间玩的，跟着母亲去收麦子。那时也许是忙疯了，母亲也不害怕镰刀伤到我俩，一人给一把在那瞎捣鼓。慢慢地，我与姐姐都成了优秀的割麦者，成了家里的一名壮劳力。就是在现在，我依然没有忘记这门手艺，反而越来越精湛。

父亲在三年后回家，那个夜晚我想我会铭记一辈子。那是2002年的年三十，父亲带话给我们，年三十下午六点下班，没车走回来。我们全家人很兴奋，母亲包了饺子，我与姐姐帮母亲忙完，早早地跑到房后的小山丘，只为尽早地发现父亲的身影。凌晨的钟声响起，我、姐姐、母亲、奶奶站在山丘上，礼花在我们头顶显现，我们并没有被此吸引，依旧看着那个路口。父亲步行六个多小时后到家了，当他出现在路口时，我与姐姐狂奔向他，在路上不知摔了多少跤。我们接过父亲背包，挽着父亲回家，回家后给父亲倒水，洗脸，洗脚，刮胡须，奶奶哭着，而我与姐姐却笑得很开心。我们在凌晨两点吃了饺子，那年的年夜饭让我回味到现在依旧美味，虽然只有那单一的饺子。

听说父亲挣足了钱，还了所有外债，我们一家人很是开心。我也以理想的成绩进入初中学习，并开始了寄宿生活。父亲每周给我与姐姐15元生活费，而每周我与姐姐都会剩下10元，毕竟苦日子过惯了，怕学校突然收钱，那是很窘迫的。始终把钱不花光的习惯一直到现在依旧保持着。我也为此得到了一个小小的教训，在长个时没好好吃饭，所以就长得并不高。哈哈，这话可不能让父母知道，不然又得难过了。

自我与姐姐寄宿以来，父母重新经营家庭，从零开始，家的温暖又回归，只不过明显地感觉不再像以前那么闲散，而是快节奏地活。每个人都是很努力很努力地为家的改观做出贡献，而我与姐姐给家的回报则是成绩。在初升高考试前，父亲告诉我与姐姐，目前的生活状况不容许俩人同上高中，只有一个人可以上。我们很理解父亲，点头应允父亲，但那一天真的来到时，我与姐姐还是无法接受这个事实。我成绩稍好于姐姐，父亲将我送进了高中，而让姐姐读了职专。当夜决定下来时，姐姐没有任何异议，但当我们都熟睡时，姐姐在被窝哭泣，我没有打扰她，也没有劝阻她，默默地陪她流着泪。当送姐姐去上中专时，我看着她的背影，我突然感觉我欠她的这辈子都无法还清了。回到学校，姐姐给我写信，告诉我，我承载的不仅仅是自己的大学梦，还有她的那一份。我努力地拼着，忘我地学着，也算是不负于她的期望，考出了一个不错的成绩，父母很开心。

姐姐参加工作了，刚开始拿着六百元的工资，半年后我惊奇地发现她有了三千多的存款。她拉着我说要给父母买一套过年的衣服，我们认认真真地转完每一个店，再三斟酌下给父母一人一套衣服。带回家时，父母虽责备我们乱花钱，但还是闪着泪换上了衣服。

大学时期，我们家的生活有了质的变化，这源于父母这些年的拼搏。我很满足现在这个家，这个满是爱，满是冲劲的家。也许是父亲认为我们长大了，有些家庭大事件总是和我们商量商量。慢慢地演变成每年一次的家庭会议，父亲会将这一年内的计划告诉我与姐姐，并听听我们在这一年内的打算，并对我们的想法或支持或建议。

有时想想人的一生，怎样才算成功，我想并不是你积攒了多少财富，而是在于你有一个家，一个充满爱的家，在这个家你可以得到关爱，学会感恩，明白尊重，感受幸福。也为了这个家，可以百分百地投入，为家的明天努力拼搏。我想这样的家就是起点再低，它的前途也是不可估量的，我就身处其中，感受着那越努力越幸福的生活。

灵魂因阅读得到修行

王怀君*（宁夏回族自治区）

因为爱读书，书籍成为了生活中不可或缺的伴侣，这一生便与书结下了缘分。

记忆里，在稍能认识些许字时，我便对书籍产生了浓厚的兴趣，稍稍攒点

*作者简介：王怀君，宁夏吴忠市中学教师，宁夏作协会员。鲁迅文学院第十四期少数民族作者培训班学员。

零钱，从不会像别的孩子一样拿去买零食、买玩具，几分钱、几角钱一本的小人书承载了我所有的爱好，那种嗜好几乎到了让我痴迷的地步。《智斗鬼子兵》《草原英雄小姐妹》《小兵张嘎》《奇袭白虎团》《敌后武工队》，那么多的小人书，每一本都是我至为珍贵的“财富”，每一本都包含着一个与我有关的故事。我给每一本书都包了皮，即便有些微破损了的地方，我都会用母亲用来粘鞋帮的糨糊粘好；每一处卷皱的书角我都会捋平压展了，爱书的我超过了爱惜自己的衣服。一般的小朋友向我借是从不会轻易答应的，除非他用我没有看过的书来和我互换。这些书让我一拿起来便难以放下，直读得滚瓜烂熟、甚至倒背如流，至今依然耳熟能详。书中那些生动有趣的故事，正面或反面的人物，有趣的动物植物，纷纷走入我童心的世界，触动着我的好恶情感，丰盈了我童年生活的记忆。有故事相伴的成长岁月真的好惬意。

随着年龄的增长，我阅读的视野也变得开阔了，那些小人书自然不能满足我的读书需求，只要能拿到手里的书，我总是以极大的兴趣翻阅着，尽管总被那么多生疏的字、词、句子拦路虎似的阻拦，或者对内容的不理解，也丝毫没有影响我对书籍的兴趣。待稍长大时，对书籍的兴趣日益浓厚，又学会了查字典词典，便不再害怕被生字词阻拦，总是摆出一副认真的样子。小学四年级时，上学书包里装着一本大哥的厚厚的《世界通史》，自习课上拿出来翻阅，被老师发现，问我能不能读懂，我竟然大言说能读懂！其实，那本书中光那些绕口的外国人名、地名都让我读得稀里糊涂，更别说那纷繁复杂的历史背景与曲折的事件经过了，我只是习惯于看书中的插图，通过看插图来满足一下好奇心而已，哪里能谈得上“懂”。现在想来真的好笑。不过一直到后来真正学习世界历史课程时，“巴黎公社”“巴士底狱”“十月革命”“波旁王朝”“波士顿倾茶事件”等历史名词竟然不觉得陌生，这都是那时候根植于记忆中的缘故。

上了初中，尽管课业负担重了些，但依然没有影响我对阅读的痴迷。常常是作业之后闲暇的时间，便是我的读书时光。《红旗谱》《吕梁英雄传》《骆驼祥子》《三侠五义》、高尔基的自传体三部曲、巴金的爱情三部曲等作品都是在那个时候想方设法或买或借弄来，在学习的闲暇读完的。那时，只要是能抓到手的，我都会怀着极大的兴趣阅读。记得最清楚的是初二上学期期末考试时，我正在读柯南道尔的《福尔摩斯探案集》，小说扣人心弦、引人入胜的故事情节和主人公福尔摩斯聪明睿智的破案智慧深深吸引着我，以至于身在考场的我竟然沉迷于小说推理的情节之中，匆匆答完数学试卷，提前交了卷，找了个安静的地方，继续我的“探案”阅读，考试结果可想而知，本来能考90多分，却只考了82分，狠狠挨了数学老师一顿剋。也正是在这个时候，同学的一本《宋词一百首》给我开启了一扇认识宋词的全新的窗户。初看时，秦观的《鹊桥仙》

“纤云弄巧，飞星传恨，银汉迢迢暗度……两情若是久长时，又岂在朝朝暮暮。”陆游的《卜算子·咏梅》“零落成泥碾作尘，只有香如故。”第一次接触宋词，接触这样说不出的清新绮丽、柔美婉约的文字，直觉得字字珠玑，直叩心扉，竟然一下子让我喜欢上了，一本书，一百首词，两天时间竟然抄完了。后边的日子里，心静时拿出来品味咂摸，品读每一个文字背后的力量，品味每一位诗才的情感与沉思，读着这些词作，似乎走进了他们的情感世界，感动着他们的感动，寂寞着他们的寂寞，孤独着他们的孤独，似乎感受到了他们的呼吸，触摸到了他们的脉搏。读李清照，从“花舞花落泪，花哭花瓣飞。花开为谁谢，花谢为谁悲”的心酸到“冷冷清清，凄凄惨惨戚戚”的悲凉，感受到一代女词人凄惶的天涯沦落之悲；读辛弃疾，“正壮士、悲歌未彻。啼鸟还知如许恨，料不啼清泪长啼血。谁与我，醉明月？”感受到了英雄志业未竟的苦闷与怅惘；读苏轼，敬意于这位一生宦海沉浮、命运多舛的旷世诗才“一蓑烟雨任平生”的豁达胸襟。欧阳修、柳永、周邦彦、秦观、陆放翁的诗篇，他们的意境、情怀更是长久地浸润着我的情感，我在这诗意的世界里跋涉，沐浴诗意的春风，感受着诗意的春光。在我情感的纹理中，多了几许诗词的华美与精致。在反复的品味、反刍式阅读中，这些优美诗词竟如深深镌刻于脑海，以至于几十年的时光荏苒，岁月亦未将其风蚀，记忆愈加清晰，理解也更加深入。

中考的最后一场考试一结束，我便直奔新华书店，买回了《三国演义》《西游记》《聊斋志异》，等待录取通知书的一个假期的时间完全沉浸在小说的世界里，看群雄逐鹿，诸葛谋略运筹帷幄；看降妖伏魔，踏平坎坷成大道；看人妖相恋，刺贪刺虐入骨三分。书籍为我打开了一扇廓大的窗户，让我目睹到一个用文字、语言建构起来的多彩、缤纷的世界。

后来走上了工作岗位，成为一位日日与琅琅书声相伴的教师，这让我有了更多的读书机会。第一次走上讲台的那个偏远苦逼的学校，放学后空寂冷落的校园和漫长的夜晚，读书成了我排遣孤独、打发寂寞无聊时光的唯一方式，《红楼梦》《水浒传》《二十年目睹之怪现状》《孽海花》《官场现形记》《红与黑》《战争与和平》《安娜卡列尼娜》《野性的呼唤》《静静的顿河》，如许优秀的小说和普希金、契诃夫、福楼拜、雨果、歌德、莎士比亚、海明威、川端康成等风格各异的大家的著作都是在那些孤独寂寥的时光中阅读的，在荒寂的环境中，在一盏孤寂的日光灯的陪伴下，用文字取暖，贾宝玉、林黛玉、鲁智深、于连、堂吉诃德、叶普盖尼·奥涅金、欧也妮·葛朗台、泼留希金、桑提亚哥……一个个不朽的文学形象在头脑里穿梭，书籍的墨香充盈着内心的空虚，文学的光亮烛照着我的心房，作品的无限魅力驱除我精神深处的幽暗，给我身心以沉稳和力量，也让我的生活多了斑驳的色彩。

有书相伴的日子是奢侈的，也是幸福的。“书籍是天才留给人类的遗产，世代相传，更是给予那些尚未出生的人的礼物。”当我把从书籍中读来的《三国演义》《水浒传》《堂吉诃德》《封神演义》《老人与海》《野性的呼唤》等故事讲给孩子们时，他们竟表现出像我当初那样的好奇和兴趣，那一刻我感觉到，孩子们心中的火种正在升温、燃烧，一颗颗苏醒于贫瘠土壤的心灵的种子正在破壳、绽开幼芽。文学也真如一束光亮，在孩子们心灵的世界里，照出了微妙的颜色。于是，深藏于学校图书室中落满灰尘的书籍，迎来了它真正的读者，那些书籍走进了孩子们的生活，走入了他们的心里。我带领孩子们先从《三国演义》读起，欣赏刘备、关羽、张飞、诸葛亮这一系列的英雄群像，感受“浪花淘尽英雄”的无奈；读刘备三顾茅庐，诸葛亮挥泪斩马谡，关云长千里走单骑，张飞大战长坂坡，赵子龙单骑救幼主等故事，沉浸于“古今多少事，都付笑谈中”的感动。我教给孩子们怎样做读书笔记，学习小说刻画人物的方法，在《滚滚长江东逝水》的音乐声中感受经典的魅力。在我的引导下，孩子们自主阅读的能力大大提高，认知变了，精神世界也悄然发生着变化。有书相伴，孩子们因读书而怡情、增智、长才、成长，书香濡染着孩子们的精气神。

走过岁月的阳光风雨，有书籍相伴的日子，我从来没有感到过凄苦、寂寞，即便是生活、工作的环境与条件差些，随意地蜗居于陋室，或坐或卧，无须讲究穿着姿态礼节，以自己喜欢的方式阅读，囊古今于一隅，集天下于尺牍，听智者之训导，观沧海之变迁，让心浸润于馥郁的书香，让思绪游牧于精神的田畴，没有了饭桌上的觥筹交错、酒气熏天、烟雾缭绕、海侃神聊，不会让宝贵的生命在无益的蹉跎中损耗；没有了歌厅舞池里的彩灯闪烁、轻歌曼舞、癫痫张狂、缠绵悱恻，让大把宝贵的时光被随意任性地挥霍抛洒。一个爱书的人，他必定不至于缺少一个忠实的朋友，一个良好的老师，一个可爱的伴侣，一个温情的安慰者，也必定会有一个平和的心境，一个怡然的心态，一个开阔的心胸，甚至一个因书籍的厚度而被增加延长了的生命长度。有书籍相伴，自有一方美丽的天空，只是这方天空之外的人是无法感受到的。铅华洗尽，曲终人散，书籍是唯一不死的东西，与书中横卧着的那些过去的灵魂对话，人间烟火萦绕燃烧于书里书外，这种体验去哪里还能找寻得到！

有缘于书籍，让书籍成为一生的相伴，潜心于书海，让读书人拥有无拘无束的读书快意，灵魂因为阅读而得到最美丽的修行。有缘于书籍，是热爱生活的人今世最大的造化，尽管会有极大的付出，但这种付出必将换回美好的精神沉淀，在无声中铺就一条通向远方的坦途。

我给父亲剪指甲

张淑萍*（宁夏回族自治区）

站在山东的大地上，我的家乡就在西边；而回到西边的家乡，父亲已经去了更在西边的天堂。天苍日月远，难舍今世父女缘；饮恸化殇桓，怎奈欲语休还难。我常常无端地从心里扯出相思的长线任自飘零，随其蔓延，像寂寞的花絮。陌上落花花有意，千里朔风风无语，花飞花落花无序，思悲思涌思有缕。缱绻岁月，几度霓裳，潜思苦惘，隐痛流淌。父亲的名字终究是一个让爱永恒的定理。我们如何伟大，也都握在他的手心；我们如何渺小，也都藏在他的胸心。父亲如山，让我们刚毅；父亲如水，使我们柔韧。

父母给了我们生命，养育了我们身体，为我们付出了毕生精力，却从不希望在我们身上得到些什么。儿女们偶尔为他们做点小事，却常常被他们认为是得到了“孝顺”而心满意足。

总觉得，苍茫大地就是个故事，芸芸众生就是个传奇。假如人生可以商量，谁还在乎这人世间的生死离伤。依稀记得我四五岁时，父亲在县城工作，一年半载才能回来一次。在农村家中，母亲没黑没明地操劳忙碌着，她既要参加生产队里的劳动，又要照顾少不更事的儿女和风烛残年的爷爷。尤其在爷爷患病卧床的那段时间，母亲更是忙得没有片刻歇息的时间。爷爷被病痛折磨得坐卧不安，一会儿得用两床被子把他围住靠在墙壁，一会儿又得扶着他躺下，还得不停地翻身以防患上褥疮。一会儿爷爷又要喝茶，母亲就用提前劈好的干柴在土炉里给爷爷烧茶。有时候半夜里爷爷想吃挂面，我就听见母亲在厨房拉着风箱煮面的声音。一会儿爷爷又示意着要吐痰，母亲就得起床来拿痰盂。还没睡稳当，爷爷又浑身疼痛得呻吟，母亲又得翻起来轻轻地给他按摩。就这么折磨了几个月时间，爷爷就离开了人世间。由于那时年龄太小，我并不知道我还可以去帮母亲一把活，哪怕是力所能及的小事情。母亲也是苦命人，没有等到儿女长大成人就被疾病夺去了生命。

母亲走了，空大的院落里，只剩下刚刚退休的父亲和幼小的弟弟妹妹，

*作者简介：张淑萍，宁夏隆德县人，生于1964年，曾就职于工商银行。一直喜欢阅读和业余写作。

还有刚刚参加工作的我，我的心中备觉凄凉。每当看到弟弟妹妹既脏又烂的衣服和迷茫的神情，看到父亲滚落在脸颊上浊浊的泪水，就觉得该和弟弟妹妹一起把欠下母亲的情分连同父亲的恩德一起还给父亲了。

随着岁月流逝，我和弟弟妹妹相继长大成了家，也有了自己的儿女。而父亲也越来越老了。八十多年经历的岁月已让他眼花耳背，手脚迟钝，步履蹒跚。父亲晚年生活中的一些细节事情都需要儿女们代他去做。诸如洗衣服、洗头、洗脚、擦澡、端水、倒茶、递饭、修剪指甲等等好多好多的事情……

已记不清是从什么时候开始，父亲的脚指甲每次都是由我修剪的，因为父亲说我剪脚指甲他最舒服。每次给父亲洗脚时，我就会选一个宽敞的地方，搬一把靠背椅让父亲坐下，我拿一个小凳坐在他面前，把他的一双脚泡在盛着热水的洗脚盆里用手轻轻地搓揉。等洗好后，我便把父亲的一只脚抬进来，放在我并拢的大腿面上细心地剪指甲，剪结束后轻轻地放回洗脚盆里，再另一只脚换上来剪指甲。同时不断地给洗脚盆里添加热水以防水凉。每次给父亲洗脚剪指甲时，他老人家总是乐呵呵的，他那知足的笑声不时地在家中回荡着，还常常边笑边给我讲他那些身经百战的故事。父亲的脚指甲剪起来也很不容易。因为人越老，脚底板和指缝间的硬茧就越多越厚，指甲的骨质部分又干又厚又硬又牢。我每次修剪时都要用上好多种小工具，先用小刀尖轻轻挖出积在指甲缝里的粉末，后用小剪刀剪去指甲刀剪不动的地方，再用指甲刀慢慢修理边缘上没有剪齐整的小齿状。现在想起来，虽然只是给父亲剪脚指甲，但我确实是用了心，当然为了我的欣慰，为了父亲知足的笑声。父亲常常对我们姊妹几个说："我虽然老了，但看着你们几个都很孝顺我，我觉得我活得很快乐！"

每次捧着父亲既粗糙又干裂的双脚，我就会想起他用这双脚走过的坎坎坷坷的人生，想起他生活的不容易。我知道他就是用这一双厚实的脚板，才撑起了我们这个家，才让我们在没有母亲的日子里既享受了父爱又感知了母爱。握着父亲又枯又萎的双脚，我就读懂了父亲半生的孤独，读懂了他作为一个男人抚养儿女的艰辛。

哀古今多少寂寞父母心，叹世间多少冷漠儿女情。当我们没有能力为父母做点什么时，父母却把所有的爱和心血给了我们，等我们有能力去孝顺他们时，不是想不起来就是忙得顾不上，最终留下的往往只有"子欲养而亲不待"的遗憾。剪下岁月装满屋，一帘思念衾难抚；人间多少伤惘事，几袭云烟煮空壶。逝去了流年，添了几多心酸。往事历历，日月不语。寒卷残云，星雨盈眉，丝丝月影入清杯。天涯寄相思，儿女泪沾襟。

每个人都有自己的人生，每个人也都有自己的父亲，也许父亲的人生并不都完美，但唯有父亲的人格在儿女心中总是伟大的，作为父亲的形象更都是完美的。空樽难饮相思长，半杯离愁寄云裳。谁能绕断岁月烛忧伤，谁能逐回时光情独藏，不思量，自难忘。人活着，一些美好的东西总会随着时光逝去，而终究，还会有一些心怀任何时候都无法释然，比如爱和回忆。

母亲的香椿树

侯仁娟（山东省）

我家的西园子有一大片香椿树，大约有二三十棵，母亲曾靠着这些香椿树，创造了一个神话：用香椿芽腌制的咸菜供了三个大学生。

我常常望着那片香椿树怅然若失，因为我是家里唯一一个没有考上大学的孩子，香椿树并没有给我带来幸运，而我对于那段艰苦岁月的记忆却同样是刻骨铭心。

我考上高中的时候，哥哥已上了大学，姐姐正念高三，弟弟也已上了初中，都一样的天资聪明，考学对于我们只是顺理成章的事。而我却很忧郁，忧郁的原因，是开学那天父母一脸的憔悴和忧郁的眼神。

哥哥在来信中除了鼓励我们努力学习，更多的是写他怎样节俭地度过了高中生活，他说他几乎没有订过食堂的菜，全靠母亲腌制的咸菜，而母亲腌制的香椿芽真是味道鲜美，让人叫绝。

我曾在母亲给哥姐带菜的时候偷偷尝过，而尝了一次，就不愿再尝了，因为那是香椿干透保存以后又重新泡了水再腌制，再怎么嚼，也有点像草，艮得很。

我清楚地记得每年香椿发芽的时候，母亲都会爬上高高的梯子，去树上掐那些嫩芽，每个树梢都不放过。我们则在树下帮着捡拾，然后回家将那些嫩芽一棵一棵地码好，用塑料绳一扎一扎地捆好，泡在水盆里，留着第二天到县城里去卖。城里人爱吃稀罕东西，所以每年春天母亲都早早地掐了头茬香椿，好卖个好价钱。头茬香椿嫩嫩黄黄的，泛着油光，看着就让人流口水。记得有一年，母亲的香椿卖到了十八块钱一斤。母亲几乎是流着泪从百八十里外的县城赶回家的，因为那十几斤香椿卖的钱几乎够了一个孩子一年的学费！她似乎找到了挣钱的门路，又把西园子往外扩了许多，栽了许多小树。

香椿芽长得很快，几天之后，第二茬又发芽了，这一茬的小部分母亲拿到附近的集市上去卖，大部分用来给孩子们腌菜，味道到底不如头茬鲜美。

最后一茬，确切地说，已经不是什么嫩芽了，而是香椿叶子，母亲掐了、腌了，留着和父亲在家当菜吃。这时候的香椿梗已经很老很硬了，嚼不动，咽不下的，就咂干了咸味，吐出来，那样子像被吸干了甜汁的甘蔗渣。

母亲真是调理饭菜的好手，光香椿就能做出好几种花样，腌的、煮的、炸的，甚至用它来包饺子。总之，每年春天的那个时候，满屋子都是香椿的味道。

开学的时候，母亲给我带了满满两大瓶香椿菜。腌制的香椿很容易发霉，所以很咸。开始的时候，同学们争着品尝，啧啧称赞味道鲜美。

而我却依然忧郁。

我常常好几个星期尝不到炒菜的味道，那漂着大大油花一角钱一份的汤菜，对我来说简直就是一种诱惑。每天吃饭的时候，看着同学们一个个骄傲地端着饭盒去食堂打饭，我就把头深埋在书堆里，就着香椿快速地把饭吃完。每天上课，我都舔着干裂的嘴唇，思忖着老师会在什么地方停顿一下，好让我偷偷喝口水，可又不敢喝得太多，怕中途会上厕所，而且买水票也是要花钱的。

哥哥的信其实误导了我们，我和姐姐碰面的时候，交流最多的往往是这个月谁订的菜少，谁花的钱少。我们心里都较着一股劲：节省再节省。因为我们读书几乎带走了家里所有的钱和粮食，父母在家的日子其实比我们都苦。我常常感到饿、感到渴，周围的同学都能安心地听讲，而我却不能，我必须分出一部分精力去顾及我瘪瘪的肚子和干渴的嘴。所以我经常会很烦躁，对读书产生了厌烦情绪，第一次期中考试，我就从入学时的头几名滑到了中游。

母亲来送香椿菜的时候，在张贴的成绩表上找不到我的名字。看得出她很失望，我以为她会批评或鼓励我几句，可她只是翕动着干裂的嘴唇，说家里的香椿还有，别舍不得吃。她的嘴唇干裂得更厉害，有的地方都渗出了血丝。我知道那是长期吃咸菜的结果。

我跑回教室，把头埋在书堆里，整节课都不敢抬起头来，我怕别人看到我流泪的脸。

我的书桌里永远弥漫着一股香椿的味道，有时候发霉了，气味更难闻。我舍不得扔，偷偷用开水泡一下，倒掉发白的霉点，加点盐再吃。这是我从哥姐那里学来的，我不知道他们是如何应对周围同学异样的目光，反正我很自卑，开始从心底里厌恶香椿。

我开始苦苦地思索，这书还要不要读下去，如果我不念了，父母便可以减轻四分之一的负担，如果我还能挣钱，那负担就减轻了一半。

这样的念头一经产生，就再也挥之不去。对待学习我开始漫不经心，可我又很聪明，所以成绩一直徘徊在中游。班主任经常找我谈心，劝我安心读书。可我每次看着他办公桌上吃剩的饭菜，闻着茶杯里飘出的茶香，我都会在心里对他说：你永远都不会明白的。

这样子一直到了高二的下半年，我终于决定辍学。

当我向父母摊牌的时候，他们只是默默地对望了一下，便同意了。我突然觉得很失落也很悲壮，也许他们早就盼着这一天，只是无法说出口而已。

我开始和村里的许多女孩子一样，支起缝纫机，学着刺绣。我不得不承认我的确聪明，即便是刺绣，我也能干得最好。

农忙的时候，跟着父母干活。因为有了我的帮衬，父母憔悴的面容竟一天天舒展。

太阳把我的脸晒得黝黑，手脚也开始粗糙起来。有时候穿着粗陋的衣服，牵着牛，走在大山里，我都有一种想大声呼喊的冲动，觉得自己就像身后这头牛，再也无法选择自己的命运。当我累了、烦了的时候，我就偷偷地哭，突然很怀念那段读书的时光，觉得自己一时的轻率，把一生都毁了。特别是哥姐放假回家，看到他们无论从衣着到谈吐举止都完全不同于以往，心中便会很烦、很失落。直到他们接过我挣的钱，对着我千恩万谢，我的心情才会慢慢好转，觉得这一切都值。

春天的时候，母亲依然忙着摘香椿、卖香椿。我在旁边默默地帮忙，心中却对香椿充满了厌恶。特别是到了夏天，那些丑陋的香椿叶子上挂满了绿色的毛虫，有时候坐在家里刺绣，也会被飞进来的毛刺蜇一下，我便神经质地大叫起来，母亲闻声过来，小心翼翼地望着我，然后默默地拿起喷雾器，到西园子挨棵喷药。

这样子过了六七年，弟弟也大学毕业了，哥姐的事业都小有成就，家里的生活宽裕了许多。在和本村一个小伙谈了几年恋爱之后，我决定把自己嫁掉。

结婚的时候，父母破例给了我五千块钱，又砍了西园子的一些树，为我打造了嫁妆，那些小凳子结实得很，后来儿子拿它们当球踢，摔都摔不烂。

丈夫很勤快，人也健壮，农忙的时候常常帮父母干活，我包了饺子、擀了面条，常趁热给父母送去。母亲对哥姐捎给她的精美食品极少在人前炫耀，而对我送的家常便饭却赞不绝口，那样明显偏袒的神情常常会令我感动。

后来村里要修路，西园子那些树要全部砍掉。砍树那天，母亲轻轻地抚摩着每一棵树，就像抚摩自己的孩子。

望着满地的树，弟弟夸张地说："哇！这么多树，能给我儿子做多少小板凳啊！"

母亲嗔怪地打了他一下："这些树我谁都不给，全归你三姐。她对咱们家有功啊！"

我的心一颤，两颗泪就滚落了下来。

记忆中的背影

马健*（山东省）

记忆似一杯烈酒，千杯下肚依旧记得家的味道，酌酒相迎，忘不了的是脑海中模糊的不能再模糊的身影，如此生疏却又如此熟悉，似近在咫尺却又求不得。寻着这股浓郁，我总会在不觉间又踏上生活过的那座小庭院，在脑海深处一点点唤醒那尘封的光景。

暖意浓浓，微风总能撩人心绪，泛起的思绪久久萦绕心头，在一片旷野山峦的背后，一阵和风拂来，吹开了盘踞山野的面纱，挑拨着那棵斑驳的枯柳，夹杂着瑟缩的声息。是啊，自从长大后几乎再没来过这里，我仔细打量着眼前的景色，凭借脑海里仅有的断断续续的残影，填补着我心底良久的空白。置身于此，我仿佛又回到了儿时的那座庭院，再次开启了那段时光。

姥姥庭院中的那棵老柳，从我懂事起就是一个时间的存在。我曾问过姥姥记不记得何时有的这棵老柳树，但姥姥也记不清楚了。姥姥告诉我，打从她嫁到这里，这棵柳树就早已在院子里扎根盘虬了，几年？几十年？谁也无从知晓了。姥爷走得早，我连关于他最早的片许记忆都没有，更无人可询了。看着这棵蹬然的老者，我倒觉得它像过往的刻录机，见证着岁月变迁、人来人往，我也真担心年迈的它会不会也像人一样，哪天就会因为生老病死悄然不在了。

我最开心的时光便来自这个庭院。每每去姥姥家，我最喜欢待在柳树下，仿佛自己依偎着一片天地，在这只属于我的“舞台”，我能够恣意地骄纵。而依偎着这棵古柳，我内心也俨然有了另一番归属，闲暇之时，我便自言自语地向老柳倾诉着我心底难言的秘密。但一直以来我始终是一个人在静静地诉说，虽说它不会言语，可我知道它会听得到会明白，兴许它偶尔婆娑着叶子沙沙作响时也是一种回应吧。夏日里，我总喜欢偷偷地待在柳树的背影里，免去烈日地烤灼，吹着热乎乎的风，却有丝丝凉爽的惬意。姥姥和我都很喜欢这棵柳树，她经常在柳树下陪我聊天、玩耍，即便有事要忙，她还是要陪我玩尽兴了才肯去忙手头的活儿。有时我也会在一旁静静地看着姥姥绣花，白净的布料上在针

*作者简介：马健，1995年出生，山东临沂人，就读于山东理工大学文学与新闻传播学院。

线的游走中渐渐显出生动的图案，每次看到那些活灵活现的刺绣我总会惊诧于姥姥的“魔术”，过后的我也时常嚷求着姥姥教我这个变戏法，但每次都被几颗甜糖给打发了，学变戏法的事也就一眨眼被我抛到九霄云外了。漫长的时间里，柳树给了姥姥回忆和温暖，她也在悉心照顾着它，为它浇水施肥、修剪枝叶。每天姥姥都会打扫那布满泥土、石砾的小庭院，一遍又一遍，清扫着光阴的尘埃，也打理着这一方难觅的安谧。时间过得很快，一点点的悄然流逝，就像一个锤子，一块块把记忆敲没了，留下的只有不肯丢掉的美好。现如今在外求学的我没法舍离，只能在梦中拥抱那座院子，拾撷缠绵心中的哀愁，渴求再次踏回那一隅方落。

虽说记忆模糊了些，但有一件事我始终耿耿于怀。岁月的流逝，让姥姥愈发年迈，在换季的日子里她的肩周炎和风湿病愈显的严重。记得那是雨后的傍晚，乌云随风渐渐散去，一缕缕的金光从厚重的云层后面偷跑出来。望着大好的天气，憋闷了一天的我“怂恿”姥姥陪我出去走走，生性心软的姥姥经不住我的“折腾”便答应了。我欣喜地帮姥姥拿出了拐杖，陪她慢慢行走在这雨后的羊肠小道上。路虽窄却干净得很，被雨水冲刷过后俨然卸了妆的小生一般清秀。在我内心满是欢喜之际，却不曾想到在一旁玩耍的孩童戏谑起了姥姥，他们一边嬉笑一边唱着“老婆子，小拐杖，一瘸一拐真好玩……”，生性倔强的我怎容得了姥姥被这样嘲讽，我一股脑儿地冲上前去逮住一个男孩三下五除二地按到地上狠狠揍了一顿，其他的孩子看状不好，早早跑没了人影。姥姥还没来得及反应，那个孩子已被我打得号啕大哭，她本想说些什么的，然而她却只字未言，只是满脸无奈地把我带回了家。或许那些话是童言无忌，但却深深刺痛了我，让我始终无法忘记，以至于以后的日子里每每姥姥想让我陪着出去逛逛，我总是用各种理由搪塞拒绝。后来我从母亲那里得知，姥姥因为心里总觉得愧疚，就偷偷瞒着我给那家人送去了一小篮儿鸡蛋赔了不是。听过后我心里总觉得一阵酸楚，更多了几分的不理解，为什么姥姥活了大半辈子总要迁就别人呢？

渐渐地我长大了，懂得更多的人情世故，而姥姥的身影却只能存在我嗔湿的泪光中，山后面的背影再也不在了，只有那片天，那抹绿依旧变换着。院子里那棵孤零零的枯柳，历经沧桑的风霜雨雪，早已是伤痕累累。时间的锯末，不会手下留情，粗狂的树干布满了皴裂的纹，雨把空气浸湿了，风再从它开裂的地方把湿润的空气送进去，太阳出来后干燥了一切。经磨一冬的天寒地冻，又踏入炎炎夏日的闷燥，让原来灰黑的糙皮变得更加的水火难侵，让开裂的地方变得再也“沟壑”交织，苍枯的老柳树，早已在风中残年竭尽，散尽生命的余力。望着它，我心底的情愁却越来越浓烈，如同发酵醇厚的美酒，每一滴都甘润到泪中。

几年前，姥姥的风湿越来越严重了，再也不能陪我坐在柳树下为我讲述着有趣的故事，而是与医院结了缘。每次去看病，医生总会轻轻敲击姥姥的膝盖，问她疼不疼，她却只是木然地摇头。腿看上去不粗，着实像干枯的枝条，只得在寒沁中微微抖动。我都不知道那双细腿是如何撑着这幅身躯，每次看到我心里就如同针扎一般的刺痛，可我却无能为力，我多希望那时能在多些时间陪在她身边，哪怕只是短短几分钟也好。时间总是无情，哪怕一丝怜悯都不给予你，我与姥姥一起玩耍的时光，只有那棵沧桑的老柳树可以在岁月的洪流中为我们见证。可是，自从姥姥病了，只能每天坐在轮椅上由人推着出去逛一逛，那些不舍的画面只能存在我的记忆里。如今，庭院里的那棵柳树已然消去了挺立的生气，而是被枯萎的颓唐所包裹，干涸的树干，枯零的枝条，再也没有了生机。

姥姥总会爱唠叨些，总说自己老了，视力不太好了，耳朵也变得有些背了，记忆力也会混沌了。当时还懵懂的我，不觉得老了是一种什么感受，可是现在看到姥姥，慢慢地明白了姥姥的内心对“老”的感受，但姥姥似乎看得很淡然，并没有过多的害怕，反而总是对我讲着以前的故事，或许这是姥姥想要留下记忆的一种方法吧。只不过我再也不能明了姥姥心里对老家的心情了，或许那碗乡愁，如初沏的茶水，颜色清淡，稍微有些苦涩，却不乏各种有滋的味道，甘、苦都在其中，容你细细回味。

当我再回到那个小院，看到在风中仍旧勉强颤巍巍的柳树，我想，生命或许就是如此吧，伴随着时间的剪影，那记忆的背影，我只能深深地印在脑海中。而心底那总爱泛起涟漪的几缕哀愁，如今也追随心中难舍的身影，踏上了回家的路。

叶落归根，终其宁静。不知道有没有那么一片叶在经历漫长后，又落回原来的地方，把自己也涔湿在影影绰绰中？

那些年的我们啊，人嫌狗不嫌

孙立梅*（山东省）

人常说，七岁八岁讨人嫌，人不嫌狗都嫌。我们呢，却是人嫌狗不嫌。

*作者简介：孙立梅，笔名青草地。

1

七岁那年，本不到上学年龄，父母劳动时苦于我没个去处，就把我送到了学校。

一天下午，父母急于下地，嘱咐我快点去上学，我一边应着一边背起了小书包，正巧，小莲来找我玩儿，她比我小一岁，还没上学。我想，只玩一小会儿，误不了事，就和小莲手牵手，蹦蹦哒哒跑出了家门。

我家门前五十多米处有一个老湾，老湾周围长满了各种树木，杨树、柳树居多，槐树、枣树零零落落。老湾南边除了一小片杨树林就是一望无际的农田。时值夏天，蝴蝶啊，蜜蜂啊，各种鸣声清脆的小鸟啊，蹦来跳去的蚂蚱啊，大小不一的蝉啊，争相媲美。哈巴狗也吐着长长的舌头跳进老湾里，“砰砰砰砰”地刨水玩儿。真热闹，天上飞的、地上跑的，都使足了劲儿地折腾。

我把书包往地下一扔，“嗖嗖嗖”就爬上了树。树干上，一只天牛正乖乖地看风景，一对细长的触角微微抖动。我伸出小手轻轻一捏，天牛便束手就擒了。小莲从草地上逮来一只双马角，双马角体形修长，是蚂蚱中公认的窈窕淑女。她捏住双马角细长的后腿，双马角就捣蒜似的磕起头来，好像求饶似的。我手中的天牛可没这么实在，“吱吱吱”吼个不停，一副不服输的样子。我们打算给这两个小东西盖一间小房子，于是，和泥，找砖头，捡树枝，可忙活了半天，好不容易搭起个院墙来，回头一看，天牛呢？飞了！蚂蚱呢？跑了！

“呵呵呵呵……跑了！”我看着小莲傻笑起来。小莲也“呵呵”乐了半天：“这俩不听话的东西！欠揍！咱做饭吧！”于是，重打锣鼓另开张，小莲揪来嫩生生的马莲子菜，用瓦片切成碎条儿，我爬到杨树上劈了好些宽大的杨树叶子扔下去，碧绿的叶子飘飘悠悠的，就像一把把小巧的降落伞。小莲把土坷垃揉搓得又小又圆当馒头，我呢，老鼠捣洞般地捣出个小坑来，上面横着放一块砖头，这就有了灶台……

正玩儿得尽兴，还没“开吃”呢，忽然听见村子里吵吵闹闹的，一抬头不要紧，人家学校放学啦！唉！时间咋就这么不经用呢？该怪谁呢？

2

读三年级时，我们就去了村东三里外的洼汪家村，说起那段时光来，让我记忆犹新的，还不是有一次到了校门外才发现忘背书包的事。

教我们的汪老师矮墩墩的，皮肤白皙，小眉小眼的。汪老师脾气特别好，对我们这群野到了极点的疯丫头没说过一句狠话。可是，我们因为路上贪玩儿总是迟到，免不了吃两顿训面，时间长了，竟记恨起汪老师来。

有一天，小翠提议："要是咱们把汪老师家的大门栓用木棍儿塞住，他不就没法出来了？咱们不就不用担心迟到了吗？"

"好主意！"春苗跷起了大拇指。

"你真聪明！"小荣奖给她一拳。

"啪、啪、啪……"手都拍麻了！

那天，还没等公鸡打鸣，我们就悄悄地行动了。拨开浓重的夜色，我们快马加鞭，一路小跑，直奔汪老师家而来，大有英雄一去不复返的侠义气概。洼汪家，一个和孙家村大小差不多的小村子正在酣睡中，家家户户院门紧闭，黑乎乎的树影浸着浓浓的夜色涂染着房屋大地。汪老师家的大木门又高又宽，我们得用力踮起脚才够得着门闩。小荣蹑手蹑脚地从书包里掏出几根木棍儿，小心地插进门闩里。我们也各自倒腾出几根来，很快，门栓塞得满满的了。这下万无一失了！我们一阵狂喜，猫着腰溜之大吉！其实，只要大人用力一拉门，准会"嘎嘣"一声断掉，可在我们眼中，那几根木头棍儿简直就是钢筋铁杆儿，没人奈何得了。

这下可放心了！我们就像撒欢的兔子，蹦着跳着跑向村外。天刚蒙蒙亮，勤劳的人们已经赶着老牛"哞哞"地下地了。狗哇猫哇，也随着主人来地头溜达。寻食的鸡啊鸟啊，都叽叽喳喳赶来了，再加上几个调皮的我们，飞来绕去的蝴蝶，春天，就更显得生机蓬勃了。顶欢迎我们的，要数那几条狗了，无论大小，一律细马苗条，撒着欢儿跟着我们一路跑着，闹腾着。

记不清具体的月份了，反正种类繁多的野菜、野草，已经爬满了田野的角角落落。吐鲁酸满地都是，每个绿色的叶片上都被大自然印了一朵紫褐色小花。我们摘来几片，根本舍不得用脏兮兮的小手去擦，便贪婪地咀嚼起来。沾着露水的野菜就是可口，酸溜溜的，满嘴清香，惹得人口水横流。不过，可得看仔细了，要是不小心摘来一片碱子鼓可就麻烦了，那是连猪都不肯吃的菜。你看，那几条毛色不一的狗，伸出嗅觉灵敏的鼻子闻了又闻，还是甩甩头走开了吧！

小葫芦苗吹起粉红色的小喇叭向我们问候。母亲做的小葫芦苗粥可好喝了，就是不能多喝，否则会跑肚拉稀。小葫芦苗还没顶出地面的时候，被人们称作"伏根"，胖乎乎、白嫩嫩的，藏在薄薄的地皮下面，我们都喜欢掏来吃。马莲子菜太常见了，一大片一大片的，我们不太稀罕，专门去找羊角子菜。我们忠实的狗狗也是东瞅瞅，西看看，自得其乐。

羊角子菜从来也不跟庄稼争嘴，只是默默地在田埂沟畔或荒坡上独自芬芳着。乡亲们喜欢它，是因为它的叶子可以和着玉米面蒸荠溜吃。我们喜欢它，则完全是因为它的长相，你看它，淡青色的叶子细长细长的，叶尖自然向上蜷曲着，可不就是一只只可爱的袖珍羊角嘛！

关于羊角子菜，还有一首专属童谣：“羊角子菜，烙火烧，大娘吃了抱野雀，抱一窝又一窝，胳肢窝里还夹一窝！”在方言中，“抱”就是“孵”的意思，“野雀”就是“花喜鹊”。我们扯开嗓子专门跑到大娘跟前唱，也总有几条癞皮狗在旁边助阵，尾巴摇得稀里哗啦的：“汪汪汪！汪汪汪！”大娘笑得“嘿嘿哈哈”的：“这群熊孩子！一边玩儿去！”

我们爬高下低的，每人都摘了些羊角子菜，看看太阳老高了，这才恋恋不舍地告别了田野，向学校走去。偏偏路过汪爷爷家的小菜地，姜不辣长得比我们都高了，它的地下茎就在脚下的浅土层里。我们又手痒了。因为土是松软的，所以，即使只有五指耙也很容易下手，沿着根部抓下去，就会触到土豆蛋子似的块茎，轻轻一掰就断了下来。于是，很快书包就鼓起来了。

我们悠哉悠哉地蹭到教室门前，透过窗户，分明看见汪老师倒背着双手，正在走廊里踱步呢！糟了！只听扑通一声，什么东西掉地了？我一拧头，只见“机灵鬼”小荣正从书包里掏出一个个姜不辣销毁罪证呢！我们也都学着她的样子往墙外扔开了。一时间，墙头上飞起了手榴弹，“扑通、扑通”响个不停……狗狗们远远地望着我们，极不满意地“嗷嗷”着，仿佛在说：“玩儿得好好的，怎么溜啦？”

时隔多年，真想说一句，汪老师，对不起了！

3

你一定会以为，冬天，田里什么也没有了，我们总该安静下来了吧？那你就大错特错了。

洼汪家村西头有一条南北走向的河，又宽又长，结了冰的河面像一匹白练，伸向远方。我们可不会怠慢了这上天赐给的天然滑冰场。我们找来砖头石块儿什么的，砸开一个冰窟窿，阳光下，迸裂的冰块光芒四射，如同金花碎绽。“嘎嘣嘣，嘎嘣嘣”，这嚼冰的声音多么美妙动听啊！最好的时候，是左手拿一块尖冰，右手拿一根胡萝卜，啃一口胡萝卜嚼一口冰。胡萝卜夹着细碎的小冰凌，就像掺了冰糖似的。胡萝卜也不难找，当然也不用担心有人追，因为那都是人们起完胡萝卜剩下的。我们只要辛苦一点，总能在僵硬的地里挖出缺胳膊断腿的胡萝卜。想想吧，通红的两只小手，一手攥着水红水红的胡萝卜，一手握着明光闪闪的尖冰，双脚前后分立，各踏一块冰，“嘎嘣嘣、嘎嘣嘣”地滑行。两岸的凸树刷刷地倒退，冷风在耳边“呜呜”地吹，那感觉，一个字：“神！”

“啪、啪”“扑通、扑通”“哎哟！”……摔倒了，爬起来，再摔倒，再爬起来。“嘿嘿嘿……”“哈哈哈……”笑声在空旷的河滩上久久地回荡……

4

你说什么？下雪天我们就老实啦？雪天更好！雪下得越大越好啊！你看，漫山遍野茫茫一片白，白的让人头晕目眩的。看，我们来了！一个个兴奋得两眼放光！我们伸胳膊捋袖子，轻轻掠起最上面的一层浮雪，三下两下就滚成一个小雪球儿，干什么？吃啊！软绵绵的雪球入口即化，那恐怕才是真正的纯天然雪糕吧！过瘾了吗？那就分组来一场雪战吧，战略高地是村子南面那座“大雪山”。

“大雪山”其实就是离村子百米之遥的一个土台子。据说，从前，那里有一座小庙，“文化大革命”时被砸毁了。家长千叮咛万嘱咐，这个土台子不能随便上，台子上那棵酸枣树结的枣子不能吃，那是白蛇仙姑修炼的地方。人们遇到大病小灾都去那里讨药，很灵验。但是，讨完药不能回头看。有一次，邻村有个老奶奶去那里讨药，点完黄表纸，本该把带去的几颗鸡蛋放下，包一点纸灰，头也不回地离开就行了，可那老奶奶竟然拧回了头，霎时，扑倒在地，不省人事了。很快，十里八乡都传开了。谁也不知道老奶奶看到了什么，只知道老奶奶瘫痪了，嘴里总是嘟嘟囔囔的，却说不清一个字。从那以后，讨药治病就再也不灵验了。偏偏我们好奇，非要偷偷跑到台子上去看个究竟。台子上面光秃秃的，只爬着些讨厌的贴地皮窜的爬蔓子草，找不到片瓦块砖，也看不到白蛇可以进出的洞口。那棵酸枣树孤零零的，自从我们有记忆以来，它好像就没长高过半寸。酸枣倒是有的，却没人敢摘。我们斗着胆子摘下一粒粒小酸枣放进嘴里，嚼了又嚼，除了一股子酸就是皮多核硬一点，再没什么两样啊！尽管大人屡次批评，可我们还是得空就去那里玩一会儿。这不，又来了！

我们兵分两路，相同的时间里，看哪路大军最先拿下山顶。准备好了吗？好吧，开打！“同志们，冲啊！”我们呜里哇啦地边喊边爬边打，好像不喊叫就使不出劲儿似的。大小雪球“劈里啪啦”乱飞起来！额头上、鼻梁上、脸颊上，到处都落满了雪沫，满坡都是杂乱的脚印，满天都是我们的笑声。好不容易吭哧吭哧地爬到半山腰，又叽里咕噜滑落一地！“嘻嘻……”“哈哈……”，胜负没决出来，“白眉大侠”是名副其实了，浑身上下也是实实在在地湿透了！咦？狗狗们哪去了？英明的狗狗们不参加任何一方，它们正忙着满地画梅花呢！

晚上，我们的棉鞋就被各自的母亲放进了灶膛，烤干明天好穿啊！可是，第二天，我们就只能拖拉着鲇鱼头大的草鞋去上学了，棉鞋不是烤断了底子，就是烤煳了帮子！

唉，那个人嫌狗不嫌的年龄啊……

我从春天来，亦从春天去

孙亮*（山东省）

日子突然间就暖了，随了溪水东流，林花谢了春红，总是想留一朵春天的妩媚，以后去盛夏里怒放。

几乎所有关于春熙的赞美，都离不开桃花。花枝向南，寻水而生，开成飞舞的花蝶，染红了十里春风，星星点点，落在了画家的宣纸上，飞在了诗人的笔尖下，墙里墙外，心也倚香而行，急忙把那些鼓出的新芽，裁剪成夏天的伏笔。

我其实算是例外，只是在落英的蒹葭里，一面拾捡着零落的青春，一面扔掉了手中的繁华，风漫舞着归途，这不算什么，心路过的地方，都是带着牵挂来的。

列车正驶出春天的站台，车窗外挂着离愁，开往季节深处，旅途中带着点惦念，总是对的，这样，没有迷途的苦恼。

我从春天来，亦从春天去。用一朵花香的疼惜，告别暮春的枝头，从眼睛里滑落，坠成了春天的绰影。夏天，真的是来了，会不会有雨下呢？天还依旧晴朗着，不能确定。

默默守一座城，把年华煮到沸腾，或许是一个不错的选择。轩窗是生长寂寞的地方，雨来时，和牵牛花一并疯长，在窗前捧一本书，翻阅季节的温暖，嗅一行文字里的清幽，倾听流年，也不想再转身了，就这样吧，在各自的季节里浅笑而安。

我的岁月，以后都是风轻云淡，写一笺忧伤，寄给时光，留三分空白，书写情怀，光阴两岸，以红尘为界，心若能抵达的地方，都不是远方，把流年写成纸，山与水的纠缠，都是以重逢而结局。

行在夏天的路口，你我都是红尘中的旅客，不是每一次相遇，都撞一个满怀，客栈里的门，只为有缘的人开着。也许我们在同一个路口走了，却在下一个路口散了，那些许过的诺言，轻浮如天空的一片云，和大地再没一丝牵挂，从此以后懂得，相逢，都是迎面而来，即使擦肩而过。

剪一丈红尘，系一身牵挂。这一生有多少相遇，就会有多少分离，越是念

*作者简介：孙亮，笔名人来人往，山东烟台，从事旅游行业。

念不忘的，到最后都不能成为执着的理由，留半盏朦胧水墨，氤氲一色的天青，我把空白都绘成了云，反反复复找不到岸。总要有一个理由去相信，世间的别过，都是轮回的开始，来不及等待，不如就去空欢喜。

一步踏入夏天的长卷里，丁香花带着忧郁开了很久，失约的故人，带着花开的颜色。花香，飞越了千里，一切都来过，仿佛很早就离开……

倚在盛夏的窗口，看一场久别的雨，和季节对望，胸口长满了森林，如若，寂寞能长出一双翅膀，我就情愿等在青山的尽头，抽出光阴里的丝线，蹉跎成岁月的网，如若，时光能看清未来的眼神，是否可以深情地回眸？洒一片灿烂的阳光……

推开盛夏的门，流星划过夜空，剪一束月光酿成酒，和夜空杯以对，泡在清冷的留白里，画一笔青山绿水，倒影往日时光，驾一楫轻舟掠过心痕，涟漪荡漾心湖，开成一亩荷塘夜色，任风雨琳琅。

我的田野，已经绿成了夏的眼眸，清波荡漾，伏在眉下的蝉，吵醒了午睡的夏天，疯长出青葱的裙罗，在风中漫舞，一半是成长的喜悦，一半是重逢的欢呼。

时光荏苒，划过容颜，染绿了五月的心田，或许因为路过了太多的风景，所以看不到你我额头上还有青涩时的惊喜，一直以来，做成了匆忙的旅人，好像没有结局……

每个人的旅途都不尽相同，步伐决定了往来的方向，所以用不着去刻意忏悔，可以遇见了一片花海，迷失了自己，倘若是一条暗河，也要勇敢地走下去。

暗藏一段洁白的时光，有一抹花开过的嫣红，风吹雨打了许多年。四季流转，韶华易老，把每一季的冷暖，装进记忆的青瓶，以后都将是最美的珍藏。

独把一盏清欢，品半杯残缺月光，多少寂寞在心灵绽放，和一玄清音，暖一程相伴，有我的渡口，和你萍水相逢。

美人有痣

于里杰*（山东省）

我相信，总有一些情愫，会以某种形式在人与人之间无形中传递着。比如我脸上的那颗黑痣。

它位于右脸颊的眼睛下，足有米粒大小，黑得纯正，它不声不响，骄傲得镶嵌在我的脸颊上。每次，看到别人毫无瑕疵的脸蛋，再摸摸自己这颗醒目的又大又黑的痣，我就会不由自主地拽拽额角的头发，让头发盖住它，对着镜子中的自己，不由得感叹，因了这几缕垂下的头发自己似乎多了几分忧郁。但是，如果没有那颗痣，该多好！

从小，我的泪水就多。有人欺负了，头疼生病了，总会悄悄掉眼泪。爷爷，私下对母亲说了好几次，娃娃脸上那颗痣是颗泪痣吧，要不行，找个人给她点了去吧。赶集的时候，母亲便带着我去集市，集市上有点痣的。点痣的人信誓旦旦地保证，药到除掉而且不会留下疤痕。会有点痒，娃娃可不能用手抓，抓了会留下永久的疤痕。母亲想了半天，不知是担心幼小的我，忍受不了痒会抓破，留下疤痕，还是别的原因，最终放弃了给我点痣。

小学的时候。有一次，和同学拌嘴，她是班级里最漂亮的女孩，娇嫩的脸蛋上，白中透着淡淡的粉色，干净明亮。她指着我脸上的黑痣说，大家瞧，像不像鸟拉的屎？全班同学哄堂大笑，我恨不得钻进地缝里，委屈的泪水围着眼眶直转。回到家，我拿着剪刀，想着戳破它，挤出黑色部分，或许黑痣就没了。终究，戳破了，流了血，几天后，长了咖，掉了，还是那颗顽强的黑痣。

那年暑假，一个周末。我和哥哥还有邻居几个小孩，突发奇想，想去村东面的果林里偷桃子吃。那是村子里最大的果林，夏天的时候，瓜果的香味香飘万里，总是诱惑着我们。这么大的果林里，只有腿瘸的高波爷爷看着，大中午，天热，他肯定在小木屋里休息。我们几个围着林子最外边的桃子树，开始摘桃子，桃子还不是很熟，我们尝了几口，有点酸。正当我们将酸酸的果子毫不犹豫地扔在地下的时候，一声怒吼：谁家的娃娃在偷桃子啊？吓得我们扔掉桃子

*作者简介：于里杰，山东省散文学会会员，烟台散文学会理事。喜欢用笔描述淡淡的往事，世事变迁，唯爱永存。

四处逃窜。我长得瘦小，跑得最慢，自然被逮着了。爷爷很生气，胡子都吹起来了，看看，这些水果还不熟，都让你们糟蹋了！我吓得不敢抬头。你是不是老于家的女儿？我认得你，你脸上有颗黑痣！天哪，我赶紧拽头发。不用盖了，等着吧，我去找你父母，村里喇叭也会播出你干的好事！我垂头丧气地回到家，想到父母训斥我的样子，想到村里广播筒上清晰的声音，想到自己将会因此成为同学耻笑的对象，我恨透了自己脸上的黑痣。第一天，第二天……听到村里开始广播，我就会竖起耳朵。可是一连几天都没有听到广播我偷桃子的事情，心想暗自得意，这个老爷爷，肯定年龄大了，记性不好使了，只是，从那以后，每次路过果林，见到高爷爷，我都会远远地躲着，生怕见到我，让他想起偷桃子的事情。

小学四年级。期中考试，我依然是全乡第一。班主任让我去办公室把奖品带回教室，我刚走到门口办公室，就听里面有人问班主任，你们班又考第一那个女孩是谁？班主任说，就是脸颊上有颗黑痣的那个女孩！哦，就那个有痣的女孩啊，我记得！我的心里掠过一丝窃喜，因了黑痣，也会让人记住我的优秀，回教室的路上，一手捧着奖品，另一只手，摸了又摸自己脸颊上的黑痣，第一次发现，原来它不是那么讨厌。后来，上了初中，考试贴出红榜，同学们总会围在红榜前下，寻找自己的名字。旁边有人会问，第一名那个于里杰是一班的吗？对呀，就是那个脸上有黑痣的那个！每每此时，眼睛看着红榜上的我，心里却在想，他们记住的是我的名字，还是我这颗痣呢？不管怎样，这痣好像得留着。

随着年龄增长，那颗痣在我的脸颊上愈发醒目。一日，一位两年没有见面的朋友，见到我说，你脸上的黑痣该去掉，影响美，还有，很多黑痣会恶变的！我有些害怕，在妈妈的再三催促下，去医院问了专家，专家说这样的说法没有道理的。听到这话，母亲松了一口气，孩子，咱还是留着吧？

回老家，八十岁的高爷爷正在村头晒太阳，照在爷爷身上，暖暖的。看到我，高爷爷眼睛眯成一条缝，是当年偷桃子的丫头吧，还躲我，你那颗黑痣……没有了当年的恐惧，我开着玩笑说，认得又怎么样，你还不是记性不好，给忘记啦？傻丫头，爷爷是心疼桃子不熟，让你们给糟蹋了！熟了，你们吃了，爷爷不心疼的！一旁的母亲，终于说道，小杰，那年夏天你们吃的桃子，好多都是爷爷偷偷送给你们的……倏然间，想起，那年夏天家里的虫桃子特别多，母亲总是将它们洗净，削皮后给我们吃。那定是生产队卖剩后的次果，而高爷爷舍不得吃，送给了家里孩子多，困难的我们……

去年春节回老家。得到我的消息，小学时吵架的那个女孩急切地奔来我家。三十年没有见面了，我看着眼前的她，熟悉又陌生。恍惚之间，她突然说，你的美人痣一点没变！她伸出手，摸着我脸上的黑痣，听到她说这是一颗美人痣，我的眼顿时湿润了，这颗美人痣，拉近了我们的距离，让我们笑若白花瓣，让我们想起了曾经的纯真岁月。

已近不惑之年的我，还是没有改掉喜欢流眼泪的特点，一首歌，一部电影，一本书，一场重逢，一次回忆，都会让我眼含一泓清泪，这或许就是爷爷说的，因为我长了一颗泪痣吧，我想，它一定是一颗会流泪的美人痣，才会让我如此地感动。

母亲告诉我，我长得很像奶奶，奶奶脸颊上也有一颗同样的黑痣！从母亲慈祥的眼里，我仿佛看到了逝去的奶奶。奶奶生前一直喜欢小女孩，她身体不好，一直坚持着，盼着母亲肚子里的我出生，能看上一眼。奶奶去世后，三个月，母亲生下了我，也是家里第一个女孩。

你奶奶，是一位善良的奶奶，很美，她的痣是颗美人痣，母亲说。

瞬间无言。感谢这颗美人痣，感谢它如此的黑与执着！原来，它一直是最美的景致，不经意间，已经生根发芽，在我生命里的每一天。

老木船的记忆

袁淑杰*（山东省）

鲁西北一片广袤的土地上，一条大河滚滚流淌，那是世界闻名的人工河——京杭运河。我庆幸，我就生活在她的身旁。

我的村子坐落在河的南岸，记忆里，白头发小脚的奶奶，总是在有星星的夜晚，摇着她心爱的蒲扇，给我们讲那听不懂的撒黍行船，她恨恨地说："隋炀帝昏了头，硬生生叫人挖了这绝世的河……"

河北岸有一片肥沃的土地，千百年来，我及我的祖先都靠她养活。因此，一只老木船不得不走进视线。那是一只再普通不过的木船，只是足有几间屋子大，实在算不得好看，甚至于看上去有些粗笨。结构也极其简单，船身铺满了厚实的木板，拳头大的铁钉把它们连接并镶嵌起来，锈迹斑斑的铁钉错落有序，增加了她的质朴美感。船的一头有个船舱，里面十分窄小，仅仅容下一人歇息，不过船舱隆起的四角，像个小亭子，煞是好看。北岸的村子隶属河北省辖区，

*作者简介：袁淑杰，笔名田园，山东德州人，一枚热爱文学的七〇女子。

所以，往来的人并不多，偶有一两个外乡人乘船，艄公也是不收费的。

没有码头，来来往往的乡亲们走出了一个小渡口。从春到秋，木船和大家一起经历风雨，只是大雪封门的冬季，她才得以喘息。

小时候，不懂父母生活的艰辛，每次过河劳作，我都吵着跟去，当然不是要分担父母的劳苦，我只是喜欢坐大木船，和大人们挤在船上，看清冽冽的河水往后退，惬意极了。

船到了对岸，父母忙他们的耕作，我则留在船上又蹦又跳，闹得欢了，还会招来老艄公的呵斥。他是怕我掉河里，但我并不怕他，也会安静地待一会儿。听他亮起嗓子，唱两句船歌号子，我听不懂，咿呀学唱，逗得他哈哈大笑。我也会帮他拽缆绳，听滋啦啦的铁链响。“世上三样苦，打铁、撑船、磨豆腐……”这个脸上棱角分明，满满沧桑感的老头儿也会唠叨：“你以后要好好学习，不要在船上待一辈子。”我那时并不理解这些话，但不知为何，我却记住了

半晌时候，无人渡船了，他把我带到岸上，我拿着小铁铲，在岸上的沙土里寻找五彩缤纷的小贝壳，偶尔找到两个残破的小海螺，我高兴地手舞足蹈，那可是我回村向小伙伴炫耀的资本啊！现在想来幼稚极了。

后来上学了，很少渡船，也很少见到艄公了。老木船静静地泊在河岸，见证了故乡的变迁，父辈的磨难，一如她自己，肩挑历史的风云却寂然无语。最让我难忘的，是母亲的一次渡河经历。

那是一个秋天，恰逢大旱，运河水断了流，只剩一条约三十米宽的深沟需要渡船。而那一年，棉花价格高涨，人们在对岸种了一片又一片的棉花，一片棉田便是一家人生活的依靠，母亲和大家一样，在这块土地上收获着她的希望。

为了节省力气，母亲带着自行车过了船，推过愈发陡直的河岸，把车子放在地边，母亲忙碌起来。满地白花花的棉，让她越干越有劲，不知不觉错过了回船的时间，等她想起该回家做饭的时候，已是人去船空，空荡荡的河边，除了烈日，老木船，便是她自己了。

她带着那包棉花，焦急无助地站在堤岸，木船同样无奈地望着她。豁出去了，母亲咬咬牙，推着车子往西，顺着河堤走了二百米远，这里的河床略窄些，据说水也略浅些。母亲卷起裤腿，推着车子下了河，车子上载着那包棉花，

她小心翼翼地推着车子，一步一挪，每一根神经都绷得紧紧的，腿开始哆嗦，她硬起头皮，水已经没腰了，车子上的棉浸了水，越发沉重，她拼尽力气，挪，挪，她知道万一脚下打滑，她将连同这包载满希望的棉一块儿葬身河底，绝无生还。我至今不明白这个女人如何来的勇气，紧张使她满头大汗，她不敢懈怠，手紧紧握着车把，水路让她觉得绝望，她怕了，腿抖得愈发厉害，水到了胸膛，可是已经无法回头了，她的嘴唇咬出了血，她继续挪，一点点移动双

脚，踩实之后，再拖着自行车动一点儿……就这样，倚仗一辆自行车，倚仗一包希望的棉，母亲竟蹚水渡过了大运河。

一屁股坐在河岸上，母亲再没爬起来。直到父亲找到她，她还在那里惊魂未定。自从蹚水事件发生后，母亲再不敢一个人坐船去对岸了。

老木船，你看着她，渡着她，你们经历的风雨我牢牢记着。

农闲时候，乡亲们和父亲凑在一起，织一张大网则是他们的乐趣。织一张渔网要耗时几天的精力，他们乐此不疲，反正闲着也是闲着。织好后，他们再弄一些废弃的锡物，在煤炉上熬化，然后倒在事先准备好的模具里，晾好，就成了一个个晶亮的网脚，把网脚拴住，一张渔网就诞生了。

大家前呼后拥，抬着网来到船上，行到深水区，一网撒下，就会有些白鲢之类的大鱼，逮得多了，用水桶弄回来，左邻右舍分一分，然后的几天，鱼香便在小村里弥漫开来。

日子总是很辛苦地过，可人们却不觉得艰难，大家互帮互助。那个年代，人们居住的大多是土坯房，夏天的暴雨经常冲毁一些墙头或房子，不用主人打招呼，周围的人自发带着工具来了，都舍得下大力气，搬砖，掘土，和泥，很快就修好了，没有人收钱，这些汉子们只讨要杯酒喝就算完事了。

这样的例子在老家司空见惯，没什么人会拿出来炫耀，大家想法一致，没有互联网，感情却是真挚的很，不像现代人，遇到摔倒的人要纠结扶不扶的问题，倘若遇到他们，是一定要扶的，不会袖手旁观。

似水流年匆匆而过，转眼已经二十年了，从一个不谙世事的少年，历经人世沧桑，每天奔波劳碌，如今我已经人到中年。可我极少有时间回家看看。听说老艄公已经仙逝，老木船终也载不动百年风云搁浅了。

听说家乡要修桥了，而我还是未能回去看她一眼，木船啊，在梦里，在欲罢不能的乡愁里，我再见不到你，而坐船的愿望亦将不再实现了。

记忆里的纸飞机

陈科*（山西省）

一天晚上，女儿给了我一张方形的小纸片，让我帮她画一张画。寻思半天，

*作者简介：陈科，山西长治人，长治市作家协会会员。

却不知道画什么。我思路一转，跟女儿说，爸爸给你折一只纸飞机怎么样？她微笑着点了点头。

花了数分钟时间，我终于折成了一只纸飞机。正要送给女儿，可是她却调皮地抢了过去。边说边笑，真好看！随即，顺手一扔，纸飞机乘着凉凉的微风轻轻地飞进了深邃的夜色里。看着消逝在夜空中的纸飞机，不由得想起了我的孩童时代，那些玩纸飞机的日子。

小时候，我是在农村度过的。那时，村里没有像样的学校，一群孩子只能在一座破庙里凑合着上学。即便这样，我的童年里那些纯真的乐趣并没有被简陋的教学条件所影响到，因为村子里有许多玩乐供我选择。特别是暑假，我和小伙伴们时而去河里捕鱼、捕虾；时而又上树捉鸟、捉蝉，并且经过无限制的自由“放养”，我练就了超强的动手能力。除了和野一点的孩子上山下沟外，有时也会和班里比较安静的孩子，折一些千纸鹤、纸轮船还有纸飞机。当然，最钟意的还是当数折纸飞机。

那个时候，我国正处于八十年代初期，农村经济还不是很活跃。没有电脑，没有手机，没有柏油马路，没有私家汽车……但是村里有一位德高望重的老村长，他为了改变村子落后的教学环境，四处奔波，到处筹款。最终，在他的不懈努力下，我们村子终于有了一栋崭新的两层教学楼。

一个阳光明媚的日子里，我们搬进了宽敞明亮的大教室。我不知道别的村子里的孩子住的是什么样的教室，但是我始终认为我们都是比较幸运的农村娃。多年之后，也印证了我的这一观点。因为在电视上以及网络上看到，许多山区里的孩子迄今为止，仍然没有一间像样的教室，仍然没有一张像样的桌椅。

在我们新教学楼正对面，有一座大池塘，池里的水，明亮如镜，清澈见底。这些水生生息息供养着我们全村的人，一代又一代也是靠着这池里的水，繁衍生息，延续一切。面对清水蓝天，我们这些调皮捣蛋的孩子，还是忘记了老师的谆谆告诫，忘记了自己玩耍的真实初衷。

每逢课间休息我们几个玩伴总是折着各式各样的纸飞机参与飞行比赛。其实，就是比试谁能把纸飞机掷向大池里，也因为此事，我在村子里留下了“坏小孩”之类不太光彩的名声。

记得，读小学三年级的时候。一次期中考试结束了，学校里的老师全部被校长叫去办公室阅卷子。教室里的孩子仿若草原上脱缰的野马，疯狂地享受着来之不易的自由。有的在跳绳，有的在踢毽子，有的在玩玻璃珠……几个玩伴在我的号召下，很兴奋地玩起了纸飞机。我们把窗户打开，看谁能把纸飞机掷向大池里。按照比赛规则，谁若是输了，就要在上学时把家里好吃的、好玩的带回学校与大家一起分享。我们跃跃欲试，掷飞一只，再接着掷另一只，锲而不舍，循环往复。那一次，我们几个小孩子折了许多纸飞机，可是谁也没有一种力量让纸飞机飞进大池里，这个比赛最终也没有分出高下。当时，我们一脸失意，很是遗憾，真希望有一天快快长大，有一双强健的臂膀。

春去秋来，四季魔幻般轮回。在一次麦子成熟的季节里，我们小学毕业了。那天，所有的男同学帮班主任把麦子收割完成后，来到学校等待一次毕业合影。还是那个教室，不同的是这次我们就要离开这个朝夕相伴的地方了。说真的，有点失落，有点迷茫。在无聊的等待中，我再次提议玩次纸飞机，几个玩伴纷纷夸奖我提了一个好建议。我们跃跃欲试，说做就做。

和以前那样，掷出去，马上又低下头再折一只，折了又掷，掷了再折。周而复始，循环往复。而这次与曾经不同的是，我们已经真正掌握了纸飞机的飞行原理。我们把飞机的两翼折得很宽，把机头折得又尖又窄。听比较在行的同学说，这样能减少风阻系数，能让飞机飞得更远。

那天，我们没有比输赢，我们与时间赛跑，生怕今后再也没有这样的机会与可亲可爱的同学为了一个共同的目标而展颜欢笑。一只、两只……大部分纸飞机飞进了池塘里，其中有一些，还越过了整个池面。我们第一次体验到了长大的感觉，飞翔的感觉，自由的感觉。

当这个快乐还没有完全消失的时候，一次沉痛的教训也跟着来了。那些飞进池塘里的纸飞机，给我们带来了祸端。

经周围村民举报，我们几个玩童全部被“通缉”，成了村里的一级“通缉犯”。村子里的干部，学校里的老师，还有我们的家长，把我们狠狠地教训了一顿。我们几个小孩子怔怔地站在了大队院的石台上，做了很深刻的检查。最后大会决定：让所有的家长，在天黑之前，把落进大池里的纸飞机全部打捞干净。

在一些热心村民和涉事家长的配合下，落进池塘里的纸飞机终于在规定时间之内打捞干净了，而我的处罚却没有因此而结束。

那天夜里，父亲为了让我长一次人生印记，他把我关在了一间没有灯火的屋子里长久地跪着。黑色的屋子里，大大小小的老鼠在我的周围东窜西跑，好像也是来嘲笑我的，它们仿佛也想要进攻我一次。那一晚，我真的被吓到了。浑身发着冷汗，牙齿咯咯作响。但是，我却没有喊出一句求救的声音，我硬硬地跪着，流泪地跪着，直到天亮。

经过此事之后，有很长的一段时间，我不敢往大池的那个方向走去。这个阴影在我的心间笼罩了很多年。时至今天，再次回忆，我的心里都是满满的心悸与后怕。

当岁月的洪流，卷走了青春，在曾经坚硬的墙壁上悄悄地落下了印痕，幡然觉得：时光好快，还没等我数清月齿的轮回，池里的水已干，想飞的心已藏……

记忆里的纸飞机和那些陈年往事，深深地留在了我的脑海里。有时，很想怀念，有时，又怕怀念。

在无常的人世间

董晓可*（山西省）

母亲来带宝宝的第六天，雪下得很大。晚上，坐在窗前，听着外面的风声，母亲给我讲起了村子里一些零零碎碎的事情。

母亲说，你福利舅爷家被人骗了五千元钱。怎么那么傻，三个陌生男子跟你舅爷家媳妇聊了会儿，也不知说的啥，她就回去给人家取钱了，难道是被下了迷魂药？你舅爷两口子老了，那是存了好几年的钱，事后你舅爷媳妇坐在地上一直哭个不停。

过了一会儿，母亲接着说，还记得王孩不？你初中那个同学。我说记得。母亲说，她妈妈前阵子被车扣死了。巧得很啊，就跟安排好了似的，那辆车装满了石子，不早也不晚，就等着她走过去，车子“哐”一声就翻了，哗啦啦的石子一下子把她给埋了。

然后，母亲不说话了。

我看着母亲，好长时间，说，近段日子家里生意还行吧？

母亲说，凑合吧，能过得去，现在是淡季，水果卖得不快，等到过年那阵子就好了。过了一会儿，母亲说，你们这边矿上效益咋样？我说很不好，好多都关了，工人闲在家，每个月就领几百块钱补助。母亲说，跟咱河南那边一样，你二婶家凯凯老公也天天闲着，一家老小可咋办啊！

接着，母亲又不说话了。

窗户外，灯光下，雪花簌簌飘落着。我看着母亲忧郁的眼神，想起了十多年前，和父亲一起为爷爷送葬归来时的场景。那天刚下了雨，天气很冷，我俩走在曲曲折折的田埂上。父亲说，人死如灯灭，快得很啊，就跟地里的庄稼一

---

*作者简介：董晓可，男，“80后”，研究生学历，文学理论方向。好文事，多撰文。现为山西省高平市文联主办刊物《丹源文学》特邀编辑。

样，几十年一茬，小孩长大变老头，老头死后再被黑白无常收走，就啥也没了。当时，我望着一眼看不到边的空旷田野，第一次感到了父亲这个高大汉子的渺小。晚上躺在床上，我翻来覆去睡不着。先是想起了爷爷的一生，自幼无父无母，跟着哥哥出去卖醋，后来哥哥也病死了。再后来一路要饭，最后跟铁匠师傅学会了打铁，成了家，延续了血脉。接着，我又想到了我的父母，爷爷生病的那几年，月月药单不断，我和姐姐还小，要上学要吃饭，都是催钱的“鬼”。后来姐姐早早工作了，我则远离家乡，在外求学七载。为供我上学，父母每天起早贪黑守着那方小小的水果摊。就跟一则笑话说的那样，我像发射了的火箭，遥遥太空，经常收不到信号，偶有信号，便是生活费、生活费、生活费……

宝宝满月时，母亲就离开了。母亲说，你岳母照顾宝宝，你要多体恤人家，回家了多干些家务，帮人家分忧。我把妻子准备好的一些钱给母亲，母亲坚决不要，说我和你爸能干动就尽量不花你的钱，今年把欠下的一万块钱一还就没负担了。现在政策好了，村里六十岁以上的人每月能发六十块钱。你爸当年还参过军，军人证到时候也能发些补助，再多少挣点，就够我俩花了。你俩的工资要省着花，给宝宝攒起来，将来上学什么的用得着。母亲回家坐的是过路大巴，车子来的时候，我给母亲买票，母亲不让，说自己带的有钱。望着车子进了收费站，上了高速，缓缓消失在视线之外，我突然有一种想哭的冲动。

去年回家，我特意去庄稼地里看看，很多坟堆子都被岁月剪了平头。我又想起了父亲的话。是啊，快得很啊，每个人都是短短寄宿在大地上数十年，而后终将尘归尘、土归土，被黑白无常带走。作家麦家说，人生无常苦有常。换一个角度来看，生命终结的那一刻，是否也意味着尘世的无常、痛苦、心酸和辛劳也终于画上了句号。人生一世，浸满苦楚，来时，带着一声哭泣，走时，伴随一串哭声。这来去中间的数十年，平凡尘世中，就是走在饱尝酸甜苦辣、体味苦乐人生、感知无常世事的漫漫长路上。

那天，我无意中读到诗人王海云《母亲》中的诗句：“当我躲在城市的一隅/享受着锦衣玉食/母亲，您却厮守着一方清贫/总也舍不得抛弃//母亲，您端卧炕头/一针一线，为我缝制棉衣/您盘腿打坐的姿势/古朴如一朵莲花，盛开在我的心底”。

瞬时，我的眼睛湿润了。

在这个无常的人世间，很庆幸，我的双亲都还健在。没有特别特殊的原因，我每周都要和他们通一次电话。请原谅，我只能用这种方式，来表达一个儿子单纯的疼惜。

头发

何敬文*（山西省）

直到不久前，已年届知天命的我，才真切体会到，拥有一头浓密、油黑光亮的头发，竟也是一件值得自豪甚至骄傲的事情。

多年前，就曾听到不止一个理发师对我头发的夸赞，自己都不置可否地一笑置之，总以为那都不过是些职业性的溢美之词罢了。然而，久违的同学、朋友和我身边熟悉、不熟悉的人，甚至是不相干的路人也发出同样的赞叹，且日渐增多，这就不能不使我感到诧异了！每每目睹其中的绝大多数人，头顶已现“森林草原化、草原荒漠化”之势，甚至更有“绝顶聪明”者，再耳闻欣羡之声叠叠，终于明白，他们的赞美大多是由衷的了。

对于自己的头发，可以说我是不怎么当一回事的。每天早起盥洗完毕，用手匆匆一拢了事，连镜子也很少照，就更谈不上什么护理和保养了。听别人议论的多了，自己不关注一下好像也有点说不过去。用心梳理一番，对镜仔细端详：“山也还是那座山，梁也还是那道梁。”值得欣慰的是山上的植被，面积和密度与从前倒也没有什么两样，只是间或可见几丝闪亮的华发，令我感到些许秋的悲凉。不过这种感觉倏忽而逝，随之而来的便是一种从未体味过的满足和释然。

此前，我对自己的头发可完全是另一种看法。

记得我打小头发就浓密粗硬。对我而言，剃头则是件令人生畏的事情，每次都如同上刑一般，以至于那情景至今仍历历在目。那时候，村里不论大人小孩，理发都靠着一把剃头刀。剃头的具体步骤是：先用手撩着热水把头发拍湿泡软，然后一手按着头皮、一手捏着剃刀，一点点地把该刮的地方刮干净，只留下头顶的部分。这样的发式俗称“帽盖头”。这要是在夏季还没什么，尤其到了冬季，本来就不多的热水，一倒进盆子很快就凉了。头发倒是弄湿了，但并不一定能泡软。而剃刀又不一定很锋利，再加上我的头发既粗且硬，其结果就可想而知了。那种难受的感觉，就像偶尔用钝刀片干刮胡须一样，头皮也被扯得生痛。常常是泪水在眼眶里打转，但也不敢动，因为

---

*作者简介：何敬文，网名日月星辰，山西运城人。喜爱阅读写作。

一不小心，剃刀便会在你头上留下一道血口子。惹得当时给我剃头的曾祖母，每次都半是玩笑半是认真地调侃我："谁让咱的头比人家大，头发比人家稠，比人家硬呢！人家头发是一窝一苗，可你这一窝长两苗，这要是庄稼就好了……"我当时不明就里，只是恼恨自己怎么就生了这样的头发！

可能是遗传母亲的缘故吧，我和弟妹们的头发都很好。对母亲的头发，我可是再熟悉不过了。那时母亲二十多岁，一头浓密油黑的秀发，在脑后编成两条粗可盈握的辫子，直垂到腰下。我还依稀记得，小时候曾十分依恋母亲的肩头和幽幽的发香，这已然成了我对母亲记忆的一部分。

母亲的辫子引人注目，以至于后来到村里收长头发的小贩，竟尾随追至家里，硬是要出十块钱的高价来买母亲的辫子。而在当时，农业社一个劳动日只值几毛钱，十块钱可不是个小数目，可以置办多少日常家用啊！母亲动心了，咬了咬牙拿起了剪刀。也许是由于弟妹们接连出生，少有打理时间，自此以后，母亲始终一头短发，再也没有留过辫子。

后来，家里买了理发推剪，理发师便正式由父亲接任。虽然那时他唯一会剪的发式就是小平头，但总比"帽盖头"要好看得多，我对剃头的恐惧终于宣告结束。曾祖母专用的剃刀也彻底淡出了我的生活，变成了弟妹们的玩具，也永无用武之地了。

不知是我的头发长得太快，还是刚性太强，总是时间不长便像刺猬一样，桀骜不驯地满头支棱起来，为此害得我不知多花了多少理发钱。以至工作后很长时间，我才在同事的一再撺掇下留起了长发。但这可让我和理发师花费了不少心思，为了能使其服贴，以前从来不用的发胶、摩丝、电吹风一齐上阵，总算慢慢就范。与我相熟的理发师更有些夸张地说：人家头发定型用梳子一点点往高里梳，给你理发要一根根、一次次往下按才行，不只费料更费功，我这亏吃大了！

日月更迭，岁月荏苒。周围一些年岁大的或不太大的人，大都额头发际渐高、脑门渐亮，且常有人自嘲曰：热闹的马路不长草，聪明的脑袋不长毛。但说归说，为了给人的印象不至于显得那么"老成"，大多数人还是想尽一切办法，"作假"予以弥补。于是，"地方支援中央"者有之，头不离冠者有之，但难免有欲盖弥彰之嫌；更有甚者不惜斥巨资，理疗按摩者有之，药物生发者有之，"以假乱真"者有之，形形色色，不一而足。但大多以失败而告终，真是"聪明"反被"聪明"误啊！由是可知，并非事事都是人力可为的。我自认并非"聪明"，所以才不致有"绝顶"之忧，不禁欣欣然。

我于是顿悟：在人世间，并非只有高官厚禄、隆名显位才令人驻足留恋，同样，还有一些微不足道、宁静闲适、荆门柴扉、粗茶淡饭之属，也令人神往欣羡。世间的一切，拥有时往往习以为常，只有失去时才知道珍贵，但逝者已不可追。其实，无论贵贱多寡，能拥有就是一种幸福。对于当下的拥有，应该知足，懂得珍惜，更要感恩！

父亲·老屋

胡惠策*（山西省）

一座老屋储藏着人的记忆、人的根。只有回到老屋里，我才能找到真实的自己；只有在父亲身边，我才知道自己还是个孩子，虽然我已到不惑之年。

——题记

老家的老屋，紧邻国道，每日汽笛喧嚣，成了习以为常的交响乐曲。老屋坐北朝南，原本六间，后来在东头又加盖了一间瓦房。五年前，身体还算硬朗的老父亲，请包工队对斑驳脱落的院墙、门楼重新进行了修缮，并在西头新建了三间混凝土结构房屋，老屋最终形成了现在的这般格局。

老屋冬暖夏凉，屋前庭院有好多瓜果树木。春天的时候，院内的果树枝头都开满了花，淡淡的清香散淡在老屋的周边，令人舒坦、惬意和陶醉。

老屋身居高处，大门口是一片开阔的空地。门前的那条渠坝是父亲一锹一铲垒砌起来的，渠坝上栽满了一排排槐树，烈日下树荫连成一片，即便是在夏天最热的时候，这里也有难得的清凉。风徐徐从枝丫间吹过来，阳光被挡在叶子之外。母亲在世时，邻居们把这里当作夏日里最好的去处。吃过饭，便会三三两两地陆续来到树荫下乘凉、唠嗑。此时的老屋像个忠实的听众，它把所有的窗户都打开，然后饶有兴致地听着东家长西家短的那些乡村逸事儿。

我是被老屋娇惯的孩子，多少年了我依然不懂得怎样长大。每次回到她的面前，仿佛时光都倒流了回去，脑海中总会涌现出儿时无数快乐的时光。而今，老屋现在真的老了，特别是母亲过世后，偌大的院子更显得凄凉，只剩下老父亲与老屋相伴。

金秋，阳光像一张金色的大网，很快地撒落下来，笼罩在了老屋的前前后

*作者简介：胡惠策，笔名莫策，铁路警察，一名普通的业余文学爱好者。

后。风开始轻轻地拂过，老父亲坐在庭院的轮椅上，他右手持着手杖，另一只左手搭在轮椅的扶手上，余晖在他的脸上雕刻出深浅不一的沧桑沟壑。

此刻，父亲正目光炯炯地注视着院内菜地里刨红薯的大哥。有好几次父亲都挥舞着拿手杖的右手想把落在附近的红薯划拉到脚跟前，可惜，手杖太短，试了几次，他不得不放弃了。只有在看别人劳动的时候，坐在轮椅上的父亲才是安详的。

突然，一直静坐的父亲立刻紧张起来。他神情激动，口中嘟囔着些听不清的话，挣扎着站直了身子，奋力地撑起手杖向外挑去，低头一看，原来是隔壁邻居家的一条小黄狗正在轮椅处觅食。

"唉！不行了！"老父亲发出了一声长长的无奈和叹息，父亲已把他一辈子的辛劳都藏在了门里。我小心的搓揉着父亲那只曾经无比辛劳粗壮现却消瘦如柴的胳膊，亦是无言，唯有呜咽。

片刻的镇静，因为小狗的突然造访，被打乱了。或许，一天中最安静的时光，就这样过去了……

午饭后，坐卧不安的老父亲开始了反反复复的起床、下地、出门……每一次都得有人搀扶、跟随，而他每换一处地方从超不过一分钟，精力充沛的他，从不觉得累，内心的魔驱使他无目的、无计划地走啊走……

生病前的他是一个非常有计划、正直、聪慧、勤劳的人。十几年的当兵生涯他有着铁一样的品质，凭着一生的执着、顽强，他一手建造了这个家园，通过他的精耕细作，让我们全家才得以丰衣足食。老屋的一砖一石，离不开他的双手，老屋见证了父亲那段艰苦的岁月，它更是父辈精神的缩影。

急性尿潴留加之突兀而至的阿尔茨海默病症状，老父亲变了、老了，老得像一个孩子，微驼着背，呈僵化状，轮椅上的他每次都会朝路上呆呆地张望。说他痴呆，可那一脸的严肃、一脸的认真，还有不把事情搞清楚决不罢休的那股劲头，依然没变；说他精神上有了障碍，可清醒起来的那种执拗，谁也看不出他是一个病人。

可无论我们有多么的不忍、不甘、不愿，他现在就是一个病人，一种无法让人琢磨的病症，时时刻刻折磨着这个90岁的老头子。可他全然不顾自己的病情，我行我素，拒绝服药、拒绝治疗……

为方便照料，二姐曾把老父亲带到她家准备照顾一段时间，可第一天晚上，闹着要回家的老父亲折腾得二姐全家不得安宁。那个令人哭笑不得的夜晚、那个煎熬难耐的通宵，让全家领教了这个老头的执拗。第二天一早，二姐不得不把他送回了老屋。老屋是他的精神的寄托，也是他情感的慰藉；有老屋，根就在，不管走了多远梦都不会空。

生病前，一向健康的他与我们的交流甚少，表情淡然，很少见到他喜怒哀乐的样子，总是劳动多于言语，我总想他的内心应该是热情奔放的吧。

其实，父亲也不总是板着脸，让我们无法靠近。病后的他，让我有机会如此的靠近他，走近他丰富的内心。有时，他会非常孩子似的笑个不听，嘴里嘟囔着令他非常开心的话题，可你不一定能听懂；有时，他会握着你的手，傻傻地和你聊一些家长里短；有时，他会告诉你他老了，90岁了，老太太比他小4岁，先他而去了……

看着父亲，突然想起了爱尔兰诗人叶芝的诗歌《当你老了》：

“当你老了，头白了，睡意昏沉，炉火旁打盹，请取下这部诗歌慢慢读，回想你过往眼神的柔和，回想它们昔日浓重的阴影……”

每个人都会老，人老必衰，暮年沧桑，无法抵挡。不知道我老了会是什么样子？

就这么沉思时，那句耳熟能详的“不行了”再次急促不清地响起。坚强的他，只有在承受不住难忍的疼痛时，他才会通过喊叫的方式减轻痛苦。好几回，他的右腿、右脚因急性尿潴留，血浆胶体渗透压降低造成浮肿、水肿，右脚根本无法下地。对于一个活在永不停歇、运动不止世界中的人来说，那种焦灼和不安，别人是无法理喻的。但我懂他的心，看着他不断哀求的眼神，我将坐在轮椅中喘息不止的父亲重新搀扶好，缓缓地向门口推去……

难得的每周两天的休息时间，让我能短暂地陪伴在他身旁。看着他开心，我就很欣慰，可看到他烦躁不安、不听话，偶尔会发一通脾气，事后，又让我感觉很惭愧和自责，现在的他，也就相当于一个六七岁孩子的智力，不管他怎么淘气，他依然需要的是呵护、关爱。人生，也许就是这么个规律吧。对于父亲，他以前对我们付出了很多。我们做子女的，能做的，只有不住地让他微笑，或者傻笑，让他平静地度过每一天。

因为老父亲的缘故，让我对老屋牵肠挂肚，朝思暮想。老屋在我的心田里实实在在地有着一串情结，为那不断剥落的墙体，为那逝去永不再回来的青春时光，抑或为那血浓于水的永远的亲情。

那年那月那些事

薛国英*（山西省）

上初中那会，班里有许多外村的同学，更有一些县城的同学。我村的同学也就只能占一半左右。

冬天似乎很冷很冷，教室里只有一个泥盘的炉子，而且紧靠黑板边。教室里边只有40多个学生，而教室上没有吊顶，偌大空间就有一种空荡荡的感觉。椽的缝隙很大很大，时时有阵阵凉风飕飕地灌了进来。老师在讲台上讲课，我们在座位上故意大声哈气大声抽鼻涕装着很冷的样子，事实上就很冷。冬天穿着棉袄，说是棉袄，其实比夹袄厚不了多少，里面的棉絮已经很旧了，保温性能差许多。但毕竟还是棉袄，遮遮风还是可以的。平时，双手多拢进袄袖里，这样会暖和点。不过，那件棉袄，一般都会油渍发亮的，脏兮兮的，男生的衣服大抵都这样，也就无人笑话了。因为大家彼此彼此啦！

炉子每天生火，所需燃柴，就责无旁贷地落在我们本村同学身上。每天早上便有同学背一小捆棉花柴或木材，第一个来到教室将炉子生着，第一个享用炉火带来的温暖。

下课后，男生便会紧靠教室的墙上，分站两列，随着一声“一、二、三”，男生就发狠地往中间挤靠过来，以此来相互取暖。冬天的课间十分钟大抵就这样过的。

我家的空园子离学校不远，翻过学校围墙也就只剩一二百步了。园子里有父亲堆积的棉花柴，那是家里做饭或烧炕用的。园子的门自然是上锁的。

那天下午上历史课。教历史的黄老师，岁数大，管得不严。我写好纸条，传递给王猛和李明，纸上写着“上我家空园子，咱们烧木炭吧。”三个人一拍即合，趁着黄老师转身在黑板上写字的瞬间，我示了个眼色，我们三人飞快从教室后门跑了出去，飞快从学校操场东边的墙上翻了过去。原来很高的围墙因了学生们经年累月地翻爬，早已有了一个豁口，而且不是那么高。况且，墙边有别的同学翻墙时踩过的一摞砖头。

---

*作者简介：薛国英，山西省运城市万荣县万荣二中，中学一级语文教师。运城市作家协会会员。

来至我家空园子门前，门紧锁着。王猛长得胖墩胖墩的，力气又很大的。他经常在人面前说说他会少林小红拳，还会练气功，这让我很是佩服。王猛来到门前，先往自己两手上唾了口唾沫，然后蹲下身子，两手伸进门下的空隙处，大吼一声，便见得门被王猛抬了起来，随后放靠里边的土墙上。我们进得园子，又随即将门闭住，这样外人就不会发现园子里有人了。

王猛口袋里经常装有火柴，他是抽烟的。我经常能在他身上闻到一股浓浓的烟味，我那时是不吸纸烟的。因为好奇，我曾经和同学偷偷把学校南墙根种的蓖麻根挖出来，取其一小截，衔在嘴里，点着，用嘴一吸，便有一股麻麻的烟味呛入喉咙，一阵剧烈的咳嗽随之而来。不时把“香烟”从口中取出，拿在手上，学大人弹烟灰的样子，用食指做弹烟灰状。真正的纸烟，是没抽过的，也确实没钱去买烟抽的。

我让王猛和李明从靠墙的地方抽取棉花柴，之所以这样做，是怕让爸爸发现前边的棉花柴有人动过。

我以为那时的我是很聪明的。我那时很羸弱，但王猛这些猛男还是愿意和我交往的，我想这一点是主要原因吧！李明的爸爸是国民党党员，爷爷是黄花岗七十二烈士之一，碑上是刻了名字的。他爷爷人是活着的，是活着的烈士，后来他爷爷跟着国民党部队去了台湾的。前多年才去世的。村里人都这么说，想必是真实的罢。同学们因为这个缘故，便送李明绰号“国民党”。

抱来一堆棉花柴，又从园子里拔了一些臭蒿，拢在一堆，王猛从口袋掏出火柴，“嗤”，熊熊大火燃起，顿时身上暖和暖和的了。围着柴火，伸手烤着，胡乱闲谝。眼见到吃晚饭时候了，而且柴火也差不多熄灭了。我让王猛和“国民党”每人从火堆里捡了些木炭，告诉他俩，晚上上自习，可以放进文具盒里烤手。

那时的晚上，经常没电，我们上自习多是点煤油灯的。那天晚上，第一节上语文课，是班主任王老师的课。上课之前，我们仨把各自的铁文具盒里的铅笔啦钢笔啦橡皮啦都倒出来，将木炭装进文具盒内，让王猛一个个给点燃，随后合上文具盒，小心翼翼放在课桌上。王老师上课爱在下边转，那晚上的是鲁迅小说《孔乙己》。王老师正“之乎者也”，津津有味地给同学们诵读，走到我的课桌旁，站住了。他一手拿着课本，一手往后撑在我的课桌上。妈呀，我的装满木炭的文具盒距离王老师手不过一指头，我正想把文具盒往课桌中间拨弄拨弄，孰料想王老师的手已然靠上我的文具盒，“哎哟！”寂静的教室里，只听得王老师的惊叫声，他的手飞快地抽了回去，而且身子略略微向前倾。同学们的目光都飘向我这儿，尤其是女生们的目光，更让我有一种无地自容的感觉。此时此刻，倘若地上有道缝，那时的我恐怕会钻进去的。

我知道惹下大祸，忙战战兢兢站起来。王老师一边用嘴吮着手指，一边叫我站到教室外边。冷风不住地刮着，从脖子处钻进，顿时感觉刺骨的冷。可是此时此刻，我早已忘却了寒冷，心里只是想着如何熬过这场灾难。

没过多大功夫，王老师从教室里走了出来。问我，文具盒里的木炭从哪儿来的。到了这份田地，我知道纸里终究难以包住火了，莫如一五一十交代清楚，或许还能从轻发落呢。

“你都和谁烧木炭的？老实交代！”

都到了这个地步了，我敢不老实坦白吗？！老师也就没费吹灰之力，成功找出另外两个同案犯。

王老师推开教室门，对里面喊道：“王猛，李明，你俩把你们的文具盒给我端到教室外面来！”

他俩一听老师叫，就知道东窗事发，只得硬着头皮，把文具盒用木棍挑着走出教室。王老师一见他俩这样子，气不打一处来，吼道，王猛，你平时不是经常给同学们吹嘘你会气功，能用手从炉子里拿出红红的炭块吗？现在怎么不用手端呢？

随后，王老师说着“你们这是要杀人放火呀！”一边拳打脚踢，硬是在门前把我们一圈一圈打着骂着。为此，我、王猛、“国民党”，腿上青一块紫一块，一连几天不能好好走路。

吃一堑长一智，这事以后，很长一段时间，我们三人就几乎再没干过类似“杀人放火”之勾当。

听王猛说，他和王老师还是亲戚呢。他管王老师叫姨父呢。可现在，犯了错，王老师真有点大义灭亲之感。这个词语，是我那时能想到的最好的词语了。

黄利

张俊琴*（山西省）

九岁时候，和我们在一排居住的邻居家养着一条狗，是条母狗，名字叫花的，有一年花的生了一窝小狗崽，其中有一只毛皮是黄色的，胖嘟嘟的，哥哥

*作者简介：张俊琴，山西长治市人，金融工作者，长治市作家协会会员，喜欢读书运动。青春是心境，不是年华。

看见很喜欢，虽然父母一直反对养狗，但经不住哥哥的坚持，终于把它抱回了家，我们给它取名叫黄利。

黄利是条土狗，但毛色漂亮，刚到我们家时，它才出生几天，母亲虽然反对养狗，但真把黄利抱回家，母亲看到那样柔弱的小生命，也很怜爱，专门给它熬了米汤（在我们这里是坐月子女人吃的食品），黄利估计饿了，扑哧扑哧就喝完了，我们兄弟姐妹则好奇地看着它，我一向怕狗，但看到它可爱的样子，忍不住伸手去摸摸它的头，黄利探出粉红色的小舌头，舔舔我的手，清澈的小黑眼睛看着我，我把它抱在怀里，它依偎在我的胸前，很乖巧。

黄利在一天天长大，它能跑了，它经常跟随着我，也许它这个小不点也最愿意和小孩子玩耍，我们家是楼房，楼梯在屋中，每层梯子的间距都很高，我去楼上做作业时，它只能眼巴巴地看着我，眼睛里布满了焦急，它跳不上去，就汪汪地叫几声，提醒我它的存在，我只好俯身把它抱起一同上楼；做作业时，它静静地趴在我的脚旁等我，纯净的小黑眼睛凝视着我，我突然想起有件事情没办，急忙地下了楼，它也起身追我，它不能一梯一梯地下楼，就一骨碌从楼梯上滚了下来，好在它身体很小，并没摔坏它，全家都被它的样子笑坏了。

每天上学时黄利送我到大街边，我挥挥手让它回去，它就乖乖地回家了，放学时它早早地跑到街边等我，几个小时不见，等再见时，它围着你乱蹦乱跳，兴奋地乱扑你，不停地摇着尾巴。但有一次黄利送我到街边，我挥挥手它不肯回去，坚持要和我在一起，我没办法，只好和它一起走着去学校，一路上撵它它也不回，路上遇到几个顽劣的小男孩，他们看见黄利，就拿石头、砖块打它，吓唬它，我护着不让打挥手让它跑，它只是躲避着石子、砖块，但不跑，我急得直跺脚，那几个顽劣的小男孩越围越近，上课时间也快到了，我急得眼泪都下来了，一把把它抱起来，跑着回了家，我把它放到家里，又跑着去了学校，终于上学从来没迟到过的我，那天迟到了，老师问原因，我无言以对，那次回家后，我破例没抱它，把黄利好好批评了一顿，黄利耷拉着脑袋听着我的批评，眼睛里满是懊悔，从此再没犯同样的错误。

黄利从不挑食，事实上也不存在挑食的条件，那时家里清贫，人还在为温饱操心，更何况狗呢？没什么好东西喂养，只是我们吃剩的残饭，有时候纯粹就是洗锅水，但黄利绝不挑剔，呼噜呼噜就吃完了，然后趴在我家的门口，瞪着双黑黑的大眼睛，密切注视着过往的行人，履行它看门护院的职责了。

黄利渐渐长大后，家里如有护送保卫的工作就交给它了。那时大姐二十岁在工厂上班，有时倒夜班，路上要穿过一段偏僻的树林，特别是冬天时分，夜幕降临得很早，父亲或者母亲不放心，总要亲自送大姐，有了黄利后，这个工作就由黄利承包了，每当大姐上夜班从家里出发时，只要对黄利说一声："走。"

黄利就心领神会地随大姐一起出发了，或奔跑在前边探路或小跑着陪在旁边解闷，感觉有危险时，就汪汪叫几声，静谧空旷的街道，黄利的身姿在不断跳跃，一直送到工厂内车间里，大姐挥挥手说："回去吧。"黄利才摇摇尾巴跑回家，就像一个优秀的小保镖。

黄利很重感情，大概所有的狗都是如此。我大姐出嫁后，过了几天才回娘家，黄利乍一见到我大姐，兴奋地跳起来直扑，黄利已经长大了，身形较大，扑到人身上，两只爪子几乎能搭到肩上，虽然经常送大姐上班，但大姐和它从没那么亲密接触过，吓得直喊救命。

黄利慢慢长大，毛皮是金黄色的，眼睛黑亮亮的，它成了一条漂亮的母狗，它曾经做过一次母亲。有一段时间，它不太跟随我，身形也有了变化，母亲说，黄利是不是有了？我不懂；又过了一段时间，它钻到了床底不肯出来，给它把食物放到床也不为所动，等我们不在时不知何时才悄悄吃，母亲说，黄利是不是生啦？但大家并没有听到小狗的叫声啊，父母哥哥姐姐都想方设法想引诱它出来，我仰仗着和黄利的好关系，爬到了床底下，准备把它拖出来，爬到床下，看见它躲在床底的最里面不动，我说，黄利出来，它不动，我抓住它的一条腿，它轻轻地叫了两声，挣脱了我的手，平时和它打闹惯了，即使在黄利吃食物时，我开玩笑地抢了它的饭盆，它都不恼怒我，我又抓住了它的腿，开始拖它，它开始发出低低的吼叫声，那是一种威胁，我不为所动，继续拖它，忽然，它飞快地冲我的手咬下去，嘴碰到我的手上，但牙齿最终没咬，同时它发出严厉的叫声，我吓了一跳，从来没见过它对我发怒，我恐惧地退了出来，后来好几个大人终于连喊带打得把它撵了出去，赶出了门，哥哥进去一看，在黄利趴的地方，确实有一个小狗，但已经死了，不知为何，黄利生下了一个死胎，但它不知道或者它不愿意相信生下的是死胎，依然每天护着它，不停地在舔它，希望它活过来，大人们叹息一番，只能把死胎扔了出去。处理完毕后，黄利跑了进来，一看它的孩子不见了，急得到处乱跑乱找，楼上楼下乱窜，实在找不见了，它无精打采地趴在地上，眼睛直直地、空洞地看着前方，不再动了，一连好几天没挪窝，我当时还小，无法理解黄利的感情，因为它差点咬了我，内心觉得很受伤害，不想理它，过了一段时间，黄利大概过了失子之痛，开始慢慢地靠近我，亲昵地在我周围打转，那双大眼睛里满是温情，我们才恢复了往日的友情。

多少年过去了，当我也成为一个母亲，我才开始理解黄利的感情，黄利的痛苦。

黄利在长大，它的毛皮真漂亮，是少见得金黄色，有一年冬天，黄利的母亲花的突然失踪，第二天黄利也神秘消失，我们遍寻不见，我曾独自跑到附近的几个村子寻找，呼唤它的名字，但没有回音，有段时间，我曾幻想着黄利是迷路了，它突然又寻找到了回家的路，我们又重逢了，它围在我身边又蹦又跳，但没有；寻找不到，母亲叹息着说，黄利不该有那么漂亮的皮毛。我不知道什么意思，再过了一段时间，黄利还没有回来，听大人说，黄利和花的都被垂涎它毛皮、垂涎它肉质的人偷走了，虐杀后剥皮吃肉……从此我再没养过狗。

十年过去了，二十年过去了，三十年过去了。岁月流逝，沧海桑田。有一天我登附近的老顶山，山腰上有几户农家，有两只小土狗在那欢快地玩耍，我逗逗它，它就跟随我上山了，一路上活蹦乱跳，在我身旁跑前跑后，跟随我上山，又跟随我下山，带给我许多的欢乐，我很想找出点食物喂喂它们，但寻遍口袋都没有，只好遗憾地对它们摇摇头，但两只小土狗显然并不想得到回报，和我分别后，就又蹦蹦跳跳地玩耍去了，那种友善的样子，极像黄利，它们和黄利一样，都有一双清澈纯净的眼睛，眼眸中对人类是无限的信任。

黄昏

郑彦芳*（山西省）

窗内的这个位置，正好看见雾色缭绕的黄昏，迷迷离离。

墙根偌大个蛛网，影影绰绰在暮色里闪烁，跃墙而来的谷子壳整齐地挂在上面，蜘蛛缱惓着夏日蚊虫在款步轻移；鸡舍的门敞开着，便见邻居大嫂在院子里走来走去，是她家孩子顽皮，走丢了一只乌鸡。黄昏在雾色里凝重，乌鸡看不清回家的路，权且找个安静隐蔽的角落栖息了吧。

习惯了这个样子望着窗外，是特别眷恋这深秋的黄昏，不要清茶一杯，也不要曲声悠扬，就这个安静的样子便好。

一切的美好与过往好像都与这深秋的黄昏有所牵挂，记忆借着暮色穿梭在黄昏里。

在我儿时的记忆里，没有嬉笑，没有吵闹，就是那样静静地，静静地……现在想来，那时候哥哥淘气，姐姐身体很弱，弟弟嗷嗷待哺，爷爷又糊糊涂涂，父亲常年在外，家里家外母亲哪里顾得上管我，这样我的童年就是坐在父亲的肩头，沿着那曲曲折折的小路反反复复走了又走……记忆里父亲工作的地方，院子很大，中间一条窄窄的引道，引道自南而北，东边一畦卷心菜，西边却是

*作者简介：郑彦芳，笔名人俏西楼。

玉米。在那无边无际的夏日，父亲折一枝小棍给我，我就开始为那没完没了的菜青虫忙活，父亲有永远做不完的工作。傍晚时分，我累了，父亲肯定也是累了，他走出来，把我从地上拉起，轻轻拍掉我身上的尘土，带我回家。想起那时最快乐的时光是萤火虫盛行的时候，吃过晚饭，萤火虫便在院子里肆无忌惮地飞来飞去，父亲这个时候会抓住几个，然后帮我放在空空的火柴盒子里，第二天打开，只是灰不溜秋几条虫子，失望的情绪里剩下的便是浮想联翩了。

父亲不擅长做饭，也从来不曾记得和父亲吃过什么饭。很多时候都是在老乡们东家一顿西家一顿地请着吃饭，当然不记得吃什么了。记忆犹新的却是，在父亲忙得不可开交的时候，有两个很大很大的姐姐会抱着我去她们家喝咸咸的米粥。后来偌大个院子里多了两个玩伴，他们是哥哥姐姐的年龄，不上学，因为姐弟都是聋哑，很长很长一段时间都是他们陪伴我。然而，几天前偶遇他们，无论怎样他们都已认不得我了！

往事历历在目，那长长的蜿蜒的小路，那厚实温暖的肩膀，那咸咸的米粥，还有那聋哑的姐弟——我的儿时是那样祥和而安静！

如今，物是人非，父亲离我已很久很远了……

有一种感伤堆砌的叹息在窗帘即将拉上的一瞬没有了声响。猫儿奔走嬉闹一天，在清凉的黄昏蹲在门外呢喃，她很矜持，如果不是知道她要回来，她的叫声不容易被觉察。

黄昏在我宁静的样子里做着无忧无虑的梦，我也学着黄昏的样子就着暮色享受着这份独有的安详。

水果

郭映华*（陕西省）

今天，我在外出差，妻又发来微信，我一看是三个小视频。三个视频封面一个是半筐硕大的深紫色的梅林子，第二个是一些红鲜桃，第三个是一些甜瓜。不用打开视频我就知道，妻又发牢骚了，肯定又是一些破损的水果，但肯定又是我母亲托人从远在三百里外的家里捎给我的。我的眼一阵发酸，仿佛看见我那倚门而望瘦弱的老母亲。

*作者简介：郭映华，陕西大荔县人，咸阳市某研究所研究员。

我在咸阳市一家国企工作，我家在相隔三百多里外的大荔县乡下。母亲有关节炎，冬日乡下没暖气，我便把母亲和父亲接到城里一起住。每年过了农历二月二以后，母亲便急着要回家，说地开了，活多了，便催着我把他俩送回去。父亲比母亲大三岁，但一切都听从母亲的。父亲个子中等，身骨清瘦，但很有精神。年轻时遇家庭变故，爷爷突然离世，奶奶得了偏瘫，姑姑年幼，不得已放弃了上了两年的大学回乡务农，后来一直在我们村管水利。父亲忙水利，一家大小的事母亲便操心得多，父亲便听母亲的。父亲不爱说话，每次都低声对我说四个字，听你妈的。于是我赶快买火车票，送他们回家。

母亲回家后，我每个星期都要打电话过去，有时忙碌忘记了，第二天，母亲就会打过来。电话里除嘘寒问暖外，再就是我家种的水果，花生，豇豆等等长势如何，再就问我是否老出差，在外要多注意身体，嘱咐妻多抓儿子的学习，我也问问她的身体如何，她都说很好，每次通话很长时间，每次的话我都能背下来。快聊完时，母亲便让父亲和我说话，父亲问候几句儿子的学习，说他的身体很好，没几句就挂断了。

待水果成熟时，母亲便开始给我攒一些我爱吃的水果，有些家里没种的，便找邻里讨要。水果不能久放，母亲便藏在冰箱里，多的摆放在屋里的砖地上。隔几天，便让父亲挑一遍，把坏的挑出来，他们俩用小刀把坏了部分削掉，分了吃了。有时没有人去城里，攒的水果都烂掉了，母亲便在电话里抱怨我们不回家，说水果好吃着哩，全烂了捎不来，我不忍心说城里什么水果都有。在母亲的打听下，总能碰到到城里来的人，母亲便把藏的水果包好放筐里，央人给我捎过来。冷藏的水果遇热便发软，经过几百里的颠簸后，到我家时损坏很多，原本都是上品的水果放在茶几上一片狼藉，拳头大的紫梅林裂开了口，鲜红的桃子挤压处红里发黑，没损的甜瓜表皮上也染成了紫红色。母亲晚上便会打电话，问水果收到没有，烂了没有，我都让妻说好着哩。每遇如此，妻放下电话，便发牢骚，说千里迢迢送来烂水果，我也不和她唠叨，挑稍好一些的放冰箱里，一个人挑着吃，每次吃时，我都仿佛看到母亲那瘦弱的身体和不大的、热切的望着我的眼睛，我就吃着又甜又香。

我庆幸我有母亲，时刻牵挂着我的母亲，我也盼望着母亲捎来水果，捎来花生，豇豆，有时还有干野菜。水果虽然损了，没有原来鲜了，但我还是喜欢吃，因为那上面有母亲的味道。

尘封的记忆

——写在冯雪梅老师逝世三周年

郝世英*（陕西省）

轻轻的你走了，正如你轻轻的来，挥一挥衣袖，不带走一片云彩……

时光飞逝，转眼间冯雪梅老师离开我们已经有三个年头了。一直就想写几行追忆恩师的文字，但苦于心神不在状态而无从下笔。2012年正月初八刚过完春节我便去了外地出差。

正月十四日下午突然接到柳老师电话，闻听冯雪梅老师在延安因突发车祸去世，噩耗传来，我却是难以置信。

天真的我还再次核实，随即就不停地拨打她的电话，一遍，两遍，不停的拨打，幻想着是我听错了……而这一切都是徒劳的，我再也听不到那个熟悉的声音了。在心如刀绞中，不得不接受这一悲痛的事实。那一瞬间觉得自己的脑子一片空白，所有的悲伤和痛楚一起涌上心头，不知何时，无声的泪水，早已模糊了双眼。

一如柳老师说的，那一刻，你曾经的一举一动，一笑一颦，在我们脑海里愈加显得清晰了："初识时的你，素雅朴实得如出水芙蓉；结婚那天的你，雍容华贵得如绽放的牡丹；为人妻人母的你，幸福娇艳得犹如风雪（冯雪）中的梅花。是的，你就是那风雪后的梅花，历经严寒后虽是那么的耀眼夺目，而你永远都是淡定低调，从不张扬，从不骄奢，永远都是那么的耐读"。

返回靖边的路上，昏沉着脑袋倚靠车窗，初春的寒意还是让人瑟瑟发抖，连天的悠悠麦海田园风光全然凝固，车窗外惨败的麦苗宛如为我悼念老师而摇曳飘零，心戚戚然，满眼满脑子全是老师生前那熟悉而亲切的身影。

第一次见到冯老师是在我小升初后的第一节课上。青春靓丽梳着马尾辫的她讲话干脆利落，做事雷厉风行："大家好，我叫冯雪梅，以后就是你们的班主任兼数学老师。如果大家对我的工作有什么意见和建议可以直接向我或校领

*作者简介：郝世英，男，1981年出生于陕西靖边，笔名梓墨。前媒体人，自由撰稿人，靖边黄土文化研究会、榆林市三边摄影家协会、陕西省摄影家协会会员。

导反映。下面开始上课……”

她是个很要强的人。源于她的积极认真和不服输的敬业精神，我们的班集每次参加学校的各项比赛都是屡屡夺冠，这也更加深了我们班集体的凝聚力和向心力。给我印象最深的要数她带着我们出去野炊和郊游，自己动手拾柴，生火，煮饭，大家欢聚一堂围着篝火载歌载舞，最后在合影留念中结束一天的活动，每个人脸上都洋溢着开心快乐的笑容，我恍惚间依稀觉得这一切美好的时光就像是发生在昨天。

她也是一个平凡而普通的人。她普通到和每一个赶着上班的母亲一样，匆匆送孩子，上班，下班，买菜做饭，相夫教子。她只是一个和所有站在三尺讲台上默默无闻的人民教师一样，她没有什么感天动地的事迹，但她以高度的责任感履行着一个普通人民教师教书育人的神圣使命，以自己高尚的人格魅力潜移默化地影响着她的每一个学生。而她最让我感动和刻骨铭心的就是，在我中途辍学后她写给我的一封信。

1999年初春，离开学还有几日，种种原因我毅然决定放弃学业。在一个灰蒙蒙的早晨跟着两个同乡“走西口”，去银川打工。在汽车经过镇子时我无比惆怅，仰望着学校的方向：别了我的母校，别了我亲爱的老师和同学们。木然注视着道路两旁光秃秃的白杨树从我身后渐行渐远，直至最后什么也看不清了……

银川安顿下来之后，心却总是漂浮不定。既不能安于现状，又不知何去何从。百无聊赖之中就给冯老师和几个要好的同学分别写了信，大致就是为自己不辞而别表示歉意，并给冯老师解释了我放弃学业的原因，对未来的迷茫和困惑。

三个多月后我意外地收到了冯老师的回信。那种久违心情别提有多高兴了，拿着信头也不回就跑出厂区。来到厂子后面的唐来渠河畔迫不及待地拆开来看。

世英：

工作忙吧！收到你的来信，我很高兴，也很欣慰。你已经长大了，一些问题也想得很周到，应该说你比你的同龄人要懂事得多，有些问题作为我这个你的老师的人都望尘莫及，有时候很佩服你的想法。

能够想得到你离开家走向你现在所走的路时的心情。你是非常难过，非常不愿意，但又是怀着对父母弟妹的爱走出家门的。你是一个非常热爱生活的人。一个热爱生活的人就不应该因为自己所处的环境，所遇到的恶劣条件而沮丧，而一蹶不振。因为你心中有希望，有理想，有当文学家、艺术家的梦。这么崇高的理想应该支撑的是一个高尚的灵魂，我认为你是，我相信你会坚定地迈出你的每一步。生活环境固然可以影响一个人，但在逆境中成长起来的人是能够合理选择克服困难的方法的。

历史上有好多科学家，文学家，艺术家出身卑微，靠自学，靠坚定的信念走向成功的例子不胜枚举。你难道不能向他们学习吗？他们也是从你这样的年龄走过来的。你也可以圆你自己的梦。在工作之余，抽出别人闲聊逛街的时间来丰富自己的大脑，用知识来充塞大脑，同时自己也过得充实起来，在以后的生活和工作中它会助你一臂之力，但前提是读对自己有益的书籍。

因为你毕竟还是个孩子，所以思想未免还很单纯。因此，对于生活中的一些事可能看不惯，但注意你已经踏入社会这个大熔炉了，在这个大熔炉中慢慢磨炼自己，要渐渐适应社会，你是社会中的一员，不要封闭自己，这样容易在你和另人之间无意中形成一层隔阂，对你很不利。人无完人，选择合适的朋友和他交往，把自己的心里话告诉他，这样你心里才不会觉得你周围都是冷冰冰的墙，生命中才有阳光。但要认清人，不可以乱交朋友。

好了，就谈到这儿，本来收到信也很久了，但由于一直很忙，没有及时回信。

"朝着自己既定的目标前进，哪怕前进中充满艰难险阻"。

如果有什么事儿，比如心里面有什么想不通的事就写信来，或者找个朋友谈谈，别闷在心里。

另有"全国青少年文学夏令营组委会"寄的信附上。

老师：冯雪梅*

1999.7.7

看着那一句句的鼓励和叮咛，一如她那亲切而熟悉的声音就回响在我的耳畔，让我感慨万千。没有想到我这样一个农村的苦孩子会受到冯老师这么悉心的关爱和教导，心情久久不能平静。伴着春天里午后的黄昏，沿着唐来渠的河畔漫无目的地走了很久，望着波涛汹涌的黄河水，心里在说：老师，您放心，我一定要像保尔一样坚强……

后来，无论是忙碌还是劳累，唯独没有忘记的就是学习。遇闲暇时间就借学弟的高中课本看，特别是语文。看完从老家带去的几本书后，又在当地的图书馆办了个借书证。当工友们外出游山玩水时，而却我一个人躲在图书馆某个

*冯雪梅，女，陕西靖边人。1996年毕业于榆林绥德师范，1997年回到家乡靖边县宁条梁镇中学任教，2002年调到靖边第二中学。2012年正月11日自驾车从西安返回靖边途经延安时，在一隧道内突发车祸去世。冯雪梅老师的突然离世，给她的家人、亲友带来了无比沉痛的打击和悲伤，她生前的学生、同事及好友无不震惊和扼腕悲痛纷纷前去悼念送别。

角落里废寝忘食地看书。也就是在那个时候我养成了喜欢买书藏书，写读书笔记和写日记的习惯。在短短两三年的时间我写完了四本读书笔记和七本日记，它记录了我只身在异乡的孤独，迷茫和失落。对我来说在那些无助的日子里，最有意义的事情就是等待老师和同学们写给我的信，听他们讲述发生在学校里，班级里的那些喜怒哀乐的趣事。

我的所作所为工友们都看在眼里，他们并不能理解，甚至冷嘲热讽地说："你一个揽工汉看球个甚书了，那么爱看书咋不回学校念书了，在这里装什么清高。这些破书本本能给你挣钱了？……"而我每每听到这些也只能苦笑了之。

就这样，在冯老师的支持和鼓励下，我度过了人生中最漫长也最阳光而充实的两年零六个月的工厂生活，这也成为我在以后的日子里最宝贵的精神财富，它让我在遇到哪怕再多的艰辛和苦难都能从容应对。

现在想想曾经心高气傲的自己如今却也是庸庸碌碌一事无成，但最重要的是，在我人生最失意彷徨的时候是冯老师给予了我谆谆教诲和鼓励，特别是"要读对自己有益的书籍"以及"要认清人，不能乱交朋友"的忠言更是让我受益匪浅。是她不厌其烦地像个邻家大姐姐一样的叮嘱，才让我到今天都仍然可以理直气壮地说一声：我是一个光明磊落的人！

而这一切都要感谢此时此刻已经永远离开了我们的人——冯雪梅老师。由于当天恰逢正月十五元宵节，车流量超限，车子一路走，一路堵，回到靖边时已是下午4点多，我最终还是没能赶上去见老师最后一面，而这也成为我一个永远无法弥补的遗憾。

拖着沉重的脚步走出车站，到路边打上车后我并没有回家，而是直接回到离县城四五十公里外的母校，梁镇中学。学校经过这些年的修建和改造已变得焕然一新，虽然又建起了一些新的教学楼，但我们曾经坐过的教室，冯老师住过的办公室依然还在。我一个人默默走过那些如今既熟悉而又陌生的楼梯台阶，走廊过道，曾经喧闹的教室，冯老师的办公室，走在那片没有围墙的操场……我似乎在找寻那个美丽善良气质高雅为人耿直，处事干脆利落认真负责，严肃而又不失亲切的身影……

轻轻的你走了，正如你轻轻的来，挥一挥衣袖，不带走一片云彩……

一个好人，一个值得我们永远怀念的人，就这样突然从我们的世界凭空消失了，除了留给我们扼腕悲痛和无尽的思念，还有她的正直善良，好学敬业等正能量需要我们继续传承和发扬。老师，愿您在天堂也一样是幸福和快乐的。

2015年3月于咸阳机场

山村夏夜月儿明

李亚军*（陕西省）

晚饭后，倦意袭来，又不想上床去睡，便懒懒地蜷在沙发上。恍惚间，又回到了儿时的小山村……

旱地里的麦子已经完全变黄，村外山坡上、沟畔上已有三三两两的人们在忙着开镰收割了。麦场东北角的那棵粗皮老柿树也已枝繁叶茂、果实累累了。这棵柿树，连村里的老人们也都记不清它长了多少年了，树身子得要两个成年人合臂才勉强抱得过来，四散开来的枝叶经受不住自身的重量，有些已经密密实实地耷拉在了地上。有心急的娃娃们，蹬掉鞋子，手脚麻利地攀上树身，将核桃大的小柿子摘下来，塞满裤兜后，像猴子一样窜下来，从裤兜一个一个掏出来放在地上，然后又一次上到树上，再次摘满裤兜。上下几次后，地上便摆起了一堆。看着差不多了，便蹲下身子，撩起衣角，一个一个拾起来，小心翼翼地兜着拿回家里，放在自家窗台上，让太阳晒上几天，等到它们发黑变软后，拿一个塞到嘴里，一种酸酸涩涩、微甜绵软的味道和口感便会溢满在你的唇齿之间……

到了晚间，劳作了一天的人们也终于可以放一放手里的活计、舒缓一下浑身的劳累了，吃过晚饭后，像是先前约定好似的，纷纷从家里提着板凳、小马扎、胳膊窝下卷着凉席，朝着麦场方向聚了过来。

麦场中间的一大片空地上，来得早的妇女们已围坐在了一起，一边纳着鞋底，一边拉着家常，不知是谁说了句什么玩笑的话，惹得一堆人发出了咯咯的笑声。几个壮年汉子光着膀子坐在凉席上，盘着腿，围着曹大爷面前一个盛着旱烟丝的破旧的搪瓷缸子，你一捏，我一搓地伸手捏了烟丝，用旧报纸裁成的纸条，卷起了烟卷，卷好点着后，悠悠地猛吸几口，吐出一团烟雾后，谈论起了今年的开支和收成。年龄稍微大一些的老头们，嘴里噙着一尺来长的旱烟杆，嘶溜嘶溜地吸上两锅、过饱瘾后，用长了厚茧的大拇指摁灭那烟袋锅锅里正发红的烟丝，在鞋底子上叭叭地把烟袋锅锅磕几下，收起羊皮缝制的旱烟袋，将烟杆别在腰间，眯缝着双眼，手轻轻地拍打着膝盖，嘴里哼唱起了那几句早已

*作者简介：李亚军，陕西富平人，"70后"，爱好文学。

烂熟于心的秦腔。

几个娃娃呜里哇啦地大喊乱叫着追撵过来，缠住赵老爷子，嚷嚷着要听上古的神话。赵老太爷捋了捋稀疏的山羊胡，背抄了双手，咳嗽两声之后，便王侯将相、稀奇古怪地说讲开来。有胆小的娃娃，听到鬼魔妖狐时，吓得一边把头像小猪娃一样拱进他妈的怀里，一边又扭过脑袋支楞起耳朵，唯恐错过了下一个故事；也有大姑娘、小媳妇听着这边热闹，悄悄地将板凳、马扎挪了过来；还有那缠了小脚的老大娘、正做着针线的小婶婶看了这里人多，也不露声色地围了过来。柿树下面正在谈对象的王家二小子和老杨家的三女子，也围拢了过来，和婶婶、大娘们一起在赵老爷子身边或站或坐地围成了一圈。就连刚才还闹腾个不停的狗儿、猫儿，也都安静地或是四爪朝天，或是蜷缩在人们的脚下，半闭起眼睛，打起了呼噜……

月亮不知道在什么时候悄悄地爬上了树梢，透过枝叶间的缝隙，将那星星点点的银白洒在已有了几分潮气的地面和人们的身上，年轻姑娘和小媳妇们俊俏的脸蛋上也都涂上了一层白瓷一样光洁的色彩，惹得旁边几个正在吹牛的毛头小子不时地挪移着双脚、伸长着脖颈往这边凑着。

一阵凉意袭来，如雪般洁白的月色静静地晕染在不远处的山坡上，村子里高低错落的房顶、树木和大大小小的院子、宽窄不一的巷道也都安详地沐浴在了这片柔柔的月光下，山上松树林里散发的阵阵松香也随着夜风，顺着山坡一路飘了下来……

从一朵棉花开始

刘江*（陕西省）

一眼泉水，供养着全村二百多号人，没人汲水时汩汩流淌到低处，汇成了一条淙淙的小溪。清澈，悠长。翠草夹岸的小溪里漂着一匹白布，跪在那青石板上捶布的是我的母亲。

---

*作者简介：刘江，男，1954年生，汉族，祖籍陕西宜川。高级记者，中国电视艺术家协会、中国散文学会和陕西省作家协会会员，《散文选刊·下半月》签约作家。当过农民，开过大卡车，扛过摄像机，现任延安市文联副主席、延安市广播电视艺术家协会主席。

布漂净了，捶展了，凉在岸上。一溜尖尖的新草像无忧的孩子，擎着那洁白的布像擎着一蓬巨大的遮阳伞嬉戏玩耍。伞篷外那一双脚却没有停歇，上山时晾干的布肩在背上，臂弯里的筐已是野菜盈盈。在那弯弯的井坡道上负重前行的是我的母亲。

油灯下，铺开浆洗的新布，比画着儿子脱下的旧衣，哼着曲儿：

提起笔儿写上一封信，
同志你捎给知心人……

裁衣，引线，那是我的母亲。母亲！

如果年轻的朋友认为这就是我的母亲为我制作一件衣衫的开始，那就大错特错了。那个年月一切计划供应，每人每年十七尺布票，别说是换季的棉衣、夹衣和单衣，只缝一身单衣也不够，更何况有了布票手中无银那布票也只是废纸一张，要保证自己的儿子一年四季有衣穿，每一位母亲必须学会自己纺线织布。所以儿子身上衣的指望即使不从一颗棉籽开始，起码也应该从一朵棉花开始。如果问我的母亲，什么花好？她一定会说，棉花。朴素，实在，握在手心里温暖踏实。但那时的棉花也是统购统销，生产队里生产的棉花先要完成国家的收购任务，剩余的才能分配给社员。一朵棉花要长成，得经过春夏秋三季，一朵棉花要变成身上衣，留给母亲的时间只有一个冬季。

每当看到千手观音的塑像，我就想，对于每一个人来说母亲就是自己的千手观音。犹太人说，上帝不能到每个人身边，所以给我们派来了母亲。在那极度困难的年月，哪一位母亲不是为了把自己的儿女抚养成人恨不得长出千只手千只眼呢？

“一头沉”这个名词已经隐没在岁月的深处，那是专指丈夫在外工作妻子在农村顶门立户的人家，我们那个九口之家除了在县城工作的父亲还有八口人的吃饭穿衣都得一一从母亲的手头过，走进生产队的劳动大军她得和男人一样拉锄把挥镰刀春种秋收，进了家门她得侍老抚小让一家人光光堂堂站立于世人面前不辱没那“干部家属”的名分。要强的母亲不仅要使我们这个一头沉的家庭衣食有着，而且要异于常人，我十二岁时母亲认为我已经长大成人，许多事情可以替他立于人前，所以那一年一件白布新衫是必缝的。那布衣似乎缝进了一位母亲对儿子的全部心思，那布衣是我今生穿过的最奢侈的衣衫，那布衣用今天的话说就是母亲的名片。所以，我的衣衫无论遗忘在哪个山洼里，村子里的人看见了一眼就会认出，那是樵子的！

外婆是在母亲十二岁的时候去世的，这是母亲的不幸，但那不幸中的挣扎求生却使母亲练就了一手出名的女红。她的纺织线匀布平细密耐用，常有人家乐意把他们的棉花送来让母亲代织；她的缝纫裁剪得体针线齐整，村子里的人无论是给老人做寿衣还是给女儿做嫁衣也都愿意找母亲帮忙。这些活计虽然耗去了母亲许多无眠的夜晚，但那为人缝纫换来的工她可以挑几位线纺的好的姐妹来纺别人送来的棉花，而那代织赚来的布则遮蔽了一家老小缺布换衣的尴尬。所以如今对母亲辛劳的记忆，除了窑掌里那彻夜纺线的灯影，就是织机那一天到晚吱呀不息的咏叹。母亲对自己是极狠的，一旦上机织布一天要织多少个线穗子是一定的，她都一抱抹来放在水盆里打湿渗透，织不完绝不罢休，因为那湿穗子放到第二天就会发红变色，许多时候连饭都是坐在织布机上吃的，三两口扒拉完继续飞梭引线。

母亲常对我说，你怎么不是个女子？所以我早早就学会了刷锅洗碗蒸窝窝擀面条，虽不曾上机织布，但那缠穗子拐线的活儿却是挖抓过的。

织好布的棉花必须要头二茬的，颜色白纤维长又无枯叶的碎屑杂染，这样的棉花纺出的线细匀柔韧，织出的布自然平整光洁。那些末茬的拔杆的棉桃里摘出来的棉花质地硬纤维短颜色也发黄，纺出的线粗且不匀，那杂染进棉绒里的枯叶的碎屑怎么择也择不净，母亲叫它破子。那破子纺进线里疙疙瘩瘩，织进布里麻麻点点。这样的布只配用硫化氢染了色，拿去做棉衣或夹衣。母亲为我缝制布衫的原料却必须是那头二茬棉花织出来的布，这样的布薄而柔，色泽天然，越洗越白。但这样的棉花上交任务后能分到一家一户手里的是少而又少，除了那些有劳力的人家且有胆量能在山深人踪罕至处偷开一点小片地外，是再无来源的。

那时候尽管家里还没有缝纫机，但父亲穿回家的制服母亲是见过的，想必那别致的样式细密的针脚母亲也是认真揣摩过的，不然她怎么会想起要为自己的儿子缝制一件那样的衣衫呢？那棉花、那棉线、那棉布是千挑万选的，那式样是新潮的，那针脚是仿照机器的、要多出多少的辛劳啊！但母亲是心甘情愿的，是满怀希冀的，是面含微笑完成这所有劳作的。我至今都不能忘记，那袖口领口、那对襟、那口袋，但凡明处的针脚都是像机器轧过一样密实齐整，而翻过来看那内里的暗线却是倒铅针走出去又返回来拾遗弥缺，不知缝进去了多少心思、多少慈母柔情。

这样的布衣初上身你还觉不出它的好，洗过两三水，随了身认了人显出了棉布的天然质地，你才能体会出它的熨帖可人、它的柔韧自然，甚至汗湿了你都能嗅出那棉与线特有的清淡而又绵长的味道。可刚开始的时候我对这一切并没有体会得到，也就更不知道珍惜。

那一天我们一群挖药材的孩子下河玩水，嬉戏时发现了河底绿藻间穿梭一般的鱼苗，一时兴起的我便自告奋勇地拉来自己的布衫做了捞鱼的网，尽兴后才发现雪白的布衫被河藻染得星星点点，怎么揉搓也无用，情急之下就拿起一块石头照住那绿点去敲，敲一下一个绿点没了，再敲一下一个绿点又没了，可举起来一看那敲击之处绿点是没了却出现了一个一个的小洞，好好的一个布衫真成了一张渔网。尽管那天我是把布衫团着拿回家的，但母亲一下就看出了端倪，问明了缘由，她哇地一声就奔了出去，找到了带领我们的大哥哥，还没开口那泪珠子就直往下掉，她说，我的娃小不懂事，你也多把那几年饭白吃了，你知道我们有多难，啊？自知理亏的我怎么劝说也灭不了母亲的火，才知道那一件衣衫在母亲的心里有多少分量。

长大了，懂事了，劳动时尽量穿着先一年的旧衣衫，走亲访友或赶集上会时才穿母亲新缝制的衣衫。那年月人和牲口一样使唤，割麦子时收工回来你必须往场里背一捆麦子，割谷子时你也必须往场里背一捆谷子，即是掰玉米棒子你也必须往场里挑一担玉米棒子。尽管是旧的，但我仍像保护旗帜一样保护着自己的布衫，为了尽量减少草渍的浸染为了避免换肩时扁担将衣背拧烂，我许多时候都是光着背的，实在尖硬上不了身的就抓一把白草垫一垫，卸下了肩上的重负我才将那衣衫周周正正地穿在身上，走回家门。后来见插队的北京学生有垫肩，母亲也为我仿制了一个，为此还惹来了别人的笑话：这樵子，也学洋学生了。

那布衣，母亲从一朵棉花开始亲手为我缝制的布衣，独一无二，越洗越白，越旧越绵软，这是任何衣衫都不具备的特质，是这世间最奢侈的布衣。直到最后搞不上身了，母亲再把它拆开来抹成袼褙，缝成千层鞋底，随着那一双日益宽厚的脚片子去走向前面的路。

我这个二十七年的家

杨雄伟*（陕西省）

前几天，我整27岁，母亲深夜打来电话，告诉妹妹订婚的日子。妹妹的婚事，这一年半载让母亲劳神了心。母亲落了很多泪，却如19年来在逆风逆流中，将这个家带到妹妹将要出嫁时一样坚强。母亲和我很高兴，为妹妹高兴，也为

*作者简介：杨雄伟，男，1989年6月，陕西兴平人。

这个家高兴。电话结束时，母亲仍忘不了老生常谈，询问我对象的事，我也只能硬着头皮，老生常谈地回答，正在抓紧找。说实话，我的婚事让母亲操的心更多，睡不着的更多，吃不下饭的更多，流眼泪的也更多。

我懂母亲的心。

19年前，皮包骨头的父亲，用尽一生中最后的几口气，撑完了我8岁生日，便在第二天，就撂下了母亲、我和妹妹，一个人走的无影无踪。那是一个夏天，那一天，当空红日在熊熊燃烧，巨大的热浪散发着摄人魂魄的魅力，死寂般的阴风不怀好意地招摇着这个家的苦难，周围到处充满着灰黄色的恐怖，母亲的撕心裂肺震开了这个家命运的条条细痕，来来去去料理丧事的人白孝素裹，一团一团地、一影一影地，飘忽不定，催人断肠。家里杂乱无章的脚步声像锥子一样惹人心沉，世界到处是湿漉漉的，一碰就能溅落一大摊水来，水是多愁善感，也是悲痛欲绝，尤以母亲的为最烈、最绝。母亲哭成了一个泪人。繁星下，黑夜里，小角落中，母亲的泪水，是我这一生见过最多的。

这个家，躯体还在，大梁已轰然崩塌。这个家，丢了魂，就一直在担惊受怕中磨着非人的性子向前走，也尤以母亲受惊吓为最甚，而她落了一生胆子小也再正常不过。钱，这个冰冷的物种，最歹毒地就是侵入一颗幼小的心灵施展它盛气凌人的抱负。我平日想到那段日子时，回忆就布满了一层层刻骨的寒气，却被印象中凝结的一点儿雨珠，弄湿了易碎的心。

两个月过去了，我该由乡村学校转到镇上上小学三年级了，与我同龄的孩子高兴出了花，我却与钱结下了一生的恩怨。到学校报名，一条干瘪狗正照规矩跷起一只木棍似的腿撒尿，这早已激怒了在树荫婆娑下急脾气的那个男孩，石子从半空中轻捋过后，狗的吠声中就飘来了三年级报名费要81块钱的消息，我吓了一大跳，赶紧撒腿就往学校门口跑，心想，要离开这个要钱的鬼地方。那一阵子，苦了我的两个小腿拼命地来回使唤着，可怎么也走不动、走不快，愈走不快就愈攥紧了手中仅有的那点钱。突然一张有力的大手抚着我的后脑勺，我扭过绷紧的身子，向后看，是外婆。

“熊，你不报名啦？”

“钱不够，报啥名。”

“娃娃家，还是要念书，不念书将来干啥呀！”

“……钱太多，报不起。”

外婆没有说话，只是把我拉向了她的怀里，埋藏在了她的双臂间。到后来，我领了新书，坐在了教室里，和其他孩子一样叽叽喳喳地念起了书。

从小在农村长大的孩子，像风一样，喜欢迎着五彩的晚霞，追逐落日。傍晚的弱风不请自来，从远处看，乳色的薄雾缠绕在我家半空，仿佛扼住了这一家人的命运。乡村的月儿老是缺了又圆，圆了又缺，折磨的黑夜暗也不是明也不是，孤零零的委屈谁人知？一个家的苦难，总是从击垮活人的身子开始显示它的张牙舞爪。

日子过去了三年，母亲的身子应付了三年，精神也在无序中像置身于浓黑烟中，拨弄难开。农村的日子苦，一个家里要是离开了男人，一个女人是根本无法养活两个孩子。父亲死后的起初三年里，我只知道，母亲是在遭人白眼的借钱中，走了一家又一家，受尽了非人委屈。这件事对于我个人就是一生的坏经验。

2000年，家里来了一个男人，大家都让我和妹妹把他叫爸，妹妹先开了口，但我知道父亲死了就不会再回来了，我就是没有开口叫爸。后来，我开了口，叫了声爸，听书本上说，对这个人应该叫继父，啥叫继父，那时我和妹妹都不懂，只知道家里多了一个能叫爸和能帮母亲干活的男人。继父为人朴实，既善良又勤劳，他很疼爱我和妹妹。

父亲走时，妹妹才5岁，一个天真无瑕的孩子，对于突如其来的变故，又能感知和回忆起什么呢？妹妹是幸运的，她带着圣洁的心灵狠狠地将命运强加给她的不公，踩在了脚下，并上下来回跳了几下，之后便成了受这个变故影响最少的人。从对童年的影响来说，我比妹妹心里的阴影大得多，也影响了现在的我。

生计仍然是这个家天大的事。继父为了一家人的吃饭问题，干过不少别人瞧不起的活。我11岁那年，妹妹8岁，刚到家的继父就卖起了猪肉来，走街串巷，挥刀梭棒，起早贪黑地干，水里泥里地跑。这可把我和妹妹高兴极了，我们终于有肉吃了，那年头，全家人一年之中只能吃两次肉，一次是在过年，一次是在中秋节。那时，就是只想一想猪肉的香劲，就足够馋坏了我和妹妹。

“有肉吃喽！有肉吃喽！……”我时常打鼓的肚子和饿狼似的眼神，是出卖我心声最多的挚友，不过，我倒不怪它。

这样的日子一天一天地过去，不久我就感觉到了哪儿的不对劲，母亲炒出来的肉不是我想象的，难吃得要命，感觉不像猪肉哇，食之无味，弃之可惜。

“这肉太难吃了。”我向母亲撂了一句狠话。母亲放下了收拾碗筷的手，提着嗓门朝着我和妹妹说：“好肉都是用来卖的，这些都是别人挑完没人要的剩肉，能吃上都很不错了，下次我给你们炒你爸卖的好肉，下次可就有好吃的肉了哦。”

一个家的生活要是开始走向下坡路，就如同秋风扫下落叶后的枯木，任凭时序的更替，也不能返绿去黄。过了一年，有一天，日子的起色，看来还是望不到头。那时，我和妹妹等到继父不卖猪肉改收破烂时，也没有等来母亲口中所说的一顿好吃的肉。继父干起收破烂的活，也是因为那年头别人瞧不起、不愿干，能多赚一点钱。这可好了，这到有吃独食的意思。起初，我是对继父收破烂有很大抵触的，但对谁都没有说过。

自从继父收起破烂来，全家就热闹了，尤其是每年腊月的那一个月，农村家家户户都在大扫除，都有扫不完的垃圾用来当破烂卖。别人看不上的垃圾，对于我家来说都是“如获珍宝”。那几年，一个腊月，我家的院子就成了全村人垃圾存放的地方，堆得如小山一样大，就等大年二十八和二十九那天，拉到收购站能卖个好价钱。那一两天，卖完了一车破烂又是一车，看着一车一车的破烂“离家出走”，看着院子里的小山渐渐地夷为平地，我知道我和妹妹过年的新衣算是有着落了。而在平时，为了能把破烂卖个好价，为了一斤能多卖一份钱，母亲和继父总是用脚踏三轮车把一车四五百斤重的破烂，拉倒很远的收购站去卖，这用母亲的话来说就是“卖比三家”。

我家离学校远，每天中午放学回家吃饭就是一件很头疼的事，尤其是遇见下雨天，我们村的孩子中午就会不回家吃饭，放学后自有家长送来饭菜。但我和妹妹中午挨饿的时候也是常有。记得有一年，下雨天，我上六年级，妹妹三年级，她在一楼，我在二楼，放学铃还没响，坐在教室中上课的我本以为中午就只能听肚子响了，让我没想到的是，一身湿衣的继父带着妹妹站在楼道上，敲了敲窗户，妹妹一只小手将一个辣子夹馍递了进来，经过几个同学的接济，馍最终落到了我的手中。此后，为这事，同学们讥笑我了好几天。现在想想，那个辣子夹馍，是我至今吃过最好吃的一顿饭。这个馍在我生活史中占据了一个很重要的位置，提起来真使我又痛苦又快乐。

苦难并不能击垮人成为一个健全的人，但真实地改变了一个人一生的性格。再后来，我和妹妹的长大，让这个家在物质和精神上，都有了起色，但也只能算是一个人大病初愈后脸上刚刚新增的一丝血色，没有什么实质性的用处。19年前的苦难，仍然跟着这个家在行走，行走，让人看不到尽头。

人长大了，总感觉时间过得很快，不由间，童年、少年、青年就只剩下满满的回忆了。但家里的光景仍像我活了27年一样，没有丝毫改变。这期间，在我耳边，不时能听见父母说，“就是砸锅卖铁，也要让娃念书。”一听到这话，我就知道家里没钱了。这些年，对于这个家来说，不借钱就是一件太阳打西边出来的事情。对于农村人来讲，人一辈子都在为钱而拼搏，为下一代而活，他们没有休息的观念，直到全身力气耗尽为止。常听父母讲：“人有力气了就干，没有力气了就躺进棺材里，别再给娃娃制造负担了。”一听到这话，我的内心就很不是滋味。

前些天，黄昏已腐蚀了瓦砾和椽木的轮廓，占领了满屋的角隅，我站在了一根用木椽支撑着的厢房下，和母亲说着话。

“怎么用椽把房支起来了？”我疑惑的嘴唇在不停地发问，内心却咯吱了一下，19年了，这个家还在原地踏步走，魔咒还在回响着这个苦难的家。

残阳还在蒸腾着眼前的一切，母亲口中还在不时地诉说关于这间破厢房的事，给我一种悠然不尽的感觉。纵观这间厢房的架势，我明白了，这根木椽并不能起任何作用，但我没有道出实情，我怕打碎母亲这19年来如这根木椽一样支持这个家的意志，怕母亲精神世界中平静如水的涟漪溅起薄薄纤纹。

现在啊，这个家，苦了19年的这个家，不为别的，只需要一场酣畅淋漓的喜事。如今，妹妹的婚事已确定下来，对于这个家，也正应了那句话，“天无绝人之路”。妹妹出嫁后，这个家又一次成了一个不完整的家，由四人变成三人喽。妹妹离开这个家后，我只希望她做个健全的人。健全的人，首先是做个能用你的双手养活你的人；其次是做一个善良的人，善良地对待周围这个世界；第三是做个有爱的人，爱你的家庭，爱你的父母，爱你的亲戚，爱你的朋友，爱你能爱的人；第四是做一个会过日子的人。这就够了。

不说了，说多了，你又要烦我。

但我这次唠叨我们这个家，到底是为了什么？自己询问自己，眼中涌出泪花后我笑了。妹妹，我们都应记住，这个家，终究会在苦难中重生。

年画

杨学彦*（陕西省）

那个时候过年，非常简单。大年初一，早晨一家人吃一顿饺子，中午每人一个白面蒸的大鸡，几盘平时很难吃上的肉菜。但是，家里最具新年气氛的是那几张年画。

腊月二十九了，也就是这一年的最后一天，父亲身上已经没有一分钱了。可是，年画还没有买。父母想混过去，把上一年的年画擦了一遍又一遍，一唱一和地说：“这几张画很好，今年都买不到这样的画。”我明白父母的意思，可是两个爱美又不懂事的妹妹，偏嚷着要新年画。还说这家买了什么年画，那家买了什么年画，什么年画一毛二分钱，什么年画八分钱，年画的内容、价格，

*作者简介：杨学彦，男，61岁，陕西延安富县人，陕西延安中学高级语文教师。

妹妹们都了解的一清二楚。父母实在经不住两个妹妹的嚷嚷，这天一大早，父亲就担了几棵大白菜进城了。这几棵大白菜还是生产队分的，母亲捡了最好的几棵藏起来，就准备着过年用的。

吃过中午饭，两个妹妹一看父亲担着两只空筐子回来了，高兴地跳起来。问父亲买了几张年画？什么画？父亲半天没有吭声。在妹妹的再三追问下，父亲只能实话实说了。原来，父亲进城卖白菜，正好先后遇上了城里的几个亲戚来买白菜。父亲就把那几棵大白菜一个一个都送给亲戚们了。亲戚们再三要给钱，父亲硬是推辞不要，结果就两手空空回家了。妹妹们一听，顿时哭起来了。惹得母亲也跟着哭出了眼泪。在我和父亲的再三劝慰下，母亲擦干了眼泪，与我和父亲攻守同盟，一起劝慰我那两个哭天抹泪的妹妹。两个妹妹哭声越来越小，进而没有。但眼泪始终流个不停。

再过几个小时，家家户户就要放鞭炮，挂灯笼。最热闹的是孩子们，穿着比平时新的衣服。男孩子三五成群在大路上放鞭炮；女孩子一群一群，叽叽喳喳，东家门出，西家门入，前来都是看窗花和年画的。她们还要评论一番：谁家的年画最好，谁家的窗花最好！我的两个妹妹还是好面子，很要强的。每年，她们都要贴上最好的窗花，今年也如此。估计窗花会得到小姐妹们很高的评价。但年画却还没有一张。我了解我的妹妹，宁可不吃饺子，不吃肉，不吃那白面蒸的大鸡，年画是不能没有的。

怎么办？怎么办啊？一文钱可以难倒英雄汉！几张年画不过几毛钱，但就这几毛钱还是难倒了我那刚强的父亲，也难住了我这个从小就不服输的大哥！让父亲去向别人借钱，那是万万不可能的。我当时也不过是一个刚上初中的孩子，该去到哪里借钱呢？向谁借钱呢？几毛钱，成了我们全家难以过去的坎。

不行，车到山前必须要有路！再困难也要想办法解决！好在我家离城只有三里路，虽然有一条河挡着，但大冬天河里结了冰，时间完全可以来得及。想到这里，我马上让母亲把过年准备用的豆芽装了一小筐。我要到城里卖了它，买回妹妹们渴望的年画。

时间刚过中午，我提着几斤豆芽，飞也似的往县城里跑。一边跑，一边想：一定要找到顾客，不管多么便宜，不搞价钱，毫不含糊地卖掉它！一定要赶在书店关门前卖掉豆芽！时间一分一分地过去，我跑得满身大汗！终于进城了。我大声叫卖着：“好豆芽，快来买，不搞价，随便给几个钱都行！”天无绝人之路！终于来了一位大妈要买豆芽，我称了一下，刚好六斤。大妈说太多了，她要不了。我一下急了，恳求大妈全买下。给多少钱都行。大妈犹豫了一会儿，说五毛钱可以吗？我很高兴地答应了。我们的交易成功了！

我拿着五毛钱，飞快地跑到书店门口。书店正要关门，我大声喊着：“别关门！等一等！我要买年画！”不由分说，没等书店的工作人员答应，我已经闯进了新华书店。书店里已经没有顾客了，只有几位工作人员正在关窗户。一位叔叔问我，你这孩子，怎么不早来，再迟一步，我们就关门了。你要什么年画？要几张？我说：就五毛钱，能买几张就买几张。他说，你自己选吧。我说，凡是有毛主席像的能拿几张拿几张，只要不重复就行。最后，他给我取了四张都有毛主席像的年画，还找了我二分钱。

我拿着年画，大步流星地回家了。到家里才半下午，两个妹妹高兴地把年画贴在了她们早已设计好的位置上。年画贴好了，过年的气氛越来越浓了！不一会，村子里鞭炮齐鸣，家家户户院子里都挂上了灯笼。正在这时，几个小女孩叽叽喳喳地来到我们家。她们一进门，就夸奖我们家的窗花是最好的，在屋子里端详了一会儿，又夸奖我们家的年画都很好。欣赏完毕，几个女孩和我的两个妹妹说说笑笑到别的家去了！

最美时光

张小荣*（陕西省）

大姐比我大五岁，我是在她稚嫩的脊背上长大的。

在我记事时起，大姐就是家里唯一帮父母挣工分的农活砥柱。大哥一直在读书上学，小哥贪玩懒散，我们的家是大姐用她勤劳的双手和纤弱的体力撑过来的。

大姐刚上完小学，那时她在班里学习特别认真，成绩一直名列前茅，是老师们夸赞和培养的苗头。她性情温顺、善解人意、不苟言辩。为了看管不懂事的小哥和我，她体谅父母，抛下书本，投入到了农活的广阔天地之中。幼小懂事的她在家里抢着干所有的脏活、累活和繁碎的家务。在那个并不和睦的困顿家中，大姐隐忍着父母经常的拌嘴吵闹、我和小哥的打架争斗，左邻右舍家长里短中那是是非非、指桑骂槐、丢鸡窃物、摩拳擦掌……对于这些，大姐冷眼掠过，从未被裹挟其中。在那个饥荒、穷极几世的落后村落里，大姐容下了我们家被家族本户所欺凌挑衅的屈怨和酸楚，妥协着家境好点同伴的鄙夷与冷嘲。对待任何事，她软言软语，不温不火、不左不右。为了这个清贫如洗的六口之

*作者简介：张小荣，陕西省西安市蓝田县人，喜欢旅游、写作。

家默默地早起晚睡，奉献着自己的青春岁月。

在大姐温热柔软、舒适的脊背上，我渡过了被噩梦惊醒的晨曦，安睡在每一个风雨漆黑的夜晚，满足着她轻柔抚摸的拍打，陶醉她甜蜜动听的歌谣，贪恋着她灿烂笑靥桃花模样……漂亮的小辫子是大姐每天为我做的功课；咸油辣脆的包谷糊汤锅底，是大姐用微小的柴火焰烧炕烘干，上面撒些辣面和盐，那嘎嘣脆、唇齿留香的味道可真是世间难得几回有的美味馋瘾；脏黑的臭脚丫、拉了屎的小裤子，全是大姐义不容辞、一一承包。

春天，百草探脑，乍暖还寒。大姐挎着老笼去给那个饭量大得吓人的老母猪去坡野拔草，草笼里总是埋藏着大把大把刺架嫩茎，爽爽脆脆的刺玫秆，用毛毛草秆穿好一串一串甜沁沁的红艳帽，罐头瓶装着的丹朱溢汁羊奶奶（叉叉果），刚上架浑身带刺酸酸甜甜鲜美的刺玫玫，绿盈发亮酸涩涩的酸溜溜……于是，在大姐迎着每一个朝露出门的时刻，我就守候在窗口、门前，眼巴巴地期待着大姐的丰盛归来，以填充我辘辘饥肠。跟在大姐屁股后面，我认识了节节草、猪耳朵、花花绳、水芹菜、灰椒椒……那是我学会说话后，用稚嫩不全的咿呀语，比叫出同伴名字还认识清楚的无语朋友。

入夏，暖风十里飘麦香，大姐和母亲去山外拾麦子。归来时就有了我羡慕已久的棉绸背心，那种凉爽飘逸，欲舞欲飞，随风旋转的感觉喜煞着每一根神经，给人一种嫣然莫名的激动。抑或是一双泥水不侵的新黑雨鞋，穿上它，我会走遍全村，见到每一个人，就把脚高高抬起，骄傲神气地炫耀："俺也有雨鞋了，俺姐给俺买的！"迎着一声声"啧啧"的咋舌声，我的心已兴奋得飘飘然飞上了高空。再后来，大姐还曾买回过那梦中的小花书包，可以穿着下河、样式别致的塑料凉鞋。

噪热的伏天，大姐就背上炒好的包谷豆干粮，鸡叫第一遍就和大人们去王顺山挖药材。那儿山高路远，丛林阴深，时不时传了怪兽的嘶鸣，但能挖上值钱的鸡爪连、有茎无叶的野天麻，运气好还能碰上几窝猪苓。于是，黄昏的村口成了我长长的等待，等待大姐给我摘回串串火红熟透的五味子、满嘴留香解饥压渴的野猕猴桃、那张开双翼肉肥仔密腻甜腻黏的肥美八月炸、紫红嫩滑的野葡萄……在大饱口福的同时，我嗅到满屋那散发浓浓药材味的地榆根、弯弯长长歪曲拐扭长满毛须的山药、和我拳头大小的土疙瘩苍术、比小棒槌长的柴胡、可以泡水喝的百合……过年了，大姐用她卖药的钱会给我换来一条鲜艳柔软的长围巾，缝一双两面新的棉花手筒，纳一双暖和的红条绒棉窝窝。

花开花谢，秋冬流转。我和大姐一起爬山越岭、蹚河跃沟、攀崖上树、折柳插花、观云数星……挽手疯癫的美好光阴深植心底，日久弥新，充裕着我儿时所有的快乐。在我的世界里，我被大姐事无巨细、百般呵护的疼爱中，从不知什么风吹雨打、磕倒摔伤、蛇虫惊吓、烦恼忧扰。和大姐的依偎相伴，我贪享惯了她的锅盆碗盏、做饭洗刷、或嗔或嘻、唤前呼后。枕在她大腿上，痴醉惬意她的掏耳抓痒、温情细语、拍打哄睡、小曲悠扬。那婉转、甜美的风中歌声，萦绕在耳，温润于心！我们肆无忌惮的荒野沛足、串邻访亲、夜半不归、歪歪腻腻，日子里涌溢满明媚的春日阳、夏日风，我永远都不想长大，安享着如此美好时光！大姐一日不在家，我就惶惑漂浮，若有所失、无所适从，仿佛灵魂无处归依。不管我到哪儿，人们总把我叫“小鱼儿”，那是大姐对我的昵呼，没有人知道父母给我的真实名字。

晓来谁染秋霜醉，总是离人泪。为了能吃上白馍面条，母亲把19岁的大姐远嫁到了山外。从此，我全部的快乐依恋被无情地割断，生活里填满了牵挂和思念。往日的欢愉成了流水，琴弦亦断，无限伤感和凄楚。每时每刻，我眼前总是氤氲着大姐茕茕孑立、孤独无助的落寞模样。生活在一个陌生的村庄，远离亲人的视野，我无法想象大姐的晨钟暮鼓，日日月月。于是，在每一个节日年关，班车路过的村口，就盛载着我对大姐归来的殷殷顾盼。

大姐嫁了个脾气十分暴躁，游手好闲、视麻将如生命的丈夫，也正由于她的太柔软温顺，使自己一直处在劳苦窘迫的生活底谷，为了那个没有丁点幸福可言的家暴婚姻，大姐消磨了她人生中最美好的年华。

夜深风竹敲秋韵，万叶千声皆是恨。月夜里，我独坐窗前，清愁泛滥，大姐在娘家任劳任怨，没过上一天好日子，嫁到远方更是孤苦无助，水深火热，家徒四壁……生活没有善待她，此刻，大姐是否也在月光下惦记她那个淘气的小妹？“……没有什么能够阻挡你对自由的向往，天马行空的生涯，你的心了无牵挂，穿过幽暗的岁月也曾感到彷徨，当你低头的瞬间，才发觉脚下的路、心中那自由的世界如此的清澈高远……”听着远处传来的歌声，我潸然泪下，哭得天昏地暗，悲潮久久不能平息。时间消减不去真情的芬芳，空间不能阻隔思念的梵响，在这一牵一挂、一思一念中，大姐心甘情愿、艰难俭朴地抚养着一双儿女的长大成人、沧桑衰老。怜姐莫若妹，这心伤的彷徨激荡着我每时每刻，很苦，很痛……

经年岁月，那唯美了曾经的温暖一直流淌在胸臆，泼醒着过往，点缀着所有的黑夜浩空。大姐，我愿做一缕春风，送你十里柔情，抛洒片片暖阳，与你共度晚年半生。如有小妹的苍穹，定有你的天地一棱，小妹若有衣食菜肴，必有你的鞋袜汤羹……

逃离春风

黄梅*（四川省）

在一片模模糊糊的世界中，我躺在自己的床上，看不见，气味也是熟悉的，有旧被褥的味道，有枕头上发油的味道，或许还闻见了白头发，长久以来它们在我的头上肆意蔓延，但如今好像也没动静，难道连它们也闻到死亡的味道了？

或许吧。我比你活得久多了，你葬在我的屋后面，那里一大片竹林环绕着，每当这水泥和红砖盖成的平房在夏季时，总热得我受不了，夜晚正当看不见的我手持木扇欲睡之际，总会听到一阵风吹过竹林的声音，夹杂着似乎是你的絮叨，这很像你嘛，生前就爱絮叨。那风透过屋后的窗吹向我头顶的蚊帐，一阵波纹，我能感觉到。我会带着这熟悉睡去，即使半夜依然会被热醒，感觉你还在左右，不至于让我这瞎子瞎在世上转乎。你知道吗？你肯定知道，你一定在后面看着我不熟练的煮饭，自己摸索着洗碗，偶尔还给自己煮顿肉吃。你一定会暗地里笑我，因为生前我总是对你颐指气使，仗着自己看不见，而这看不见还是自己造成的。年轻时总是躺在床头的煤油灯下看很久的书，后来渐渐瞎了，这事总被儿女们当成教训来教育那些孙辈们。你一定在说，看吧，让你对我态度差，这下一个人艰难了吧。

所以，我还是最喜欢过年的时候，他们都在，在外的在家的，工作的读书的，平时和气的这会儿更和气，平时脾气不好的这会儿也和和乐乐的了。孙辈们一到家会首先来到我的屋子叫“爷爷”“外爷”。当然咯，你在的时候会先叫你，然后你会把装糖和瓜子的篓子拿出来，给每个孙儿们都平均地分上一大把，而且，你会给平常见不着面的外孙们多抓一些，他们也会偷偷地会心笑笑。现在我也懒得费神了，老家伙一个我也不吃，再说孙辈们都大了啊，算一算从你走到现在，七八年了吧，我竟还在世上断断续续活了这么久。是福是祸，你给评评。

我的意识越来越无力了，脑子里回想着过去和过去好久好久的事情。人这一生啊，就算是个再平凡的人，还是会经历好多事，与好多人打交道，最后一

*作者简介：黄梅，女，1994年生，籍贯为四川省，现于陕西省西安市读书，就读专业为比较文学。

个人走向沉寂，就像风过后的竹叶败落，“扑簌，扑簌”，窸窸窣窣。噢，这分明是说话声。

“今晚你去守着爸吧”。

这是小女儿在对谁说话，半天没有人回应。

“我怕得很”。

哦，是我们的小儿子。他这次回来了，上次你走的时候，家里人打电话都没把他叫回来，说是走不开，这一去有十年了吧，他的子女们都长得比他还高了。时间真是让人害怕，他将你我这些老的带走，也让人青春不再。据说小儿子的脸上变得沧桑黝黑了，他肯定熟知了养家糊口的重负，与人交往的烦琐，可现在面对我却还害怕得绕着走，曾经年轻气盛得可以掉头就走啊。

说起年轻人，好像我们这一大家子儿孙满堂，现在我要去了，人到的倒是比你齐嘛。只是小女儿的那两个女儿没能回来，那个小些的外孙女儿在你去的那年才上初中，年龄小，听说个头也小，守灵的时候她在哭，看电视和堂兄弟玩耍时也在笑，现在大学都要毕业了，正在准备再升学的考试。这个社会跟你看到的变化太大了，跟我看到过的就更大了。他们在车上，我们在路边的尘土里，好像有那么一句话，“尘归尘，土归土”，所以我来找你了。

我已经没力了，他们说的话我什么都听不清了。可倒是又听见了风吹竹林的声音，怪事，真是，大冬天的后面一般没风的。这会儿先停一停，待会儿我再跟你说。这下倒是我变得唠叨了。

我看见儿女们已经在擦洗我的身子了，也是，我要干干净净地来见你，不然你要说我一个人就邋遢得很。即使最后也要被弄脏，但仪式不可缺嘛。请先生的请先生，抬棺材的抬棺材，那棺材早就备好了，就在你走的那一年。几十年都看不见了，现在倒看得见了，儿女们都老了，小儿子确实黑瘦黑瘦的。我的灵堂当夜就布置不差了，棺材放在堂屋的中央，这场面倒有些让人害怕，那先生念经文的声音就像在说梦话似的，也让人昏昏欲睡，但儿女们都没睡，整夜忙忙地。

三天了，或者说八年了，我又终于回到你身边。在屋后的小竹林，我们葬在一起，这很好。我们一起看着小女儿的两个女儿在年前来看我们，还像以前一样叫我们外公外婆。大一些的女儿今年就要结婚了，日子在夏天就定了下来，可惜我们看不到了。可还是很好了，她们这不来了么，忙忙的来了。

哦，我忘了向你坦白，我给小些的那个外孙女儿托了个梦，你别怪我啊，我是在她考试完之后托的。你看，才见面你又数落我，又唠叨了。可是，像以前一样，不是很好吗？新土边上都又长出新草了，春天到了。

笔友

李继东*（四川省）

那时候，我正当少年。

那时候，小企鹅（腾讯QQ）还是一枚沉睡在未来中的蛋。

那时候，林志颖的脸上还未见黑硬胡茬的痕迹，白白嫩嫩的，笑起来尚带着几分可爱的稚气。一首《十七岁那年的雨季》，青春，婉转，富有感染力的歌喉，轻易地就俘获了无数少男少女的心。无数的少年人，仿若虔诚的传教士，走到哪里就把这首歌哼到哪里。沙哑的，尖细的，低沉的，高亢的，圆润的，走调的。不管唱得怎样，却挂着满脸的陶醉，满脸的自信，满脸的少年得志。仿佛真的被一场温柔的雨水泡过，少年情怀的成长远远超过了身体的速度，十六七岁的人儿，却有着一颗颗想要远征万里的心。时常遐想着，能如李白少年时那般豪情万丈。仗剑江湖，行万里路，交天下友。

行万里路需要不菲的盘缠，因此少年们只好暂且打住。交天下友却相对容易得多，只需备好笔与纸，写上几段或浅白或故作深沉的文字，再贴上两毛钱的邮票，就有人负责将信件送到神州大地的任何一个角落。

在那时，结交“笔友”是一件称得上时髦的事。邮局也自然生意兴隆，送邮件的邮递员，骑着刷着绿漆的自行车，载着成捆的邮件，终日忙碌于大街小巷。因此还没有出现靠推销烟、酒、洗衣粉等副业来提高收入的创举。

当时有好几种生活杂志，为了获得更多的销量，投大众所好，在网络时代来临之前，率先发展起了纸媒的交友平台。交友信息一般分散地印在杂志每一页的页脚处，栏目中选登的征友志趣也是五花八门，有爱好文学的，爱好音乐的，爱好美术的，爱好体育和武术的，也有希望结交武警和解放军的。还有那些正值嫁娶的男女，以及各种原因死了伴侣的鳏夫寡妇，也凭借这个栏目发布征婚信息。杂志社将不同的交友信息分门别类，按照提供的通讯地址如实刊发，方便有共同意向的人建立联系。当时在四川，这方面做得较成功的应该是一本叫作《分忧》的杂志。几乎每一期，它的页脚处都密密麻麻地印刷着各种交友信息。于是，那时候和我一样的少年一旦有了几块零花钱，除了必定会买上几

---

*作者简介：李继东，绵阳人，不老的文学青年，曾用笔名守望斋，静冬。

块大大牌的泡泡糖，在众人面前吹几个雪白的泡泡炫耀一番（那种虚荣心的快慰，或许只有当今擅长炫富的土豪最能理解）。另外就是冲上街头去买上一本当期的杂志。如果恰逢手头拮据，那就找几个有同样嗜好的朋友凑份子，大家一同“分忧”。最最不堪的时候，也要涎着脸去别人那里好言软语地借来看看。其实杂志中那些有关男欢女爱的描写，纵使有千般的风花雪月，万般的儿女情长，也休想引起我这样的尚在“懵懂”之中的少年的丝毫兴趣。真正关心的，只是页脚处印刷着的那些小字。首先过滤掉各种征婚信息，然后以最快的速度将符合自己兴趣的交友信息清理出来，工工整整地誊录到一个专门的笔记本上，然后整本杂志的使用价值即宣告结束，随手将其扔到某个角落，交由时光去任意处置。用来抄录地址的笔记本，只要是“心怀天下”的青少年都会有一本，遇到聚会的时候，相互拿出来做一番交流，认认真真地逐条数了，谁的地址誊录得最多，谁就兴高采烈的自我夸耀一番，满脸的豪情壮志，仿佛自己身边真有肝胆相照的三千壮士。其他人则既羡慕又嫉妒，暗暗发誓要为自己尽快地找到更多的“笔友”。而事实上，一本笔记本上虽然密密麻麻地誊满了地址，而真正愿意花时间写信和能得到回信的却少之又少。比如我，真正照着地址向对方投递过信件的也就十来个，而得到回信的，仅仅一人而已——她的名字叫叶红术，当年正就读于福建省闽侯县的一所高中。

叶红术在她的征友信息里提到：她喜欢文学，希望结交到和她一样喜欢文学和写作的朋友。而那时我正好因文学梦“病”得不轻，经常会写几句“小诗”发几处闲愁，而身边同患此病的却一个也没有，无人可“同病相怜”，难免感慨“青青子衿，悠悠我心”，当看到这样的交友信息后，自然而然地生出一种想要亲近的情怀。

虽然时光飞逝，但那个写信的春日却在我脑海中异常清晰，那是一个早晨，临窗的一株桃树含苞欲放，几只白头鹎在枝丫间蹦蹦跳跳，偶尔轻鸣几声，使宁静的春天变得富有诗意。经过反复的斟酌，再参考了小说中有关绅士给贵妇人写信时的常用手法，我在第一封去信中这样开头：“叶红术，你好！又是一个美丽的春天来临，第一朵桃花已经在这个晨间的暮光中绽放，就像你的名字一样，开得绯红。怀着一颗纯真的心，我鼓起勇气向你写了这封信，希望你不至于责怪我这个陌生人的唐突……”

那封信我写得异常地认真，就像是为了博取一位审稿编辑的欢心和注意，每个字的一笔一画都力求中规中矩，再加上翻来覆去对遣词用句的推敲，仅仅五百来字的短信花了足足有两个小时。当信写好，反复检查确保没有错别字以后，方才满意地将它投进邮箱。

时间过了半个月，根据自己推算出的信件往来需要的时间，那几天我变得异常亢奋，每天都要到父母所在单位的信件收发室去看上几次有没有我的信件，但每次都失望而归，不过倒是偷偷地从别人的信件上收获了几枚漂亮的邮票。如果说结交笔友在那几年是一件时髦的事，那么从学校、单位收发室偷撕别人信件上的邮票，却是在青少年间存在着的一种恶习。如今有时义正词严地数落女儿犯下的过错之时，偶尔想起当初自己的胡作非为，但却又万万地说不得，不由地心里就羞愧难当。

大致又经历了一个星期，我的兴奋渐渐地平息下来，不再对收到回信抱有希望。根据之前的经验，对我来说也不过是两毛钱加个牛皮信封的损失，除了心里难免一丝浅淡的失落，我的日子仍然过得愉快轻松，对从新刊发的杂志中誊录征友信息，依然热情如故。就在我已经将这件事完全抛之脑后，有一天路过收发室时，只是想要去看看是否有邮票可撕，却意外地发现了一封从福建寄给我的信。素白的信封上已被人抠出了一个“口”字形的小洞，露出一截印刷着一道道红线的信笺纸。自然是有人比我捷足先登，将邮递员送来的信件上的邮票偷撕了去。面对“群雄并起”的撕票行为，我当时居然忘了最初的目的，不甘于自认倒霉，手里攥着信件站在收发室前狠狠地咒骂了一番。

叶红术是一个讲究真诚相待的好女孩。至从征友信息刊发后，她收到了很多的信件，而且无一例外地给予了认真的回复。要回复突然冒出来的数十封来信，她只能在课余时间抽空完成，因此需要经历一段很长的时间。她在来信中的措辞，热情远远超出了我此前的意料。她对我所写的信件给予了几近恭维的赞美。她说她简直以为自己是在阅读一篇优美的散文，因此让她不敢轻易回信，唯恐内容写得太过肤浅，导致错失一位难得的笔友。信中她还请教了一些写作的窍门，以及询问可否推荐一些能够提高写作水平的书籍。末了，她还反复强调，请我一定要及时给她回信，以便让她读到更多优美的词句。

她的这封来信，在当时给予了我极大的信心，大大地提升了我对写作的兴趣。从此我经常会将我所写的东西寄给她看，内容涉及诗歌、散文乃至小说。而她则成为了我唯一的忠实读者。她会认真地阅读我寄去的每一篇文章，并且会在回信中将她的阅读体会和建议详细地列出来。最让我感激不尽的，是她每一次都会在来信中鼓励我：她坚信我的文章有一天一定会化成铅字，获得大众的认可。

共同的文学爱好，让我们持续通信了好几年。她高中毕业后顺利地考入了江西的一所大学，在她大学期间，我们还互赠了照片。照片上的她看上去略显老成，穿着一条白色的连衣裙，肩上搭着一个黑色小坤包侧身站着，嘴唇上明显打过口红，模样俊秀漂亮。这是她给我留下的唯一的具体印像。此外她还寄了两张她自己制作的画片，分别是我与她的铅笔肖像。而我们的称呼也在不知不觉中变得亲昵起来，我对她由“叶红术”渐渐地变成了“红术”，她也从称呼我的全名改由以我名字的谐音称呼我“静冬”，再后来她给自己取了个笔名叫“尧尧”，她没有告诉我这个笔名的意义，但坚持要我以后在信中用尧尧来称呼她。

随着信任的增加，我们在信中谈论的话题也越来越多，从文学开始，直到烦琐的日常生活，哪怕仅是一丁点的忧愁或喜悦，我们都希望与对方分享。我们还曾相约：等一个合适的机会，一定要真正地见上一面。但我们的讨论中从来没有涉及过爱情。我小心翼翼地为友谊之树围起了栅栏，像修士般克制着非分之想。

我曾固执地认为，我与叶红术之间，完全属于纯洁的友谊，因此信件可以经得起所有家人的传阅，让大家与我一起分享友谊之花的芬芳。可我的母亲，凭着一种女性独有的细心，却从长期的来信中发现了一些微妙的变化。她认为叶红术对我透出的亲近，已经超越了朋友的关系，文字中隐隐有“情”的成分。可我却争辩那是一份与暧昧、与爱情完全不同的感情，是一种干干净净的“红颜知己”的关系。所以当时我对于母亲的猜测非常气愤，认为简直就是在诽谤我与叶红术之间友谊。

为了证明爱情与友情可以并存，为了证明我和笔友之间清清白白，因此当我继续与叶红术保持着书信往来，另一面也光明正大地开始谈起了恋爱。恋爱之初，我便完全地做了坦白，将与叶红术往来的信件交给我当时的女友看，因为我认为那份友情应该像阳光，而不是锁在房间里的一屋子灰暗。女友在翻看了所有的信件后，的确没有表露出任何的不快，反而有些钦慕我有一个这么要好的笔友。女友的态度，让我自作聪明地给叶红术写了一封信，我在信中同样直言不讳，告知她我有了女朋友。

很快地，我就收到了叶红术的回信，也是我们长期的笔友关系中最后的一封来信。来信一反常态地简洁，粗粗地问候之后，她说她由衷地祝福我终于有了女朋友。而为了不妨碍我的恋爱，她表示将不会再给我来信。她说女孩子的心会非常细，对感情也很自私，很容易就会受到伤害，因此要求我也不要再给她去信，以免伤害到我身边的女友。在她最后的一封来信中，她还寄回了当初我给她写的第一封信。我没想到那封信她竟然一直保留着，并且保护得那样的好，除了陈旧的折痕，整张信纸平整如初。虽然我一度愚顽如石，却也从这封信中读出了一个少女深深的失望，从而证明了母亲的猜测是正确的。我本想再写一封信给叶红术，向她做一些解释，以挽留住我们持续了多年的情谊。可最后，我却将拟好的草稿撕了。因为就像叶红术说的那样，一切都已经明了，现实已无法更改，我已经有了女友，如果还幻想着在两名女性间找出一种平衡，那简直就近于无耻了。经过一番内心的失落，我接受了叶红术的建议，从此断绝了同她的联系。

就这样，我唯一的笔友从我的现实生活中悄然隐退。可在我内心世界中，我时常感谢她曾经对我心灵的滋养，感谢她寄予我的所有希望和鼓励。在雨天，在星夜，在秋风掠起黄叶飞扬的时节，或是任何一个勾起我触景思人的时间，都可能让我挂念起这位消失了的友人。

父亲的唢呐声

陈福永*（新疆维吾尔自治区）

父亲是一位农民，可是农活他却干不来，因此遭尽乡人的鄙视；时局曾让父亲漂泊了大半辈子，但衣锦还乡与他无缘。

父亲的童年和少年时期是在抗日的烽火中度过的，他给地主家放过羊、推过磨、砍过柴。就是在这样艰苦的环境中，父亲仍一边放羊一边练习吹唢呐，村里的红白喜事上，少不了父亲的唢呐声。村里人说那叫“氛围”，红事的喜庆，白事的哀婉，全在唢呐声中吹的明明白白，父亲当然决不放过这样一展豪情的机会。此时他穿上汗衫，在腰间系一红布条，再将一条洋肚子手巾扎在头上，随着腮帮子的一鼓一瘪、十指的此起彼伏，悠扬的唢呐声便响彻四方。此时若是有人夸奖，父亲就吹得更来劲了。

有一次“上九”（老家正月初九各村的戏班集中到庙场比赛），看戏的人听见父亲的唢呐声，不是围着戏台，而是围在了父亲的周围，此后父亲的唢呐声在四邻八乡都出了名。可惜父亲艺术的种子埋错了地方，父亲凭它维持不了一家人的生活，他走村串城献艺讨粮，有一段时间竟完全沦落成了乞丐。

新中国成立后，父亲成了建设青藏公路的一名工人，紧张的劳动之余，父亲的唢呐声就会响彻云霄间。同去的人现在见了父亲还半开玩笑地说：“现在还吹你的米呐呐吗？”父亲笑笑不做回答。他们也笑笑，而后扔下一句：“当年要是没有你的唢呐声，我们都会变成疯子！”后来我从不同的渠道了解到：

---

*作者简介：陈福永，笔名呆米，籍贯甘肃秦安，“70后”。毕业于天水师范学院，曾在兵团农六师芳草湖总场中学工作，现为新疆乌鲁木齐市六十九中学语文高级教师，新疆作家协会会员，著有散文集《行走的痕迹》。

当年人们凭着双手、洋镐和铁锨等简陋的工具修筑青藏公路，那种艰苦无法用语言描述。可以想象，父亲的那一杆唢呐给了修路工人多少安慰和希冀，它既是战斗的号角，也是御寒的心衾，更是吹不尽的乡愁。

1959年，像父亲这样的建设者有的成了国家的功勋；有的目睹了生离死别，找机会和理由回了老家。父亲属于后者。好多人不理解他，认为他傻，傻得没出息，对此父亲从不跟人理论，而是将自己建设青藏公路时的照片，像宝一样的保存着。

土地家庭联产承包时，父亲耕地粗一犁细一犁，没有“蛤蟆口”（耕地好的一种），种地更是粗枝大叶，往往是母亲跟在后边一边骂父亲，一边收拾残局。垛麦垛这可是庄稼人的大事，也是技术活，父亲不会，请人帮忙。那六月天，真是虎口夺粮时，没人来帮忙。在母亲的吆喝声中，父亲硬着头皮自己来，垛的麦垛三扭四歪，最后不得以还得拿来木杠子顶上，以防倒塌。家里农活做成这样，但只要哪儿有打鼓敲锣的事，尤其是正月里耍社火，父亲比兔子还跑得快，为此母亲骂父亲“不务正业，是个窝囊废”。我们几个孩子也站在母亲的一边。父亲成了孤家寡人一个，对此父亲从不跟我们理论，一点严父的身影在他身上也找不到。

如今，我们长大了，很少看见父亲吹唢呐。父亲一个人经常静静地坐在窗下，抚摸他那本发黄的相册和翻看陈旧的黑白照片，好像抚摸他一生的足迹。有一次他指给我看：这个人埋在戈壁或山脚，那个死在叛乱者的刀下，还有这个，被大浪卷进了河流……而后泪水填满他脸颊的皱纹。这时我才明白，父亲心里有一道无人知晓的伤口。他常说自己是个幸存者，也是个幸福者。跨过了两个世纪，能活到现在，够知足的了。尤其是提起他的身体，父亲就来了精神，“上过高原的人，有几个能比上我？”

一日，我略知一点唢呐的知识，在父亲面前提了提。父亲来了精神，叫我端茶。一罐子茶毕，他吹起了多年没有抚摸过的唢呐，民间小曲、红色歌曲一曲曲吹下来，面不改色气不喘，让我汗颜。这一次我才真正明白了“尘心洗尽兴难尽，一树蝉声片影斜”的内涵！

是啊，父亲一辈子平平常常，不会种地、不会谋业、不会致富……看来他真是一粒播错了季节和地方的种子，而唢呐，让他忘记了尘世的荣辱，尊卑和苦乐。

五月槐花香

员新萍*（新疆维吾尔自治区）

前几日，路过邻居单位的院子，一缕缕熟悉的清香扑鼻而来，顿觉神清气爽。寻眼望去，院子里几棵国槐正展示着生命的精彩，翠绿的树叶之间缀满了桃红色的嘟嘟花串，煞是好看。情不自禁地令人想起了故乡的槐花，想起了槐花飘香的那个芬芳季节。

怀念槐花，是因为回味童年和少年的记忆中的那段难以抹去的芬芳；怀念槐花，更是因为生命中与槐永远无法割舍的这一段情缘。

故乡的沟沟壑壑、梁梁畔畔，大都栽种国槐。端午节前后，正是槐花繁盛的时节。无论走在田间地头，还是乘车出行，映入眼帘的是漫山遍野的槐树林和那一嘟噜、一嘟噜缀满枝头、洁白如雪的槐花。树林边到处是江浙一带运来的蜂箱，还有养蜂人忙碌的身影。油菜花后，嘤嘤嗡嗡的蜜蜂又一次吮吸着大自然赐予的甘甜，用辛劳向主人献上最美的玉露琼浆。

槐花飘香的季节，是我童年记忆中一段最快乐、最难忘的时光。上学路上，顺手揪下一串槐花，轻轻一吹，赶走蜜蜂，一瓣一瓣送进嘴里，香满四溢。放学归来，小同学们相约着钻进槐树林，丢下母亲亲手缝制的花布书包，尽情地玩耍着、嬉戏着，忘记了夕阳西下，更忘记了家庭作业，第二天受到老师教鞭的敲打。多少年，我们和槐花一起度过了飘香的季节，多少年，槐花飘香的季节也助长了我们贪玩的玩兴。

槐花飘香的季节，也是我青春时光中无法忘却的一段美好回忆。上了中学，仲夏五月，是最为开心的季节。每逢周五下午，我就要骑车回家。三五成群的同学，沿着公路盘绕的山梁，或飞驰或双手推车徜徉在醉人的绿荫下，吮吸着沁人心脾的槐花香味，谈论着学校一周来发生的故事，比如哪位老师的课讲得好，哪位同学的作文被当作了范文在班里宣读，班里那位最漂亮的女生同时收到几个男生的情书等等。就这样，一周的紧张和疲劳被不知天高地厚的海吹神侃驱散了。

---

*作者简介：员新萍，男，汉族。1971年，出生于甘肃天水。曾荣获中央人民广播电台广播札记征文一等奖。

工作了，好多年才回一次家。但每到五月仲夏，总会情不自禁地勾起对故乡国槐的怀念，想着那开满一树的白花，仿佛闻到了飘满一坡的花香，想着父亲栽种的槐树是否木已成林，能否建造一座漂亮的房子。每到此时，总要上网搜寻一阵，看那些摄影爱好者和喜欢槐花的人们是否将今年的花事美景传到网上，供思乡的人们采撷。槐树虽然不是经济林，也不是常用的木材，但她在家乡农人们的心里，有着无法替代的位置。父亲喜欢栽种槐树，没有更多的理由，只是觉得国槐树容易成活，且生命力强，又能保持水土流失。通往公路的那片沟壑是我家的饲料地，放眼望去，蔓延半个山坡的都是父亲亲手栽种的国槐树。村里人说父亲是“水命”人，种树容易成活，那只是一种说法而已。真正容易成活的原因是父亲种树很上心，从种下去一直到长大，父亲像照顾自己的孩子一样精心、细致，花费的心血只有他自己能够体会得到。

第一次离家出门在外工作，八年之后的盛夏才第一次回家。走在父亲的身后，一身轻松却喘着粗气，树荫下，戴着草帽、背着行李前行的父亲依然呼吸均匀，时不时地，父亲指着长成林的槐树，说这棵可以衬梁了，那棵可以做檩了。儿时记忆中小碗口粗的槐树，已经长成了参天大树，那皱褶的树皮和虬枝，那绿荫中缀满枝头的串串花儿，还有那无法看清的年轮，都印证着一段岁月的沧桑。

槐花飘香的季节，也是生命历程中无法抹去的追忆。去年，也是盛夏，我又一次回家专门看望父亲。年年岁岁花相似，岁岁年年人不同。来接我、背行李的不是父亲。父亲患病两年余，很多次配合医生的治疗，顽强地挺立过来了，我以为父亲可以不走了。可是，这一次，父亲是真正的病倒了，他将无法挽留地走向生命的最后周期，不得不舍弃那新栽的、正在茁壮成长的小国槐。我多么希望父亲能来再帮我背一次行李，再指给我，哪一棵槐树能做椽木，哪一棵树能做梁檩，这个心愿是永远、永远无法实现了。他亲手栽种的那一片片槐花林，也在凋谢生命的花期。一阵风吹来，洁白如雪的花瓣仿佛感怀的泪水，纷纷扬扬湿洒父亲人生轮回的路途。

又是一年花浓时，又是一朝伤痛期。那片片花儿恣意开放的槐花林，像忠诚的卫兵，隔河守望、陪伴着长眠在墓园的父亲。

五月槐花香，五月思念长……

也动荡，也心安

孙瑞俊*（云南省）

这个八月，拖着七月未尽的焦躁匆忙侵袭着这座偏安一隅的小城，白天太阳火辣辣地烘烤着街上来来往往的行人，也无情地摧毁着每个为生活奔忙的人。

夜晚的电闪雷鸣和狂风暴雨丝毫洗刷不了这座城市的疲惫，大雨滂沱声掩盖不住为生活奔命的穿梭声。

在一栋老住房区的三楼，我的床正处在临街的窗户边，窗外昏暗的灯光总是令我辗转反侧难以入睡。每当此时，我翻看手机，午夜三四点，很多忙碌着准备安睡的人，他们的生活动荡得像一口煮汤的大锅，在烈火中无可奈何。

菜市口卖烧烤的一家差不多在这个时辰就会推着烧烤摊回家，笨重的铁架子被四个磨得生锈的小轮子支撑着，轮子摩擦着午夜的街道，发出“哗啦啦”刺耳的声音，偶尔听到老板娘骂她的儿子，“×××，过来扶着呀，扶稳点嘛。”

这样的声响经常出现在我的回忆里，初高中那会儿，家里生意失败，一时间家庭条件一落千丈，妈妈为了支撑家庭开支就支了一个烧烤摊，一开始每晚守十一二个小时仅有二三十块的收入，最差的一晚，收入才13元。

后来渐渐有所好转，但每晚都要熬到一两点，那时候弟弟还在读小学，妈妈不回家他很少睡觉，所以总是跑到烧烤摊等着，以至于回忆那段时光，脑海里挥之不去的总是弟弟小小的身影伏在妈妈膝盖上睡觉的样子。

我们一家四口收摊的时候，每个人脸上除了油光就是无限的疲惫，我们一路很少言语。爸爸推着烧烤摊，妈妈拎着水桶桌子，我抱着凳子，弟弟扒拉着爸爸的手臂，也是这样的深夜，很多人家已经熟睡。

铁轮子摩擦街道，声声入耳，划破黑夜的寂静，我们披着月光才开始一天的落幕。

那段时光已经过去了五年，如今生活有所好转，爸爸妈妈再也不用带着我们姐弟还在那样的深夜里穿梭煎熬，我们也能每天十一点就上床睡觉，早上八九点醒来。

---

*作者简介：孙瑞俊，云南曲靖人，毕业于大理大学，热衷写作笔耕不辍，多思多愁，好学乐学，笃信坚持的力量。

窗外的街道没有改变，月光依旧，黑夜还是寂静。

这里没有来自外省的居民，这里是他们也是我从小长到大的地方，他们在土生土长的地方用自己的双手劳动，创造着疲尽一生可能连一栋房子都买不起的财富。

尽管他们拼命在改变自己的生活，却因着这个时代迅速前进的步伐被远远抛在了屁股后面。

也有很多人想过告别家乡到外面闯一番天地，然而却在面对街上每天大批大批的流浪汉时完全对自己妥协了。宁可守在这个地方奔波一辈子，也不要到外面去奔命忍受饥寒交迫。

城市真正的交响乐是劳动人民创造的，三四点有人准备安睡，而有的人已经开始一天的生活。

这时候我在床上躺着，更像一个听客，听人们冒雨行进的脚步声，听卖菜的大婶吼着孩子们搬菜的声音，听大卡车撵过积水街道的吱吱声。

在这份喧闹中，我有期待有烦恼有焦躁有希望有恐惧，还有对人生的无限思考和肤浅的感慨。

曾经有过流连到半夜才归家的经历，凌晨三四点的街道，潮湿，拥挤，暗黄的路灯下是大筐大筐来自各地的蔬菜，湿答答地瘫倒在路边，看不清模样的大叔大婶守在一旁，佝偻着，等待着，张望着，相互之间爱搭不理。

又有来自其他集市的大叔大婶骑着三轮车在收购蔬菜，本来应该是一场愉快而圆满的交易，似乎因为时辰太早，大家的睡眠没得到充分的满足，所以心情便好不起来，又或者因为生活本如此艰辛，没必要相互给予那些在他们看来并不能换钱的东西，比如一个微笑，一句寒暄，甚至一个拍拍肩膀的动作。

每天伴着车子撵过路面的吱吱声逐渐变小，伴着雨声的微弱，伴着燕子叽叽喳喳的密集声，阳光逐渐明亮。不是诗歌里描绘的那一束温柔的轻抚慵懒的面颊的光，那是一种郑重的光亮，是一种将主宰整座城市一天的生活去创造命运的光。

当它沉重地从窗外漫进屋内，我上一天的疲惫才开始。

面对这样的环境有时候我会想，为何我短短二十年生命中要载满忧伤，更可悲的是我竟然用了大把的时间在研究这些忧伤。

被虚度的光阴里，就算我不能少年英雄至少也能少年英才，在年轻的那几年，把我现在在忙碌的和才开始忙碌的事情做完，那么现在我就不至于在面对需要自己肩负的责任时手足无措。

以前长大和未来是多么遥远的事情啊！

现在长大和未来却是必不可挡的事实！

有时候会嘲讽父母不懂享受生活，嘲讽他们的平淡，嘲讽每天柴米油盐的循环。

可是自己享受的又是什么？那些自以为精彩的时光在最后都会随着时间的推移一点点地暗淡，我们剩下的只有回忆。

这世界疲于奔命的人还很多，我身边比比皆是，这个八月，他们的身影在每个午夜，每个凌晨，每个午后，每个黄昏都不紧不慢地敲击我的心。

我渐渐懂得，真正的路途永远在前方，真正的人生必须要自己开拓，生活暂且不易，暂且动荡，但辛勤耕耘的当下绝不只是为了将来十年二十年后依然还在深夜三四点的街道奔波，当然也不是伫立在凌晨三四点的街道互相冷漠，独自为战。

为心安理得的一夜好眠，劳动也好，劳苦也罢，劳累之时别让生命从此负累沉坠，悲戚无望。

太阳尚远，但必有太阳。

“九十块钱”老弟

贾冠妃*（浙江省）

我从婆婆家出来的时候，母亲后脚也出来了。明天是戒日，是家乡人约定俗成吃馄饨的日子。母亲一早就去买来馅料，包好了放在婆婆家的冰柜里。母亲说，你弟呢？你弟呢？听见一声喇叭响，我车后头停着一辆白色的汽车，原来我弟已笑眯眯地等候着了。我摆了摆手上车，作为姐弟，也只能各自离去。母亲坐上他的车走了，婆婆在门口喊住我，问我明天要不要馄饨啦？分明是跟母亲“争宠”，我不忍拒绝，连说要的要的。

老弟比我小三岁，父母年纪大了，事事便依赖他。上次母亲说肩膀疼痛难忍，老弟刚从杭州风尘仆仆赶回来，二话不说就带母亲去大医院。第二天又请假陪去复查，还好虚惊一场。老弟如此有担当，让我这做大姐的身心安泰，一心可以扑在文字中。

父亲身体不好，常年需要吸氧、吃药。我若记得，偶尔会买几瓶药丸前去。

---

*作者简介：贾冠妃，笔名红朵，金华市作家协会会员、中国诗歌学会会员、香港诗词学会会员。

母亲说，今天老弟是专程送药回来的，老爸的药已吃光。我和父母同在一个镇上，他们却怕麻烦我，宁愿麻烦老弟抛下工作赶回家里。而老弟做这一切，从来毫无怨言。

上周，颈椎病疼痛难忍，老爸叫我到楼上按摩按摩。我上了楼，发现一张很酷的皮椅子，老爸说，这是老弟花了一万元钱买来的。我躺在其上，舒舒服服地享受了一番。老爸每次从店里回来，也不忘先躺一躺，疲乏的身体就得到了缓解。老弟才真是父母的贴心小棉袄！

老弟做事情向来有条不紊，从不计较，弟媳妇也是如此。那一年，父母在外承包了一座砂石厂，十天半月不回家。我们姐弟三人像刚释放的笼中鸟，成天在外面瞎混。暑假里，天气炎热，我们姐弟三人泡遍了村庄周围大大小小的池塘。端着脸盆在池塘里摸螺蛳，荷叶梗划伤胳膊是常有的事，有时也能看见水蛇扭着它的身体浮在水面上蜿蜒而去。我们的脚踩在泥泞里，脸盆里是沾满泥巴的螺蛳。有时，我和老妹两个人像水牛一样，留一个脑袋在水面上，头上还戴着一顶荷叶帽子，手上举着荷花，以为自己就是美丽的何仙姑。老弟不屑于摸螺蛳，喜欢单独行动，捉鱼摸虾。那个夏天，我们的水产就没断过。有时，老弟就用干菜给我们烙饼，处于青春期的姐妹俩三天两头吵架，家务活也不做，老弟常默默地把我们的衣裤用脸盆装好，端到埠头上洗洗刷刷。现在想起来，实在愧疚。而那个夏天，又是我们玩得无拘无束的快乐时光，三个曾经人人称颂的孩子真正成了野猴子。只有老弟，像个秤砣一样保持着家的平衡和运转。

我结婚的时候，老弟还很瘦小，俊秀的五官，一副稚气未脱的样子。他手里捧着一把黑色雨伞，神情庄严地履行起他大舅子的职责。我以前老欺负他，威胁他：“我以后要是结婚，鸡腿都不给你啃！”不知那一天，震天响的爆竹声中，老弟有没有替我吃下那只鸡腿？女儿刚出生时，像极了头发稀少的中年老公。老弟来我家，抱起他的外甥女，竟吓得要一把扔回到床上。女孩大概天生都像老爸的多，这是一种自保。这个把他吓坏了的外甥女，此后却得到他和弟媳特别的宠爱。他买来当时很稀罕的傻瓜相机，专门给女儿拍照。每次回家，都给女儿去超市拎回来各种好吃的。老弟恨不得把世界上最好的东西都给我女儿，衣服全是银泰里的品牌，女儿生日，就要昂贵精美的芭比娃娃，要老弟送她九十九个。老弟被逗乐了，把女儿抱在怀里，说：“好，老舅就送到一百二十岁！”女儿咯咯地笑。此后，每年女儿的生日都会收到一个特别的芭比娃娃。

我买房子，还差几万元，跟老弟一讲，隔一两天，十万元发我支付宝，还附留言：拿去花！虽然这一两年各有小家，忙忙碌碌，然而那份骨肉相连的情意总是暖暖的。

我遇到事情的时候，老弟推掉工作，特意跑来安慰我。实在没什么办法可想，他就坐在一边，没有烟瘾的他沉默着抽了一支又一支。看到烟雾缭绕中他的愁容，我鼻子一酸，差点流下泪来。后来，同舟共济，终于雨过天晴。生活就是这般起起伏伏，好在还有老弟和家人与我一起面对。有一年，和老公吵架，一个人在台风夜离家外出，老公漠然，我打电话给老妹。老妹儿又告诉老弟，一向淡定的老弟连连叫我到他家去。好在夫妻和好如初，老弟也从不说什么。那一年，我突然晕倒住院，老弟天天跑到医院来看我，我知道他是担心的，住院一个多星期后，换家医院检查什么事都没有。我回到了日常轨道，他们心里的石头才安然落地。我们姐弟三个，谁要是生活得不好，另外两个人自然就会坐立难安。这大概就是难以割舍的骨肉亲情吧？虽然每次回家时他的言语极少，只是在母亲身后忙来忙去。有时，和老爸一人坐一边，跷着二郎腿，手里各夹着一支烟。父子两人一样的神情，一样的举动，扑面而来一种喜感。

老弟的女儿妮妮是那么可爱，二年级时就开始写长篇连载了，简直是开挂。老弟自己也很上进，成为工程师，又成为人才库专家。可是，在父母眼里，他是可以完全依赖的大山，是一个电话就跑回家的孝顺儿子。他清理下水道，帮父母换马桶，这些事情，我们家这个做女婿的从来不屑一顾。

姐弟是一辈子的缘。当年刚开始实施计划生育，父母超生生下了老弟，罚了九十块钱，从小被我们唤作“九十块钱老弟”。他怕被陌生人带走，被我们戏弄，吓得一次次躲到衣柜里！现在想起来，他那幼小的心灵曾怀着多大的恐惧啊！在当时那一笔不菲的钱，花得又是多么明智啊！

割稻

吴钟*（浙江省）

当知了趴在树上拼了命地叫着，日头底下便站不住人了。

当空的烈日兢兢业业地烘烤着大地，迎面吹来的都是热风。金黄色的稻子就在这样的热浪中点头弯腰，左摇右摆，似乎十分惬意地享受着它最后的日光浴。

如果不是因为“民以食为天”，相信没有多少人愿意头顶白花花的毒日像

---

*作者简介：吴钟，浙江衢州人，“75后”，热爱文字。

服刑的犯人一样，缓慢而迟钝地向稻田方向挪移着。一位老农手握镰刀高举着稻穗，笑得满口大牙晃来晃去的画面总是出现在教科书的封面上，告诉人们劳动是多么的幸福，快乐，似乎还那么的一脸轻松。

哦，是吗？我怎么不知道？

割稻子是农活中最苦最累的，没有经历过的人是不知道个中滋味的，但我知道。

刚学会背诵诗歌《悯农》那一年暑假，和稻子长得差不多高的我，为体验一回诗里的意境，毅然关掉热播着《西游记》的电视机，放下手中捕蝉神器毛竹竿，跟随父亲来到田间割稻子。

阵阵热风迎面扑来，整片稻子犹如麦浪般一拨拨涌来，又被一浪浪收回去，波澜壮阔，蔚为壮观，煞是好看。

父亲可不是来欣赏这片稻海美景的，也没工夫沉浸在丰收的喜悦中，他麻利地从腰间卸下两把镰刀，一把是他在鸡叫头遍的时候起床磨的，锋利无比，每次使用前，他总习惯性地用拇指和食指捋净刀锋上的锈污，仿佛刀会变得更锋利一样。随后递给我一把月牙似的弯禾镰，就是刀口上有密密麻麻锯齿的那种，这样的镰刀使用起来相对安全，比较适合小孩子或生手。

我和父亲在稻田里一字排开，就像上阵父子兵那样站在同一战壕里并肩作战。父亲手里的镰刀不停地挥舞着，一会儿左冲右突，一会儿向前冲锋陷阵，令人目不暇接，脚板也跟着忽左忽右，前闪后躲，看得我眼花缭乱。毕竟是农民的儿子，别看我小，无师自通也会弓起腰，左手握住距离稻子根部一尺的地方，右手拿镰刀在距稻子根部两寸的地方，钩住顺势一拉就“唰”地割下来了，一棵，两棵……一把，两把……由慢到快，从生疏到熟练。父亲眼睛的余光不时斜视着我，我紧握着镰刀利索地向前进军，发出阵阵有节奏的“唰唰唰”声，弄得音乐感十足，父亲看得喜上眉梢。不一会我和父亲的身后便各自躺着一排排整齐的稻把。我注意到父亲总是先割两三棵稻子，就用稻衣抓紧在手里，接着再割七八棵稻子，然后用右手把稻杆向右一抹，稻衣恰巧裹住所有的稻秆，形成一个稻匝码住稻秆成为一个独立的稻把，这样叠加在一起的稻把与稻把之间就不会牵牵绊绊，对于下个工序打谷脱粒十分便利。

疯狂的烈日张牙舞爪地晃在头顶，像个巨大的火炉，不停地泻下火来，我第一次感觉长时间与它的“近”距离接触会是这样的情景。天地之间就像一个大蒸笼，我不停地在稻秆之间穿来穿去，地面的泥土气夹杂着稻禾香气不断蒸腾着，徐徐灌进我的鼻腔。此时的风对我来说是多么的奢侈，因为人小身矮，还得弯着腰，风也是特别的坏，哪怕在你头顶吹得哗哗作响，愣是不愿意钻进稻秆间来让我也吹吹，哪怕是一阵恼人的热风。

于是，脸，胳膊很快被晒得通红，并伴有灼烧的痛感。满头大汗像泉水一般从皮肤里汩汩往外涌，淌进眼里又涩又麻，流到嘴里又咸又苦，挂在脸上又奇痒难忍，后背衣服早就湿了一大片，黏黏糊糊，我担心自己会和稻子一并被太阳烤熟。

我把镰刀头插进地里，一屁股坐到田埂上，仰起头“咕咚咕咚”一番牛饮，水壶便见了底。如果说热是一种折磨，那么痛更像是一种惩罚。

我那细皮嫩肉的小手哪经得起和粗糙稻梗的亲密接触。手指磨出了一道道血檩子，一条条清晰可见，汗水一旦流经此处便钻心地疼。还有那布满锯齿的稻叶，时不时把我的手臂刺得“血印子”纵横交错，像极了一幅繁华都市的交通地图。握住镰刀柄手心的那一个血泡，鼓鼓囊囊，吹弹可破，既胀又痛，无奈只有等回到家中，母亲用烧红的针尖一戳，放出水来，不医自愈。

稍事休息，我哼哼唧唧着“汗滴禾下土”的诗句重返“战壕”。当我弯腰拾起镰刀的时候，发觉腰竟然酸痛难耐，直起来就不想再弯下去，弯下去又不想再直起，我甚至莫名责怪起先祖为何要进化成直立行走。然而自己布置的“作业”终究远未完成，望着“茫茫前路”，除了咬紧牙关继续奋战，我还能有选择吗？正轻声问自己，发现此时的父亲早已悄悄和我拉开了百米跑道的距离了。

太阳依旧在头顶耀武扬威地肆虐着，仿佛正朝我一脸的坏笑，我满头的淋漓大汗果真像诗歌里说的那样，一点一点滴在禾下土里。腰酸背疼的我实在难以为继，不得不蹲便坑般地寸步缓行，望着前方一眼看不到尽头的稻田，感觉越来越迷惘无助，不知自己还能否坚持住。遥遥领先的父亲猜透了我的心思：“别怕，能割下多少算多少吧！”

其实我也是这么想的，也只能这样想。

父亲已经循环第二次追到我的平行线，也就是说总共5畦稻子，我割的这畦只完成了一半，父亲已经割到了第四畦的一半。但我早已累得两眼无光，两臂发酸，双腿发软，有气无力地躺在稻把上仰首问苍天：“老天爷，这活何时是个头啊？”苍天不语，可稻还得继续割。

夕阳收回了最后一道霞光。

天空中密密麻麻的飞虫黑压压地在我四周窜来窜去，我向左，它也向左，我向右，它也向右，反正就跟着人走，所以我们都叫它“跟虫”。哎！好不容易摆脱了毒日的严刑拷打，立刻又迎来了跟虫的百般骚扰和无休缠绵。

忽然感觉脚背酥酥麻麻的，我一骨碌坐起，竟是一只硕大的癞蛤蟆一本正经地趴在那里，正对着我头顶的跟虫虎视眈眈，顿时全身鸡皮疙瘩紧急集合，我飞快地把脚踢得老高，蛤蟆在半空中飞舞了一阵重重地摔在父亲的身旁，父亲不屑地瞟了一眼蛤蟆，又瞟了一眼我：“一只蛤蟆就把你吓成这样，以后怎么当农民？”我笑而未答，但心里渐渐清晰起来：我才不当农民，我要当工人。

说话间，父亲已经将他份内的4畦稻子收割殆尽，而我唯一的一畦稻子还剩下三分之一立在地里直冲我点头微笑。父亲水没来得及喝一口便拎着镰刀一个纵身跳进我的战壕，生生就像《射雕英雄传》里的周伯通大哥那样潇洒活泛，但是我知道这样的潇洒其实一点不潇洒，父亲只是被迫以最快的速度赶在天黑之前将最后的稻子收割下来罢了。

天渐渐黑了下来，我却盼来了“黎明”，我终于不用再两脚发麻地蹲在地里喂跟虫了，我的腰也获得了暂时解放。

“不想和我一样面朝黄土背朝天，就多读书！”父亲像是自言自语，又像是对我说的。我的眼角突然间潮湿起来，不经意滚落下几滴泪珠，瞬间与汗水形成合流一起吧嗒下来，是高兴被父亲解救了，还是为自己刚刚遭罪受苦的委屈，或是心疼父亲的不辞劳苦，我说不清楚，或许都是。

我大声背诵起“谁知盘中餐，粒粒皆辛苦”的诗句，一边俯下身来将撒落在地的稻穗一根根捡拾起来，田野里那朗朗的童稚之声，犹如天籁，又似玉盘落珠。

……

长大后我没有当上农民，也没有当工人，迎接我的是一片更好的新天地。但小时候割稻子的场景仍然异常清晰，连同稻田里跳到我脚背上吓我一大跳的那只癞蛤蟆，一起刻录进我童年的记忆，也正是这样一次难忘的经历，让我懂得了吃苦耐劳和勤俭节约，并一直影响着我，直到今天。

寻梦，愿有岁月可回首

徐小君*（浙江省）

人过四十，忽然就真真切切地感受到了岁月的匆匆。

年少的时候，对时间是没有多少概念的。总以为一辈子很长很长，长到没有尽头，长到可以肆意地挥霍：可以整天整天地什么也不做，就吃睡吃睡，也可以整天整天地在田野里疯跑，甚至可以整个下午整个下午地坐着发呆。

年过二十，对岁月匆匆有了一定的感受，但也并没有多少入心，只是在和

*作者简介：徐小君，笔名君之兰，教师，浙江杭州市人。爱好文学，喜欢诗词。

长久不见的同学、朋友闲聊时会感慨：时间过得真快啊，一眨眼就5年，10年，15年，20年……也会笑着自我安慰：也许是过得太顺的缘故吧，吃穿不愁，没有多少烦恼，日子就在不经意间滑过去了，否则，度日如年，哪会感叹时光的匆匆。其间，头上偶尔出现几根白发，也都能风轻云淡地拔掉。

可是，当那天，年轻的同事用手机把头顶的白发拍下来让我看的时候，放大的镜头里那三五根白发散落着，白花花的一片，那么刺眼。那一刻，我惶恐了：我老了吗？我甚至觉得自己还没有长大怎么就老了呢？这叫我如何接受？“我们不是一下子老去，我们是刹那刹那在老”这句诗让我如此凄惶。

那一晚，我失眠了，如果把人比作草木，那一生就是短短的四季。不知不觉间，我已经历了懵懂而又蓬勃的春，热烈而又多暴风雨的夏，正在经历美丽而又伤感的秋，是不是我即将迎来萧瑟的冬天呢？

一晃眼就走过了40岁，在生命的长河中我已然虚度了最美好的时光：无忧无虑的童年，充满憧憬的青春，以及恋爱、结婚、生子。如果我可以活到80岁，那剩下的40年我将如何度过？是不是日复一日，重复以往？然而，我还回得到过去么？重复的以往还有以往的快乐么？转瞬间，青春将消逝，青丝会变白发，老眼昏花……闭上眼，甚至可以看到自己未来的模样：佝偻着身体，花白的头发，满脸的皱纹，靠在门口的太阳底下懒懒地晒太阳，日复一日，百无聊赖，睁着茫然的双眼。

翻出朱自清的《匆匆》再读：洗手的时候，日子从水盆里过去；吃饭的时候，日子从饭碗里过去；默默时，便从凝然的双眼前过去。我觉察他去的匆匆了，伸出手遮挽时，他又从遮挽着的手边过去……我第一次如此真切地感受到了生命的逃去如飞。我想让这如飞的岁月慢一点再慢一点。凄惶中，我想起了这句话：生命的长度是一定的，唯一可以改变的是生命的宽度。我开始想留住时间，留住生活中的点点滴滴——快乐或者忧伤。从来不玩微信的我开始迷恋上微信朋友圈。我把自己的个性签名定为：采生命之浪花，撷思维之跃动，留待暮年回忆，回忆，回忆。我开始把原本稍纵即逝的感悟留驻笔尖，把它定格在朋友圈：

今天母亲节，去妈妈家陪伴一整天，本想说声母亲节快乐，却始终没说出口。以习惯的语言交流，以习惯的方式相处，不用矫情，无须多言，亲情自在心中流淌。

捣鼓了半天就捣鼓出了这么几个菜，烧饭还真是爱心活啊！没有足够的爱心是坚持不了的！向经常无怨无悔耐心烧饭给我们吃的亲人们致敬！

十年光阴弹指间，老屋旧貌换新颜。时光催老情常在，但留真情暖心间。乍然看到小妹发在群内的旧照，十年前的妈妈还是如此的年轻，近七十的妈妈竟然看不到几根白发，如今，容颜虽老，笑容依旧，娘家的老屋还是如此的温馨。

……

随着一条条朋友圈的发布，那些原本习以为常、毫不在意、悄悄滑过的一些生命片段在我的笔尖停留，闪光，那些原本隐藏在内心几乎被忽略的亲情、友情、爱情渐渐地清晰起来，越发的柔软越发的珍贵。我对文字越来越喜好了，似乎有了一种若有若无的写作欲望。

44岁，一次，在微信群和师范同学聊天时，有一同学发来一张我当年写给他的毕业留言，上面有“我的爱好”一栏，当时，我写的是：文学、做梦加随便走走。时隔二十多年，蓦然看到时我真的恍惚，这是我写的吗？我居然还有个文学梦！想了好久，才想起来，当初我还是比较喜欢看书的：小时候虽然缺书看，但捡到什么看什么，捡到本《山海经》当宝贝，半片报纸看半天；上了师范，捧着琼瑶的小说，三毛、席慕蓉的散文可以不睡觉不吃饭，可以沉浸在故事中偷偷又哭又笑。也曾有过文学梦，只是一直懒，一直不愿动笔，一直想等合适的时候再说。再后来，恋爱、结婚、生子，在红尘烟火中匆匆，再也没有心情好好静下来看一本书，即使阅读也是碎片化的，大多是一些八卦新闻。梦自然也就仅仅是梦了。而此刻，心中的梦又蠢蠢欲动。

10月的一天，我在朋友圈看到几首微信平台上的小诗，心里想这样的诗歌我也可以写，又看到窗外落叶缤纷，美丽而又忧伤，灵感突现，就拿起手机，打开备忘录，随手写下了我人生中的第一首小诗，算是处女作吧——《红叶的爱恋》。

我按平台上留的投稿地址发去，仅过了三天，这首小诗就在平台推出，编辑还给小诗精心配了插图。看到自己的文字第一次出现在公众平台上，心里是欣喜的。我迫不及待地在朋友圈分享了这首小诗。亲人和老同学老朋友都给予了支持和鼓励，有的转发分享，有的留言：“才女”“这是有多厉害”“好文采啊”……

人或许都是有虚荣心的，这“才女”的称号让我暗自欢喜。

之后，我又陆续在公众平台上发布了几首小诗。

诗歌，远方这些词开始在我的脑海里交错出现。

随着对诗歌的喜好，看了大量的诗歌，我发现写诗的人多如天上星，而且很多都很专业。我写的诗歌还只停留在七八十年代的水平，而现在的一些新诗，他们的思维更灵动，更跳跃，有的甚至颠覆了以往的诗词观。诗歌在我眼前完全是一个陌生的世界。在写诗的队伍中，我还是个小学生，甚至连小学生都算不上。我也想到放弃，不要诗歌不要远方了，就回到现实中，过安安稳稳的日子罢。

这样的年龄，有一份比较稳定的工作足以糊口，有一个虽不十分富有但也吃穿不愁的家庭，还有一个日渐懂事的孩子，还有什么可以追求的呢？除了努力工作外，业余时间做做家务逛逛街，去跳跳广场舞健健身，或是学会搓搓麻将，一生不是也很快乐吗？可是，我更喜欢文字，我喜欢那种游弋在文海里的快乐，而这份快乐是时光夺不走的。

我把微信签名改为：把时间浪费在自己喜欢的事情上。

一切似乎都没有改变，只是，我开始更多地为一朵小花停留，为一片云朵凝眸，为独自拥有一片天空欢呼……

我也开始尝试新诗的写作。《格桑花之恋》《最后一道爱的风景》等小诗相继出世。虽然未免幼稚，但每每看它就像看自己孩子一样的欢喜。

寻梦，当满头白发、满脸皱纹的时候，但愿我还能拿起我的笔与心灵对话，我还能用丰富的内心填补岁月的空虚。

寻梦，撑一枝素笔做长篙，在岁月的长河里漫溯：愿有岁月可回首，且以诗书伴白首。

寻梦，当我垂垂老矣，如果我的床头可以放上那么一两本我写的诗书；或者，有那么一两首称得上经典的小诗，足矣。如果这些都没有，那么，这些寻梦的过程就是一种难得的生命感悟，将给我平乏的日子增添一抹最亮丽的色彩。

如果可以，我愿做一枝绿菊：选择在冬天里开花，在来年的春天里消逝。没有暗香浮动，没有明媚鲜艳，只有生命浅浅的绿，温暖整个冬天。

不妨“斤斤”计较

姚中华*（浙江省）

近日，陪妻子去某超市购物，偶然发现消失了几十年的“斤”又出现在了价格标签上，禁不住心头一喜——它终于回来了！于是激发了潜在的购物欲，最后刷下大单，大包小包，满载而归。

多少年来，在大小商场超市，粮食、禽蛋、鱼、肉、蔬菜和水果等生活必需品都以“500g”为计价单位，我们已经见怪不怪了。也真难为了小小的一张价格标签，要把“500g”四个字符弄在一起，既不能太大——大了就容易喧宾夺主，也不能太小——小了写不下、看不清，怎么办？当然，这是难不倒聪明

---

*作者简介：姚中华，医界人士，文学爱好者。

人的，他们把这四个字符宽度缩小成狭长条形，这样看上去就稍稍紧凑些，也清楚一些。然而，无论如何，也不如直接标一个汉字——“斤”来得干净利落、美观大方。何况，遇上没文化或者文化低的人，看不懂这“500g”是什么意思，你还得解释说“500g”就是一斤，这就绕了个圈子了。

实际上，不管“500g”标签是做得如何漂亮，哪怕是闪闪发光的金字，老百姓是“不买账”的，他们还是把它当成“斤”来计算的。虽然电视里每千克的报价声、商场里写着“500g”的标签，已经出现二十来年了，但是无论是市郊的渔民、农妇，还是菜市场的摊贩，抑或是大商场西装革履巧舌如簧的推销员，没人会用“来来来，大降价，十块钱三个五百克！……”这样的话来吆喝他的买卖。即使是一个教授、高工，到市场去买菜，我想，他也不至于这样问：“老板，你这春笋每五百克多少钱？”真如此，他要不被瞪上几个白眼才怪呢。

“斤”，商场里不用它，然而在农村集市、在城市路边摊，却到处可以看到它的影子。这些个弯弯扭扭的手写的“斤”，是那样的养眼。是啊，“斤”，看着美丽，写着畅快、说着明白、听着悦耳！再者，“斤斤计较”“短斤缺两”“四两拨千斤”，这些成语不仅活跃在我们民族的书面语言中，更牢牢地扎根在黎民百姓的日常口语里。

在工业生产、科学研究和医疗卫生等领域使用国际计量单位，无可非议。但是在超市、农贸市场等事关柴米油盐酱醋茶日常生活的商业零售领域，弃用自己沿用了几千年的计量单位，明智与否，就值得商榷了。像“斤”这样老百姓普遍接受、普遍使用且乐于使用的市制单位，不仅不应废弃，而且应予保护和推广。

“斤”之于中国，犹如“磅”之于英美，然而文明发达如英国、美国，他们的产品，不要说自用，就是出口到中国的奶粉罐头上，常常可以看到“磅”这样的计量单位，让人频生州官百姓之叹。

想起20世纪90年代，苏联解体，西方世界在欢呼雀跃的同时，立马在“Soviet union”前加上一个“Former”，苏联便变成了“前苏联”，表示不复存在。如果是译介，你也说“前苏联”自然没错；但是，我们中国人自己说话撰文，那就没必要“东施效颦”了。试问，泱泱中华上下五千年，有叫“前唐”“前宋”“前民国”的吗？然而现在，言必称“前苏联”的，大有人在，几乎已成“约定俗成”之势。这与“500g”标签的泛滥有异曲同工之“妙”。

有人说这是与国际接轨，学习西方先进文化；也有人说这是某些国人在西方发达国家的文化霸权下，产生的一种自觉不自觉的“自我文化迷失”；有人则直接斥之为“崇洋媚外”。我们不必在理论上纠缠不休，且来看一个西洋寓言，或可使我们拨开迷雾，窥见事物的本质。

某日，狮王登基，大宴群兽。花豹受邀，喜而赴宴，至一河，见水中之影，毛色斑斓。思曰：狮子，百兽之王，一身浅棕皮毛，金光灿灿，何其威武高贵！反观自己，花里胡哨，何其鄙俗丑陋！乃回，请染其皮为浅棕。及至狮王巢口，一狮拦住，问：谁？曰：花豹。狮大怒，扬其掌曰：花豹，美丽之兽也，汝等丑鬼，必贼尔！花豹仆地泣告：吾乃真花豹也！不过慕君雄姿，自染皮毛尔！话犹未落，狮子飞出一掌，喝道：岂有此理，滚！

欧美文化固然先进，但绝不是样样都比我们好、样样都适合我们。柏杨先生所说的“酱缸文化”，那是指我们文化中的糟粕而言，对于这类东西，我们坚决予以抛弃。但是，我们文化中的经典、精华，那是绝对不能忘掉的，否则，全盘照搬西洋文化，就像鲁迅先生所说——“接受一切，欣欣然地蹩进卧室，大吸剩下的鸦片，那当然更是废物。”

古谚有云：人必自敬，后人敬之。故此，我要为那家勇敢的超市点赞，我们不妨像他们一样“斤斤”计较。

评委老师稿件

岁月消褪了她的容颜

许道连*

往事在流淌的岁月中或淡去消逝，或打磨成老去的故事，铭记于心。

——题记

每当我路过曾经工作过的工厂门前，总会不由自主地驻足环视和张望，对那人去物非的景象无不引发一丝情忧和隐痛。

这次再度路过，只见那厂门的周围被那卖菜的和卖小商品的地摊所包围。那商贩的叫卖声和讨价还价声相互交织不绝于耳。厂的正门已被铁皮栅栏封堵，两侧两层楼的小棚户，阳台上向外撑着长短不一的竹竿，上面挑着五颜六色的衣裳，看上去好似万国国旗，在夏日阳光下晃动着，空气中弥漫着鱼虾的腥臭味。我顺着老厂旧屋转到东北处走进院落，厂房车间已不存在。倒是两排新楼落座在大院之中，尚存的破旧平房小屋躲在院落的四周，显得很不协调。坐在阴凉处纳凉的人们告诉我，这里早已被开发成居民小区。刹那间有一种失落和伤痛撞击着我的心扉……

曾几何时，这里有过它的荣耀和非凡的历史。

这里曾是文昌宫的旧址。早在明、清时期，文昌宫与复建的奎星阁相依坐落在城东南，北与文庙遥相呼应。而连接两者的路称为奎星路，又称云路街，喻为寒窗学子平步登云之意。在文昌宫有这样两副对联：一副是“克尊上帝星辰见；阴骘下民福禄临”。另一副是“奎宿应，人间将相；文光焕，天下词章”。相传光绪四年进士裴景福（字伯谦）、甲午科进士李灼华（字肖峰）和甲辰进士朱点衣（字葆斋）等，在进京赶考前均到文昌宫，登奎星阁祭拜。可见先贤

*作者简介：许道连，安徽省作协会员，政府津贴获得者。组织编辑出版有《霍邱风情》。散文和随笔发表于报刊和网络。其作品《漫话姜家湖》和《异乡同源话松滋》分获中国作协《文艺报》社和中国作协《中国作家》杂志二等奖。在中华文艺全国文学创作大赛中，多篇参赛作品荣获三等奖及优秀奖，获奖作品被纳入国家级出版社出版。

对文化传承的重视。而奎星阁毁于1939年5月，为躲避日本飞机轰炸县城，唯恐目标太大，被迫拆除奎星阁，文昌宫也遭破坏。

这里曾是工厂。1958年，这里便成为生产糖果的作坊。后来成为地方国营企业，名称也改为食品厂。在20世纪80年代初，我通过招工考试成为了这个厂的一名工人。刚进工厂，我的第一印象是：四合院的场地不算太大，其建筑既有历史元素又有现代厂房，古今结合，布局紧凑。东面的和北面的一间间砖墙小瓦的房屋像是文昌宫遗留的老房子。墙壁上有几处还镶嵌大小不一的石碑，有一车间主任的爱人酷爱书法，探亲回来，常常拿着一张张白纸，蒙在石碑上面，用铅笔在纸上打磨，拓印着碑文。厂院里有宽大的厂房和二层楼的车间以及高高耸立的烟囱，构成了那个时代工厂特有的美丽画卷。

这里曾有过火红的岁月。在那物质匮乏的年代，这个厂承担着全县城乡糕点、糖果的生产和供应。酶化饴糖车间昼夜加工生产制作糕点、糖果的原料。而糕点和糖果车间的工人们则精心地制作小金丝、梅豆角、方块酥、云片糕、花生糖、麻雀蛋，以及各种饼干和不同果香味的糖果。特别是传统节日将至，工厂内更是不分白天黑夜，机器轰鸣，厂院内商户们排着长队开票取货，小板车、小三轮、小四轮络绎不绝，一派繁忙景象。

这里曾是一所学校。在这里，老工人们向年轻人手把手地传授着每一种饼干、糖果和糕点生产制作的方法；口口相传那传统手工制作的独门绝活。这里是我踏入社会第一个人生驿站。它使我感受到了工人们的聪明智慧，看到了他们的勤劳和无私，懂得了劳动的光荣和敬业奉献。这所学校，也锤炼了我吃苦耐劳的意志，培养了我勤奋好学不断进取奋发向上的精神。

这里流淌过我的汗水。我曾在这里不分工种，不分白班和夜班地劳作。操作台上，我精心地调配着生产原料，操作着电纽、阀门，进行着饴糖的酶化生产；厂部里，我统计产量、写汇报材料、出黑板报。年轻人特有的充沛精力使我不知疲倦地工作，同时也深切地感受着劳动带来的收获和快乐。

这里孕育着年轻人的梦想。年轻时代是个富有梦想而又勇于追梦的时代。厂子里的年轻人，有的抓住大好时光补习文化课，上夜校、电大、刊大、函大，做一个有知识有文化的现代工人；有的学点技能想尽快成为业务骨干；有的加班加点多赚点钱尽早安家乐业……

在这里，活跃着工人们劳动的身影，荡漾着工人们的勤劳和奉献之歌。我也为之动情，为之讴歌。我曾写过一些没有格律，缺乏韵味的文字，以表达我对食品工人的敬重之情。记得其中有这么一首小诗，叫着《糕点工人的心愿》：

不是颜料的涂抹

是心血的濡染
幅幅图案、片片花瓣
糕点上，工人们正描绘着春天
轻轻一点，簇簇鲜花绽放
眨眼间：玫瑰、芍菊、牡丹……
工人的手啊，像勤劳的蜜蜂
日夜忙碌在如花的车间
朋友，当你手捧糕点一盘
可品尝出咱们糕点工人炽热的心愿？

我望着曾经为宫，曾经为厂的那个院落，无不增添几分的忧伤和感慨。如果说食品厂在进入市场经济的时代，因为规模小缺乏竞争力遭遇淘汰是社会发展的必然。而做为一些手工制作糕点和糖果的技法和那传统的生产工具，为什么没有能够保留下来，在原厂搞个非物质文化遗产纪念馆呢？相信要比那开发几幢楼的社会效益更好。或者是在原址上复建奎星阁和文昌宫，恢复旧貌，增其旧制，岂不更能体现对历史的尊重和对文化的崇尚和敬仰？

王金华（1943—2016）

王安礼*

（一）入院，2015年1月7号

我实在想有一个更好的父亲，知书达理，温文尔雅，勇敢坚强。而不是现在这样，在床上叫痛，绝天骂地，抱怨医生无能，药品失效。像党人，可以大义凛然，躺老虎凳为安乐椅，喝辣椒水为排骨汤。

但若他真是大英雄大豪杰，做了陈婴，易牙，郭巨，岳飞，则我有可能换

*作者简介：王安礼，1972年生，供职于重庆电视台。2004年电视台最佳记者，2005年全国优秀新闻工作者。重庆新诗学会，通俗文艺研究会会员。创作剧本多部，在重庆电视台摄制播出。散文，古体诗，新诗，儿童诗，打油诗，以前散见报刊，现在多发微信！

了赵氏遗孤去挨刀，变了粉蒸肉，被活埋被剁成伟大的肉馅。

那样，父亲就不可能陪我打电筒去捉青蛙，拿竹篦子到河里捞鱼，托了我傻不龙咚的下巴骨，再三教我游泳，也不可能体会到我头被瓦片打破后的剧痛，抱我硬生生挤断军队的竹篱笆，赶到军医处缝合伤口，我切了腿上的瘤子后下不了床，父亲就不可能手工制作扑克牌，红墨水黑墨水备好，精心画出粗糙的红桃黑桃，梅花方块。

横刀向天啸，那样的父亲属于天空，挥刀入厨下，为儿做一碗滑肉汤，这才是家里的主。

父亲其实也想要一个更好的儿子，有个一官半职，不说别的，不为衣尖角铲得翻人。父亲问我：你采访这么多年，就没有认识几个关火的医生、院长？

我认识，他们不认识我。认识我的都是不关火的群众，述芳姑娘年年送我奉节脐橙，田聪爸爸经常和我问讯聊天，无数工农小贩有事就拨我电话，上门就肉菜招待……够了，采访用的都是公家的汽油镜头，私谊全部自己收贮。

我妈说，淡淡相交最好，恩有好大仇有好深。聊斋里一篇田七郎专门告诫屌丝，贫不交富贱不交贵，上位者略施金帛，下位者须杀身以报。

像我这样的儿子，只能煮药熬汤，捶背烫脚，无力看病找人，检查插队。这是几十年的教化，惰性，现在去改，去攀附，去站队，去示媚，去奴形，来不及了呀。

企慕英豪，却为平庸选中，心向烈火，却为泥沼塑造。泥腿子的父亲，就该有个土气的儿子，一起学习生病，体会衰朽，感悟春秋的残酷与温暖。

（二）手术，2015年1月15日

手术前我让老爸刷牙，挤了一长条铺平刷毛的牙膏，老爸仍是老习惯刷得飞快，节水，心疼牙膏。同时又叫我找医生表示表示，表示不了，十分失望，担心主刀医师会随手几刀胡乱切割。只好安慰他，好比你一个厨师，不管遇到哪个食客，烧白仍然该横切横切该竖切竖切，职业道德。

父亲不安。

欧医生来查了房，走后父亲高兴了一点儿，说，欧医生还在我肩膀上拍了两下呢，意思还是关心。

感谢感谢。

护士长又来查房，也安慰了父亲，感谢感谢。

世间有的恶行，是顽童随手扔一枚橄榄核，却砸碎了魔仔的头顶。

世间有的善行，是龙王感冒打喷嚏，一场甘霖却缓解了定州应县三年大旱。

本定下午的手术，十一点四十就进去了。

老爸，加油啊！老爸，医院门外已经挂起了红灯笼，再远处，就是春天！

加油！加油啊！

（三）三峡游，2015年12月2日

“行神如风，行气如虹，巫峡千寻，走云连风。”“猿啼客散暮江头，客自伤心水自流。”去三峡，常是这些景与句，神女峰，丰都鬼城，白帝城等。

老爸想去看三峡大坝，对，不是三峡，是大坝。数年未成行，一是想开车去，看了大坝便回，不挨宰。但人人都说，去三峡是看水，坐车不相宜。后来又听说，乘船亏，当晚上船就算一天。又一再推延。

及至去年查出重症，三天之内双脚失灵，这才慌了神，哀叹人去后钱如树叶，分文不值。又以为大限已至，发体不发财，阎王带信来。这信，实在黑人。

谁知有幸手术后日渐恢复，先脚能动，后能走，走三峡，该趁早了。

虽然，老家赖溪河，有的是水，但大坝可比万里长城，老爸眼中最值一观。还是来了，坐着轮椅出行，再不比以前去海南，北京那样精神抖擞，胃口又不佳，自助餐方面很吃亏呀！

举着望远镜一看，咦，扯得好拢来，值！

那就走起！

慈母手中线，游子身上衣，临时密密缝，意恐迟迟归……

老汉上得邮轮，诸般满意。新裤子的拉链却是开的，商家出品有些草率。于是一边帮他修理，一边想起这首反诗来。孩子出门大吼大叫，摘花爬树，家长也觉得不好意思。只是，临出门才能发现老汉皮鞋是水擦的，裤子改革开放了，未免有点失职。幸而给他带的羽绒服是playboy的，时尚惨了，扳回一局。

突然老汉又喊，牙膏挤不出来，找个东西来锯一下！叫他倒转牙膏的帽子，把牙膏刺了口。问他，过去没住过酒店哈？说，住旅馆多得很，三四十年了，洗脸帕一根，盆子两个。豆这样，姓肖的乡邻还偷偷把旅馆的毛巾围在腰杆上，离店时又被搜查出来，差点挨打。时事如此，也足嗟叹。

人老了，豆和小孩差不多，慢慢活回去，活回去。

老汉突然叹口气，说我和你妈要是不生病，我们这个家不晓得好安逸！

呵呵，都生病老还费劲八力过安逸才显本事。

来时巴心巴肠急着来，要走时拼死拼活忙着走。幼时说小娃娃走亲戚，就是这副德行。

“那些人拿个自拍杆照相，看到都烦得很。”“这个大坝一汪水，有好大个看头，这些人巴能不得看到天黑！”

老爸上得坛子岭，冷，又感觉不过如此，很快便没了兴趣，不然，那几百

米长的长江万里图，单在尺寸上就足以让他起敬。其实，有些画家在笔法，墨法，布局谋篇上下的功夫，远不如数量上创纪录来得大。百骏图，万马奔腾，千驴图，万里江山，都是此类。讲究长，宽，高，人数多……以为自己这么来，就直追八十七神仙图，清明上河图，流民图。把艺术当作数学题，我也真是醉了。不说范宽马远石涛八大，就是张大千齐白石，董其昌任百年，方寸之间景界全出，亦真亦幻尺幅千里，那才是大师，巨匠，而非名师，巧匠。

一身老病，雨雾如毛，稍动几步就浑身难受，老汉只想在商店空调前躲一下，或是早点上车，不免挑剔风景，责怪其他乐游之人。

急着来，忙着走，用到一生上面，也有些类似。夫大块载我以形，劳我以生，佚我以老，息我以死。故善生者，乃所以善死也。

（四）病中，2016年2月18日

凌晨两点了，父亲仍然在起床，躺下，躺下，再起床。人也一直焦虑不安，七天未大便，五天未大便。问护工，说吃少了。上次也是要吃通便药，要灌肠，后来自然排便，不干不稀。还不信，说倒快了，未给他审验！

上一分钟要水，下一分就在后悔要了水，上分钟打针，下一分就后悔打了针，反复无常就像西方国家的执政党。常常自己就给自己开了药，不依从就叫。每句话都加上尾音，日天骂地，敲床击柜，还想说找到针药，接回家去，也不敢了。

有个亲戚的老太，也是多病，常破口大骂，不分亲疏，后来，选到托老中心去骂工作人员去了。

每一分，能把自己的感受描述出来，对于临床研究，药物作用与副作用，病人体感与查体体征，肯定有大作用。我的这点作文特长，或者是他遗传。

人们读祥林嫂，总不免暗笑，她罗唆。重要的事情说三遍，阿毛是过命的事，一生一世都说不尽。

不信，看那些万里寻子，十年寻子的父母，他们会不会只说三遍，是何心情。不过，祥林嫂报怨狼，失子者报怨人狼，父亲咒骂疾病。

鲁迅平常尖酸刻薄，唯写这一段，实含着大悲悯，年少时并不曾明白。

一月二号把父亲送进医院时，我应该知道，我已经失去了父亲。

医院每天给他吃药，打针，用碘酒抹针孔，滴答滴答地输液。每做一项，父亲的颜色就会冲得越来越淡，父亲的味道也变得越来越淡，父亲的温度慢慢变冷，父亲的笑容丢失，就好像他，主动交出身上的钱……

随身听，不用，收音机，不听，书，不看。父亲的温度爽朗笑容，慢慢变得苍白冰冷没有生气，慢慢变得不是父亲，叫病人，叫19床，容易和医院几十上百个长期住院的病人混为一谈。他说的话渐渐跟我们不同，只是痛了打针救命球蛋白胸腺五肽葡萄糖氨基酸，不再说我们生活中的萝卜茄子鱼香肉丝排骨红烧肉，也不会再问花园，问我们种的夜来香苔菊樱花桃花。所有的这一切，从他的生活里边抽离，直到他的颜色褪尽，蜷缩进一张黑白照片。

家里的一切吃食，用度，装修，日常生活，与他一刀两断，不再关心，多数时候，无从对话，我坐上半个钟头一个钟头，都一样。我也知道，这不是能治的病，但没想过来了就不能走。他昨天下午闹着出院，我不敢，怕到家又要回来，吗啡针是不带出院的。到晚上，不再提这事，出不了啦，真不该来呀，虽然他吵着要来，非来不可，以为打几针，输点药，就好很多，可是吃不好，住不好，治不好，只会将时间减短。这话，说不了，只得来。来了，回不去，只得扛。

时间的长流，缔结的虚空，生生四味，总是酸开始，辣结束。

（五）怀想，2016年国庆

隐隐听见广播里在叫，“南丹县到了，有哪位旅客上车后还没有来得及买票的乘客，请及时补票”，我这才醒来，梦中哽不过气。

梦见自己睡在某个中学宿舍的床上，闭着眼睛，但心里明白，父亲不在了。似乎有人——就是父亲，趁我未睁眼睛，从床头俯下身来，看着我。朦胧中我伸手一捞，使劲儿抓住一只胳膊，不让他走。

手空了，我醒了。

为什么梦会把父亲不在的时间，由今年，转移到二三十年前的中学时代，也许是他早就长年打工在外吧。

农村穷，我上小学后几年，他便去重庆荒沟十八冶工地煮饭，每月40多元；

我上初中、高中，他在大足中学炊事班，工资由60多元涨到100多元，做了班长。

1991年我到大足中学复读高四，他已因病被辞工。需要钱，又设法，去了石马中学炊事班。

然后，我上教院，他去龙水食店继续刷锅屁股，后来进天青石矿业公司。我1995年也到大足中学工作，1999年大足中学集资建房，父亲还在上班，只是有时回学校住，2001年我下重庆府，父亲还住大足中学。

算来，仅仅是高中三年，我读龙岗中学，住大足中学时，和父亲一起住职工宿舍。

梦中车站下车休息，野外生态保护好，路边就是螃蟹洞，我伸钳子抓了一只，扔了。又钳起一条白色的鱼鳅，滑溜溜的极肥美，心想，老汉肯定欢喜这个。除了花草，鱼虾最欢喜的。

夫天地者，万物之逆旅，光阴者，百代之过客。

这次旅行，父亲没来。

南丹，一个蕞尔小城，因为梦醒，被我记住。

而浮生若梦，为欢几何？

记忆如画——爱永恒

艾十水*

近的事物越来越容易忘记。走远了的某些却如刻如镌，一笔一画，写在了一个最保险的硬盘里。有时自动播放，有时挑选上映。你知道了，人的记忆原来是会有所选择的。留下来的都非无缘无故。

风轻轻吹起，沙滩上的足痕渐渐了无影踪。你踏出来的，可你不再记得它们的大小，角度，方向，深浅，路线，花纹……尽管如此，但总会留下些什么，是风吹不落，雨浸不湿，时光流影也带不走的。是的，它要你记得你去过哪里。是海，是山，是平原，是纵横的路，是一高再高的楼厦。也是一个再也回不去的村落。你在那里生，你在那里长，你从那里离开，你是一只再也飞不回去的候鸟。你找到了自己的暖城，可你无论怎么拍打翅膀都还是站在这咫尺寸土。故乡，成了只能远望的一方天空。只有从未离去的才是它真正的孩子。它遗忘了你……

一个不大的小小的院子，分散着几棵柿树，房后一棵，西墙边一棵，也许还有，但我只记得这两棵了。门口，一棵高大的榆树，守着。白色的串槐，清香四飘。柿树的花儿则是浅黄柔白的，中间是蕊，很美。到了时候，一夜过去，或是急风拂过，那些精灵样的离开了妈妈的小天使就会乱躺一地。我偷拿了妈妈的细针长线，捡起一瓣就串起一珠，东挪西凑，慢慢地，一条美丽的项链就好了。学别人的样子，也套挂在胸前，不时低头顾盼。觉得小小的自己，瞬间美丽了许多。

父亲在柿树下砌起了一个水泥桌子，圆形的。周围有几个砌起的小凳子陪

*作者简介：艾十水，曾在报刊，网络平台发表散文，诗歌。喜欢文字，电影，偶尔摄影。

伴着。我对那桌面尤其记忆深刻。特别光滑，点缀着很多白的小小色块。它的形状，它的平滑，它的色泽，它的高低，它的不大不小，都让我在心里叹服制作它的人手艺之高超，设计之出众。它是父亲手中的一件精良工艺品。是送给他的妻子，他的孩子，还有他自己的。

我想，我爱那个桌子，不亚于爱我的父亲。它是他的一部分。是他的智慧和他的思想的一部分。也是岁月的一部分。这么多年过去了，我从客厅起身走到冰箱，都可能会呆愣一下要费劲想我究竟是为了要拿什么东西才开启了冰箱门的。可我清清楚楚地，记得这张小石桌，很多次，很多年，一再重复。就像它仍然还摆在那里一样，一切都原封未动。

当我写下这些，我也不过是，深情地再次凝望了它一眼，细细打量。我知道，它会永远在那里，在一棵树下，在一处院落里，在疲惫大人和嬉闹孩童的身旁，在电闪雷鸣下，也在风和日丽中。

屋子朝南，有飞檐，也有青瓦。木质的门上挂着吊环。门下，有木门槛。可以拿下，也可以再装上。偶尔，门被锁，大人不能归时我会从那下面爬进再爬出。别有一番乐趣。

屋子里的家具，最富丽堂皇的一件是迎面的黄木桌。金灿灿的颜色，有抽屉，有拉门。通体被油漆粉饰过了。上面的好几处，画着几只生动的小鸟。选什么鸟，画在哪个位置，几只最佳，什么姿态，一定都是父亲心底里思量刻画好了的。一切精美的看似无意都实属有意。父亲应该还能记起，他记忆力一向超好，他每次说起某件事某个人以某个语气说了哪些话，都仿佛是拣出了相关的录影带，回放给我看，我服气得要死，但我没告诉过他，我只是静静地听。

这是他的另一件工艺。比之院外风吹日晒的石桌，这木桌，各种水平，都更上一层楼。我很爱看它。我的目光摩挲过它太多回，以至于记忆如新。就像一个我们很喜欢的人，它会自然而然地夺走你的视线。你把情感给了它，你明白，你无法再忘记它，不愿忘，也不能忘。

父亲尽己所能，在有限的条件下，打造出了家里过日子所需的大部分物件。包括每一张床，每一个小木椅，每一扇门，每一片窗。

那刨凳，刨斧，墨斗，不停落下的一朵接一朵的雪白刨花儿，那些铺满地面的碎细木屑，他弯着腰来回起伏的身体……都幻化成了过往的某些瞬间。

紧挨着房屋的西侧，是低矮的一间灶房。它们像连体婴儿坐落在一起。共用着某处墙壁。共冷共热，也共生共灭。

关于母亲的记忆永远停留在了六岁。那个停止跳动的钟摆，不是断在乡下的，是后来回城后——她当年是知青下乡。和这个院子有关的，我就只记得她在灶间里进进出出，忙碌着。

那一次，我犯了错误。母亲用稍微严厉的语气批评了我。我仗着娇宠纠正说，妈，你能不能重新说：克洒，你别……母亲居然微笑着用我设定的语气答复了我。我那么满足，仿佛得到了一块世上最甜蜜的糖果。回味着，沾沾自喜地，跑开了。她，继续忙她的。互不再扰。

我想，我需要她的爱。我想要更柔和的爱，我要用让母亲妥协的方式验证她的爱。那时，我只有三四岁吧。可我记得这一幕。

我想我的敏感是天生的，与生俱来的，是父亲和母亲的一部分。就像母亲的麻花辫子，垂落在她纤弱肩头的两侧。她的脸上，有着些微的雀斑。如此美丽，镶嵌着一张最美的永远不会老去的脸庞。某一些是另外一些的一部分。命里注定，血缘跳跃着从一个身体到另一个身体，源源流淌。向来如此，从来如此。

我保有她这一瞬的样子。这记忆来自一张泛黄褶皱的陈年旧照。而不是来自我拼命翻找的回忆。当我意识到我想找回母亲对我说的某句话的全部，却只是徒劳无力时，我承认，我眼睛泛酸，那么伤感，又那么无助。我留不住她，留不住她的身影。留不住她的温和，留不住她的幸福。也留不住她的伤悲……甚至留不住一句浸透着她爱怜的话语。她是越走越远，越来越模糊了。她在三十岁的时候永远躺在了冰冷的乡土下。她是那个村子和我之间的一根纽带。一端是她，一端是我。中间是或寒或暖的这些年月。

年年柿花儿开，柿花儿又落。我没再捡过，也没再串过。柿果儿初现，也会落下一些。多数的，牢牢挂在了枝头。一个个青了，慢慢黄了，最后又红了……这世上的柿树何止千千万万，但都与我无关。我的，永远生长在那个不大的院落里。永远满树繁叶。永远红柿星布。在屋后，在西墙侧。两棵。

生命是一本还没有最后装订的连环画，一页接着一页。纵然拿笔的是你自己，你也不知道自己已然画了什么，还想要画上些什么，又能画上些什么。你的时间和空白是不是还足够多？你的想象力和挥洒能力是否还有余地，还能否再添加上更炫目缤纷的色彩？还是只能像命运轮盘上的分针，根据别人的拨弄，要么转动，要么停留，听之任之，听天由命。间或，在蹒跚前行中茫然回首……

这个夏日的上午，我翻开这画册的最初，我看到了我的童年，我的乡野，我的严父，我的慈母，我们共同生活了若干年的院落，房屋。岁月消逝了很多，也描抹了很多。在那些画面和页码中，有绿叶，有花朵，有风霜，还有更多阳光……

我爱过，被爱过。我依然爱着这一切。我依然留恋着这一切。所有漂浮过我生命中的，乡村，父亲，母亲，还有其他，很多很多，回得去的，回不去的。只有爱，唯有爱，永生永恒，永不消退。萦绕在文字里，盘旋在时光中。在深藏不露的内心，也在如影相随的身后。

人间何处借温柔

毕清静

晚上二十二点左右的菜市场附近，商店全部打烊，路灯以冷清的声色，弹奏着整条街的平平仄仄。

一位狗妈妈带着两条小狗在垃圾桶旁边觅食，它们母子三个并没有因为我的到来而慌张。可能是因为它们是这一片地方的“主人”吧？当中一条小狗看到了我，在路灯的光线下，我发现它的眼睛，特别明亮，如同会发光的蓝宝石。

我轻轻蹲下，像示意刚学步的小宝宝一样示意它过来。它呆呆地看着我，小脑袋左右各歪了一下，然后带着几分犹豫向我走来。它嗅到了我的手，它那凉凉的小鼻子好像凝聚了整条街的冷，会发光的蓝宝石里有个我琢磨不透的世界。

我顺手捋了捋它的脑袋，给它抓了抓痒。狗妈妈也看到我了，我心想它一定不会凶我的，因为我不会伤害它们，更不会和它们争抢食物。狗妈妈也向我走了过来，我抬手在它的耳朵后面为它挠痒，狗妈妈顺势趴在我的脚边，歪着头让我为它挠痒。

它的毛很硬、很脏、很乱，带着一股曾被雨水淋过的腥味。我从它耳朵后面捉了一只虱子放在地上，它嗅了嗅虱子，看了看我，它那棕黄色的眼睛里，仿佛为我写着一句话：“你长得好像我之前的主人……”

另一条小狗也晃晃地走过来了，两个小朋友在我身边闹来闹去。

我很庆幸，它们没有凶我；我也很担忧，它们对待坏人是不是也如同对待我一样友好？两个小朋友的眼神，饱含天真；狗妈妈的眼神，无尽沧桑。

记得前些时间在网上看到网红“回忆专用小马甲”发的一条微博，他说那些在路边吃垃圾桶里剩饭的狗们，它们的本性并不凶，只是它们害怕会受到伤害，或者是怕被抢了食物，它们才会对路过人发凶。如果它们能有主人的疼爱，能有吃到饱的饭，能有不淋雨不受冻的窝，它们也不会愿意做“流浪狗”。

在我老家流传着一个关于狗的故事：

很久很久以前，天灾连年，田地里没有收成，有一户人家虽然粮食很少，但是只要有主人吃的饭，就会分给家里的狗一份。后来粮食吃完了，主人对狗说："你出去找吃的吧，不能让你跟着我一起挨饿。"狗说："你可以把我吃了，我是吃你给的食物长大的，我要报答你。"主人不舍得。

狗便走了。过了段时间，狗叼着一小袋盐回来。

主人问，盐从哪里来的？狗没回答。它放下盐就要走，主人说有了盐就可以拿街上去换粮食了，你为什么还要走？它回头看了看主人，流下眼泪，依旧什么也没说。

主人觉得它有些奇怪，便偷偷跟着它出来。它去了一家狗肉店。原来是狗把自己卖给狗肉店了，身价是一袋盐，它给主人把盐送去后还要再回狗肉店，回来等着被杀掉。

我不知道这个故事是真是假，首先狗不会说话，其次狗为什么把自己换成盐而不直接换成钱或者粮食，再者一条狗只能换一袋盐、那么狗肉店的老板也太黑心了。可是，现在我老家依旧有着一个不成文的风俗，就是谁家养的狗不想要了，想要卖掉，那么卖狗得到的钱就要用来买盐或者粮食才可以，不然就会受到诅咒。

我又从狗妈妈身上又捉了几只虱子，它温顺地舔了舔我的手。

为什么它们的主人不要它们了呢？！还是它们现在依旧有着主人，只是它们的主人不关心它们，任由它们如同流浪狗一样？或者它们的主人也有着难言之隐？

我思考着这些问题，小狗的天真可爱和狗妈妈的恬静温顺，不知缘何，我感到我愧对狗妈妈的眼神、也愧对小狗那会发光的蓝宝石……

在它们的眼里，我看到了最真实的世界。谁能为流浪猫狗们赊出一份温柔？它们愿意为你付出一生。

马家窑的末班车

张洁*

我们的先辈在史前的大地上吟唱了一曲辽远的歌声。这泥土的回声波荡在古老的文化中，响彻至今，永不消退。

---

*作者简介：张洁，女，研究生在读，热爱文学、诗歌。散文、诗歌作品发表于现代散文网、现代诗歌站，艺术评论发表于《西安晚报》《中国文化报》。

这便是彩陶文化。

马家窑文化遗址曾出土了大量彩陶。它位于我省临洮县马家窑村。关于历史文化，并不十分了解，而彩陶方面，也并非专业研究人员，仅仅是出于热情，走进了那片神秘的土地。

它的神秘在于我的未知。对距离、方向还有旅途中一切细节的未知。也正是由于未知的机缘，偶然遇到了马家窑彩陶博物馆。因为坐错了车，到了县城，当地居民告诉我去往马家窑的正确路线和公车，我上了车后才发现是另外一路长得一样的班车。这样，我才先于目的地之前，得以看到这古老的实物。

让我惊讶的是，这本一个私立的博物馆，却收藏了大量的彩陶，而且绝大多数都是原件。这里的每一个陶器都有文字说明。其中有很多是来自当地村民劳作时发现直接送予博物馆的。这让我对人们之间淳朴的信任关系产生了美好的寄望。像那些粗糙朴拙的泥土一样令人感动。

水与土天然就是一体。我们的土地是巨大的容器，承载着水就孕育了一切。我们的祖先很早就对水产生了崇拜之情，现于陶器之上。它的波纹拙稚，朴素，却透露出历久弥新的典雅。

陶罐上的几何纹、涡漩纹裹在砖红色的器壁上，几种单一、发暗的颜色染出各种形状，竟意外地显得十分优雅和谐。那不同的颜色是来自于温度，来自于土地。这种美，无法用记忆复刻，一回味，便少了几分。只有看着它，才能感觉到被它的美填饱了心灵。

其中两个陶罐我反复来回看了很多次，每一次折回，都是被记忆中无法还原的模糊召唤回去的。然而，即便是这样，我也说不清它的美具体在哪里。

也许，美本就只是一种感觉。

下午三点时刻，我上了去往马家窑村的班车，车上坐着站着挤满了进城返程的村民。他们热热闹闹，仿佛每个人都互相认识一样，一路不停地与司机师傅一起大声说笑。我上车的时候已经没有座位，售票员安排我坐在了副驾驶座位旁边的一小块阶梯上。

一路上他们很是热闹。班车沿着窄窄的山路蜿蜒前进，路边光秃秃弯曲的树让我想到了梵高的画。灰白空阔的背景，一排排树枝，春天一到，它们便会接近画里丰茂葱郁的样子。

来的时候，听一位快递师傅说马家窑村在山上，也听一位出租车司机说马家窑遗址早已被拆了。就这样我怀揣着种种的不确定奔向了它。

眼前就是客车的大玻璃，前方的风景没有任何遮挡地轮番扑来。有几个瞬间我的视觉误以为那树枝太矮会打到车的玻璃上来，接着被折断。

我打开从博物馆拿到的有关马家窑遗址的资料，准备再了解一番，低头翻看时才发现司机师傅开得有多么快，而且这一路有多么绕。他在嘈杂的人声中说着方言，大概意思是“这么颠簸还学习呢”。坐在我旁边的大婶，一眼便认出了我拿的资料上的博物馆主人。与我说起他的事迹来。说他曾经是个生意人，做瓷砖买卖。并回应司机说“她是要去马家窑的”。

我无从求证她的说法。但为这样一种偶然的机缘感到欣喜。不禁想到之前对于村民挖到陶器送予博物馆的困惑，如此看来，那博物馆的主人在当地的声望是很大的，是足以信任的人士。我收起书本，与大婶交谈了几句，看着一路上的风景。

我想象回去的路上夕阳正照前方的样子。一切是温暖的金黄色，那光线随着车的方向变化、闪烁着、移动着。

到站时，我并不知道我的目的地到了。之前我旁边的大婶早已下车。我误以为这班车的终点站就是马家窑村。司机靠站停了一会见我没动静，就大声对我说，你的站到了。旁边的大叔拍了我一下，向外面的指示牌指过去。那位年轻伶俐的售票员也同时告诉我马家窑遗址就在不远的地方，并且紧随着我下车的脚步说最后一趟车是六点二十，让我就在这里等着。

回头时，我看到了车内的村民的模样。他们的五官和皮肤都很粗犷，但热情洋溢在那牙骨突出的笑脸上，这种真实让人温暖。在午后的阳光里，我顿然发觉关于美的定义可以如此随意如此草率，这样的简单、贴近。在一个回头的瞬间便可得到。

马家窑遗址空无一人，沿着山路向上，一路可见大大小小深深浅浅的洞穴沟壑。倘若仔细观看脚下的土地，会惊悚地发现有小洞，接着会发现脚下的一块土地是空心的。不知道大量的彩陶是不是就由这坑里挖出。

山坡上很寂静，偶尔会惊动树干上栖息的大鸟，听到动静，它们就会飞走。

到了山顶，在大大小小的坑洼处，都种满了庄稼。我试着沿着另一个陡坡往下走，却发现前方没有路了。在以往的爬山经验里，这样的陡坡是可以爬过去的。尤其在无人经过的荒山，上面长满了荆棘，然而就是这些让人不敢接近的植物紧紧地抓着地面，作为每一步的支点，人们才能安全地前进。越是荒蛮，荆棘越是茂盛的地方，就越是能够过得去的地方。

我在犹豫要继续探路还是原路返回。时间已是五点半，如果沿着陌生的路继续走，会不会误了回去的时间。这时，我看到远处有人走来。我大声地呼喊，用手指着我的前方，问能不能下山。他说了好几遍，我没有听懂他说什么。但看他的手势大概是不行的意思。于是我开始返回。

折回的遇上这位指路的大爷，我说明了来意，他说我走的路是下不去山的，他就住在山上的村子里。山下是马家窑村，山上是他们的村庄。他又指了指前方，说那里是一个很古老的寺庙。

我连忙向他道谢。这里人烟稀少，整个山上就只有我和他两个人。但我注意到老人的穿着很整洁，不像我爬一趟山就满身尘土了。

回来的时候已是黄昏。六点二十分。我来到马路边，等待着最后一班车。

整个村庄在朦胧柔弱的冬日夕阳中暗沉下来，替换成一层薄薄的蓝色。那是在山脊上退隐的余晖。远远近近，由深至浅。扑面而来的沉静和温顺，不同于来时的喧闹。气温凉了下来，灰尘偶尔被风翻起，带着一丝冷清的味道。

二〇一五年二月四日于甘肃临洮

父亲与母亲的爱情

黄晓洁

父亲前几天和我打电话，聊了两个多小时。父亲说了许多关于对母亲的想法及爱，父亲的爱是深沉的，但对于母亲而言，这种爱似乎不太入心，也总在口角时说父亲很幼稚。父亲总是和我强调说，结婚一定要找一个爱你的男人，那样生活会好过许多。我不了解他们之间的婚姻他们的爱情，母亲说，婚姻就是柴米油盐，就是过日子。偶尔父母也会像个小恋人一样在深夜打电话长聊。

所有认识父亲母亲的人都知道父亲非常爱母亲，甚至把母亲当作生命的全部。我们都知道父亲视母亲为生命。

父亲在和我诉说着对母亲的不满。

他说："如果她敢那样做，我就会和她离婚。"

也许当事人不是我，我无法感同身受，我平淡地说了一句："离婚就离婚啊，反正我们都大了。"

这个伟岸般的男人居然带着一些软弱的哭腔回答我说："你知道吗？她是我生命的全部啊，如果离了婚，我就什么都没有了。"

听到这句话的时候，心里无比的心痛，心痛这个男人，心痛他20多年的爱，心痛他为这个家在外漂泊十几年。

对于父亲我是理解的，我们及母亲都是他最大的软肋为了给我们更好的生活，父亲常年在外，一个人承受着所有工作上带来的压力，也承受着生活远离妻子孩子带来的孤独。而母亲则一个人在家带我们，作为一个女人要带三个孩子，还要自己开店做生意，也承受着各种无法言语的艰辛。记得二〇〇三年的时候，母亲肾结石，经常半夜痛醒，那时我才三年级是家里最大的孩子，母亲就叫醒我和她去医院打止痛针或者去药店拿止痛药吃。第二天一早，还要起床煮早餐给我们吃，接着去开店。有时候，药店里会有一些吸白粉的年轻人去问母亲要钱，但母亲每次都只是靠自己的勇敢把那些人吓跑。

父亲常年在外，内心难免孤寂，偶尔想和母亲分享自己的心事，但母亲的态度会不友好。因为母亲在家带三个孩子，面对生意上、亲戚、生病都是一个人解决，她的内心是无比坚强也无比脆弱，她更希望的是她的男人给她更多的慰藉而不是体现软弱的一面，她像个女强人一样面对着一切，所以她也希望父亲和她一样。

母亲和父亲都和我说过他们对彼此的不满，但也不曾舍弃过对方。

今天，母亲一大早就和我说，父亲同意她了，但她也不想那样做了。但在昨晚，母亲才和我牢骚了好久，说父亲总是在限制她的一切。而父亲今早好像也没有之前那么大的脾气，他说，每个人都有自己的思想，不应该把自己的思想强加在别人身上，既是夫妻也只能是求同存异，既然她都坚持，我也会同意。

很多时候，我都无法理解他们的感情，他们的生活，也许我还年轻，也许因为我没有经历过那些所谓的柴米油盐，但每一个人都有经历生活，不是所有的过程，所有的辛酸都需要自己去体验，我们总是可以从身边的人和事中学会些什么，懂得些什么。像最近的超级丹出轨事件，他的妻子在媒体公布的第二天就发文选择了原谅。十几年的风雨同舟，里面有多少的惺惺相惜，有多少的爱和恨，只有当事人才清楚，孰非圣人，孰非无过。更多的时候，如果不选择放弃，那么就学着相互理解，成为彼此更好的自己吧。

像父亲与母亲一般，有吵闹，有和好。

没有人懂得真正的爱情，没有人了解所谓的婚姻，我们只知道快不快乐。

像父亲和母亲，他们会经常各种吵闹，我和弟弟就在一旁说着："吵什么吵，能用打架解决的事就不要动嘴。"

父亲一脸无畏地说："我又觉得不至于打架呢。"

母亲则笑笑说："都怪你爸……"

母亲告诉过我，她和父亲就是柴米油盐，平淡而有些小幸福。

愿你也能找到一个和你吵吵闹闹的人，和她一起柴米油盐，逛逛你们家的后花园。愿你们能相互理解，信任支持。

原我在乎的不是你在意的

陈仙玲*

没有看过小说《酒徒》，只听过它的首章开头的文字“生锈的感情又逢落雨天，思想在烟圈里捉迷藏。”这句话一下子就敲中了我的心，不知为何，觉得这样的情境竟是如此的熟悉。

刘以鬯的三言两语看似随意，却深刻击中表面波澜不惊的心湖，心事在心底浑浊。

三月，再见，细雨化雾氤氲缭绕的季节，再见。人永远都是后知后觉的生物，当季的时刻倘若能多几份欣赏感激的心，或许眼前的风景才是风景吧。只是，我们总是在春天里怀念冬天，夏天了期待秋天，我们的气候与流转的四季似乎永远错位，正如，我们的在乎，与在乎的人的在意也一直不在同一频道，所以，失意碎落一地。

“原我在乎的不是你在意的。”这是一位女生在地铁里说的，信息的接收者估计是她很在乎的人吧，话语中透露着无奈与痛惜大概也是在无数次冷落后才发出的感叹吧。女生有好看的外表，衣着得体，给人很舒服的感觉，按理说是应该被疼爱的。可是，说出那句让陌人听了都心疼的话，实在不是滋味。

眼里嘴角的不小心透出几分难过，或许心里不止几分，只是我，作为擦肩而过的路人甲看不到，但是，能看到的人，是否，假装看不到。

人总是如此，冷，漠。

我也绕过死胡同。

曾经，我拼命地想要讨好别人，放低姿态乞求关注的目光，殊不知我在乎的却不是你在意的。我想第一时间把我欢欣的消息与你分享，以为会得到你同样雀跃的回应，可是，很抱歉，你没有，“哦哦”，多么无表情的字眼，我最不想看到的回复就是“哦”“嗯”，仿佛是在说，你说的我知道了，不过对于你说的内容没什么特别感觉。是吧，这才是最让人心伤的吧。收到这样的回复多了，心也冷了，淡了，从此不再自作多情。因为你心心念念的东西，在别人

*作者简介：陈仙玲，广东，笔名冰皓紫璇，1990年9月生，热爱文字，不文艺，正青春，爱笑爱生活。

眼里不过尔尔。让别人有机会泼冷水浇了你的满腔热情，这不是活该受罪吗？

明明说好了不再委屈自己，却又不肯死心放手。还是不由自主地想方设法在某某某面前表现得优雅淡定；想要得到谁谁谁的认可，哪怕只一句简单的肯定；想着多点了解对方的兴趣点，只想在下次见面的时候可以多聊几句；想着千万万千不能在某人面前出什么丑，其实不管你再怎么为你新买的裙子自恋，别人都不会多留意两眼你今天穿得有哪里不一样……

放下从来都是劝别人的，所有的道理对自己都徒劳。凉透了的心，也会因为一丝未泯灭的奢望而坚持着最傻的行为。

是否，我们都错位了，每天风风火火，生怕错失什么，却不懂得该如何安顿自己的灵魂，更加不知道如何安抚最亲近的人的情绪，更不堪的是，我们还常常把不值得的人当作是值得托付的人，却总把值得的人忽视。

我们就像行尸走肉一般，带着疲惫的躯壳穿梭钢筋水泥，川流人海，到头来，我们以为握住的全世界不过是一片虚无，我们输掉的东西太多，代价太大。

我们在意着不相关的人的喜乐哀愁，却永远不知道要关心真正应该关心的人的冷暖；我们对最遥远的人说着最心底的话，却吝啬给最亲近的人一滴温情；我们口口声声感念陌生人的小恩小惠，却从不会深情地对亲爱的人说一声爱你和谢谢你；我们把灿烂的笑容展露给世界，却把心酸的苦涩留给自己……其实我们的幸福没有那么远，只要我们肯回头望一眼，就会知道，在意我们的人一直在那里，等着我们给予在意的目光。

当一个死胡同走到尽头，总该知道回头了吧。在转身的瞬间，会恍悟一些劝慰吧。慢慢地，我不再矫情，也不假装诗意，现在的我变得坦然许多，不刻意不强求，万事回归平静，心无挂碍如止水。

我生性比较笨拙，太遥远的幸福我抓不住。但是绕了那么多的弯路，总算是明白了一些道理，幸福并不是天边的海市蜃楼，浮躁杂乱的思维冷却沉淀下来以后，杯子里的幸福变得清透，我想我能握住的实实在在的幸福，是一觉醒来，有水煮的鸡蛋当早餐，是顺利地挤上去上班的地铁，是中午能够和同事一起吃午餐，是完成一天的工作然后带着满满的充实感下班，是有闲适的时间空间看看别人的故事，也写写自己的故事给别人看，是家中母亲的来电、兄弟姐妹的拌嘴，是同事朋友的帮助，是另一半的一句晚安。最重要的是，我们不必用力讨好别人，只需要照顾好自己的内心。无所求，自然无所谓失去。

或许你会觉得我的幸福感是浅显的，是的，对于幸福我确实没有太厚重的定义，我知道我能感受到快乐比什么都重要。我喜欢这些淡淡的欢喜，我的幸福不需要别人来圈点，也不必有所谓认定。

如海子所言，从明天起做一个幸福的人，喂马劈柴，关系粮食蔬菜，与每一位亲人通信，告诉他们我们很幸福。不用去想我在乎的你是否在意，因为那已经不重要了。

感恩有这些平静的领会。

老街旧痕

王云丽*

去年四季度，以及今年上半年，我赶场似的去了留侯、铺镇、黄官、牟家坝、东关正街和新南门，不为购物，不为访古，只为老街，只想牢牢记住这一抹即将消失的厚重记忆。

我专门去图书馆查过资料，老街的形成有两大原因，一是源于汉江，二是源于历史上湖广填川的移民搬迁。

在华夏大地上，汉水在我国经济、文化、政治发展史上的地位可圈可点，它被誉为中国的多瑙河。多少年来，浩浩荡荡的汉江是老街的大背景，更是这里生命的摇篮。

自从有了汉水，就有了一路牵连的滋润，就有了怡人身心的灵气，岸草碧绿，蓝天白云，柳枝鹅黄。在这个山清水秀、风柔雨润如画般的环境中，自然人丁聚集、车水马龙。

水乡老街，曾是汉江臂弯的码头重地，它与中游的安康、下游的武汉遥遥相连，就使得航运格外发达。在航运中积淀，老街成了型，也构成了一个个散落在乡野镇子里以茶馆、缝纫店、布匹、杂货店、铁匠铺等为代表的独特风景。

老街的形成，还与历史上湖广填川的移民活动密不可分。

那是明初朱元璋时代，身为枭雄的朱皇帝，为了大明江山的牢固，决定把湖广一带的民众迁到蛮荒的四川。在这样的背景下，湖广一带数千人被赶往四川，作为陕西南麓的汉中，当时也成了外省男女的迁徙落户之地。于是一批操

---

*作者简介：王云丽，笔名兰馨，陕西汉中人，陕西省散文学会会员。自幼喜欢写作，初中时开始有文章见诸报端。善写散文，近三年陆续有数十篇散文、诗歌登载在《军工文化》《中国航空报》《华商报》《陕西工人报》《企业文化纵横》《汉风》《健康导报》等刊物报纸上。座右铭是：让爱好成为特长，让特长更加专业，让专业带梦起航。

着湖北口音的人来到这里，在水边搭棚栖息，渐渐地扎了根。在其后的灾荒年景，四川的难民也纷纷流落到此。大家以汉水为屏障，靠水吃水，居然活得十分滋润。于是一条条被水乡滋养也滋养水乡的老街，渐渐地矗立在汉江南北两岸。

那些瓦檐，那些房脊，高低错落，新旧不一，却也特立独行。这当中，当草房变成瓦房，瓦房走向楼房，每一次的错落和演进，都是老街生存图腾的积淀，都是生活在这里的人们在艰辛岁月里的烙印。

每次，当我身临老街，都对老街有种陌生的亲和。有时，很想变成一个老街人，把生活过得缓慢而沉稳，把日子打发得清淡而又舒心。我常常羡慕他们在岁月的更替中四平八稳，不忧不躁，舒展自如。可心里明白，老街，在时代的变迁中，像一位老艺人终将会告别舞台。在有生的年月，她会固守自己清淡的本性，让存续的生命去凝聚她的古朴典雅。而我，也终将要置身闹市，在忙碌的生计中日复一日。

作为对老街的钟爱，只能作为情感宣泄的出口，不可能作为自己永久的栖息地。就像我走过老街，把雨伞收拢又撑起，不经意的动作，那伞上的雨水和石子路上的雨水，终将顺应各自的态势，汩汩融入大地……

想起爷爷咧嘴笑的样子

陆梦雪*

爷爷有个习惯性的表情，就是露出大白牙咧嘴笑，他很容易满足，普通的饭菜，午后的阳光，一杯热茶，都会让他很虔诚地感慨："感谢上帝赐我这美好的一切！"

一个年过古稀的老头，拥有的是花白的头发，刀刻的皱纹，一笑就眯起来的眼睛，却让我很喜欢跟他待在一起，听他一遍又一遍地回忆那些曾荒芜的岁月，听他不厌其烦地回忆我儿时的故事，讲着讲着不由得神采飞扬，他磕打了一下烟锅，仿佛头上的皱纹里能跳出一个"喜"字来。

我曾多次矫情地在日记本上写到：有那么一个人，就算只看到他咧开嘴的笑容，我便满心欢喜，觉得整个世界也就瞬间明亮了。

---

*作者简介：陆梦雪，笔名南小鹿，1997年的巨蟹女，无不良嗜好，在她一生的黄金年代，向往着远方，感慨着生活。

然后我又想到我们的老家。

老家是我小时候生长的地方，一想到这辽阔的土地上装满了若干人成长的回忆，就觉得那实在是一个无与伦比温柔之处。

绿叶成荫的夏天，瓦房是清的，土灰色的墙，一片又一片整齐有序的瓦片在木头架子上井然有序地排列着，既不单调又不乏味，一种简单明了的感觉涌上心头。

我一走进院子，便听到爷爷在老屋门口跟一群乡下老人聊天，他眯着眼睛，手里拿着蒲扇有规律地一扇一摇，旁边的板凳上还放着热气腾腾的茶。

我一边大喊声爷爷，一边蹦哒着往前走，所有人都转头仰望我来的方向。爷爷依旧眯着眼睛，嘴巴缓缓咧开弧度。由远及近，我看到老屋斑驳的痕迹，岁月深深浅浅勾勒出时光的皱纹。

从没想过，离开熟悉的地方是那么简单却又那么可怕的事情！咫尺的距离中便横跨着生与死，接到噩耗后，我坐在班车上往家赶，往已经死去了的爷爷身边赶，有很多个刹那我觉得这是个还没醒的梦，我禁不住浑身颤抖，思绪模模糊糊。我知道他还在等我。

死亡不是故事的结束，它是另一段旅程的开始吧？

爷爷死前没有任何的预兆，面容是那样的安静，祥和。像刚咧嘴笑后，内心由衷地感谢上帝赐予他美好的一切。

“我愿能再见你，我知我再见不到你。但你的引力仍在。”死后的一切都归于宁静，你要带着灿烂笑容大步向前，这是爷爷最后留给我他的回忆。

以前上小学的时候清晨起床，总有很大的起床气，便赌气不吃早饭，饿着肚子慢悠悠地去上学。因为我知道不一会儿，爷爷便会骑着自行车追上我，从怀里掏出热乎乎的煎饼……这是我最初所能体会到伟大的包容……在爷爷带给我的一次又一次的温暖当中，生活中的倔脾气在一点点消散，渐渐开始澄明懂事起来。

无论生活怎样，请以微笑待之；无论心情糟糕与否，请以灿烂笑容化解；今天的我便以一种未有的状态来待之下一秒。

又想起和爷爷的最后一次通话，他像个孩子拿起电话语无伦次地说：丫头，我想你，我天天都在想你啊。

爷爷你不要再想我了，你忘记我吧，忘记这里曾发生的一切，忘记辽阔的土地，忘记老家，忘记小学的煎饼……咧开嘴微笑着向前，继续你绵绵无期的命运。

爷爷，其实这么多年的风风雨雨，早该放在心底大步向前的，满不在乎的人不是无情的人，悲伤和欺骗总得去原谅。

你常常对我说，要大步向前走，没啥，咬咬牙就过去了……爷爷我现在才有些明白你的意思，虽然我现在脑子还是一片糨糊，无可言说。

但我能想象得到，若到了一定的年纪，我便会像你一样豁达，通透，最安静与最孤独地成长着。

大不了，露出大白牙咧嘴笑笑，再虔诚地感谢上帝，我还活着……

淡然曾经，随缘未来

小英*

你有没有过这样的经历？偶尔会陷入一种情绪，不能自拔，后悔之前做过的某件事，埋怨自己当初为什么会这样，有些事没有拽住，有些人没有珍惜，有些路没有选择好，有些景没有好好欣赏。

我们都有意无意地伤害自己最亲最爱的人，在自己最亲最爱的人面前控制不了自己的小情绪以及坏脾气。甚至会说一些犀利的话语来攻击，我们还会为自己找借口道：因为你是我最亲最爱的人，所以在你面前我可以肆无忌惮，不做任何掩饰，做最真实的自己。可是在说过犀利话语之后的我们，往往会对自己的行为都会特别悔恨。

碧雪和陈宾，相恋以来，感情波折。他们会为一点小事争吵，会为一件大事大吵，最后把两个人都伤得遍体鳞伤。在这争吵中，会说一些自己意想不到的话语，每当冷静下来都会后悔。碧雪心想我真不应该这样说，我怎么当时就没有忍住呢？陈宾也会有这样的想法，事后还会乞求碧雪原谅。不知不觉中他们找到了属于自己的相处之道。他们会更加地去爱护对方，去珍惜对方，更有信心携手一起走一条属于他们自己的道路，共创他们的美好人生，不会轻易地再被其他事情影响到。

对于父母，我们大多数人都或多或少对父母抱有一丝愧疚，愧疚的来源可能是没有时间陪，可能是和父母大吵一架，可能是说过一句特别伤害父母的话语，可能是逆了父母的意。有些人，已经再也没有机会去弥补这存留的愧疚。这愧疚就像毒瘤一样，扎根在我们心底最深处，时常令我们懊悔不已，痛苦万分，久久不能释怀。会不会，有一天，时间真的能倒流，倒流的时候我们可以去改变自己的所作所为。

如果能再让你重来一次，你说你不会做同样的抉择。其实能让你再来一次，

*作者简介：小英，原名李灵英，现代散文网主编，写的是我，愿读的是你。

你还是会如当初那般做。因为人的经历有限，对事物的认识有限，做的任何事情都是与自己的经历、认识以及心情有关。因果相连，万事万物皆有定数。

正如张爱玲所说："在人生的路上，有一条路每个人非走不可，那就是年轻时候的弯路。"即使前面有很多人告诉我们这条路走不得，但是这条路我们还是必须得自己亲自去走走。因为走过之后我们才能体会这其中的道理，走过之后我们才能体会这其中的情感。

佛曰有八苦：生、老、病、死、爱别离、怨憎会、求不得、五取蕴。每一苦都需要我们各自去经历，这样我们的人生才完整。所以无论之前你有什么事还放不下、后悔、又或者还痛苦不已。此时此刻我都希望你能放下了，这权当是你人生要历的一个劫数。历完劫之后，你能会心一笑地对自己说说："真好，以后遇到这样的事情我知道怎么去处理更好了，以后遇到这样的事情我知道怎么去做对身边的人伤害最小了。"然后淡然曾经，随缘未来。

你这个偷心的贼

李少贤*

"你们是什么时候开始的？"

像是警察对嫌疑犯的审问。不知道什么时候开始，跟同学瞎掰风流史的时候我很关心这个问题，很想听听一对恋人的开始，开始应该都不一样，尽管结局一样。

"初一吧。"

话语一出，全场都目瞪口呆了。天哪，初一呀，太早了吧。大家似乎不肯相信眼前这个阳光小男孩竟然是那么早熟的人。

为了让那初一就开始拍拖的师弟不那么无所适从，我迅速收回那惊疑的眼神。好家伙，有前途，我心里默念着。

回想起初恋，如果暗恋也算的话，我应该是从小学开始的吧。

"老爸，姓李的可以娶姓李的做老婆吗？"

"傻孩子，当然不行啦。"

我记得很清楚那天放学，爸爸交完学费后带着我回家。在路上，我鼓足了

---

*作者简介：李少贤，笔名、网名：阿独，广东肇庆人，现代散文网创始人，著有散文集《这些青春里闪过的曼妙舞姿》、诗集《选一个角度爱你》《降临》。

勇气也做好了被他一巴掌下来的准备问了他这么个问题。意外得很，老爸没有打我，也没有追究下去。总觉得故事不应该这么就没了。

后来我又问了老妈：

“老妈，我爸是姓李的，对吧？”

“是啊，你这小子玩得连老爸姓什么都忘了是吧。”

“那为什么当时他不娶一个姓李的？”

老妈很机警，反问起我来：

“你是不是喜欢班上哪个女孩啦？同姓的人是不可以结婚的你知道吗？”

那个“吗”字并不是在问我。于是，我就默不作声了。

老爸反对，老妈反对，那我还能怎么办。

班上男女对半开，总有那么一两个落单的。很不幸，调座位时我被安排到跟一个女生坐在一起。那个时候，在女孩眼中所有男生都不是好人，在男孩眼中女孩都不是好惹的。于是，她在桌面划领土界线时我也没吭声。

一次中午，当我回到坐位，看到那条三八分界线向我国悄悄移动了两厘米时，我火冒三丈，我怒发冲冠，我怒不可遏你知道吗？涉及领土问题这没什么好谈的。等大家基本都来到课室时，我当着我女同桌的面狠狠地擦掉那条耻辱线。后来矛盾不可调节，女同桌哭了，老师来了。

关于这件事，男生都是挺我的。女生大多也是挺我的。因为当时我是班长，而关键是老师当时也没有批评我。

我的故事没那么狗血，那位跟我抢领土的女同桌最后没有让我喜欢她。我喜欢的是坐在她前面的那位很娇羞的女生。

那时候总是没有勇气跟心爱的人单独说句话的，生怕别人瞧见。只能借着群体活动，然后多看她两眼。五年级那年，班上有几个女生有个舞蹈节目上六一儿童节校园汇演，她是当中一个。周末，作为班长的我带几个男生一起来学校看她们排练。忘了当时有怎样的搞笑气氛了，只记得有她，就好。

小学仪仗队，那一次是我穿得最帅的一次了。白色衬衫，黑色裤子，穿起来洋洋得意。而让我最期待的是她也是当中一员。我们几个男生在双杠沙池等人，她穿着裙子闯入我的眼帘。女生穿裙子是最迷人的，远远看去我就已经呆了。不一会她消失在教学楼里。我才发现隔壁那几个男生也正站成一排朝着那个方向看去。那个画面很青春，一直旋留在我脑海里，多年未变。

那个年纪什么都不懂，爸妈说不行自己坚定没有结果的。自己还能怎么样。直到后来小学毕业，就再也没见过了。嘿嘿，事情就是这么发生的，由头到尾我们俩都没有单独聊过一句话，自己有偷偷写过纸条，但最终没有传出去，常常想起，也遗憾得刚刚好。

后记

终于翻到这一页，也翻到了我的人生这不可思议的一页。2014年6月毕业，打算找编辑类工作，因专业不对口被拒。好在时代剧变，而我碰巧活在自媒体时代。这个时代，足不出户即可与千百志同道合者交谈，十分便利。7月创办现代散文网，到2016年，已汇聚近十万文学爱好者。2016年春，发布众筹出书计划，得到很多热心朋友的支持。这些朋友和我素未谋面，却肯慷慨解囊，这是热爱文学这么多年第一次感觉到的力量，很澎湃。有一个声音，仿佛是文学在对我说："阿独，你不是一个人，你不再是写写而已，你的使命终于来了。"那晚，我激动得热泪盈眶。2017年春，这本书要出来了。

轻描淡写的几句经历，却是历尽波折的结果。

当时我们编辑部只有三个人，小英、丰钿、我。首先，我们找了十个评委老师，许道连、王安礼、张洁、陈仙玲、艾十水、黄晓洁、兰馨、陆小南、毕清静，还有一个老师未能坚持到最后。他们遍布在中国各地、年龄范围也甚广，"60后"到"95后"都有，力求的是对接下来的文章能做出公正的评判，无论哪个地区，无论南方北方，最起码不会因为文化的差异而被一众评委打低分，最起码各个年龄层的题材我们都能接受。

我不是要编一本生冷的历史书，也不是编一本虚构的故事会，我要编一本汇聚当下人们最真实经历的散文集。几百年后，子孙后代翻开这本书时，依然知道20世纪末到21世纪初人们的生活是这样的。从朴素的农村，到高楼林立的城市；这个时代，从煮饭烧菜要用柴火，到用上了电磁炉电饭锅；人们的通信方式从书信跳跃到微信……这本书记录着这些变化，但不会直接告诉你，而是通过一个人的经历，让读者慢慢感受到，如果活在这个时代，原来是这样的。小到一个人的变化，大到一座城市的变化，都在这本书的一字一句之中。

一切，都只是希望能如序言写的那样：

"所有的故事，终将成为历史，如此书记载那般。"

真实，有价值。

活在这个开放的新媒体时代，人们更加习惯电子阅读，捧着手机或对着电脑就可以获取一切想要的资讯，纸媒在近两年消亡得很快。人们阅读习惯的改变，纸质阅读变得越来越没市场，出书的成本变高。非成名人员的作品尤其难出版，一来资费昂贵，二来销路窄。毫无疑问，我们就属于这一类人。这本书能面世，不能不说是一个奇迹。而创造这个奇迹的，少不了曾经踊跃资助我们的众筹者，道一句谢，我也不知道他们能不能看到。

众筹名单如下，鸣谢：

艾*水、张*红、余桂芳、张红鹏、刘*、毕*静、卢顺琼、柳淑红、陈家康、余红娥、宋叶平、迷路鱼、梁瑞、李国嵘、黄命桐、丁凤英、丁等闲人、陈青延、王艳丽、方洪羽、程艳雪、魏从彩、小师弟朋友、某个路人、李本福、高琳、郭湘佳、熊书燕、邓锦源、黄*洁、肖瑞霞、邹悦鹏、王江、张红伟、毛顺兴、燕*群、盘宝欣、茂名阿康、丁文统、符俊峰、紫蓝南星、周桃云、郑忠英、张泽慧、张嘉慧、张桂枝、云尘、岳朝蓉、余兆新、余大柏、于晶晶、吴金涛、杨小潔、杨军红、严大为、易嘉媚、小文青、夏国章、细雨、吴光英、邬燕丽、闻伟毓、魏敏、王燕霞、王文绪、王文鹏、王伟、王吕伊颖、王波、王安礼、汪涛、汪德琴、万真彪、唐*梅、苏夏珍、施志祥、沈颖仪、沈轻珊、申海燕、软软、乔晓红、潘如俏、刘宗伟、刘志鹏、刘玉梅、刘强、林银桂、林少华、林良源、林佳、梁泳珍、梁倩敏、梁国津、梁才兴、李璇、李旭辉、李青、李汉华、李峰、黎泽全、姜敏、贾生银、贾灿潮、吉安生、黄波、广西清淡、古*芳、冯志强、段文、董翔、董庆森、代黛、程检、陈振享、陈仙玲、陈细婷、陈健雄、陈家安、陈爱梅、白雪、郭红梅、ian、周慧、莫恋情

（部分加*号的是要求匿名的，有些是微信名或支付宝名，谢谢你们！）

李少贤